Vila Emilia

Tome 1 : Observation

ELODIE FAIDERBE

Illustration : Nicolas Jamonneau
Relecture et corrections : Colyne Habib

Dépôt légal : Octobre 2021
Première publication : le 31 octobre 2021
ISBN : 978-2-493369-00-0
Prix : 16,90 €
Impression à la demande par Amazon

Avertissement

Cher lecteur,

Il serait cruel de ma part de ne point vous informer au préalable de la violence physique, sexuelle et morale qui risque de vous guetter au détour de ces pages.

En pénétrant dans le monde de *Vila Emilia*, vous vous retrouverez ainsi confronté à un sombre univers. Aussi sombre que les deux esprits torturés ayant participé à son écriture.

Mais n'ayez crainte, cher lecteur, le spectacle qui vous attend mérite de noircir un peu votre âme.

Êtes-vous encore là ? *Godt*, je vois que la folie ne vous a guère épargné non plus.

Chut, écoutez !

Les portes du manoir Soulridge s'ouvrent enfin pour vous.

Avancez, n'ayez pas peur… du moins pas encore.

Prenez place dans ce fauteuil, goûtez une gorgée du thé d'Emilia si votre vie manque de poison, et patientez quelques instants. Lord Dorian Jacobson ne va point tarder à vous recevoir.

Toutefois, un dernier avertissement avant de vous laisser seul à ses soins meurtriers : prenez toujours soin de scruter les ombres autour de vous une fois votre lecture terminée.

Car refermer ce livre ne vous préservera en rien de la bête.

Lady Elodie Faiderbe.

PS : *Vila Emilia* étant un puzzle machiavélique, ne vous étonnez point s'il vous manque des pièces à la fin de ce tome.
Ainsi que Dorian aime à le rappeler, la patience est une vertu et pour le pire et le meilleur, elle sera bientôt vôtre. Alors, restez attentif et surtout :

Profitez du voyage !

Pour Emilia
Papa et maman avons hâte de te rencontrer,
min sommerfugl…

« Si les tueurs en série nous fascinent, c'est précisément parce qu'en dépit de leurs crimes atroces, ils restent à notre image. »

Jacques Verges.

Playlist

Devil Devil – Milck
The hate inside – TommeeProfitt
(feat. Sam Tinnesz)
Who do you think that you are ? – Midnight divide
I'm not afraid – TommeeProfitt (feat. Wondra)
Kill4me – Marilyn Manson
Cruel Intentions – Valerie Broussard
Become the beast – Karliene
Monsters – TommeeProfitt (feat. Xeah)
A storm is coming – TommeeProfitt (feat. Liv Ash)
Don't chase the dead – Marilyn Manson
Will I make it out alive ? – TommeeProfitt
(feat. Jessie Early)
Throne – Saint Mesa
The Devil Within – Digital Daggers
Game of survival – Ruelle
To death we dance – Dark Macabre Waltz
Dance with the Devil – Breaking Benjamin

Cet ouvrage est une fiction. Toute référence à des événements historiques, des personnages réels ou des lieux réels cités n'ont d'autres existence que fictive.
Tous les autres noms, personnages, lieux et événements sont le produit de l'imagination du cerveau diabolique de l'auteure et de son époux.
Tout ressemblance avec des personnes, des événements ou des lieux existants ou ayant existé, ne peut être que fortuite.

Afin de mélanger fiction et réalité, des citations d'un célèbre personnage se retrouveront dans certains dialogues de cette œuvre. Elles concernent des répliques de l'auteur lui-même ou de celles d'un de ses personnages de roman dont notre serpent partage le prénom.
Je vous laisse le soin de les repérer.
Qui sait, vous concentrer sur leur traque vous permettra peut-être d'échapper à la vôtre…

Prologue

Première rencontre

Quelque part dans Londres, 1879

Les dernières larmes de vie s'attardent sur les lèvres de la jeune fille. De la pointe de sa langue, elle expérimente, savoure, s'enivre de ce nectar amer jusqu'à ce que tout disparaisse autour d'elle. Jusqu'à ce qu'un silence pieux l'engloutisse enfin.

Peu à peu, l'odeur âcre et métallique s'imprègne dans ses cheveux, recouvrant sa peau d'un voile écarlate.

Elle ferme alors les yeux et se laisse bercer par ce cauchemar qui ne semble pas connaître de fin. Du moins, pas une de ces histoires racontées par sa mère le soir pour s'endormir.

Dans la sienne, écrite par le sang, il n'y aura pas de coucher de soleil, pas de reine ni de prince.

Il n'y en aura plus jamais, car le démon accroupi en face d'elle a pris soin d'en arracher toutes les pages.

Ses livres d'enfants ne l'avaient pas préparée à l'affronter, pourtant il est là, il attend.

Et il lui sourit.

Sa beauté n'a d'égal que la cruauté qui étire ses traits parfaits de carnassier.

Un ange tombé du ciel venu pour l'entraîner au fond des enfers.

C'est donc à ça que ressemble la mort, pense l'enfant.

La voix de la Faucheuse se fait suave, séductrice, semblable à une lumière faite pour tenter les ténèbres.

Malgré elle, la fille s'approche, attirée par cet être magnétique.

Dangereux, lui crie son instinct. Salvateur, lui souffle sa raison.

— Quel est ton prénom ?

Ni plus ni moins.

La mort n'est pas très bavarde.

La petite déglutit, cependant sa gorge est aussi aride que le désert. Une lame plantée en plein cœur lui ferait le même effet, si celle-ci n'était pas déjà en possession de son interlocuteur.

Ses yeux d'un bleu limpide percent ses secrets avant même qu'elle ne les ait formulés. Son regard amusé glisse de son visage d'enfant à sa propre main qui tient l'arme.

Curieux, il penche la tête de côté, avide de voir la peur déformer les traits de la jeune fille.

Mais aucune fissure ne vient troubler ce visage de poupée impassible.

— Étrange, murmure-t-il. Ma prestance assassine connaît bien plus de succès que cela d'habitude. Étrange, oui… Néanmoins, intéressant. Dis-moi ton nom, jeune fille.

Sa bouche lui délivre la réponse comme si elle lui appartenait dès lors.

— Emilia.

Ses lèvres se retroussent sur une rangée de dents immaculées, acérées. Prêtes à s'enfoncer dans sa chair.

Au lieu de quoi, la mort préfère ricaner.

— Emilia. Une référence délicieuse au Vila Emilia,[1] je suppose. Moi qui ne croyais, jadis, point au destin, ma chère, vous venez juste de me donner tort. Et j'abhorre autant que je traque cette sensation.

1 Variété de papillons d'Amazonie.

De sa main libre, il agrippe délicatement sa nuque, l'obligeant ainsi à se pencher vers lui.

Puis d'un calme destructeur, il s'approche de son oreille pour lui chuchoter son funèbre éloge:

— Emilia, jolie Emilia. Avant que je ne t'achève, quel est ton dernier souhait ?

La jeune fille tremble, pourtant sa volonté ne vacille en rien.

Si cela doit être son dernier souffle, que la vengeance le guide.

— Vous tuer. Je souhaite vous tuer pour ce que vous avez fait.

Sa réponse ne se fait point attendre, elle gronde même dans son cou. Les frissons malmènent sa peau à vif, mais la peur, elle, a déserté face à son insolence. Parce qu'il vient de lui donner une raison de vivre, de respirer.

Une raison de se battre.

Il veut l'emmener en Enfer, soit, mais les portes se verrouilleront derrière eux.

De cela, elle s'en fait la promesse.

L'homme étouffe son rire et lui caresse doucement la joue. Sa main glaciale réchauffe son appétit vorace de justice. Pour sa famille, pour elle, pour son enfance qu'il vient de livrer à ses flammes perverses.

Pour tout cela, oui.

Elle le tuera.

Ses yeux de serpent viennent se loger dans les siens, hypnotisant temporairement sa volonté. Son air se fait solennel alors qu'il l'infecte de son venin.

Celui qui ne cessera de se propager dans son être, nécrosant tout le reste pour ne plus laisser qu'une obsession maladive.

— Les âmes tourmentées finissent toujours par se retrouver. Je te souhaite bonne chance, Emilia. Mieux que cela, je t'aiderai dans cette quête si tel est ton désir. Par ailleurs, permets-moi de te donner un sage conseil, d'un prédateur à un autre. La haine peut se révéler être aussi dévorante qu'une flamme. Alors prends bien garde de ne point t'y brûler les ailes. *Min sommerfugl*[2].

2 Mon papillon, en danois.

Première partie

« Les meurtriers ne sortent pas de l'obscurité avec de la bave aux lèvres et des dents pointues. »

Ted Bundy

Chapitre 1

Enjoy your tea, Milord

Emilia

Salle à manger, Manoir Soulridge
Holland Park, Londres

16 avril 1886

— Milly, peux-tu verser le thé, je te prie ? Le comte doit bientôt se rendre aux docks. Il ne faudrait point qu'il se trouve en retard.

— Oui, mademoiselle Emilia.

La main tremblante de la femme entre deux âges fait tinter la fragile porcelaine. Je ne peux guère blâmer son trouble, la présence de Dorian procure souvent cet effet-là.

À tous, excepté à moi.

Six années passées à ses côtés m'auront en grande partie immunisée contre son charme arachnéen. Même si, la nuit, la sensation étouffante de m'entortiller toujours un peu plus dans sa toile finit souvent par m'arracher aux bras traîtres de Morphée.

L'objet de mes insomnies hausse un sourcil face à la maladresse de la servante. De prime abord, le comte paraît être un homme charmant, prévenant, à la conversation raffinée et érudite.

Mais sous ces traits du gendre idéal se cache un impitoyable prédateur n'attendant qu'une goutte de faiblesse pour fondre sur sa victime.

— Merci, Milly, susurre-t-il. Ta mine est abominable aujourd'hui. Ton fils se porte-t-il bien? Je ne l'ai pas croisé dans les couloirs ce matin.

La bonne sursaute et bredouille sa réponse, rendue fluette par cet élan incongru de bienveillance. Cela n'en est point, je suis bien placée pour le savoir.

Le comte Dorian Lewin Jacobson porte autant d'intérêt à ses semblables qu'à ces insectes qu'il passe des heures à épingler dans son cabinet des curiosités. À ses yeux, ils ne prouvent leur valeur que dans la mort. Tous comme les humains.

Jusqu'à présent, je suis son exception, la spectatrice impuissante de ce funeste divertissement. Et si j'en juge l'éclat de ces deux saphirs affairés à m'étudier avec grande attention, ce petit jeu l'amuse fortement à mes dépens.

Aussi loin que je m'en souvienne, celui-ci a pris naissance après qu'il m'ait recueillie au sein de son manoir. Une fillette de dix ans, rendue orpheline par ses soins perfides. Ma bravade vengeresse l'avait alors dissuadé de se débarrasser de moi plus tôt qu'il ne le prévoyait.

Entre ses mains cruelles, je suis devenue une marionnette agitée au nez et à la barbe de cette société qu'il tente tant bien que mal d'amadouer. Les capacités relationnelles de ce démon sont aussi fourbes que ce sourire offert à ses invités.

Toutefois, lorsque nous rentrons d'un bal ou d'un dîner mondain, je suis la seule à avoir le privilège de le voir ôter ce masque. Et le vrai Dorian est aussi fascinant que dangereux.

Quand bien même il m'estime être son égale en sa présence, je ne puis m'empêcher de me sentir, la plupart du temps, rabaissée au simple rang de proie.

Sa proie.

Entre ces murs, j'ai assisté à de nombreuses choses, mais rien ne me fait autant frissonner que ce regard perçant, caressant inlassablement ma peau.

— Je suis ravi de l'apprendre, Milly. Tu peux disposer. Maintenant.

Je ricane l'évidence dans ma tasse de thé. Son quota d'attention envers autrui vient visiblement d'expirer pour la journée. L'intéressée ne demande pas son reste, prenant congé aussi vite qu'il le lui ait permis. Si j'avais la possibilité, est-ce que j'emprunterais moi aussi ce chemin ?

Soucieuse, j'observe le démon élégant dont la main ornée de bagues apporte le breuvage à ses lèvres avant de se raviser. Sa chemise doublée d'un col à jabot aussi noir que son âme enserre son cou gracile.

Une broche est épinglée au centre, représentant le blason de sa famille : un cobra royal noir sur fond violet me menaçant de sa gueule ouverte. Les deux couleurs de la maison du comte. Jadis, au cours d'une de mes lectures, j'ai découvert que le violet représentait la mélancolie et la mort.

Deux mots associés à la perfection au profil de mon hôte.

Quant au serpent, il constitue un hommage à son arrière-grand-père, Ludwig Lewin Jacobson. Ce chirurgien danois, anobli par la reine, est à l'origine de la découverte de cet organe olfactif du même nom présent chez tous les animaux, mais remarquablement évolué chez les rampants. C'est cet organe qui permet ainsi chez eux de traquer leur victime, à l'instar de celui assis à ma gauche.

Non.

Finalement, je préférerais mettre le feu à ce chemin plutôt que d'y laisser la moindre empreinte.

Enchanté par son breuvage, Dorian hume son thé et ferme les yeux. Outre l'association Jacobson qui vient en aide aux recherches portées sur la faune, le comte gère également une entreprise d'importation de thés exotiques.

Son odorat particulièrement développé lui offre ainsi la possibilité de sélectionner le meilleur pour ses futurs acheteurs.

Cela constitue aussi un entraînement idéal pour ses activités, disons plus… nocturnes.

— Comment est celui-ci, *min sommerfugl* ?

Je relève vivement la tête, ma réponse posée depuis ce matin sur ma langue traîtresse.

— Délicieux, milord. Bien qu'un peu trop épicé pour mes papilles délicates.

L'excitation de la découverte illumine ses traits androgynes. À une autre époque, les sculpteurs grecs se seraient probablement damnés pour ce visage parfait. Au même titre que beaucoup d'hommes et de femmes de la société londonienne actuelle.

Malgré toute cette attention, Dorian ne croque jamais dans la noblesse ou l'aristocratie. Sa vanité préfère de loin l'amertume des maisons closes et leur anonymat.

Ses habitudes de débauche me sont parvenues à l'oreille il y a trois années de cela par la cuisinière. Cette dernière l'avait rencontré à la sortie de l'une d'entre elles. Curieusement, cela n'a absolument point choqué la jeune femme raffinée que je suis devenue grâce à son éducation. Cette amoralité n'est rien de plus qu'un accessoire séant à merveille à la panoplie idéale de mon « bienfaiteur ».

Un jeune homme de trente ans, séduisant et riche, prisé par les dames, envié par les hommes. Parfois même l'inverse.

Les joues empourprées, je quitte mes réflexions libertines afin d'analyser ses réactions.

Le comte trempant enfin ses lèvres dans le thé, ma respiration se noie dans le liquide ambré. Si tout se passe correctement, mon cauchemar se terminera dans exactement deux minutes et trente-deux secondes. Cela uniquement si mon estimation de sa corpulence se trouve être la bonne.

Elle le sera, Emilia. Sa mort n'est point une option.

Non, tu as raison. Elle est mon unique choix.

Fiévreuse, je triture le collier doré en forme de papillon. Celui qu'il m'a offert à mon premier anniversaire en ce lieu, devenu malgré lui l'emblème de ma revanche.

Une pointe douloureuse vient soudain tirailler ma poitrine, coinçant ma respiration dans un étau d'acier trempé par ma lâcheté.

Sans que je puisse me contrôler, ma bouche commet ce que je sais d'avance être ma perte.

— Comment se passe la production du thé Oolong ? Ne rencontrez-vous pas trop de difficultés avec la main d'œuvre chinoise ?

Mon tuteur hausse un sourcil interrogateur. Et pour cause, je n'ai en aucun cas l'habitude d'interférer dans ses affaires. Qu'elles soient faites de sueur ou du sang d'autrui.

Idiote !

Par le passé, j'ai bien tenté quelques fois d'infiltrer son antre au sous-sol ou de le prendre en filature, malheureusement Dorian est l'être démoniaque le plus précautionneux que la terre n'ait jamais porté.

D'un air amusé, il repose la tasse sur sa coupelle sans pour autant lâcher l'anse.

Il joue avec toi, tu le sais, laisse-le boire ce fichu thé !

— Tout se passe parfaitement bien, Emilia. Je te remercie de ta considération… inespérée et un poil intrigante, force est de l'avouer. Caresserais-tu donc le rêve abscons de me rejoindre un jour dans les affaires ?

Nerveuse, je me redresse et me force à plonger mon regard faussement serein dans le sien. La teinte de nos yeux a beau être d'un bleu quasi similaire, les siens me submergent toujours dans un océan glacé.

Je pourrais me laisser noyer si facilement…

— Cela dépend, ironisé-je. Si c'est celles qui vous tiennent éveillé la nuit dans votre purgatoire, vous savez déjà ô combien je ne demande qu'à y participer, milord.

Participer, quelle ironie. Lorsque je fantasme sur ce qu'il doit se passer dans cette pièce, où qu'elle puisse se trouver, j'oscille entre appréhension et fascination. Un peu à la manière de ces scones confectionnés par Trudy, notre cuisinière. Je rêve de ce que je ne peux goûter autant que je crains la déception si je me risque à le faire.

Qu'il commette régulièrement des atrocités n'est plus un secret pour moi depuis fort longtemps.

Seulement, je n'ai guère pu le prendre sur le vif. Bien que je suppute grandement que l'entrée de son antre se trouve dans les jardins, ce fieffé manipulateur possède l'art et la manière de m'éviter ou de me semer au grès de ses humeurs noctambules. Et cela devient de plus en plus insupportable pour mes nerfs.

Durant ces six dernières années, j'ai nagé à la surface des ténèbres de Dorian, essayant d'esquiver autant que possible ses ricochets tentateurs. Mais si je veux avoir une chance de me débarrasser de lui, il faut que je parvienne à m'y plonger entièrement. Palier par palier. Même si cela induit de ne plus jamais remonter à la lumière.

Oh, bien sûr, je pourrais fuir, recommencer une nouvelle vie loin de ce serpent. Et plus que tout, hors de portée de son venin. Combien de fois m'arrive-t-il d'y songer, tard dans la nuit, dans mes draps entortillés par ma rage, froissés par ma lâcheté ?

Toutefois, si je tiens à guérir de ce poison nommé « vengeance », je dois d'abord m'en infecter. Pour ensuite mieux trancher la tête de ce maudit reptile. Alors je reste, dans l'espoir impatient qu'il commette une faute, un faux pas, un rampement qui le conduira à sa perte.

Ce jour viendra, et il sera mien.

Oui, fuir serait une erreur. Surtout lorsque mon ennemi s'enivre du parfum de ma rancœur.

Calculateur, le démon plisse ses paupières afin de mieux m'analyser. Il connaît mes mensonges. Néanmoins, il ignore que je me suis entraînée sans relâche à les professer.

Un sourire taquin dessiné sur ses lèvres pleines, il recule légèrement dans son fauteuil et passe une main dans ses plumes corbeaux.

— Mon « purgatoire » ? Suis-je donc uniquement le Diable à tes yeux ?

— Cela devrait flatter votre ego.

— Oh, en effet cela le flatte. Mais cela brise également mon hypothétique cœur de chaperon.

— Il est donc heureux que vous en soyez dépourvu.

Une ombre fugace trouble ses eaux tumultueuses.

Dans ses iris céruléens, les vestiges d'humanité disparaissent aussi vite qu'ils y sont apparus.

Il ricane et se recompose un visage impavide pour changer de sujet.

Son jeu. Ses règles.

— *Akk, tre ganger akk*[3] ! soupire-t-il d'un air théâtral. Que veux-tu ma chère, je l'ai inhumé il y a bien longtemps et je ne compte guère aller le déterrer. Je tiens trop à mes précieuses chemises. Et puis, les taches de sang sont tellement compliquées à faire partir. Surtout lorsqu'il est malheureusement exclu de demander les services d'une blanchisseuse. À propos de funérailles et de réjouissances macabres, nous en avons déjà parlé, il me semble. Tu es encore trop jeune pour y être conviée.

Je serre les dents, comme à chaque fois qu'il met en avant mon âge. Ma colère contenue ne fait que décupler son plaisir sadique. Je le sais, car c'est dans ces moments-là qu'il emploie le danois, sa langue ancestrale.

Dialecte qu'il m'a évidemment appris afin que je puisse prendre pleine mesure de ma défaite lors de mes piètres tentatives moralisatrices.

— J'ai seize ans, milord. Je ne suis plus une enfant et cela depuis un moment, ainsi que votre cruauté a pu elle-même le constater. Par ailleurs, il me vient à l'esprit que vous vous trouviez être bien plus jeune que moi lorsque votre oncle vous a enseigné à tuer.

L'ancien élève pouffe de rire dans son poing. Spectacle rare dont je culpabilise toujours de me sentir privilégiée.

3 Hélas, trois fois hélas.

— En effet, *min sommerfugl*. Néanmoins, cet art se doit d'être enseigné avec rigueur et persévérance. Tu es encore trop impatiente, ce qui risquerait de te faire commettre une erreur.

— L'erreur serait de qualifier cela d'art.

Il émet un rictus glacial. Sa voix devient onctueuse, câline, signe qu'il est agacé. Parfait ! Cela sera d'autant plus facile pour moi.

Mentalement, je flagelle la jeune fille qui déteste le décevoir et l'intime au silence.

— Au contraire, l'art puise souvent sa beauté dans la laideur. Un vrai artiste doit apprendre à transcender l'horreur pour la purifier, lui rendre son éclat originel et lui offrir ainsi l'éternité. Cela, *min sommerfugl*, c'est ce que l'on nomme art.

Il reprend sa coupelle en main et me sourit.

— Mon génie a seulement remplacé les pinceaux par d'autres outils plus… tranchants. Mais le principe reste le même. Crois-moi, tuer quelqu'un requiert un travail minutieux associé à un *timing* impeccable. D'ailleurs, quelque chose me dit que tu vas bientôt l'apprendre à tes dépens.

Le comte m'offre une dernière rasade d'arrogance puis lentement, retourne à sa boisson. Ses gestes précieux se déroulent au ralenti sous mes yeux aussi attentifs qu'horrifiés. Ma respiration se fait haletante, douloureuse. Mon corset se transforme en prison de tissu que je rêve d'arracher tout autant que ses deux poignards brillants qui ne me quittent pas du regard.

Il sait. Alors pourquoi veut-il tout de même boire cette maudite tasse ?

C'est un jeu, Emilia, rien qu'un jeu grotesque qu'il se plaît à exercer. Il veut voir si tu es vraiment capable de le faire.

Je le suis et c'est d'ailleurs pour cela que je le laisse boire une gorgée.

Une seule, tu peux encore le sauver.

Non, il n'en est pas question. Non.

À son expression impassible, on pourrait croire qu'il s'enivre de sa mort prochaine. Me serais-je attendu à autre chose venant de la part de quelqu'un qui prend plaisir à la côtoyer ?

Sans cesser notre duel de regards, il s'apprête à en prendre une deuxième.

Ma volonté vacille à la flamme du doute qui s'enflamme en moi. Je devrais jubiler de me débarrasser de lui. C'est ce dont j'ai toujours rêvé, ce qui me permet encore de respirer. Me venger.

Dans ce cas, pourquoi ma main choisit-elle d'aller vers lui ?

— Dorian, non, arrêtez ! Ne buvez p…

Je tente d'éloigner la tasse, mais son agilité, bien plus entraînée que la mienne, l'éloigne prestement de ma portée.

— Un délice, tu as raison. Quoiqu'un peu trop corsé sur la note finale. Hum…

Il reprend une autre gorgée.

— Laurier rose ? Non, le goût est trop prononcé.

Je déglutis péniblement, son calme perturbant mes vils arguments. Du coin de l'œil, j'avise le couteau disposé sur ma droite. Si je dois me défendre, autant le faire avec panache. Même si un couteau à beurre n'est pas franchement du meilleur goût.

— Ah !

Il me décoche un sourire taquin, son expression semblable à celle d'un élève s'apprêtant à donner la bonne réponse à cette charade mortelle.

— Belladone. Environ six gouttes si mon palais ne se trompe pas.

— Je… Non, sept.

— C'est un thé intéressant, Emilia. Je pourrais même le proposer à la vente.

Il lève ses bras au ciel et clame son titre racoleur :

— « La mort subite ». Qu'en penses-tu, cela pourrait-il fonctionner ?

— Peut-être, le provoqué-je. Mais pour cela, il vous faudrait envisager un partenariat avantageux avec les morgues.

Son sourire s'étire davantage. Le démon apprécie quand je partage son humour sordide.

— Tu n'en as point eu besoin pourtant.

Ses pupilles dilatées par la plante vénéneuse lui donnent un air de squale prêt à fondre sur moi. Trembler, supplier, me mettre à genoux, autant d'options qui ne se présentent guère en cet instant troublé.

Je n'ai pas peur, voilà ma plus belle énigme. Je n'ai pas peur de lui ou de sa colère, plus que tout, c'est son approbation que je recherche. C'est un fait, Dorian est devenu le satellite de ma planète disloquée.

S'il disparaissait, est-ce que je m'arrêterais seulement de tourner ?

— Vous ne pouvez guère m'empêcher d'essayer.

— L'ai-je seulement déjà fait ?

Ses longs doigts fins trottinent sur la table jusqu'à mon poignet. Avec paresse, il se met à y dessiner des cercles langoureux, provoquant ainsi un chamboulement en moi dont je n'arrive point à en cerner la détestable cause.

— À l'avenir, tâche de choisir correctement la quantité. En outre, sache que le mithridatisme auquel je m'astreins depuis fort longtemps a quelque peu influencé ma capacité à mourir. Toutefois, je crois en ta persévérance. S'il y a bien un être en ce monde impie capable de mettre fin à mon existence, c'est toi, ma chère protégée.

J'inspire calmement et me penche vers lui. Un léger tressaillement le fait reculer et relâcher mon bras. Étrange, pourquoi un tel comportement de sa part ? Ma féminité le mettrait-elle mal à l'aise ? Non, bien sûr que non. Pas pour un homme habitué à la compagnie d'innombrables femmes.

— Alors, apprenez-moi, Dorian, le supplié-je à mon grand désarroi. Enseignez-moi comment vous achever et je vous promets que vous n'aurez plus jamais à rougir de moi.

Il croise les bras sur son torse, révélant au passage ses muscles dessinés par la chasse à l'homme. La conspiration fait froncer ses sourcils parfaits.

— Proposition des plus tentantes. Très bien, je m'engage à y réfléchir plus sérieusement cette fois. Au moins pour t'éviter l'humiliation de prendre ce couteau à beurre.

— Quoi ? Non, je...

Son air entendu me fait sourire malgré moi.

— Oui, eh bien... Je l'ai peut-être envisagé en effet, avoué-je à contrecœur.

— Heureusement que tu ne l'as point fait. Si je dois consigner mes doléances sur mon testament, j'émets le souhait solennel de quitter ce monde avec un peu plus de coquetterie.

Il repose sa main sur la mienne, se rapprochant nonchalamment de ma chaise. Je sursaute à ce contact inconvenant, pourtant loin d'être aussi désagréable que je le souhaiterais.

— Emilia...

Son visage penché vers moi n'est plus qu'à quelques centimètres de mon abdication.

Peu à peu, son souffle chaud et tentateur se met à torturer mes lèvres. Il s'y attarde, me provoque, laissant la frustration tout ravager derrière lui et me souffle sa réponse dans le creux tendre de mon cou.

— Tu seras parfaite, je te le promets. Toi seule seras capable de me tuer, mais le feras-tu ? Le feras-tu, Emilia ?

— Oui, soufflé-je, ébranlée. Je vous le jure.

— Ah, *min sommerfugl*...

Il se redresse et regagne son espace d'un mouvement empreint de prestance. Déçue, je constate qu'il a remis en place son masque de bonne conduite.

Ma présence le mettrait-elle finalement à mal ?

— Ne jure jamais avec tes émotions, elles se révèlent souvent d'une cruelle lâcheté lorsque vient le moment décisif.

— Je ne peux cependant pas les détruire.

Songeur, il demeure un instant interdit.

Soudain, ses saphirs s'illuminent d'une dangereuse convoitise. Je suis un défi qu'il salive de relever, comprends-je, outrée.

— Cela aussi, je te l'apprendrai. En attendant…

Il reprend sa tasse en main et me porte un toast diabolique.

— Je vais savourer ce thé préparé par ma remarquable et délicieuse pupille.

Sans autre oraison funèbre, il la vide d'une traite et s'essuie avec élégance la bouche du coin de sa serviette. Cette bouche narquoise venue par la suite s'adresser à la frêle et impuissante créature que je suis redevenue au contact de son charme pernicieux.

— Eh bien alors, *min sommerfugl*, pourquoi refuses-tu de goûter ta propre création ?

Chapitre 2

Ainsi soit-il

Dorian

Maison close Red Flower.
Whitechapel, Londres

16 avril 1886

Un corps chaud vient se plaquer contre mon dos. Je frissonne de ce contact qui, même à travers les fibres du tissu, parvient à m'occasionner un dégoût sans nom.

Sans ambages, je donne un coup d'épaule afin de me dégager de cette étreinte que je ne souhaite guère. Il paraît que les humains normaux ont besoin de se sentir aimés, désirés. Est-ce que j'étais ainsi… avant lui ?

La brume de mes souvenirs obscurcit un instant mon esprit, m'assassinant par ses images d'un autre temps, d'un autre moi.

Dans mon dos, des ricanements me ramènent au présent dans cette chambre miteuse où même la maladie et la mort ont préféré rester sur le palier.

C'est à l'âge de quinze ans que mon oncle s'est astreint à parfaire mon apprentissage dans ce qu'il nommait le plaisir de la chair.

D'après son évangile meurtrier, un bon prédateur doit savoir garder la tête froide et le corps prêt à agir. Aucun soupçon d'hormones mal placées ou de pulsions sexuelles ne doit venir entacher ma traque.

Un soir, il m'a donc emmené dans une maison close des plus luxueuses. Là-bas, j'y ai croisé des gens de la haute société, enivrés par leurs fantasmes assassinés par le jour, ressuscités à la tombée de la nuit.

Avec qui ai-je bien pu perdre mon pucelage ? Je ne m'en souviens plus. Au fond, peu importe, l'essentiel étant que cela ait fonctionné.

Par la suite, je me suis laissé tenter par les bas-fonds londoniens pour préserver mon anonymat et mes goûts… particuliers. Là où la misère est humaine, elle confine à l'extase.

Mais ce plaisir que me décrivait autrefois mon oncle n'est devenu pour moi qu'une simple formalité, un besoin nécessaire à l'assouvissement de ma véritable concupiscence.

Grâce à cela, j'y ai trouvé une plénitude et un détachement qui me permettent de me recentrer sur ce à quoi j'ai dédié mon entière existence.

Femme, homme, travestis, sans importance du moment qu'ils me servent convenablement en mettant leur corps à ma disposition.

— Milord, ça vous a plu ?

Je me tourne vers la catin dont les seins lourds s'exposent de manière impudique. L'homme en tenue d'Adam et aux longs cheveux à ses côtés sourit puis s'approche à quatre pattes de moi. Assis au bord du lit, je le laisse faire, curieux de la tournure des événements. Il semble que le jeune prostitué désire plus que ce que mon argent a acheté.

Dans ce bordel, je suis connu pour être aussi bon client que parfait amant. Néanmoins, certaines limites fixées par mes soins ne doivent jamais être bafouées. Et ce minet ne va point tarder à le comprendre.

Inconscient du danger, il glisse une main sous ma chemise, l'autre derrière ma nuque. Ma respiration s'accélère, non par la luxure, mais par cette envie irrépressible de lui trancher ses deux menottes.

Je peux déjà savourer sur ma langue son goût métallique, pur et honnête. L'esprit est un trompeur hors pair, mais le sang lui ne ment jamais.

Alors que je me sens basculer dans les ténèbres, j'attrape brusquement ses deux bras et le jette de toutes mes forces sur la couche crasseuse.

Furieux, je plaque ses épaules contre le matelas et pèse de tout mon poids sur son corps frêle. S'il pensait que je relançais nos ébats, mon regard fou d'assoiffé le dissuade de continuer ses mouvements de hanche.

Je me penche vers son visage tremblant d'effroi et susurre mon macabre avertissement.

— Ne t'avise plus jamais de recommencer ou il te faudra trouver une clientèle amatrice d'eunuques. Est-ce que je me suis bien fait comprendre ?

Je me repais de l'horreur qui macule ses yeux verts.

Là est le vrai plaisir. Là où se trouve la véritable jouissance.

Épouvantée, ma victime bredouille ses pitoyables excuses.

— Oui, je suis désolé…

Je plante mes griffes dans sa peau albâtre. Il gémit de douleur.

— Oui, qui ? Je suis désolé, qui ? Ta pitoyable et misérable vie de débauché t'a-t-elle ôté à ce point tes bonnes manières de catin écervelée ? Le client n'est-il pas censé être ton roi ? Recommence !

— Oui, milord. Je suis désolé, milord, je ne recommencerai plus. Je promets que je ne recommencerai plus !

Son torse ne bouge plus que par des saccades contrôlées par mon sadisme. J'inspire profondément dans le dessein d'humer sa terreur aux notes de formol.

Une voix enfouie dans ma mémoire me chuchote que dans un autre univers j'étais à sa place. Naïf, faible, une pauvre petite chose expulsée dans un monde féroce qui se délecte de l'innocence pour mieux la broyer entre ses crocs venimeux.

Afin de survivre, je suis devenu ces crocs et je les planterai dans n'importe quelle charogne qui se dressera sur ma route.

— *Comme elle, min dreng*[4] *?*

Emilia…

Ma proie profite de ce moment d'absence pour se dégager de ma prise.

Avec précipitation, le prostitué se blottit contre la tête de lit, ramenant ses jambes contre lui comme ces fœtus d'animaux que je collectionne, piégés à jamais dans leur bocal de formol. Mes sens de prédateurs ne s'étaient donc point trompés sur sa saveur.

Exaspéré, je lève les yeux au ciel devant tant de bravoure. Ce gigolo n'est décidément bon que pour le coït, et encore…

— Laissez-le, milord. Il n'était pas au courant de vos limites.

— Tu aurais dû le lui dire, Lisa.

Elle me lance une œillade remplie d'un désir parjuré qui révulse mon estomac.

— Vous me punirez la prochaine fois, milord.

Puis, elle se tourne vers son jeune protégé affairé à se balancer inlassablement d'avant en arrière. Comme si ce petit manège pouvait me déstabiliser. *Perdu, mon garçon, sache que le meilleur moyen de m'échapper est la fuite.*

— Liam… Regarde-moi.

Avec difficulté, il relève vers elle un visage baigné de larmes. Un besoin irrépressible de les lécher jusqu'à la dernière goutte s'infiltre dans mon cerveau torturé par un appétit vorace.

La voix de Lisa se fait maternelle. Elle caresse avec précaution ses joues et lui murmure des paroles rassurantes. Par tous les diables, si elle continue, je vais finir par avoir besoin d'une bassine pour vomir leur stupidité ! Je la connais depuis bientôt trois années, et Lisa n'a jamais exprimé le moindre signe d'appréhension à mon égard. Même si parfois pendant l'acte, violent selon mes envies du jour, je puis la sentir paralysée par ce qu'elle croise dans mon regard.

4 Mon garçon.

Comme en cet instant.

Ses yeux ternes vivement détournés de moi, elle se concentre à nouveau sur lui. Son timbre posé tente de travestir son assurance, sauf que je peux y flairer un soupçon de couardise. *Bien, très bien.*

— J'aurais dû te le dire, mon garçon, mais le milord ici présent n'aime pas qu'on le touche. Il y a trois règles que tu ne dois pas enfreindre avec lui. Premièrement, ne lui suggère jamais d'enlever sa chemise. Deuxièmement, ne discute jamais son bon plaisir. Enfin, et c'est la plus importante des règles, ne l'embrasse jamais sur la bouche. Jamais, tu m'entends ?

La pauvre petite chose acquiesce en reniflant. Lisa s'adresse, cette fois-ci, à moi :

— J'ai tout énuméré, milord ?

— À la perfection, Lisa. Bien que j'aurais préféré que tu le fasses avant. Cela nous aurait permis à tous les trois d'éviter ce désagrément fort fâcheux au demeurant.

Elle recouvre sa poitrine du drap miteux et balbutie sa demande :

— Tout est pardonné alors ?

Je penche la tête de côté pour l'observer en détail.

Ce visage fatigué par les passes interminables, ce corps qui s'assèche et qui finira rongé par la maladie ou la famine. Rien ne manque à ce parfait tableau de misère sociale si ce n'est cet éclat qui persiste dans ces deux prunelles chocolat.

Répugnant.

Comme je me dois de trouver un moyen d'y remédier, je module ma voix pour mimer l'affection.

— Tout sera pardonné si vous m'offrez cette délicieuse nuit à vos côtés. Mettons cela sur le compte de ma fidélité inébranlable, voulez-vous ? Je serais vraiment chagriné de devoir choisir un autre endroit de plaisir. D'autant plus que je suis l'un de tes seuls clients si je ne m'abuse. N'est-il point vrai, ma chère Lisa ?

Les morceaux éclatés de sa dignité viennent alimenter la créature en moi.

La catin n'est bientôt plus qu'un ramassis de pitié étalé sur le matelas, suppliant ma clémence, beuglant son désir viscéral de s'accrocher à ces lambeaux de vie qui pendent encore sur son existence regrettable.

Je ferme les yeux, savourant ses gémissements plaintifs et ses cris qui, le temps d'un instant rédempteur, viennent recouvrir ceux de mon enfance.

Dans les tréfonds de mon âme tourmentée, j'adresse cette prière aux ombres de mon passé.

Puissent-elles dans leur grande miséricorde se repaître enfin de cette offrande :

Que le péché règne en mon corps de mortel.
Et que j'obéisse à ses convoitises.
Car le mal est en moi et je suis le mal.
Ainsi soit-il.

CHAPITRE 3

La quintessence de l'art
DORIAN

RUE DE WHITECHAPEL, LONDRES
16 AVRIL 1886

Les pans de mon manteau claquent dans ce vent putréfié par la crasse et la dépravation.

Dans le quartier de Whitechapel, la déchéance est souveraine et n'a de limites que sa perverse imagination. La morale se noie dans le vice pour engendrer son propre code. Ainsi, les brebis galeuses de la classe populaire viennent ici pour le vénérer, mais l'exècrent dans leur sommeil peuplé de cauchemars sur leur lit infesté de vermine.

Au gré de ses rues pavées d'amertume, les amoureux d'absinthe peuvent se retrouver dans une relation passionnée à sens unique avec le laudanum, tandis que des parents attentionnés finissent par vendre leur progéniture dans les bordels en échange de quelques pièces.

Si Dieu vit dans les quartiers favorisés de Londres, il a permis à Satan de prendre ses quartiers sur son terrain de jeu préféré. Un point commun que je partage volontiers à chaque fois que j'explore cette galerie de désolation. L'humanité n'est jamais aussi vraie que lorsqu'elle doit faire face à sa propre décrépitude.

En ma qualité d'entomologiste, je m'abreuve de ce savoir universel prenant vie sous mes yeux réjouis. Observer, étudier, analyser. Tels sont les principes immuables d'un prédateur aguerri. Tels sont ceux que je me dois à présent d'enseigner à ma protégée.

Emilia. Ma douce et innocente Emilia.

Ce joli papillon s'est posé, il y a six années de cela, sur ma paume de main trempée par le sang de sa famille. Bien souvent, ma raison m'a dicté de refermer mon poing sur son corps frêle ou de lui arracher ses ailes en pleine croissance. Seulement, une autre part de moi-même, impossible à museler, m'a ordonné de la conserver jalousement sous ma coupe.

Au fil des années, je l'ai vue grandir et devenir cette charmante jeune femme qu'elle est désormais. Extrêmement consciente de ma part obscure, mais ne m'ayant jamais fait défaut. Elle ne connaît point la peur, je ne lui en inspire guère non plus. Un fantasme inavouable m'attire à entacher cette innocence que j'ai appris à chérir, prise pour acquise jusqu'à ce que sonne l'heure du thé.

Je ricane dans ma manche afin de ne rien laisser transparaître de ma folie. Cet après-midi, j'ai découvert à quel point ma pupille pouvait devenir une ravissante poupée russe. Impassible et sereine pour la première coque, terriblement manipulatrice à la suivante. Comme il me tarde d'écorcher moi-même les autres ! Je me languis d'accéder à sa véritable nature, aux secrets cachés derrière ces beaux yeux d'ange déchu.

Quelle est ta couleur, mon papillon ? Est-ce rouge comme le sang que j'ai versé sur toi, noir comme ces regards vengeurs que tu fais glisser sur moi ou violet comme la mélancolie qui te berce la nuit ?

Hypnotisé par mes pensées, je soulève mon bras et fixe ma main. *Oui, Emilia, je ne t'écraserai pas, mais je ne te relâcherai pas non plus. Pas tant que tu ne m'auras point montré ta couleur.*

— Veuillez m'excuser, milord, auriez-vous une petite pièce pour un humble artiste de rue ? Ça fait huit jours que je n'ai pas mangé et je meurs de faim. Je vous en supplie, milord. Pour l'amour de notre seigneur Jésus qui vous le rendra au centuple.

Cette dernière parole m'arrache à ma réflexion d'artiste. Je lève la tête et avise un jeune homme certainement un peu plus jeune que moi et dont la peau se révèle brunie par l'incurie.

Si le choc de la surprise me laisse sans voix, mes réflexes de chasseur prennent aussitôt le relais pour ne rien laisser paraître. Sous ses cheveux en bataille et ses haillons, je le reconnais pour l'avoir souvent entendu jouer dans les bals mondains. Lewis, Travis, non… Curtis.

Il se nomme Curtis et représente l'un des violonistes les plus doués de sa génération. Du moins si l'on en juge les torchons de la haute société. Son accoutrement laisse supposer que la chance a mal tourné pour ce prodige. Cela arrive souvent pour les artistes qui ne viennent que trop limer leurs dents longues sur le parquet en chevrons des salles de bal. Tout comme la danse, un simple faux pas peut vous faire tomber dans une misère des plus navrantes.

La survie étant portée disparue à Whitechapel, je souris à ce futur cadavre d'aristocratie. La pauvreté tue bien plus vite que la syphilis, et nul mercure au monde ne saurait en venir à bout.

Prudent, je me rapproche de lui, laissant ma voix suave s'emparer de son corps famélique.

— Votre seigneur Jésus n'existe pas. Si vous l'avez oublié, attendez encore quelques jours. Nul doute qu'alors vous comprendrez. Car voyez-vous, vous aurez beau prier, supplier, rien n'y fera. Et à ce moment-là, et seulement à ce moment-là, vous saurez que vous avez parié toute votre misérable existence sur le mauvais cheval biblique, mon garçon.

La douceur que je laisse infuser dans mes propos trace des larmes sur sa peau souillée.

— S'il vous plaît, milord. Je prierai qui vous voudrez pour un bout de pain ou un penny. Je vous en supplie.

Tremblant de tous ses membres, il se laisse choir lourdement sur le sol, le corps secoué de détestables sanglots. L'objet qu'il tient entre ses mains fébriles fait lentement éclore en moi les germes de la perversion.

D'une grimace répugnée, je m'agenouille près de lui afin de lui offrir ma proposition. Si l'homme est maître de son destin, il peut toujours être dévié sur des sentiers plus pernicieux.

Je suis celui qui chuchote à leur oreille pour y verser mon poison. Qu'il le boive ou qu'il le recrache, peu m'importe, tant que le jeu se plie à ma volonté impériale.

Décidé, je range ma répulsion du contact d'autrui et soulève son menton frémissant.

— Curtis, regarde-moi.

Il sursaute. Une semaine dans ces rues lui aura déjà fait oublier la consonance de son propre nom.

— J'accéderai à ta requête si tu me prouves que tu es prêt à tout.

— Je le suis !

— Oh, je m'en aperçois... Mais vois-tu, entre tes dires et tes agissements, il y a un monde, Curtis. Un monde que tu te dois de m'offrir.

Il m'observe, intéressé, ses yeux aspirés par deux trous noirs insatiables.

— Que dois-je faire ?

Je dérive son menton jusqu'aux flammes sur notre gauche, alimentées par les papiers journaux. Un brasier censé apporter un peu de chaleur à tout ce joyeux petit monde débauché. Ce soir, il brûlera d'autres souvenirs infestés.

— Ton violon. Jette-le dans les flammes et ce soir tu mangeras à ta faim, je te le promets. Et sache que je ne blasphème jamais une promesse faite dans le sacrifice.

Ses yeux s'écarquillent de détresse, il gémit de plus belle.

— Mon violon ? Je vous en supplie, milord ! C'est tout ce qu'il me reste de mon père ! Il me l'a légué sur son lit de mort, c'est la seule chose qui m'aide encore à tenir debout. Prenez tout, mais pas mon violon, je vous en supplie !

— Ton art te permet-il de te nourrir ?

— Non, mais…

— Alors il ne sert à rien. Je suis moi-même un artiste, vois-tu, sauf que dans mon cas, je mets un point d'honneur à ce que le mien ne me fasse jamais terminer dans le caniveau. Si tu n'en as point été capable, il est peut-être grand temps de t'en débarrasser.

Il s'accroche désespérément à son instrument, secouant frénétiquement la tête. Sa litanie insupportable m'agresse les oreilles.

— Pas mon violon, milord, pas mon violon. Je ferai tout ce que vous voudrez. Je peux vous offrir ma bouche… ou mon corps.

Soudain, il se ragaillardit, agrippe d'une main mon manteau pour le tirer à lui.

— Oui ! Je peux faire ça si vous le désirez. Je ne l'ai jamais fait avec un homme, mais je peux apprendre ! Vous pourrez même être violent, je m'en fiche !

Écœuré par ce contact, je lui arrache violemment sa poigne.

— J'ai déjà les bordels pour cela, mon garçon. Je veux que tu m'offres ce que je ne peux trouver en ces lieux. Toi seul es en mesure de faire cela.

Je m'enjoins à prendre un ton plus rassurant pour calmer sa frayeur. Dans la chasse, la patience est une vertu nécessaire.

— Laisse le passé derrière toi, ce n'est pas lui qui remplira ton ventre ce soir. Jette-le dans les flammes de ta décrépitude, tu ne le regretteras pas.

Il remue une dernière fois la tête.

— Non.

Quinze secondes. Je lui en donne quinze.

— Très bien…

Dix. Je me lève, mes os craquent, une moue dépitée plisse ma bouche.

Cinq. J'aime entendre ce son mélodieux, mais uniquement chez les autres.

Tout d'un coup, je sens qu'on tire à nouveau sur le bas de mon manteau. Quinze secondes, c'est tout ce à quoi se résume cette vie brisée. Décevant.

— Si je le fais… si j'accepte de le faire, que me donnerez-vous en échange ?

Si je jubile intérieurement, cette partie trop facilement gagnée me laisse néanmoins en proie à un profond désarroi. Peut-être aurais-je dû élever l'enjeu ?

— *Tu vieillis, min dreng. Tu te ramollis…*

— En échange, je t'offre trois shillings et un pain à la viande.

— Je… C'est d'accord, j'accepte.

Je tends l'oreille et l'oblige à clamer plus fort sa soumission. Il s'exécute sans aucune forme d'accusation. Plus de traces de son seigneur Jésus ne subsistent, balayées par son « sauveur » en haut de forme. Et qu'il soit plus proche de l'Enfer que du Paradis, peu importe dans le fond, du moment qu'il lui procure un délai supplémentaire pour lui éviter de rendre l'âme sur ce trottoir infâme.

Ravi, je croise les bras et me régale de ce spectacle larmoyant. Le jeune musicien s'approche péniblement du feu, murmure un dernier adieu et embrasse le violon avant de le livrer aux flammes.

L'ennui s'emparant de moi, je le laisse profiter de son deuil et pars acheter son dû. Lorsque je reviens, Curtis frotte sans douceur son visage, le regard perdu dans les cendres de ses souvenirs.

C'était la dernière chose qu'il lui restait et je la lui ai prise. Non par pitié ou cruauté, juste parce que j'en avais envie.

Des sept qui existent, n'est-ce donc point le plus doux des péchés ?

Le plus jouissif étant passé, je suis maintenant pressé d'en finir. Avec une pointe d'agacement, je place le pain de viande dans une main et les pièces dans l'autre.

— Au revoir, Curtis.

Puis je me détourne de lui et commence à cheminer vers Walden Street dans l'espoir de retrouver le confort de mon fiacre lorsqu'une voix éraillée et désespérée résonne sauvagement dans mon dos.

— Vous aviez promis que je ne le regretterais pas ! Et je le regrette ! Dieu que je le regrette ! Seigneur, que m'avez-vous obligé à faire ? Soyez maudit ! Vous m'entendez, espèce de fils de chienne ? Soyez maudit !

Je ne prends guère la peine de m'arrêter, mais j'en prélève juste assez pour lui tendre un dernier piège.

Un dernier cadeau d'adieu.

— J'ai promis que tu mangerais ce soir, mon garçon. Le regret ne faisait pas partie des termes de notre contrat. Ce n'est pas ma faute si ta faiblesse a parlé à ta place. Que te restera-t-il une fois le pain avalé et l'argent dépensé ? Rien. Il ne te restera plus rien. Voilà la quintessence de ton art, puisses-tu vivre assez longtemps pour en tirer des leçons. Adieu.

Ses insultes se noient dans ce monde occulte et bruyant qui grouille autour de moi.

Las de cette distraction, je lève les yeux au ciel et me laisse happer par sa folie salvatrice le temps d'un bref instant, dans l'espoir illusoire d'oublier celle qui m'habite.

Chapitre 4

Ô serpent de mon âme

Dorian

Manoir Soulridge
Holland Park, Londres

16 avril 1886

La lune diaphane étreint le manoir et caresse ses pierres, lui conférant une aura surnaturelle.

Descendu du fiacre, je grimpe les quelques marches menant à ce qui me tient de demeure, nommée affectueusement caveau familial. Un titre certes lugubre, mais il m'est difficile de le voir autrement à présent que je suis le dernier descendant des Jacobson. Ces murs avides ont goûté bien plus de sang que ma lame ne le fera jamais.

Un tombeau fait de chair et d'os. L'antre de ma folie.

En bon maître des lieux, je n'ai pas besoin d'utiliser le heurtoir imposant en forme de cobra royal, l'emblème de cette maudite famille. Sa gueule béante est pourtant censée dissuader le visiteur d'y mettre la main.

Je me souviens que plus jeune, cela constituait un défi avec mon ami d'enfance. Nous jouions à qui serait assez stupide pour tenir le plus longtemps possible. Je gagnais à chaque fois, ivre de victoire, mais au fond rien n'a vraiment changé. Parfois, j'ai encore l'impression d'être ce petit garçon, la main coincée dans ce symbole continuant à propager son venin dans mes veines glacées.

Ce nom, ce titre, ce manoir. Étais-je déjà damné dès mon premier cri poussé en ce monde ? Peut-être sommes-nous tous amenés à le devenir un jour.

D'un grincement de gonds, Arthur ouvre la porte et se recule afin de me laisser entrer. Il me gratifie d'une courbette et des politesses d'usage, tout en évitant mon regard ainsi que le prévaut son rang inférieur. Qu'il passe son temps derrière cette fenêtre à guetter mon arrivée ne m'étonnerait point.

Comme indique sa broche reptilienne épinglée sur sa poitrine, symbole de son privilège au sein de ce manoir, le majordome est au service de ma famille depuis de longues années. Lui aussi a vécu tout comme moi le déclin des Jacobson.

C'est un homme bon, sûrement trop bon pour moi. Mais malgré ma cruauté, je n'ai point eu le cœur à le renvoyer. Qui plus est, trouver du personnel qualifié et discret en ces temps incertains requiert d'interminables et ennuyantes recherches dont je me passe volontiers.

Je souris au visage constellé de rides et lui fais savoir que je prendrai un bain. Séance tenante, il sonne le cordon relié à une clochette. Ce dernier permet d'avertir Millie, afin qu'elle puisse faire couler l'eau chauffée par des brûleurs à gaz installés récemment par mes soins sous ma baignoire et celle d'Emilia. Point de valet de chambre, seul un personnel restreint bien plus facile à contrôler.

Si je ne suis pas systématiquement présent dans cette souricière de pierre, je mets un point d'honneur à connaître chacun de mes domestiques. Leurs allées et venues sont consignées dans ma mémoire, imprégnée par la paranoïa héritée de mon oncle.

Les prémisses d'une migraine carabinée s'annonçant, je masse mes tempes et monte rejoindre mes quartiers. Le bois de l'escalier craque sous mes pas. Comme toujours, mon regard est attiré par les nombreux portraits qui ornent le mur. Si je ne devais pas préserver les apparences, je rejoindrais volontiers Curtis dans son autodafé de souvenirs.

Arrivé en haut des marches, je marque un temps d'arrêt, hésite puis finalement me dirige à pas feutrés vers le couloir de droite. Les tapis épais étouffent ces déplacements que j'ai appris à rendre les plus discrets possible. Il ne faudrait tout de même pas que mes proies détalent à cause d'une branche cassée ou d'une latte du plancher mal fixée.

Figé devant sa porte, je pose avec précaution l'oreille, guettant ainsi sa respiration. Il arrive souvent à ma protégée d'avoir le sommeil agité, mais ce soir tout semble normal. Y compris en ce qui concerne ce maudit lapin blanc nommé *Kanin*[5], qu'elle considère comme animal de compagnie.

Je soupire, rassuré. Tant mieux, j'ai besoin qu'elle conserve toutes ses forces pour ce futur apprentissage tant réclamé.

— *Tu te mens à toi-même, Dorian. Toutes les nuits tu te mens, min dreng.*

Je grimace, percuté de plein fouet par ces pulsations douloureuses accompagnant chaque syllabe de cette absurdité.

Sentant la colère me gagner, je recule et fais demi-tour pour rejoindre ma bibliothèque. Si par un jour de fièvre plus acérée, je devais inviter les flammes à venir lécher cette bâtisse, c'est cette pièce qui me manquerait assurément le plus.

Ici, le savoir y est magnifié par d'immenses étagères couvrant les murs sur deux étages. Chaque parcelle de bois est recouverte par une quantité impressionnante de livres amassés par des générations de Jacobson.

Après être venu en Angleterre et avoir été anobli par la reine en personne, mon arrière-grand-père s'est établi dans ce manoir avec, pour tout bagage, ses connaissances et ses racines danoises. Il y a construit un temple pour la science, la littérature, la musique et la peinture, léguant à sa descendance des siècles de réflexions et

5 Lapin.

d'énigmes futures. Énigmes dont je me plais à percer la couverture dès lors que je viens pour m'y perdre.

Je pousse un bâillement peu gracieux et m'étale sur le premier fauteuil rouge croisé, la tête levée vers cette peinture chargée de narguer l'hérétique en moi.

Des anges. Comment peut-on apprécier ces bébés à demi nus boursouflés d'orgueil ?

Fort heureusement, la religion n'est pas quelque chose que Père s'est donné la peine de me transmettre. Au grand dam de sa défunte épouse.

J'inspire profondément et détache mes yeux de cette fresque dédiée aux pédophiles.

Le feu de la cheminée immense crépite, tout autant que moi, d'impatience. Épuisé, je me languis de retrouver mon lit pour me laisser engloutir par mes cauchemars.

Toutefois, il subsiste une dernière chose à régler avant d'aller assassiner Morphée.

— Parlez, *min farbror*[6] ! Ou n'avez-vous plus rien à me dire maintenant que je vous écoute ?

— Tu sais que ma langue se plaît toujours à venir fourcher en ta présence.

— « Fourcher » ? Est-ce donc de cela qu'il s'agit, *ô slangen i min sjael*[7] ? Moi qui croyais que vous veniez me susurrer à l'oreille vos précieux conseils.

Que cela soit dans le plaisir ou la souffrance, ma langue natale vient constamment se rappeler à mon bon souvenir. Semblable à une enveloppe confortable qu'il me convient de revêtir par temps capricieux.

— Que veux-tu donc entendre, *min dreng*?

Je fixe l'être matérialisé par mon imagination. Il porte les mêmes habits revêtus lors de son dernier jour d'existence, sauf qu'il n'y a pas la moindre trace de sang.

6 Mon oncle

7 Serpent de mon âme.

Il n'y en a jamais.

Mon oncle a toujours été un homme élégant, raffiné. Aux goûts prononcés pour la débauche et le meurtre.

Je lui dois tout ce que je sais. Je lui dois tout ce que je suis. Et je le hais pour cela.

— *Sandheden*[8], soufflé-je. Dites-moi la vérité. Que dois-je faire ?

Il hausse ses sourcils épais puis lisse cette moustache entretenue avec soins vaniteux.

— Le manteau de la vérité est souvent doublé de mensonges[9]. Tu le sais, Dorian. Je ne suis que le miroir de tes réflexions, de ton moi profond. Celui que tu caches derrière le vice et le péché. Pour d'autres comme moi, c'est le contraire. Nous nous plaisons à le glorifier pour le laisser voler de lui-même. Pour faire valser les codes et la morale de cette société dévorée par l'hypocrisie. Mais toi, Dorian, toi tu utilises le meurtre et le sang afin d'effacer qui tu es vraiment.

Je déglutis douloureusement, ma gorge asséchée par cette voix traînante touchant chaque point sensible de mon être torturé.

— Et qui suis-je, *slangen*[10] ?

Il sourit et se penche vers moi. Ses traits se brouillent le temps d'un instant pour me laisser entrevoir mon propre visage rajeuni, tordu par l'horreur.

— Tu es toujours ce gamin effrayé de douze ans, ces dix-huit années n'auront en rien changé cela. Le sang a été versé et il continuera de couler à travers tes cicatrices. Peu importe celui d'autrui qui viendra tacher tes mains et ronger ta raison. Peu importe le nombre de cadavres laissés derrière toi, tu ne pourras rien y faire, *min dreng*. Ce sang est et restera toujours le tien.

— *Nej*[11]...

8 Vérité.

9 Proverbe danois.

10 Serpent.

11 Non.

Je plonge la tête dans mes mains, clos les paupières dans l'espoir vain de chasser son image et ses mots martelant mon discernement.

— Non…

Je relève la tête et plonge mon regard dans ses abîmes sans vie.

— Vous avez tort. Je ne suis plus cette chose faible et insignifiante que vous aviez trouvé rampante à votre porte.

Il ricane.

— Les morts ont sans cesse raison, Dorian. Souviens-t'en. Quant à cette fille… Es-tu sûr de vouloir en faire ton élève ?

— Pourquoi l'aurai-je recueillie si ce n'est point pour cela ?

Les yeux du comte Alexander Lewin Jacobson brillent d'une intense convoitise.

— Cela aussi tu le sais. Mais es-tu seulement prêt à entacher son innocence pour satisfaire ta cupidité ?

— Personne en ce monde n'est innocent. Cette leçon, je l'ai apprise de vous si je ne m'abuse.

Il hausse une épaule fantomatique.

— Une leçon qui m'a conduit à la tombe. Mais peut-être est-ce là ce que tu souhaites, Dorian ? Pratiquer le rituel et me rejoindre, non… *nous* rejoindre. Trouver enfin cette paix que tu désires tant dans l'irrémédiable.

— Est-ce donc si paisible là où vous vous trouvez ?

— Aussi paisible que ta décision se doit d'être.

À mon grand soulagement, il se relève, décidé à se retirer pour la nuit.

— Apprends-lui, *min dreng*. Enseigne-lui ce que nous savons et viens ensuite nous rejoindre. Ta place est à nos côtés. Le bonheur n'a jamais été une option dans cette famille. Seule la mort est prête à nous accueillir. Laisse-la te guider jusqu'à nous et je te promets que la paix s'offrira finalement à toi.

D'un battement de cils, il disparaît tout comme ma migraine qui me laisse enfin respirer à nouveau. Ce petit échange d'outre-tombe m'aura au moins permis de mettre un but à mon existence inutile.

Je tourne la tête vers la porte de la bibliothèque, mon esprit dérive vers ses appartements.

Emilia, je t'apprendrai à tuer puisque cela est ton souhait le plus cher. En manipulant ta souffrance, je t'offrirai ainsi la lame qui viendra acheter cette délivrance que je guette depuis tant d'années.

Oui, Emilia.

Déploie tes belles ailes, mon joli papillon.

Que je puisse les utiliser pour voler vers mon éternité.

Et puissions-nous ensemble la trouver.

CHAPITRE 5

L'heure du sacrifice

EMILIA

JARDIN D'HIVER, MANOIR SOULRIDGE
HOLLAND PARK, LONDRES

17 AVRIL 1886

Les yeux fermés, je laisse mes doigts danser sur les touches du piano. Le nocturne opus cinquante-cinq numéro un en fa mineur *andante* de Chopin accompagne les derniers rayons de soleil à travers les nombreuses vitres du jardin d'hiver.

J'aime cet endroit paisible, préservé du tumulte des domestiques et de mes sombres pensées. Ici, pas même Sarah, ma femme de chambre, ne vient troubler mes gammes.

Ironiquement, cette parenthèse de répit m'a été offerte jadis par mon pire ennemi.

Une nuit à l'âge de treize ans, alors que je livrais une énième bataille contre mes propres démons, je suis descendue dans cette pièce, attirée par cette douce mélancolie faisant vibrer les murs du manoir.

Ainsi cachée par la végétation dense de la pièce, l'enfant apeurée que j'étais alors s'est retrouvée submergée par une vague d'émotions toutes plus intenses les unes que les autres. Mais la plus déstabilisante d'entre elles résidait en la surprise de voir cette beauté d'innocence n'être rien d'autre que le produit de cet être impur.

Un être m'ayant pris ce que je possédais de plus précieux en ce monde.

Là, dans ce coin reculé du manoir, habillé d'une longue robe de chambre arachnéenne de dentelle blanche, Dorian semblait plus proche du paradis qu'il ne le serait jamais hors de ces murs de verre.

Subjuguée, je me suis laissée éblouir par cette aura charismatique et envoûtante, transcendant tout, y compris mon aversion pour son musicien.

— Viens, *min sommerfugl*, vole jusqu'à moi. Je promets de ne point t'avaler. Je ne mange jamais passé l'heure du Diable, cela serait contraire à mon régime alimentaire.

Sans cesser de toucher les étoiles, mon précepteur avait bien évidemment remarqué ma présence.

Je me suis redressée pour le rejoindre, intimidée malgré moi par cette facette inédite de lui.

— *Sett dig*[12]. Assieds-toi à mes côtés.

Ma volonté de lui résister momentanément paralysée par le pouvoir de cette incantation, je lui ai obéi.

Sans relever ma soumission inopportune, il m'a montré rapidement un enchaînement de notes que je me suis enjointe à reproduire à la perfection. La concentration qui devait se lire sur mes traits juvéniles l'a fait rire.

C'était la première fois que j'entendais ce son dans sa bouche et je ne pouvais m'empêcher de penser qu'il était aussi magnifique que cette musique.

Non, bien plus que cela.

Avec hésitation, il a levé une main afin de caresser mes cheveux. Ce contact, d'une tendresse inédite, aurait dû me provoquer la nausée. Au lieu de cela, j'ai ressenti des frissons parcourir mon

12 Assis-toi.

échine comme si le mal dont il souffrait se propageait déjà en moi colportée par sa douce et impitoyable morsure.

Je me suis convaincue que je me laissais flatter en bon petit animal domestique, uniquement pour mieux endormir sa méfiance.

Mais la vérité était plus dérangeante que ce simple attouchement.

— Chaque soir, je t'apprendrai à jouer du piano.

À mon tour, j'ai éclaté de rire.

— Parce que je suis une femme, j'imagine ? La musique fait-elle partie des attributs nécessaires pour charmer le sexe fort ?

L'incompréhension a terni ses yeux d'un bleu limpide.

— Nullement, ma chère. D'ailleurs, cette histoire de sexe fort ou faible ne me convient aucunement. À l'avenir, je te prierai de ne pas te rabaisser devant quiconque au rang de simple femelle. Jamais. Cela ne te sied guère et demeure indigne de toi.

Étonnée, j'ai recherché une trace d'ironie sur son visage d'éphèbe, mais Dorian était retourné à sa musique.

Sa voix céleste calquée sur celle désincarnée que j'appris plus tard à connaître sous le nom de Chopin.

— Par ailleurs, et pour répondre à ta question, la musique relève de la plus grande importance, car vois-tu, tout être humain se doit d'apprendre ce qu'est la beauté pour la reconnaître si elle daigne se présenter un jour. Et surtout, mon cher lépidoptère[13], afin de mettre en lumière son opposé tapi dans l'obscurité. Plus tard, tu comprendras combien la beauté et l'horreur sont si intimement liées. La musique est la clé permettant de comprendre cette relation d'une morbidité fâcheuse.

Comme pour illustrer son propos, l'annulaire de sa main gauche a déclenché une note grave, déchirante, presque effrayante tandis que sa main droite s'est mise à lâcher dans l'air devenu étouffant une volée de sons chatoyants et libérateurs.

13 Ordre d'insectes dont font partie les papillons.

Puis, il a joint ces deux sons et leur alliance harmonieuse a soudain frôlé le divin.

— Tu vois ? Ils ont chacun besoin de l'autre pour exister, voilà ce que t'inculque la musique. Apprivoise les deux, soumets-les à ta volonté et fais-en tes armes les plus redoutables. Cela, *min sommerfugl,* dépasse de loin la notion même de faiblesse ou de sexe.

Flattée, je me suis laissée prendre par ce mirage qu'il consentait à faire apparaître sous mes yeux d'enfant traumatisé. Chaque soir à la même heure et en ce lieu d'un autre temps, je l'ai retrouvé pour apprendre la musique tout en essayant de disséquer cette partition sibylline qui ne cessait de me sourire.

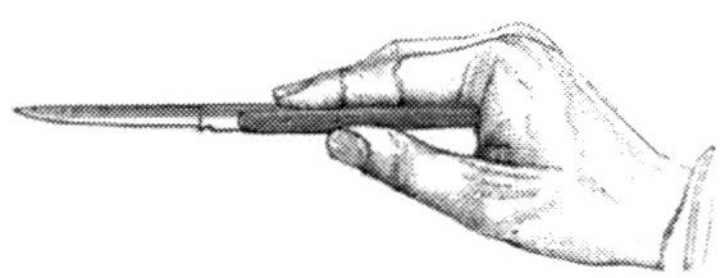

— Tu progresses.

— J'ai eu un bon professeur.

D'une démarche féline, Dorian vient s'installer en face de moi.

Accoudé au piano, les yeux fermés, ses longs doigts fins consignent ces notes connues sur le bout de ses lèvres vénéneuses à mesure que je les laisse prendre leur envol.

Pris dans le tourbillon libérateur de la musique, ses traits se détendent, écaillant au passage le vernis de son tourment pour ne plus laisser que ceux d'un jeune homme. *Une arme, oui je comprends mieux cela à présent.*

Ses talents éclectiques ne cessent de me captiver. Pourtant, c'est une autre facette de ce polymathe méphistophélique qu'il me tarde à présent de découvrir.

— Avez-vous réfléchi à ma proposition ?

Il ouvre paresseusement les yeux et me fixe avec intensité.

— Aurais-je dû le faire ?

Mon énervement sous-jacent blesse l'ivoire bicolore. Remontée par sa mauvaise foi, je m'arrête de jouer, prête à affronter cet oppresseur amusé par mon futur coup de sang.

Mon regard s'affaire sur sa tenue du jour : un gilet noir parcouru de motifs damassés argentés en brocart tissé, complété par une chemise blanche dont les manchettes sont garnies d'une fine dentelle à leurs extrémités.

Mon tuteur ne se laisse jamais influencer par la mode actuelle au grand dam de son majordome. Il manipule son apparence à la manière d'un instrument, l'affûte au gré de ses humeurs et de ses besoins pour mieux servir son dessein.

Le contrôle.

C'est ce précepte qui régit toute son existence dans cette société. En maître incontesté de sa destinée, Dorian décide ce que vous souhaitez voir, que cela passe par les attributs d'un élégant dandy ou par une simple silhouette prête à se fondre dans la masse pour mieux vous attaquer en douce.

Amèrement, je constate que, doté de ce port altier, il ne lui manque plus qu'une couronne d'épines pour l'introniser prince des Enfers.

— Vous le savez très bien, ne jouez donc pas avec moi, milord. Est-ce un oui, ou est-ce un non ? Je crois que vous me devez au moins cette réponse.

— « Devez » ? Et depuis quand te suis-je redevable, je te prie ?

Je serre la mâchoire à me briser les dents.

— Depuis que vous m'avez pris ma famille.

Il pose une main sur sa poitrine et affecte la mémoire retrouvée.

— Ah, en effet ! Pardonne-moi, le registre de mes défunts est tellement long que j'en oublie parfois les noms qui y sont consignés.

— Et les visages ?

Il claque des doigts.

— Effacés ! Ne restent plus que les sensations.

Aussi douloureux que puisse être cet échange, je me force à ne rien laisser paraître de mes pulsions meurtrières, même si je ne doute guère de sa lucidité.

Comme à son habitude, il s'amuse à mes dépens, affligeant de son bâton cruel mes humeurs jusqu'à ce j'abdique. C'est une guerre d'usure dans laquelle je m'engage à ce qu'aucun de nous ne sorte vainqueur.

— Et quelles sont-elles ? demandé-je du bout des lèvres.

Ses prunelles s'écarquillent sous l'effet de l'extase.

— Divines.

Sa main à présent posée sur le piano glisse pour me rejoindre.

À mi-chemin de moi, son odeur boisée se mêle au sang frappant mes tempes. Il s'arrête, mon pouls s'accélère pour fuir cette future proximité que mon corps traître semble désirer avec ardeur.

Est-ce la jeune femme s'éveillant en moi qui recherche cette présence ? Ou est-ce l'excitation de lui enfoncer un poignard dans son cœur perverti ?

Joueur, Dorian se penche légèrement. Sa bouche se tord d'une grimace complaisante.

Il veut me faire croire que j'ai remporté cette manche, cependant je ne suis pas dupe. Les cartes ont été redistribuées depuis longtemps par son génie de dramaturge.

— Que me donneras-tu en échange, Emilia ?

Je n'hésite pas une seule seconde pour fomenter ma réponse.

— Ma vie.

— Hum…

Il effectue un pas de plus dans ma direction.

— Je l'ai déjà prise, il me semble.

Je tressaille, touchée par cette évidence jetée en plein visage.

— Mon esprit.

Ma mauvaise réponse le fait progresser davantage. Il n'est bientôt plus qu'à quelques centimètres de moi.

— *Beati pauperes spiritu*[14]. Tentant, mais aussi brillant soit-il, après mon enseignement il risque de toute manière de perdre sa sanité. Après notre escapade dans mon « purgatoire » comme tu le nommes si affectueusement, il ne me sera plus d'aucune utilité, je le crains.

J'avale la bile acide formée dans ma gorge meurtrie. Je sais ce qu'il désire, je ne fais que gagner du temps, mais pour quoi faire ? Il sait parfaitement que je finirai par déposer les armes à ses pieds.

Toutes, sauf celle qui lui tranchera sa langue vouée au culte de la perfidie.

— Mon âme. Je vous donnerai mon âme.

— Ah…

Un dernier pas le place à mes côtés. Les pans de son habit frôlent la peau dénudée de mes bras.

À ma grande surprise, il s'agenouille et prend mes mains dans les siennes.

Ma chaleur réchauffe la morgue de ses doigts intacts d'aristocrate, préservés du travail populaire.

Le crime n'esquinte pas la peau du tortionnaire, uniquement celle de ses martyrs. L'étincelle qui embrase ses deux pierres précieuses témoigne de son intérêt retrouvé à mon égard.

Obtenir les deux mots adéquats, c'est tout ce qu'il m'aura fallu pour retrouver ma place au sein de son entreprise taillée par le meurtre.

— Enfin, tu me donnes la bonne réponse. Mais es-tu vraiment prête à me la céder ?

— Oui.

Il porte une de mes mains à sa bouche et y dépose un baiser aussi léger que mon surnom aux futures ailes d'acier.

Frissons. Plaisir. Horreur.

Un imbroglio de sentiments s'empêtre dans mon bon sens malmené par cet affect interprété à la perfection.

14 Du latin : « heureux les pauvres d'esprit ».

Arrachée soudain à mes limbes, je retire violemment mon bras. Il ne s'en offusque guère, riant de ma fausse pudeur.

— Détends-toi, Emilia. Si tu n'arrives même pas à calmer tes élans rancuniers en ma présence qu'adviendra-t-il dès lors que tu devras passer à la pratique ?

Je frotte ma peau contaminée jusqu'à sentir la morsure de la brûlure purificatrice.

Ce n'est peut-être point du poison que j'aurais dû verser dans sa tasse, mais de l'eau bénite.

Qui sait, peut-être cela aurait-il pu fonctionner ?

Ou peut-être que Satan lui-même ne craigne d'accueillir son serviteur le plus dévoué…

— Je saurais calmer mes nerfs, soyez-en assuré, milord.

— *Derfor*[15], il n'y a donc que ma splendide personne qui soit capable de faire naître chez toi un tel émoi ?

Je me tais, incapable de répondre à cette nouvelle bravade. Il pouffe dans sa manche.

— Allons, Emilia, tu sais combien je prends plaisir à te taquiner.

— Je crois que le terme exact est « jouer ».

— Ma foi, si tu préfères qualifier cela de cette façon…

Il se lève et me tend la main.

— Alors jouons, *min sommerfugl.*

J'hésite, m'y reprends à plusieurs reprises avant de finalement y déposer la mienne.

Enchanté, il s'empresse de s'en emparer, comme s'il craignait que je ne me dérobe à cette intimité.

Pas cette fois, milord. Sachez que je peux jouer l'effarouchée et la mante religieuse en une seule partie si c'est pour remporter la mise.

Manipulatrice, je feins l'ingénuité et lui demande d'une voix séduite par son piège :

— Et à quoi allons-nous donc jouer, Dorian ?

15 Ainsi.

Il me tire doucement vers lui, relève mon menton afin que nous puissions nous trouver dans un semblant d'égalité.

Ses yeux flirtent avec la démence tandis qu'il me répond d'une intonation à tenter le plus chaste des saints.

— À sacrifier ton âme.

Chapitre 6

Un masque peut en cacher un autre

Emilia

Serre, Manoir Soulridge
Holland Park, Londres

17 avril 1886

Sans lâcher ma main, Dorian me mène dans la serre attenante au manoir. Le jour de mes douze ans, deux années après mon arrivée en ces murs, il m'a sacrifié cette pièce de verre ainsi que les services d'un certain Duncan Napier, herboriste, propriétaire de plusieurs magasins à Édimbourg.

Ma courte existence auprès de mon bienfaiteur m'aura fait comprendre que ses désirs ne se plient ni à la bienséance ni à l'impossible. Et si ses sombres desseins lui soufflent de faire venir d'Écosse le plus éminent spécialiste de plantes, qu'il en soit ainsi.

Certains hommes offrent des poupées ou de jolies robes.

Dorian lui, a préféré me céder la nuit éternelle et un collier pour me rappeler chaque jour mon passé. Belladone, brugmansia ou encore berce du Caucase, autant de fleurs et de plantes fragiles gardiennes de trésors d'ingéniosité lorsqu'il s'agit de rendre un dernier soupir.

À l'époque, je pensais qu'il souhaitait me narguer en mettant les outils de ma vengeance à ma portée sans que je ne puisse jamais les utiliser. Du moins, c'était le cas jusqu'à hier.

Jadis, il m'était défendu de mettre mon savoir en pratique tant que Napier ne m'aurait point jugée apte à voler de son lègue. Chose qu'il s'est empressé de faire il y a deux jours de cela.

Le papillon sait aussi se montrer très persuasif quand il s'agit d'arriver à ses fins.

Nous pénétrons dans cet écrin végétal dont le parfum entêtant ne procure qu'un sentiment de sécurité utopique. Ce mirage des sens, j'ai appris à l'aimer autant qu'à le détester. Je ne compte plus les malaises et vomissements qui ont suivi leur manipulation, ainsi que les nombreuses réprimandes de mon professeur agacé par ma maladresse.

Pourtant, chacune de ces expériences malheureuses m'a permis d'apprécier leur dualité. Aussi belles que meurtrières, ces plantes ont façonné celle que je suis devenue.

Alors dès que Napier se retirait dans ses quartiers, je les étudiais de moi-même jusqu'à des heures indues, dans le but de percer leur charme toxique pour le faire mien.

Comme elles, j'ai cultivé mes atouts physiques et mon intellect, tout en instillant le poison dans mes veines afin que, s'il prenait un jour à Dorian l'envie d'y tremper ses lèvres, je puisse l'emporter avec moi dans la tombe.

Cette métaphore vengeresse fait naître sur ma bouche framboise un sourire qu'il me tarde de lui faire croquer. Même si mon tuteur n'a jamais manifesté le moindre intérêt pour mes attributs féminins, cette plongée inespérée dans les tourments de son être pourrait se révéler d'une grande utilité. Je dois m'approcher de lui, embrasser sa vision, la faire mienne pour m'ouvrir un passage en direction de ce cœur que je briserai de mes doigts.

Indifférent au trouble éclairant mes pas, mon guide poursuit son chemin jusqu'à une porte de fer gardée de chaque côté par deux cobras royaux de pierre. Je ne l'ai jamais vu y pénétrer et je ne me suis moi-même jamais aventurée jusqu'à elle. Ou plutôt si. Du moins au tout début, car par la suite, mes faibles connaissances en matière de crochetage de serrure ont eu raison de bon nombre de mes pinces à cheveux.

Je lève les yeux pour observer ce sésame lugubre qui me crie de faire demi-tour. *Pas question, mon ami, j'ai attendu quatre années pour t'ouvrir. Rien que pour cela, tu peux bien m'accueillir avec les hommages.*

— Ne t'es-tu jamais demandé ce qui pouvait se cacher derrière cette porte ?

Dorian me fixe, amusé par cette curiosité que je peine à cacher.

— Vous le savez déjà, milord.

Il s'esclaffe.

— Il est vrai que je n'ai jamais eu à m'interroger sur la raison de ta coiffure débraillée chaque fois que tu quittais ces lieux.

Je me renfrogne. Décidément, rien n'échappe à son œil aguerri de prédateur.

— Qu'en savez-vous ? Cela aurait pu être l'œuvre de mon professeur.

Ses sourcils se froncent de mécontentement alors que sa main broie cruellement la mienne.

Je gémis de douleur, mais il ne s'arrête pas pour autant. Ses yeux luisent d'une émotion que je ne lui ai jamais connue.

De la jalousie ? Non. Dorian est incapable d'un tel sentiment. Chez lui, cela relèverait plutôt de la possessivité pathologique. Comme une jolie chose, un objet précieux qu'il tiendrait à conserver à sa portée exclusive.

Cet homme n'est rien de plus qu'un enfant égoïste qui ne prête ses jouets à personne. Et je suis celui entreposé tout en haut de son étagère infernale.

— Permets-moi d'en douter, *min sommerfugl.* Ce vieillard ne goûte qu'à sa chère et tendre épouse et je ne suis guère persuadé que Joan serait d'accord de le voir venir jusqu'à Londres pour papillonner avec toi.

— Peut-être que vous vous trompez.

— Hum… Pourquoi serait-il rentré ventre à terre dans son pays ? À moins que…

Il se rapproche, lève nos deux mains entremêlées pour caresser de mes doigts ses lèvres aussi douces que des pétales de rose empoisonnée.

— De quoi l'as-tu donc menacé, ma jolie Emilia?

Soudain, je manque d'air. Même si je suis consciente des nombreuses épines plantées derrière ce beau visage, je ne peux m'empêcher de m'empêtrer une nouvelle fois dans son jardin cruel.

— Je lui ai annoncé que s'il ne me déclarait pas apte à travailler seule, je ferais courir des rumeurs nous concernant. Rumeurs pouvant bien entendu arriver aux oreilles de sa chère et tendre épouse.

Mon air de chaton sauvage le fait éclater de rire. Amusé, il dépose un baiser chaste sur mes griffes naissantes avant de me lâcher la main. Je mords mes propres lèvres dans l'espoir de retrouver un semblant de contenance, mais déjà Dorian s'écarte de moi, triomphal.

— Finalement, je devrais peut-être envisager la méfiance. L'élève semble dépasser un peu plus chaque jour le maître.

— N'était-ce donc point ce que vous rêviez d'avoir ? Ce que vous comptiez fabriquer en m'offrant tous ces poisons ? Un adversaire à votre mesure…

— Un partenaire, me coupe-t-il. J'avoue avoir caressé l'idée saugrenue, mais brillante, de cultiver ton talent dans l'espoir de pouvoir m'en servir à des fins plus… intéressantes.

Je l'interroge du regard, toutefois il en profite pour sortir la fameuse clé de sa poche.

D'un tour de serrure grinçante, il ouvre cette porte, sujet de tous mes fantasmes, et m'invite à y entrer. Ce que j'y trouve provoque dans un premier temps un élan de surprise très vite remplacé par l'évidence de ce personnage attaché aux symboles.

Je me tourne vers lui, décidée à recueillir ses explications. D'un sourire fugace, il scelle la pièce derrière nous et ouvre ses bras pour me présenter les lieux.

— Bienvenue dans ma serre privée, Emilia. Je t'ai certes laissé les poisons, mais j'ai conservé à mon usage personnel l'héritage de cette maudite famille. Il est temps pour moi de t'en faire également profiter, tu l'as amplement mérité. *Komher,*[16] *min sommerfugl*, que je puisse ainsi te présenter tes frères et sœurs. Tout comme toi, leur sang est aussi froid que cette glace logée dans ces beaux yeux ne rêvant que de s'enfoncer dans ma chair.

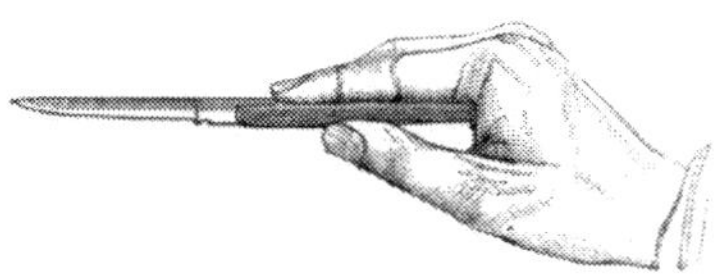

Des serpents. Tout autour de nous des dizaines, non, des centaines de reptiles venus nous transpercer de leur regard dépourvu de paupières. Leurs langues bifides cognent contre les parois de leur terrarium respectif.

Une vague de soulagement déferle en moi lorsque je me rends compte qu'ils ne peuvent venir jusqu'à nous. Je n'ai aucune peur vis-à-vis de cette espèce que je trouve même fascinante. Non, ce qui me terrifie luit sur leurs crochets menaçants.

— Ils sont un peu agités, pardonne-les. J'ai demandé ce matin à Arthur d'augmenter sensiblement la température de la chaudière, mais c'était un mal nécessaire afin d'améliorer leur productivité.

— Leur… productivité ?

Le roi des reptiles me jette un sourire facétieux de l'autre côté de la pièce et, d'un geste souverain, me prie de venir à ses côtés.

Derrière une seconde porte plus sommaire se cache une véritable usine à réchauffer l'ensemble de la pièce. Épatée par son esprit scientifique, je le laisse m'expliquer les mécanismes de son vivarium personnel.

16 Viens.

D'un timbre teinté de vanité, il m'expose avoir fait venir des quatre coins du monde de nombreuses espèces, n'hésitant pas à utiliser de ce fait le prétexte de la fondation Jacobson. Personne n'oserait venir fouiner dans les affaires du comte si un ou deux spécimens disparaissaient au cours de leur transfert au zoo londonien.

— Je ne fais que perpétuer l'œuvre de mon oncle, se défend-il faussement modeste.

— Est-ce aussi lui qui a construit tout ça ?

— En partie. Cependant, j'ai amélioré son système en le remplaçant par une chaudière au gaz.

Je me détourne de lui pour parcourir ce que j'imagine être son œuvre. L'atmosphère étouffante fait couler la sueur dans mon corsage.

Refoulant un malaise naissant, je coince une mèche de mes cheveux trempés derrière l'oreille.

Puis mes doigts font connaissance avec cet écosystème que je n'ai pu admirer que dans mes livres griffonnés par des explorateurs intrépides. Comme eux, je touche les feuilles d'une plante qui, si je ne m'abuse, doivent être celles d'un bananier. Impressionnant.

Dans mon dos, Dorian me suit à distance, respectueux de ma curiosité. Tout en continuant mon exploration, je lui prête une oreille attentive, avide de ses explications sur ces installations qui ne devraient pourtant guère me surprendre.

En effet, je dois à son talent d'ingénieur la chaleur de mon bain et les nombreuses améliorations du quotidien qu'il a pris soin d'effectuer dans tout le manoir. En homme accompli qu'il se doit de paraître, les nouvelles technologies le passionnent tout autant que les rites ancestraux.

— Le système hydraulique construit permet d'acheminer l'eau bouillante dans un réseau de tuyaux qui viennent chauffer le terrarium de manière graduelle. Plus tu avances dans la serre et plus la chaleur est importante. Tes plantes sont à l'entrée, car elles n'en nécessitent qu'une faible partie. Mais ici, le climat y est plus tropical, propice à développer ces espèces et aussi certaines plantes plus exotiques comme celle que tu es en train de toucher.

Je dégage vivement ma main de ladite plante et me tourne vers lui. Il s'arrête, penche la tête de côté pour extraire de mes réactions l'essence de ses futurs projets.

Je pourrais prendre les jambes à mon cou et m'enfermer dans ma chambre, je suis persuadée qu'il ne prendrait même pas la peine de me retenir. Mais quelque chose m'oblige à rester à ses côtés.

Pendant six années, je n'ai appréhendé qu'une infime partie de sa personnalité. Et ce hors-d'œuvre reptilien ne m'en fait saliver qu'encore plus.

— C'est absolument fabuleux ce que vous avez entrepris, Dorian. Je suis sincèrement impressionnée par votre génie diabolique. Néanmoins, vous ne m'avez pas amenée ici uniquement dans le but de m'exposer vos talents de zoologiste, n'est-ce pas ?

Son expression féline semble tout droit sortie de ce roman de Lewis Carroll qu'il me lisait jadis le soir pour m'endormir.

De son index il tapote ses lèvres, feignant la réflexion. Comme si ce démon n'avait pas déjà tout planifié ! Irritée, je croise les bras, impatiente de sortir de ce four géant, mais comme à son habitude, il fait durer le plaisir.

Enfin, après une pause interminable, il s'accroupit près de l'un des plus grands terrariums et tapote sur la vitre pour provoquer son habitant.

La bestiole en question réagit immédiatement, agitant sa tête de droite à gauche dans une danse hypnotique faite pour engloutir ses proies trop imprudentes.

Nullement effrayée, je décris des cercles autour de son habitat sous l'œil amusé de Dorian pour mieux apercevoir les détails de cet animal tant décrié par la Bible. L'un de mes premiers constats fait état de l'énormité du serpent. Il doit presque avoisiner ma taille. De dos, sa large coiffe laisse entrevoir un dessin noir et blanc en forme de lunettes.

Je lève la tête, en vain. Il a bien sûr anticipé ma question.

— *Naja naja* ou cobra dit à lunettes de la famille des *elapidae*. Il a été vénéré autrefois par les Égyptiens et l'est encore aujourd'hui par les Hindous. Il se nourrit essentiellement de petits rongeurs. Son venin regorge d'une composante neurotoxique et nécrosante.

— Intéressant.

Son sourire se fait machiavélique.

— Oh, tu n'en as pas la moindre idée.

Mon tuteur se remet sur ses longues jambes et se dirige vers l'établi de laboratoire situé au centre de la pièce. Des fioles et des verres à distiller occupent le plan de travail rangé avec soin.

Je comprends son but bien avant qu'il ne l'exprime à voix haute.

— Vous prélevez le poison sur ces serpents.

Il prend un petit tube rempli d'une substance douteuse et le scelle d'un bouchon de liège, venant ainsi confirmer mon hypothèse.

— C'est exact, *min sommerfugl*. Décidément, me décevoir ne fait guère partie de tes compétences.

J'élude sa répartie d'une main animée par un intérêt décuplé pour son travail.

— Comment faites-vous cela ?

— Oh.

Il pointe du doigt une espèce de vaporisateur artisanal.

— Avec ceci. J'asperge une fois tous les deux jours leurs copeaux de bois de substrat, ce qui me permet de ne pas les énerver. Je modifie la dose quand je désire recueillir leur venin. Ils sont alors plus calmes et se laissent facilement prélever. Bien que parfois, cela ne se fasse point sans morsures.

Il devance mes émotions meurtrières et pose une main sur son torse dessiné.

— Sois sans crainte, aucun animal ne m'arrachera prématurément à ta vengeance. Je réserve mon seul et unique trépas pour toi comme tu le sais parfaitement. Cette étagère que tu vois là contient tous les antidotes de chaque serpent ici présent. Je ne risque donc rien, si ce n'est quelques cicatrices.

Je pousse un soupir rassuré et en profite pour taquiner son ego.

— Mon pauvre et adorable Dorian dont la peau si pure d'aristocrate a été souillée par une vilaine bestiole.

Il grimace, je pouffe de rire.

— Moquez-vous donc, très chère, mais ces morsures sont souvent extrêmement douloureuses.

— J'étais pourtant persuadée que vous idolâtriez la souffrance.

La provocation flamboie dans son regard. Je baisse les yeux, victime de leur intensité consumant la bienséance.

— Pas cette souffrance-ci, ronronne-t-il. Mais de cela, je ne puis être ton professeur, *min sommerfugl.*

Sans s'attarder davantage sur ces paroles lourdes de sous-entendus, il range le flacon dans sa poche et me tend son bras. Je m'y accroche sans hésiter une seule seconde, déçue toutefois par cet intermède bien trop court dans les dédales de sa folie.

— Est-ce là tout ce que vous aviez à me dévoiler?

Un rire résonne à mon oreille droite.

— Et à quoi donc t'attendais-tu ? Souhaitais-tu tant que cela voir le sang couler ?

— Ma foi, oui. Ce n'est pas cela que j'escomptais en choisissant ce matin de revêtir cette robe carmin.

Silencieux, il me fait passer devant lui et verrouille derrière nous la porte. Lorsqu'il se retourne, le choc de cette vision nouvelle me fait soudain trébucher.

Finalement, le masque dont je le pensais dépourvu en ma présence, ne se révèle qu'être une armure de plus.

Je me suis trompée, effroyablement trompée. Le masque n'était pas la première, mais la deuxième enveloppe de cet être complexe. Celle qu'il revêt à chaque fois qu'il se trouve à mes côtés. La troisième, celle qui se réjouit de me faire basculer dans ses ténèbres, vient juste d'apparaître sous mes yeux pour balayer les cendres de son double jeu putride.

Et dans le fond de ma conscience bousculée, une voix tremblante m'avertit qu'il ne s'agira sûrement pas de la dernière.

Combien de couches cette entité sortie tout droit de l'Enfer possède-t-elle donc ? Vais-je devoir les écorcher une à une au risque d'y étouffer ma lumière ?

Mon tourmenteur sourit, parfaitement conscient de ma déstabilisante trouvaille.

Sa voix séraphique me fait gravir les étages de cette turpitude qui lui tarde de me faire partager.

— Dans ce cas, *min sommerfugl,* allons redonner de l'éclat à sa couleur.

CHAPITRE 7

La justice du diable

ÉMILIA

LE PURGATOIRE, MANOIR SOULRIDGE
HOLLAND PARK, LONDRES

17 AVRIL 1886

Dans le jardin du manoir, nous descendons les marches menant au labyrinthe végétal. La voix de l'enquêtrice en moi jubile. *J'avais raison ! L'entrée se trouve bel et bien ici.*

Pourtant, au lieu de l'emprunter, mon compagnon de mauvaise fortune me fait tournoyer sur moi-même afin de m'entraîner vers les niches sculptées dans la pierre qui exposent le buste de l'un de ses ancêtres. Homme ou femme, les traits façonnés de détails m'ont toujours procuré des frissons de mal-être.

Enfin, Dorian s'arrête devant celui de son arrière-grand-père et passe la main derrière le socle.

Un bruit mécanique un peu rouillé se fait soudain entendre et, sous mes yeux ahuris, la statue ensorcelée se met à bouger pour dévoiler un escalier qui invite le malencontreux visiteur à se fondre dans son obscurité.

Des années de spéculations se rappellent à ma mémoire. Ma Némésis vient tout juste de me servir sur un plateau le plus grand mystère qui l'entourait et régissait mon existence.

Quelle ironie !

— Une autre invention de mon vénéré arrière-grand-père. Qu'en dis-tu, ma chère ? Te sens-tu prête à me suivre dans les ténèbres ?

— Plus que jamais, milord.

Malgré ces mots, il patiente, prêt à me laisser une porte de sortie que je me refuse d'envisager.

Ma volonté indiscutable doit se peindre sur mon visage tordu par l'impatience, car il se met finalement à se mouvoir avec grâce et ôte sa redingote.

Galant, il la pose sur mes épaules et en referme délicatement les pans autour de moi.

Face à mon étonnement empourpré, il hausse une épaule désintéressée.

— Contrairement à ce que veut bien en dire la Bible, l'Enfer est glacé.

Puis, il s'avance et s'accroupit dans l'un des sombres recoins pour revenir ensuite muni d'une lampe à huile.

Après l'avoir allumée, il m'offre une dernière fois sa main. Et tout comme dans le poème de Dante Alighieri, nous franchissons ensemble le septième cercle de ce cauchemar appartenant à ceux qui ont commis le péché suprême, ébouillantés dans une rivière du sang versé par leurs péchés.

À chaque rayon de soleil salvateur laissé derrière moi, les mots de ce passage rythment mon cœur affolé.

Ô aveugle cupidité, ô folle colère, qui tant nous incite pendant la courte vie, et ensuite, durant l'éternelle, nous plonge en un si affreux bain !

J'ai fait mon choix, j'ai souhaité ardemment m'y baigner à ses côtés. À présent, plaise à qui le voudra là-haut de ne point m'y noyer.

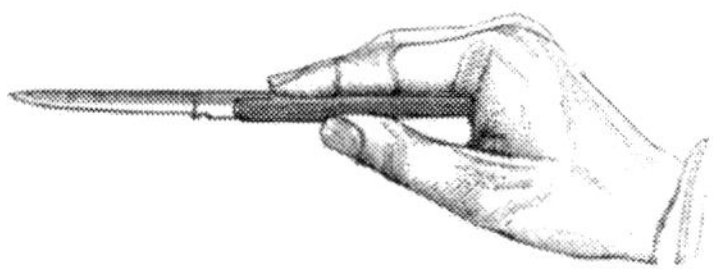

Des gémissements apeurés accueillent mes sens acérés par la pénombre.

Des formes se détachent petit à petit jusqu'à venir dessiner les contours de ce qui semble encore être humain. *Plus pour très longtemps,* me souffle mon sens moral.

Va-t'en, fais demi-tour tant que tu le peux. Tant que tu le désires encore.

Mais mon corps, lui, n'a que faire de ces valeurs d'un autre temps, d'une autre Emilia. Celle-là est enterrée auprès des siens et ne connaîtra la paix qu'une fois les restes de son assassin dispersés dans l'ouragan de sa vengeance.

Autour de moi, la lumière se fait pour éclairer cette vision d'horreur qui se plaît à me tourmenter.

Un jeune homme d'environ une vingtaine d'années est sanglé à une table de métal, inclinée de la tête vers les pieds.

En dessous, une rigole centrale recueille un peu plus loin dans une bassine une matière jaunâtre et odorante représentant les restes de sa dignité.

Sur sa bouche, un tissu noir bâillonne ses cris étouffés par sa morve.

Son visage est noyé par les larmes qui roulent sur ses joues. Seule une serviette recouvre négligemment sa virilité.

En temps normal, je détournerais la tête envahie par la gêne inculquée par mon éducation.

Mais nous ne sommes guère en temps normal.

Paniqués, ses yeux verts me supplient de le détacher, de m'enfuir avec lui et de nous faire justice.

Je pourrais me laisser aller à l'envisager. Après tout, nous serions plus forts à deux pour nous débarrasser de Dorian, même s'il doit employer à merveille ce corps instrumental entretenu quotidiennement par des exercices.

Moi qui voyais cela comme une marque supplémentaire de narcissisme, voilà que j'en comprends maintenant sa funeste finalité.

Oui, nous pourrions tenter de l'assommer, de l'étourdir juste un instant pour nous envoler loin d'ici. Mais que me resterait-il après ?

Rien.

Rien ne m'attend de l'autre côté de ces murs. Rien ni personne. En fait, la seule qui possède une once d'attention de ma part se trouve être celle présente à mes côtés.

Redevenue indifférente, je secoue la tête faisant comprendre à cette victime que je ne serai d'aucune utilité dans ses plans d'évasion.

Mon refus déclenche chez lui une tempête de bruits et de soubresauts désespérés.

À peine ai-je le temps d'entrevoir un éclat métallique qu'une aiguille vient soudain se planter dans son cou.

Rapidement, les effets du venin calment ses envies d'escapade. Son regard vide se fige sur le plafond, tout comme sa poitrine qui n'émet plus le moindre râle. Une cloque impressionnante se forme à l'endroit de l'injection.

— Vous l'avez tué, soufflé-je. Vous l'avez vraiment tué.

Seringue en l'air, Dorian tourne la tête vers moi.

— Grands Dieux, bien sûr que non. Me prendrais-tu donc pour un débutant ? Je te l'ai dit, Emilia, tuer est un art. Et comme tout art, il requiert une certaine préparation. La première consiste à utiliser ce don de la nature pour neutraliser ses éventuelles possibilités d'évasion. Et puis, cela rend la chose plus amusante, ne trouves-tu pas ?

Je réponds par un autre sujet qui me taraude.

— Est-ce… Est-ce qu'il respire encore ?

— Le minimum vital, en effet. La composante neurotoxique induite par ce venin paralyse ses muscles y compris respiratoires. Du moins, c'est ce qu'il devrait se passer si nous avions utilisé le venin brut. Mais le visionnaire se trouvant près de toi a bien sûr pensé à le diluer avec d'autres substances au terme d'innombrables recherches. Ainsi, il ressentira tout, mais ne pourra bouger le moindre orteil. En clair, cet homme respirera l'air que je daignerai lui accorder. Rien de plus, rien de moins.

Fier de sa trouvaille, il tapote le front de sa future victime et sourit d'un air diabolique.

— Pour l'instant, cela va sans dire.

Je me rapproche de lui sans quitter la table du regard.

— Pourquoi lui ? Que vous a-t-il fait ?

Le démon lève un sourcil surpris.

— À moi ? Rien. En revanche, il existe une liste longue comme mon bras de victimes qui ne demandent qu'à être vengées.

Cette fois-ci, je m'arrache à la contemplation du quasi-cadavre pour me concentrer sur Dorian.

Aucune trace de perfidie ne vient troubler ses yeux d'un bleu transparent. Mon Dieu, il est vraiment sincère ! Mais alors…

— Vous traquez les tueurs… comme vous ?

Son sourire provoque une séduisante fossette.

— Prends-le dans le sens qu'il te plaira, mais oui, je ne m'amuse qu'avec eux. Ils sont un mets de choix, juste assez fourbe pour tromper mon ennui pendant quelques heures fortes plaisantes. Quelques jours, si je suis assez chanceux pour en trouver un plus robuste. Ce qui n'arrive hélas pas très souvent.

Ma vision brouillée, je me retrouve pendant un instant à la place de cet homme, attachée par ces sangles, luttant pour respirer avec pour seule image, un Dorian trempé de mon sang.

— Ma famille, balbutié-je. Vous m'avez enlevé ma famille. Était-ce parce qu'elle commettait également des meurtres que vous l'avez achevée ?

Son épaule touche la mienne, mais je n'ai plus assez de réflexes pour échapper à cet effleurement dont le contexte m'est soudain devenu obscène.

— Non, répond-il d'une voix sombre. Ta famille n'a jamais tué qui que ce soit.

Je me mets à crier, toute trace de prudence désertée de mes cordes vocales.

— Alors pourquoi ? Pourquoi l'avez-vous donc fait ? Était-ce par simple plaisir sadique ? Ou vouliez-vous dès le début m'emmener avec vous ? Répondez-moi, Dorian ! Répondez !

— *DET ER NOK*[17] !

Je recule contre le mur, frappée par cette colère irradiant de tout son être, rencontrée pour la toute première fois.

Il soupire, passe une main sur son visage et se recompose une mine plus apaisée.

— Tu n'es pas encore prête à l'entendre…

Il arrête ma protestation d'un geste ferme qui n'attend aucune objection.

— Et ce n'est ni le lieu ni le moment opportun pour régler nos petites querelles.

Je serre les dents à mes les briser.

— Petites, dites-vous ?

— Les femmes et les tailles, vous avez vraiment tendance à en mésestimer les proportions. *Godt*[18] !

Il frappe dans ses mains et les frotte ensemble, passant d'une victime à une autre.

— Si nous commencions, voulez-vous ? Ne me regarde point avec ces yeux de chiot battu par son maître, Emilia. Tu pourras toujours inventorier les différentes tortures délicieuses que tu comptes m'infliger pendant que je lui procurerai les miennes. Vois-tu, je dois dès à présent m'y affairer. Le poison a une durée

17 Cela suffit !

18 Bien !

d'action de deux heures et la mort, comme chacun le sait, ne souffre aucun retard.

Mes ongles laissent une traînée en forme de demi-lune sur mes paumes moites. Je ferme les yeux et inspire profondément.

Lorsque je les ouvre de nouveau, la sollicitude croisée en face de moi m'amène au bord du précipice.

Il sait si bien me manipuler, et moi, je me laisse bercer dans ces bras faits pour me broyer.

Décidée à en finir rapidement, je prétexte un retour au calme et poursuis mon interrogatoire.

— Qu'a-t-il fait exactement ?

Ce drapeau blanc hissé entre nous sera peut-être bientôt taché par nos sangs respectifs, mais pour l'heure, je choisis celui d'autrui. Dorian semble le comprendre puisqu'il s'empresse de me répondre, probablement soulagé lui aussi par ma décision.

Après tout, il n'y avait qu'une seule seringue remplie…

— As-tu entendu parler de l'embaumeur ?

Je cherche dans ma mémoire les dernières coupures de presse.

— Celui qui momifie ses victimes ?

— Lui-même.

Il affiche en grande pompe l'homme allongé sur la table.

— Je te présente Henry MacKenzie, croque-mort de son état et embaumeur à ses heures perdues. Amateur d'enfants et d'égyptologie. Quoique pour cette dernière passion, ses connaissances demeurent tout de même assez basiques.

Le fait qu'il ait osé poser ses sales pattes sur des enfants innocents remue en moi un profond sentiment de haine.

D'après mes souvenirs, les scènes de crime décrites dans les faits divers étaient d'une rare monstruosité. Non content de leur ôter la vie, ce pervers leur prenait aussi leur innocence.

Tout d'un coup, une pulsion me fait envisager la possibilité de l'achever moi-même.

Mais comment être sûre qu'il s'agisse effectivement de lui ?

— Comment avez-vous fait pour le retrouver alors que la police le cherche encore ?

Il émet un rictus gonflé d'orgueil.

— Figure-toi que j'y ai mes entrées. Ou plutôt, l'amitié d'un des inspecteurs que je connais depuis ma plus sombre enfance. N'as-tu donc point remarqué mes absences diurnes ?

— À dire vrai, j'étais trop occupée à comptabiliser les nocturnes pour m'en soucier.

— Je le sais.

Évidemment.

— Êtes-vous sûr qu'il s'agisse bien de lui ?

Il me fixe comme si je venais de proférer la pire des insultes. Pour quelqu'un qui se vante de loger dans ma tête, cela est étonnant.

— Bien entendu. La police a fait son travail, aidée par mes incroyables facultés. Vois-tu, le formol possède une odeur particulière et une petite séance de filature nous a permis d'avoir le cœur net sur son identité.

— Pourtant, son corps se trouve là et non au bout d'une corde.

Il lève son index d'un geste professoral.

— Eh bien, peut-être ai-je, disons… devancé mon fidèle et talentueux ami.

— Pourquoi ?

Il hausse une épaule.

— La corde ne me paraissait pas être un châtiment approprié. Son absence de fiabilité n'est d'ailleurs plus à prouver. *Quid* si son cou refuse de se rompre ? On devrait alors s'y prendre à plusieurs reprises, prenant en otage le temps précieux de nos chers fonctionnaires. Au moins, mes méthodes sont radicales et définitives.

Argument imparable, je dois bien l'admettre.

Toutefois, je finirais à la place de ce Henry plutôt que de l'avouer à voix haute.

— Et pour en revenir à ton apprentissage, laisse-moi t'en expliquer les grands principes, veux-tu ? Sache qu'il comportera trois étapes essentielles, trois grandes leçons dont la première sera l'observation. Tu dois apprendre à analyser ta proie avant de poser ne serait-ce que le moindre bout de griffe dessus.

— C'est d'une logique implacable.

— Pas pour tout le monde, je le crains fort. Pas vrai, mon brave ?

Un concert de gargouillements lui répond.

— Allons, faites un effort, Henry. Un gémissement pour oui, deux pour non. Votre douleur n'en sera hélas pas moins douce pour vous, mais au moins aurons-nous la possibilité de converser jusqu'au bout.

Il se penche et lui chuchote la suite.

— Le bout étant votre mort bien sûr.

— Vous êtes un monstre, craché-je. Vous prenez un réel plaisir à le torturer, n'est-ce pas ?

Il pose une main sur son cœur et baisse la tête en signe de contrition.

— Je plaide coupable. Néanmoins, peut-être un jour partagerons-nous ensemble les fruits de ce plaisir divin.

Je frissonne à cette macabre hypothèse.

— Cela n'arrivera jamais.

Il sourit et s'avance avec précaution vers moi dans un exemple parfait de séduction prédatrice.

— Et malgré tout, elle est là à me tenir tête sans trembler, fascinée par ce spectacle que je joue à guichet fermé pour elle.

— *Elle* n'a pas vraiment eu le choix.

Son bras vient se poser contre le mur tout près de ma tête. Le reflet dans ses yeux me renvoie ma propre image à cet instant.

Une souris prise au piège par un reptile affamé.

— Je te l'ai donné pourtant.

— Vous savez très bien ce que j'entends par là, suffoqué-je.

— Oui…

Il se penche vers mon cou.

Son souffle chaud se pose sur ma peau parcourue de frissons.

— Mais le plaisir peut prendre bien des formes, *min sommerfugl.* En savourer l'une ne signifie point fermer la porte aux autres.

Ravi de son petit effet, il m'abandonne pour retourner à sa tâche et s'empare dans l'armoire d'une sacoche de cuir élimé.

Sur une table en acier disposée contre le mur adverse, il l'ouvre et dispose sur le plan de travail des instruments chirurgicaux de tailles et de fonctions variées. Certains se rappellent à mon bon vouloir du temps où je feuilletais en cachette ses livres d'anatomie.

La médecine m'a toujours fascinée par sa précision et ses possibilités infinies.

Le corps humain est un temple de mystères, mais à cet instant, je fais confiance à Dorian pour m'en dévoiler un chapitre.

— Te souviens-tu de certains ? Si je me souviens, tu adorais lire mes encyclopédies.

Je lève les yeux au ciel.

— Existe-t-il ne serait-ce qu'un morceau de ma personne que vous ne connaîtriez point, ô mon cher tuteur ?

Il tourne la tête. Son regard lubrique glisse sur ma silhouette, me faisant violemment rougir.

— Le morceau le plus important. Malheureusement, il ne sera jamais pour ma personne.

Mon plan de séduction s'effondre à cette remarque qui échauffe mon esprit de jeune femme. Ne me trouve-t-il point à son goût ?

Je chasse une déception malvenue et m'empresse de le rejoindre.

Dans mon coin, je soupèse un de ces lourds écarteurs, promesse d'une souffrance inimaginable.

— Quels sont-ils ?

Déjà mu par son rôle d'enseignant, il s'arrête dans ses préparatifs pour me consacrer toute son attention.

— De quoi veux-tu parler ?

— Les principes. Vous m'avez dit qu'ils étaient au nombre de trois, mais vous ne m'en avez exposé qu'un seul.

— Ah ! Cela, tu l'apprendras au fur et à mesure et quand je te jugerai prête.

— Fort bien.

Je pointe de l'écarteur le plan incliné.

— Comment comptez-vous vous y prendre ?

Dorian semble ravi de cette demande.

— En copiant son *modus operandi*.

Une lumière s'éclaire au bout de mon tunnel de réflexion. Je m'empresse de lui en faire part.

— Le *naja naja*, vénéré par les Égyptiens. Vous l'avez utilisé contre lui parce qu'il faisait de même avec ses victimes ?

Il grogne dans sa barbe inexistante.

— Ne me prends point pour le saint que je ne suis pas, Emilia, je ne veux guère de ton auréole. Henry n'utilisait aucun poison sur eux, il se contentait de les violer et de les tuer. Si je l'ai utilisé, c'est uniquement à des fins récréatives.

— Et la justice ?

— La justice ?

Il replace nerveusement une mèche de ses cheveux indociles.

— La justice est à l'image de l'homme : faible et corruptible. De par sa nature, le mal ne peut se placer entre les mains de vieillards en perruque, se croyant adoubés par une quelconque divinité. Tu es venue ici de ton plein gré, Emilia. Je doute que ce geste ait été seulement guidé par une soif de justice. Ou bien permets-moi de te dire que tu t'es trompée de « purgatoire ». En ces murs, je suis l'accusateur, le juge et le bourreau. Et ma sentence a déjà été prononcée avant ton arrivée.

C'est donc cela la justice du Diable ?

— Et… quelle est-elle ?

Amusé, il sifflote *ave perfection* le lacrimosa de Mozart tout en retournant à l'armoire d'où il sort cette fois-ci quatre vases en terre cuite avant de les disposer avec soin sur la table, au pied du croque-mort.

— Enfin, *min sommerfugl*. Enfin, tu te mets à poser les bonnes questions.

CHAPITRE 8

Nourrir la bête

DORIAN

Sur ce visage de poupée, je guette toute trace de refus ou de peur, mais rien sur sa porcelaine ne laisse transparaître le moindre doute.

Soit j'ai eu la chance de prendre sous mon aile la nouvelle Sarah Bernard, soit j'ai sous-estimé son désir de m'envoyer *ad patres*.

Dans tous les cas, le résultat demeurera le même : je profiterai de ses mains innocentes pour en finir une bonne fois pour toutes.

Fidèle à mon orgueil vestimentaire, je lui tends un tablier afin qu'elle puisse épargner sa robe. Bien qu'à la fin de notre tâche, cette dernière puisse finir par se camoufler aisément dans le décor que je compte lui créer.

Charmée malgré elle par cette délicate attention, elle passe la tête dans le cordon, soulève ses cheveux et se tourne pour me laisser attacher le nœud.

Ma crainte pitoyable de la voir s'éloigner de moi était donc aussi inutile qu'infondée. Pourtant, sa répulsion s'est fait ressentir lorsque nos épaules se sont touchées. Elle m'a regardé comme si j'étais le Diable en personne et non le démon de rang inférieur côtoyé chaque jour.

Dans les prochaines minutes, tout ce que je représentai à ses yeux disparaîtra, ne laissant plus que l'image d'un monstre assoiffé de sang.

Mon calme apparent dissimule une myriade de questions sans réponses, dictées uniquement par mon instinct de chasseur.

Comment me sentirais-je si son regard sur moi ne relevait plus que du dégoût ?

Au fond, je ne puis m'en prendre qu'à moi-même. Je l'ai éduquée dans ce seul et unique but, l'affection écœurante n'ayant guère sa place au sein de notre relation. Seul règne le désir de gagner cette partie. Et en gentleman né, je ne peux décemment point lui révéler qu'elle l'a déjà remportée pour cause de jeu truqué.

Qu'elle m'aime ou me déteste, peu m'importe. Mais si sa haine venait à prendre le dessus, il faudrait que je repense l'intégralité de mes plans.

Peut-être même envisager de l'écarter de l'équation.

D'un rictus immotivé, je balaye cette idée saugrenue me paraissant singulièrement déplacée.

Non.

Mieux vaut la laisser s'emmêler les ailes et profiter du spectacle. Contrairement à ma protégée, je sais ce dont elle est capable. Mon papillon ne me décevra pas.

Ou elle mourra de le faire.

À son tour, elle s'occupe de mon tablier. De par sa proximité, je peux presque entendre ses battements affolés chanter les chœurs de la messe rouge pour moi. De tous les plaisirs délectables évoqués, la provoquer est l'un de mes préférés.

Au mépris de ma personne détestée, je suis persuadé que mon enveloppe charnelle ne la laisse pas aussi indifférente qu'elle le prétend.

Mais l'une ne pourra jamais aller sans l'autre.

— Et maintenant ? demande-t-elle innocemment. Est-ce que vous voulez que je vous aide à…

Première étape de cette leçon : énoncer à voix haute les atrocités que nous nous apprêtons à commettre à voix basse.

— Le découper ?

Elle tressaille involontairement et se reprend tout aussi rapidement.

— Oui. Le… découper.

Je me tourne vers l'établi et m'empare de la lame froide dont je teste le tranchant de mon doigt. Une goutte vermeille nourrit le sol de granit avide. Parfait.

— Tu peux rester derrière moi pour admirer mon travail si tu le souhaites. Mais il se pourrait effectivement que je puisse bientôt m'octroyer tes services.

— Je me tiens à votre entière disposition, milord.

Je ris de sa remarque caustique. Un son éraillé fortement déplaisant, produit d'ailleurs un peu trop souvent en sa présence.

— Parfait, dans ce cas... Que le spectacle commence ! Avec en vedette, et pour une seule et unique représentation, monsieur Henry MacKenzie. Sous vos applaudissements.

Emilia lève les yeux au ciel, scandalisée. Cependant, sous mon insistance butée, elle finit par taper à contrecœur dans ses mains.

— *Tusind Tak,*[19] cher public.

De par ma propre expérience, je profite de son attention détournée pour préparer discrètement les sels de pâmoison dans l'hypothèse infernale où je devrais la réanimer.

Le premier sang versé est toujours le plus important et je tiens à ce que tout soit parfait pour sa première fois.

Une fois mon installation effectuée, je jette un dernier coup d'œil vers ma pupille redevenue soudain silencieuse.

Emilia se tient sur la gauche du corps à une distance respectueuse, mais suffisamment près pour être en mesure d'analyser mes moindres faits et gestes.

19 Merci beaucoup.

Comblé par sa curiosité insatiable, je me penche à la droite de ma future œuvre dont le regard paniqué me supplie déjà de l'achever. Ou peut-être tout simplement de le laisser partir.

Diable, cela est toujours difficile à dire avec ce venin !

— Avant que je ne t'achève, as-tu un dernier souhait ?

Il ne répond rien. Ils ne répondent jamais rien. Déçu, je tends une main impatiente vers ma protégée.

— Instrument, je te prie.

Son choix se fait hésitant.

— Le scalpel vous voulez dire ?

— Cela s'appelle un bistouri, ma chère. Le scalpel est pour les morts, le bistouri pour les vivants. Néanmoins, j'apprécie ton sens de l'anticipation.

Je me redresse pour prendre la plus confortable des positions et visualise mentalement la première phase de nos réjouissances, appelée laparotomie.

Les yeux attentifs de mon papillon suivent la trajectoire de ma lame affairée à inciser la peau, de la pointe du sternum à son pubis.

De ma main libre, j'éponge le liquide rouge venu brouiller ma vision. J'aime que tout soit fait avec soin et propreté.

La découpe est nette, précise. Ma main ne tremble point, fruit des leçons intensives de mon oncle.

Satisfait, je lève le bistouri et porte un regard furtif sur ma protégée.

À l'instar d'une étudiante en médecine, elle tord son cou gracieux, désireuse d'en voir plus. Je lui fais signe d'approcher, elle s'exécute de bonne grâce.

Rassuré par ses joues rosies, prémices de son excitation, je me replonge dans ma toile vierge.

En même temps que je m'applique à écarter la peau et les muscles abdominaux pour révéler l'hypocondre droit, j'explique à Emilia chaque détail de la manœuvre chirurgicale.

L'amour des sciences transmis en lui cachant volontairement mes livres achève le travail à ma place. Bientôt, je me retrouve submergé par ses questions, somme toute assez pertinentes.

Tout en y répondant, je pince la peau dans l'écarteur relié à une chaîne, demande à Emilia de tirer dessus puis de fixer son piquet dans le trou au sol prévu à cet effet.

Elle hésite, mais ne se laisse pas démonter pour si peu. Ni les gémissements irritants de mon patient ni le bruit de la peau détachée de ses chairs ne la font arrêter.

Brave fille.

Je soulève le foie et ligature les vaisseaux de la vésicule.

— Comprends-tu mieux désormais pourquoi je voulais que tu apprennes la couture ?

Sa bouche devient boudeuse.

— Je vais finir par croire que tout ce que vous m'avez appris n'était en rien désintéressé.

— N'est-ce donc point le vice de l'humanité ? Utiliser l'autre afin d'assouvir notre dessein.

— Je présume que c'est également le vôtre ?

— Le mien, le tien et même le sien.

Henry pousse un long gémissement.

— Tu vois, il approuve le principe. À moins que cela ne soit dû à ce que je tiens entre les mains.

La vésicule biliaire ensanglantée de l'embaumeur glisse entre mes doigts affamés. Je la rattrape de justesse et ordonne à Emilia de me tendre le premier vase.

Sous mes pieds, la rigole centrale accueille son offrande. Le doux nectar vermillon s'écoule dans un *ploc ploc* splendidement rythmé. Rien ne me ferait plus plaisir que de faire graver ce son sur mon phonographe. Ainsi, je pourrais m'enivrer de cette douce musique d'ambiance les soirs où je n'aurais pas de quoi nourrir ma créature.

Peut-être pourrais-je même enfin trouver le sommeil…

À mes côtés, mon élève figée tient à bout de bras le réceptacle au couvercle refermé.

— Emilia, je t'ai effectivement dit que nous allions lui retourner les faveurs de ses méthodes, mais je ne t'ai pas encore expliqué le principe des vases, il me semble.

— Je…

Je suis en train de la perdre.

— Emilia !

Elle sursaute et cille, comme si elle se réveillait d'un mauvais rêve. Ou plutôt *dans* un mauvais rêve. Ce qui doit être réellement le cas pour elle. Pour moi, tout cela ne représente qu'un songe divin dont je ne souhaite me réveiller.

— Te rappelles-tu les leçons que je te donnais enfant, sur les mythes de l'Égypte ancienne ?

— Je… oui, je crois. Je crois que oui.

— *Godt*[20]. Récite-moi le nom des quatre vases et ce qui doit rentrer dans chacun.

Ma pupille déglutit et pose le premier sur l'établi avec soin.

— Euh… les quatre vases sont censés représenter les quatre fils d'Horus.

— Qui sont ?

Je pince les vaisseaux à l'aide d'un clamp et profite que le foie soit soulevé pour m'attaquer à l'estomac. J'en décolle le grand tablier graisseux déployé dans la cavité abdominale et reproduis mes sutures sur deux rangées parallèles.

À ma gauche, une fière Emilia répond enfin à ma question sans bégayer.

— Le dieu du ciel et de la royauté.

— *Godt*, continue, je te prie. Énonce-les. Tous.

Mon intellect brillant n'a nul besoin d'un cours d'égyptologie. J'en connais par cœur les facettes antiques, mais mon manège n'a pour but que de préserver sa conscience. En activant sa mémoire,

20 Bien.

elle se concentre et demeure éveillée dans mon monde d'acier et de sang.

— Le vase de Kebehsenouk que vous venez juste de remplir avec la vésicule. Mais… il manque le foie.

— En effet. Malheureusement, si je le retire, le monsieur ici présent rejoindra Anubis bien avant que nous ayons pris le temps de nous amuser. Continue, je te prie.

La tête froide et mes humeurs contrôlées, je sectionne entre les deux rangées de fils, extrayant mon précieux butin. Pour le moment, je me dois de rester concentré. Toutefois, la bête en moi hurle son envie de se repaître.

Bientôt, ma belle. Bientôt.

De mon autre main, je tamponne l'excès de sang à l'aide d'une compresse.

Le tissu s'imbibe aussitôt afin de faire éclore sa corolle d'hémoglobine. L'important dans cette opération chirurgicale est de s'appliquer à ce qu'il perde le moins de sang possible pour en endurer davantage.

Ce rebut de l'humanité ne partira point avant de ne m'avoir entièrement diverti.

Et je suis un public difficile à conquérir.

— Le vase d'Amset qui contient…

— Le morceau d'estomac que je vais incessamment sous peu confier à tes délicates mains.

Je lui tends ladite pièce qu'elle s'empresse de recueillir dans le deuxième vase.

Sa langue passée sur ses lèvres pulpeuses, la gêne irradie sur ses magnifiques traits.

— Quoi donc ?

— Eh bien…

Elle relève son menton effronté et me désigne le vase.

— Il manque aussi le gros intestin.

Aussitôt, une quinte de rire m'assassine. Mais avec mes mains piégées dans les viscères, impossible d'essuyer la larme qui coule sur ma joue. Cette enfant est décidément pleine de surprises !

Il y a peu, elle était prête à s'évanouir. Et voilà qu'à présent, elle me rabroue avec sa voix d'ange, tout cela car je n'ai pas encore totalement conclu ma boucherie. Il ne manquerait plus qu'elle me prenne la lame des mains pour me montrer comment faire. Étrange, cette idée ne serait pas pour me déplaire…

— Patience, jeune fille. Tout vient à point à qui sait attendre.

Redevenu stoïque, je clampe une nouvelle fois et m'attaque enfin au colon et à l'intestin.

Un bref coup d'œil sur Henry m'indique qu'il est toujours parmi nous, quoiqu'un peu allégé.

Je me concentre à nouveau et coupe au niveau de l'intersection entre les deux organes pour faire d'une incision deux vases. L'odeur âcre des excréments présent à l'intérieur sature rapidement la pièce, faisant froncer le joli minois d'Emilia.

De la même manière que précédemment, je me retrouve avec les deux morceaux en ma possession.

Le vase d'Amset est enfin complet, de même que celui d'Hâpi.

— Il reste celui de Douamoutef, souffle Emilia. Les poumons.

— Un seul suffira, mais même avec cela il ne survivra pas.

— N'était-ce point… le but de tout ceci ?

— Oh, bien sûr, mais…

Je lave mes mains dans une bassine remplie d'eau et gratte mes ongles barbouillés de sang impur.

— Te rappelles-tu de l'excérébration ?

Elle déglutit péniblement et hoche la tête de manière agitée.

— Non, c'est… je croyais que vous vous basiez uniquement sur les pratiques de l'Ancien Empire.

Je hausse les épaules.

— L'histoire est en perpétuelle évolution. Chaque jour, de nouvelles découvertes viennent enrichir notre savoir. Il serait dommage de se priver de l'une d'entre elles, ne crois-tu pas ?

Son regard dérive sur ma planche vivante d'anatomie.

— Je suppose que oui.

— *Godt.*

Mes doigts s'attardent sur mes instruments avant de sélectionner l'élu. Un long crochet de fer que je prends le temps de chauffer à blanc à l'aide du petit fourneau portatif à pétrole. Comme le réclame la coutume.

Exalté, je m'approche du croque-mort dont les yeux vitreux brillent d'une soudaine lucidité. Il sait que son dernier souffle approche. Mieux, il le réclame à corps vidé et à cris étouffés. Ce qui ne l'empêche pourtant pas de continuer ses beuglements intempestifs.

Sadique, je me penche vers lui et amène la tige près de sa peau afin qu'il puisse ressentir la chaleur de son trépas imminent.

— Estime-toi heureux, Henry. Dans les momifications de bas étage, on fendait le crâne pour en extraire le cerveau. Toi mon ami, tu vas avoir dans ta mort plus de luxe que tu n'en auras jamais connu dans ta pitoyable et misérable existence.

Je lui chuchote ce que je préfère taire aux oreilles encore chastes de mon papillon.

— Tu n'aurais jamais dû toucher à ces enfants. Puissent leurs pauvres âmes te torturer en Enfer jusqu'à la fin des temps. Je ne manquerai pas de venir te saluer quand je t'y rejoindrai.

De source sûre, je sais que c'est un fidèle croyant. Ironique lorsque l'on pense à tous ses péchés commis. Mais par expérience meurtrière, je sais combien l'Église regorge de brebis dévorées par la gale et le vice.

Je me tourne vers Emilia.

— Es-tu sûre de ne pas vouloir m'attendre au petit salon ? Pour une première fois, tu t'en es admirablement sorti, *min sommerfugl.* Tu n'as pas besoin d'y assister jusqu'au bout.

— Ne me couvez pas, Dorian.

Je ricane férocement.

— Cela était loin de mes intentions, ma chère. Je te l'ai dit, je protège uniquement mon investissement.

Elle se redresse et bombe sa tentante poitrine.

— Dans ce cas, votre investissement vous fait savoir qu'il est tout à fait capable d'assister à l'échappée de cervelle de cet homme.

De sa main, elle effectue un moulinet autoritaire.

— Procédez, je vous prie, et avec les explications bien sûr. Je ne bougerai pas d'un centimètre.

Séduit, je décide pour une fois de passer outre son insolence

— *Godt*, après tout c'est toi qui l'auras voulu.

Puis, sans autre forme de préambule, j'enfonce le crochet dans la narine gauche. Un long son plaintif accompagne mon introduction tandis qu'un bruit de régurgitation résonne dans mon dos.

— Tu ne vas pas vomir, j'espère.

Sa voix devenue gutturale me répond.

— Bien sûr que non. Procédez, vous dis-je.

Le signal donné, l'heure est enfin venue de nourrir la bête. Je souris et laisse libre cours à la démence procurée par cette proie de choix.

Les explications à mon élève poursuivies, je casse, d'un mouvement sec et précis, l'os qui sépare les fosses nasales de l'étage antérieur du crâne.

La lame de l'ethmoïde s'effondre dans un craquement sinistre, jouissif.

Je tournoie la lame pour gratter l'encéphale et le rideau se baisse sur Henry. Son dernier râle effectué, je retire le crochet et me délecte de voir son cerveau réduit en bouillie se répandre par l'ouverture que j'ai créée.

Soudain, un bruit familier derrière moi me force à me retourner. Gagné. Emilia s'est effondrée de tout son long sur le sol dur, victime de sa volonté farouche à me contredire.

Fut un temps où c'était moi qui étais allongé à sa place. Mon oncle m'avait à l'époque sévèrement réprimandé et pour le bon déroulement de la suite, il est fort probable que je me laisse aussi aller à une petite leçon. Mais pour l'heure, je dois avant tout m'occuper de cette charmante petite sotte dont les traits semblent si apaisés.

D'un soupir exaspéré, je vérifie rapidement qu'elle ne souffre d'aucune contusion et l'emporte dans mes bras.

Dans son sommeil, elle gémit et se blottit contre moi, provoquant tout sauf une envie de me dérober.

Le plaisir absorbé durant cette mise en scène m'échappe à la même vitesse que la cervelle de ce tueur d'enfants.

Des nuages noirs assombrissent mes pensées. Mon propre cerveau tente de résoudre le problème posé par ces quelques kilos de chair transportés.

Déconcerté, je baisse les yeux vers la belle aux bois empoisonnés et murmure à son oreille mon énigme.

— Que vais-je donc bien pouvoir faire de toi, *min sommerfugl?*

CHAPITRE 9

Visite nocturne.

ÉMILIA

Je ne peux plus bouger. J'ai beau me tortiller dans tous les sens, tirer sur mes bras et mes jambes, rien n'y fait. Des sangles de cuir immobilisent mes membres, coupant ma circulation sanguine qui choisit d'affluer vers mon cœur affolé.

La demi-obscurité de la pièce m'empêche de voir les traits de mon agresseur, mais cette voix musicale et dangereuse ne me laisse aucun doute sur son identité.

Dorian s'allonge à mes côtés, pose une main sur mon ventre et enfouit sa tête dans mon cou.

Il dépose un baiser sur ma carotide et s'y attarde, comme s'il désirait mesurer le rythme infernal de ma peur.

La peur. Je la ressens, semblable à une vague qui déferle sur mon corps pris au piège. Elle s'infiltre dans mes bronches, noie mes poumons, m'étouffe, ravie de rattraper ces six années de retard.

À présent, je comprends ce que mon tuteur fait naître chez ses autres proies. Ce sentiment d'abandon et de panique vous donnant envie de l'embrasser tout autant que de le fuir.

Insensible à mon tourment, il me chuchote des promesses délicieusement sanglantes au creux de l'oreille. Son ton suave et séduisant magnifie ses propos d'une violence monstrueuse.

Je gémis d'anticipation et de désir mêlés, il éclate d'un rire malin.

Puis, il se positionne au-dessus de moi et le frottement provocant de sa virilité fait chavirer toutes mes tentations refoulées. M'embrassant sur le front, il s'adresse aux ténèbres de mon âme.

— Avant que je ne t'achève, as-tu un dernier souhait, *min sommerfugl ?*

Les mots se bousculent sur ma langue, s'échappent avant même que je ne puisse les contenir.

— Toi. Je te veux toi.

Ses yeux brillent de concupiscence.

— Oh, Emilia, précise tes délicieuses pensées, mon ange. Tu veux me tuer, m'embrasser ou…

Il ondule le bas de ses reins contre ma féminité, je pousse un soupir de frustration défiant son amusement.

— Ne disais-tu donc pas que tu ne partagerais jamais ce plaisir avec moi ? Qu'advient-il de celui qui t'obsède depuis toutes ces années ? Échangerais-tu ta vengeance contre une jouissance éphémère ?

— « En savourer l'une ne signifie point fermer la porte aux autres », c'est toi qui me l'as enseigné, l'aurais-tu déjà oublié ?

— Comment le pourrais-je ?

Ses lèvres sensuelles qui caressent les miennes n'ont de cesse de me torturer. Après m'avoir infligé son haletante dévotion, il finit enfin par les capturer avec avidité.

Mes envies pressées se lamentent dans sa bouche pendant que sa langue détruit les derniers remparts de ma raison.

Soudain, je sens ses dents s'enfoncer dans ma chair. Le goût métallique du sang réveille ma lucidité endormie par ses viles caresses.

Paniquée, je me dégage de son emprise et tourne la tête essoufflée. Les larmes amères de douleur et de lassitude mélangées déferlent sur mes joues glacées par l'absence de sa peau.

— Emilia… regarde-moi.

Ma volonté paralysée par sa douce musique, je tourne la tête vers lui. Un rayon de lune vient louanger son corps immaculé aux muscles divinement dessinés.

Agenouillé sur moi, il penche la tête de côté comme si ma réaction l'affligeait au plus haut point. Ses lèvres pleines sont irisées de mon sang versé.

Quel spectacle fascinant, ne puis-je m'empêcher de penser. De son index, il recueille une goutte à leurs commissures et en aspire l'essence de sa langue dans un râle indécent.

— Ma délicieuse Emilia. Ces derniers temps, je n'ai eu de cesse de me demander si mon petit papillon aurait une saveur à se damner. Je vois que je ne m'étais pas trompé, tu es exquise.

Ma gorge asséchée tente de crier, mais l'aberration que je vois poindre dans son regard me défend d'essayer.

— Si je te relâche, resteras-tu à mes côtés pour assouvir ta vengeance ?

Je hoche la tête, incapable de lui résister davantage.

— Oui.

— Dans la folie comme dans la mort ?

— Oui.

Satisfait, il lèche les dernières traces de notre baiser.

Je déglutis mon envie malsaine de renouveler cette abominable expérience.

D'un rictus sauvage, Dorian me défie de son bas-ventre.

— Es-tu sûre de toi, *min sommerfugl ?*

Je gémis, incapable de contenir plus longtemps cette créature assoiffée de luxure qui s'éveille en moi.

— Oui.

Il s'arrête tout d'un coup et deux flammes, aussi bleues que le feu de l'Enfer, m'embrasent de leurs grâces amères.

Lentement, il se penche vers moi. Ses bras se plaquent de part et d'autre de ma tête. À mi-parcours, la nuit reprend ses droits et l'efface dans l'obscurité.

Je sens son souffle s'approcher de plus en plus. Mon appréhension de lui céder m'envoie dans les abîmes de ma conscience.

Enfin, sa chevelure ébène retrouve ma lumière et les reflets de la lune. D'une prudence démesurée, il redresse la tête. À mesure que se dessinent ses contours, une panique viscérale s'empare de moi.

Soudain, je tire sur mes sangles en hurlant comme une possédée. Mon corps est parcouru de violents tremblements, pourtant je n'arrive toujours pas à me détacher. Résignée, je fixe apeurée la faucheuse venue emprunter les traits de mon pire ennemi.

Son expression, déformée par un odieux rictus, n'a désormais plus rien d'humain.

Ses pupilles rouges me dévorent de leurs lames meurtrières tandis que des crocs dégoulinants de sang se rapprochent dangereusement de mes lèvres.

Ton sang, me crie ma conscience épouvantée.

La bête sourit dans une parodie macabre de Dorian. Sa voix d'outre-tombe rugit à mon oreille.

— En es-tu vraiment sûre, mon agneau ?

Je pousse un cri déchirant de terreur et me redresse dans mon lit.

La respiration pantelante, je scrute les recoins de ma chambre, mais rien ne semble s'y cacher.

Tremblante, je touche mes lèvres du bout des doigts et lève ma main à la lumière.

Rien.

Ce n'était qu'un cauchemar. Un effroyable et réaliste cauchemar.

Ma chemise de nuit colle à mon corps trempé par la sueur, vestige de ma lutte charnelle.

Avec difficulté, je calme les battements de mon cœur et repousse les draps pour me lever.

À ma porte, ma femme de chambre frappe brièvement avant d'entrer en trombe. Elle se fige aussitôt, horrifiée par mon apparence qui ne doit guère plus être celle d'une lady endormie.

— Excusez-moi mademoiselle, j'ai entendu un cri alors je…

— Merci, Sarah. Peux-tu me faire couler un bain et m'apporter une nouvelle chemise, s'il te plaît ?

— Bien sûr, mademoiselle.

Elle dépose la chandelle sur ma coiffeuse, disparaît dans le couloir et referme la porte derrière elle.

À nouveau seule dans la lumière tamisée, je pose une main sur ma poitrine enfin apaisée et joue nerveusement avec mon pendentif.

Puis, avec dévotion, je porte le papillon à mes lèvres et me tourne vers mes draps chiffonnés.

De nouveau confiante, j'embrasse délicatement les ailes dorées et réitère ma promesse faite aux ténèbres.

— Oui, Dorian. J'en suis sûre.

CHAPITRE 10

Le Diable en personne

ÉMILIA

MANOIR SOULRIDGE
HOLLAND PARK, LONDRES

19 AVRIL 1886

Deux jours se sont écoulés depuis mon intronisation au meurtre et depuis, je n'ai plus eu de nouvelles de mon tuteur qui s'applique à m'éviter avec un soin particulièrement agaçant. Y compris lors de ces repas qu'il est d'usage que nous prenions ensemble.

À sa demande, Arthur, son loyal majordome, me délivre son air de chiot pris en faute pour m'informer que son maître ne daignera point me rejoindre. Bon, il est vrai que la forme diffère quelque peu, mais le fond reste le même. Dorian ne veut plus avoir affaire à moi. Je l'ai certainement déçu en m'évanouissant comme une fermière face à son premier poulet décapité.

D'après Sarah, c'est tout de même lui qui a pris soin de me confier à Winston, son homme à tout faire, lui donnant ainsi la consigne de veiller sur moi et de m'administrer des sels de pâmoison au besoin. J'ai bien essayé de me renseigner sur ses humeurs, mais tout comme le reste de la maisonnée, ma femme de chambre demeure désespérément silencieuse dès lors qu'il s'agit de décrier son employeur.

S'il me laisse prendre en charge le personnel et le fonctionnement domestique du manoir, Dorian n'en est pas moins le principal régisseur tapi dans l'ombre. Je ne suis que trop consciente que mes moindres faits et gestes lui sont reportés quotidiennement par ses oiseaux, comme je me plais à les appeler.

Cette liberté illusoire n'est qu'une laisse invisible de plus accrochée autour de ce cou qu'il croit obéissant. Il est donc fort regrettable que ses projets soient mis à mal par ma volonté farouche de lui résister. Comme en ce moment même.

Profitant du fait que Sarah soit en train de ranger mes nouvelles toilettes achetées ce matin, je me faufile dans le jardin et presse le bouton de l'entrée secrète.

Le cœur battant, je jette un dernier coup d'œil derrière mon épaule et scrute les environs.

Personne. Parfait.

Lampe à huile à la main, je descends l'escalier en tenant fermement mon collier de l'autre.

Ce talisman ne te sera d'aucune utilité ici-bas.

Je le sais. De même qu'aucun crucifix ou pieu planté dans sa poitrine ne sauraient venir à bout du mal qui le ronge.

Dorian n'est point l'une de ces créatures fantasques tirées d'une nouvelle d'Edgar Allan Poe. Il n'est rien de plus qu'un être humain, fait de chair et de sang, dont la vertu morale est devenue le pantin de sa folie démesurée.

Les bribes floues du massacre de mes parents ne m'avaient guère préparée à affronter le Dorian de cette funèbre soirée. Ni le trouble singulier qui s'est emparé de moi.

Découper cet assassin lui a procuré une jouissance absolue. Tout le long de son autopsie vivante, les ombres sur son visage reflétaient une réelle joie, quasi juvénile. Comme ces enfants que je croise lors de mes promenades à Hyde Park.

Dorian n'est pas l'un de ces petits garçons achevant des fourmis juste par ennui. Il les écrase pour le simple plaisir de les voir se tortiller de douleur et tirer de leur agonie de nouvelles méthodes de torture.

Hier soir, un exemplaire du *Penny dreadful* hebdomadaire avait été laissé à ma porte, accompagné d'un mot dont la calligraphie soignée me conseillait de le conserver précieusement en souvenir. Plus jeune, je me délectais de ces sordides histoires inspirées de fameux criminels pour ne jamais en rater un seul. Néanmoins, ce numéro hantera assurément nombre de mes futures nuits. Son illustration de mauvais goût, un corps momifié exposé aux yeux de visiteurs choqués dans la section égyptienne du *British Museum*, était agrémentée d'un titre racoleur : *L'histoire de l'embaumeur embaumé.*

Le scandale littéraire n'aura jamais été aussi proche de la réalité.

Si ces deux jours de réflexion m'ont permis d'intégrer cette facette perverse de mon tuteur, la mienne, elle, n'en est qu'au début. Ce n'est pas la vue de ce confit de cervelle ni de tout ce sang versé qui m'a plongée dans un sommeil agité. Mon cauchemar sensuel auprès de Dorian m'aura au moins appris cela.

Non.

C'est davantage la conscience de ce que je devenais en entendant gémir de souffrance cet homme. De ce que je pourrais devenir si je m'autorisais à franchir les autres cercles gravés dans l'esprit déviant de Dorian.

Je ne ressens rien.

Ni remords ni regret de ne pas lui être venu en aide ne viennent même effleurer ma conscience. Je ne conçois qu'un sentiment de justice, doublé d'un profond soulagement de savoir nos rues délivrées de ce Henry MacKenzie.

Grâce à Dorian, des parents pourront bercer leurs enfants ce soir et les voir grandir. Ce constat m'est aussi douloureux que destructeur. Ma vengeance doit être pure, intacte. Mais ce qui se déroule sous ce manoir pourrait bien en signer sa perte.

Fébrile, je secoue la tête afin d'exorciser ces pensées malfaisantes. Qu'il soit un Robin des bois au scalpel ou un déséquilibré, il reste malgré tout celui qui m'a pris ma famille. Rien ne changera cela et rien ne doit le changer. Je dois conserver une distance de sécurité pour éviter de sombrer à ses côtés. Et cela, quels que soient ses moyens de persuasion.

La salle voûtée répond à mes inquiétudes d'un silence de plomb, quoique d'acier serait plus exact. Je ne distingue autour de moi aucun instrument chirurgical, ni même la moindre trace écarlate au sol. Guère étonnant pour un maniaque de la propreté tel que lui.

Frustrée, j'ouvre l'armoire, fouille les moindres recoins, en vain. La mallette de Dorian a tout simplement bel et bien disparu. De toute manière, à quoi bon ?

Pendant six ans, j'ai caressé l'espoir futile de m'introduire ici pour montrer tout ceci à Scotland Yard, mais même cette institution se révèle être corrompue par le charme de mon tuteur.

Je jette un œil dépité sur le reste de la pièce, mais rien d'autre ne me paraît d'une quelconque utilité. Tout comme ma première impression, cet endroit n'a rien d'exceptionnel. Il perd finalement sa banalité qu'une fois sa cérémonie sépulcrale entamée.

Je soupire de déconvenue puis, invitée par une claustrophobie naissante, décide de remonter à la surface.

Aveuglé par la lumière, je m'assure d'entendre le mécanisme s'enclencher derrière moi et me dirige hâtivement vers l'escalier qui remonte au manoir.

Une fois à l'intérieur, j'emprunte le couloir menant au boudoir et percute de plein fouet ma femme de chambre.

— Oh, je suis désolée, mademoiselle. Vous n'avez rien ?

Je remets de l'ordre à ma mise, replace les mèches de ma coiffure et acquiesce en espérant que la chaleur sur mes joues ne trahisse en rien ma petite escapade.

Ma voix tente de se faire plus assurée alors que je frotte nerveusement mon front recouvert d'une fine pellicule de sueur.

— Tout va bien, Sarah, ce n'est rien. As-tu pu tout ranger ?

— Oui, mademoiselle, c'est fait.

— Parfait. Dans ce cas, je prendrai le thé dans le boudoir et je te demanderai de faire attendre mon précepteur dans le petit salon. Sers-lui également à boire pour le faire patienter.

— Du thé, mademoiselle ?

Je lève un sourcil amusé.

— Avec monsieur Lloyd ? Un brandy serait mieux approprié.

Nous sourions toutes deux de connivence. L'amour des lettres de l'avocat Horace Lloyd n'a d'égal que celui des alcools.

C'est à lui que Dorian a confié mon éducation en littérature, latin et grec ancien. Lorsqu'il n'est point affairé au barreau, il défend mon instruction avec une telle implication et une telle passion que je me sens obligée de ne pas piquer du nez lors de ses interminables leçons sur Socrate. Ce dont je suis assez fière de moi, je dois l'admettre.

Réjouie par cette pensée, je tourne les talons pour me faire immédiatement rattraper par sa voix fluette.

— Oh, mademoiselle, attendez, je vous en conjure !

Son air paniqué ne me fait présager rien de bon.

— Quoi donc, Sarah ? Bonté divine, on croirait que tu as rencontré le Diable en personne !

— C'est milord, mademoiselle…

— C'est bien ce que je disais, grommelé-je.

— Je vous demande pardon ?

— Non, rien. Continue.

— Il m'a expressément demandé de vous faire quérir dans son bureau.

— Son bureau, vraiment ? Quel immense et incommensurable honneur me fait-il donc. Dois-je m'en inquiéter d'après toi ?

Elle triture nerveusement ses mains, gênée par ma demande.

— Eh bien, il me semblait être d'une humeur… habituelle.

Prêt à me mordre donc.

— Tu ne peux rien me dire de plus, n'est-ce pas ?

Ses yeux désolés me supplient de ne point lui en vouloir.

— Ce n'est rien, Sarah, j'ai compris. Je m'en vais le retrouver de ce pas.

— Merci, mademoiselle. Oh, mais… vos gants !

Je baisse la tête et m'aperçois qu'une traînée de poudre noire macule le tissu crème. Affolée, je cache vivement mon délit derrière mon dos.

— Ce n'est rien, bredouillé-je. Je… j'ai glissé en me rendant à la réserve et je me suis rattrapée aux étagères. Je voulais m'assurer que nous ne manquions de rien pour la réception de demain.

Balivernes. Quand bien même il y aurait effectivement une réception, ce qui n'est évidemment pas le cas, cela serait à l'intendante de s'en occuper. Sauf que rien d'autre ne me vient à l'esprit.

N'est point Dorian qui veut.

La mine perplexe de mon interlocutrice me crie qu'elle est loin d'être dupe. Pourtant, à mon grand étonnement, elle se laisse convaincre par mon sourire empreint de candeur.

— Vous ne vous êtes pas fait mal, j'espère ?

— Pas la moindre égratignure.

— Vous m'en voyez rassurée, mademoiselle. Laissez-moi vous les prendre, je vais aller les nettoyer séance tenante.

Je retire mes gants souillés, pressée de me débarrasser de ces preuves. Pourvu qu'elle sache garder sa langue et n'en dise pas un traître mot à Dorian ! Finalement, Sarah me salue joyeusement et s'éloigne.

Seule dans le couloir, j'inspire profondément pour me préparer à l'épreuve qui va suivre. Le bureau, ou plutôt cabinet de curiosités, m'a toujours été fortement interdit.

Qu'il me convoque dans son intimité n'est en rien anodin.

Chaque mouvement de pion effectué sur notre échiquier n'a pour seul but de m'amener à terminer en position d'échec et mat. S'il a choisi ce lieu, c'est sûrement pour me rappeler qui mène le jeu.

Par conséquent, je dois redoubler de prudence et ne rien laisser paraître de mes émois. Si je veux gagner sa confiance, je dois me montrer digne de son apprentissage sanglant.

Une fois les tremblements de mon corps passablement calmés, je traverse le grand salon ainsi que le fumoir et m'arrête devant sa porte.

Nerveuse, je prends une dernière goulée d'air et frappe le bois ébène, priant n'importe quelle divinité de ce monde ou de l'autre de me faire sortir de cet entretien vivante.

Et de préférence avec tous mes organes.

CHAPITRE 11

Le cabinet de curiosités

ÉMILIA

— Entre, *min sommerfugl.* Et referme la porte derrière toi, je te prie.

Aucun témoin. Ce qui veut certainement dire que notre discussion va porter sur mes leçons particulières.

Bon gré, mal gré, je fais ce qu'il m'ordonne et me décale, dos au mur. Une faible protection, somme toute nécessaire. Après deux journées sans lui avoir fait face, mes défenses face à son magnétisme infernal risquent de s'en retrouver quelque peu rouillées.

Assis à son bureau, il lève la tête et ricane, amusé par le constat navrant de ma mise en scène.

— Tu ne veux donc point t'approcher, que je puisse mieux te voir ?

— N'était-ce pas là la réplique du grand méchant loup ? Non merci, milord. Je préfère de loin rester où je suis.

Sa bouche s'étire sur un sourire carnassier.

— *Godt,* comme tu voudras, mon petit chaperon rouge. Sache tout de même que nul mur ne pourra m'empêcher de te dévorer si je le souhaite.

Je sursaute et effectue deux pas dans sa direction.

— Mieux ?

— C'est un début.

Satisfait, il replonge le nez dans son travail. Un silence pesant s'invite dans cette pièce à la décoration époustouflante.

Je profite de ce moment de calme avant la tempête pour m'approprier les lieux. Mes yeux fascinés s'abreuvent des objets insolites venant habiller les murs et recoins de cette pièce tapissée d'un rouge sombre.

Ma témérité retrouvée, je me laisse guider par ma curiosité afin d'explorer les nombreuses étagères. Crâne aux dents longues, squelette de chauve-souris, animaux divers et variés baignant dans le formol. Loin de m'effrayer, la collection de mon tuteur m'enivre d'exaltation.

Je m'approche d'un coin dédié aux plantes où de magnifiques fleurs séchées qui me sont inconnues côtoient des insectes naturalisés.

— C'est magnifique, soufflé-je.

Distraite, je tourne la tête sur la droite et me retrouve nez à nez avec l'antre béant d'un énorme serpent.

La surprise me fait reculer et dans ma précipitation, je me heurte à une immense mâchoire de requin.

— Le *Carcharodon carcharias,* aussi appelé…

— Le grand requin blanc, achevé-je.

Nul besoin de me retourner pour savoir que j'ai réussi à regagner l'intérêt de mon tuteur. Curieuse, je me penche pour observer les dents affûtées d'une dizaine de centimètres, faites pour déchirer la chair tendre de ses proies.

Si ce squale est le maître chasseur des océans, l'homme derrière moi est le prédateur incontesté de Londres, éliminant au passage toute concurrence qui pourrait faire de l'ombre à son talent.

Conserver le squelette de cet animal n'est qu'un moyen comme un autre d'affirmer pour lui sa place tout en haut de la chaîne alimentaire. Quelle serait donc la mienne ?

Je pivote vers un Dorian occupé à me dépecer de ses yeux acérés, la bouche légèrement entrouverte comme s'il choisissait mentalement les ingrédients et le temps accompagnant ma cuisson.

Mon rythme cardiaque s'accélère, mais la raison se rappelle vite à moi.

Il ne peut pas déjà le savoir, la seule personne qui aurait pu te vendre est Sarah et tu es parvenue jusqu'ici avant elle.

Rassurée, je redresse la tête et décide d'attaquer la première cet entretien peu plaisant.

— Certes, votre petite mise en scène au *British Museum* a fait une forte impression, mais avec tous les souvenirs que vous possédez ici, je me demandais pourquoi vous ne conserviez aucun de vos… chefs-d'œuvre.

À la manière d'un automate, les mécanismes de son visage se remettent en marche pour me répondre d'une voix aussi douce que du cyanure.

— Je pourrais, en effet. Cependant…

— Vous auriez trop peur de vous faire attraper, c'est cela ?

Provoquer son orgueil pour l'amener là où je désire qu'il soit. S'il laissait derrière lui des indices, peut-être que la police se déciderait finalement à l'appréhender.

Sa fossette ressuscitée, il recule dans son fauteuil et fait courir ses doigts aguerris sur le bois de son bureau.

— Je sais ce que tu essaies de faire, ma chère Emilia, et tu n'y arriveras pas. Mon cerveau effroyablement développé ne me pardonnerait jamais de finir au bout d'une corde.

— Vous n'avez pas répondu à ma question.

— Tu ne m'en as pas laissé le temps. Trop occupée que tu étais à essayer de me manipuler.

— On ne manipule pas un manipulateur.

Il ouvre ses bras d'un geste moqueur.

— Précisément.

Il sort d'un bocal rempli d'eau une forme frêle et minuscule.

— Pour répondre à ta question, l'art est d'autant plus beau s'il est éphémère. Un peu comme ce papillon.

Je suis trop loin pour le voir avec précision, toutefois le fait qu'il ait choisi d'exercer ses talents d'entomologiste sur l'insecte, ayant donné ce surnom qu'il estime affectueux, ne me laisse plus aucun doute sur ses intentions. Il veut me punir d'avoir été faible.

Ainsi commence le sermon tiré du verset satanique de saint Dorian Jacobson, patron des assassins et des meurtriers.

Je déglutis tandis que mon instinct de survie me suggère fortement de retourner à ma place initiale.

Conscient de son petit effet, il sourit et plante délicatement une lame dans le papillon, la pointe d'acidité dans sa voix poursuivant son exposé.

— La brièveté de son existence lui permet de transcender ses défauts.

Il pique le centre du thorax avec une épingle. Mon esprit somatise une douleur venue embrocher mon estomac.

— Vois-tu, certaines espèces sont élevées en captivité dans l'unique but de nous satisfaire, d'une manière ou d'une autre.

Avec précaution, il place l'insecte sur une espèce de planche, prend une pince et tire d'une lenteur calculée l'une de ses ailes pour la déployer majestueusement.

— S'il avait fini de sa belle mort, il n'aurait jamais pu servir comme il se doit mon œuvre. Il aurait eu bien trop de défauts. Pire que cela, il m'aurait été inutile.

À la distance à laquelle je me trouve, je le vois la recouvrir d'une fine bande de papier et en piquer à plusieurs reprises ses contours.

Mon souffle se brise dans ma gorge, mes muscles se bandent dans l'attente d'une attaque qui, j'en suis persuadée, ne viendra pas.

Un avertissement, Emilia, ce n'est qu'un simple avertissement.

Seulement, chaque épingle perforant le papier constitue autant de certitudes brisées.

Je n'y arriverai jamais, cet homme est trop fort pour moi. Fort et doté d'une cruauté dont j'ai à peine aperçu l'étendue. Mon tuteur achève la moitié gauche et reproduit la même technique de l'autre côté, concluant par un dernier sous-entendu tranchant.

— Mais cette… faiblesse qui caractérise son essence est aussi ce qui l'a amené à se retrouver dans mon cabinet de curiosités pour terminer sa vie. Comme un vulgaire trophée de plus dans cette magnifique collection que tu admires tant.

Je bredouille ma défense d'un son à peine audible, mais son oreille affûtée de chasseur en perçoit la vibration désespérée.

— Une faiblesse qui ne se reproduira plus. Je vous ai fait défaut en m'évanouissant, mais cela n'arrivera plus. Soyez-en assuré.

— Oh, cela je le sais bien, répond-il, taquin.

Il délaisse ses ustensiles, se lève de son fauteuil et s'avance vers moi. Instinctivement, je recule pour me retrouver instantanément coincée contre le mur. Ce que je croyais être une protection se dessine à présent comme un piège. Un piège fait de mots et de sourires qu'il a pris soin d'élaborer pendant ces deux derniers jours.

D'une lenteur mesurée, il progresse pas à pas, la satisfaction de me voir sans défense matérialisée sur ces lèvres qu'une nuit j'ai rêvé de conquérir.

— Une dernière chose avant que nous ne terminions cette instructive conversation, *min sommerfugl*. Apprends que si j'encourage de ta part toute forme de curiosité, je n'approuve en revanche aucune de celles dont je fais l'objet.

— Je ne vois pas ce dont vous voulez parler.

— En es-tu bien certaine ? N'est-ce donc pas la déception que j'ai ressentie dans tes yeux quand tu as passé cette porte ? Peut-être la déception ne pas avoir trouvé ceci…

Il montre d'un bras tendu la mallette de cuir qui repose sur le sol à sa gauche. Acculée, je me rends compte que toute possibilité de me défendre ne me servirait à rien, inventer un énième mensonge non plus.

Je dois assumer mes actes, quitte à en payer les conséquences. Tel est le prix si je veux qu'il continue de m'enseigner son art.

— Ce sont vos oiseaux qui l'ont gazouillé à vos oreilles ?

Il se fige à mi-parcours et éclate de rire.

— Mes oiseaux ? demande-t-il en essuyant une larme. Qu'est-ce donc que cette appellation ? Éclaire-moi Emilia, je suis tout ouïe.

Je serre les dents, agacée par son ton caustique.

— Les domestiques. Ceux qui vous murmurent mes moindres faits et gestes. Chacun porte son surnom. La pie pour ma femme de chambre, le perroquet pour votre majordome, le rouge-gorge pour la cuisinière, dois-je continuer ?

— Non, je crois avoir compris le principe.

Sa marche funèbre reprend, réduisant considérablement la distance entre nous.

— Mais comme je te l'ai déjà dit, je protège mes investissements.

— Protéger ou contrôler ?

— N'est-ce point similaire ? En revanche, pour revenir à notre petit désaccord sur la notion d'intimité…

Arrivé maintenant à ma hauteur, il se penche vers moi et caresse tendrement mon front et mes joues.

Je gémis involontairement du souvenir chimérique procuré par ce contact, mes yeux plongés dans son regard partagé par la même fièvre.

— Sache que s'il te venait de nouveau l'envie de recommencer, je mettrais fin à notre petit arrangement. Avec, évidemment, à la clé, des sanctions fort peu agréables sur ta délicieuse personne. Me suis-je bien fait comprendre, Emilia ?

Je déglutis ma réponse pleine de lâcheté. Il sourit d'un air satisfait et s'écarte. Par ce geste, j'y vois mon autorisation à reprendre enfin mon souffle.

— Ah ! Et pour répondre à ta question…

Il tourne la paume de sa main vers moi, celle dont je me délectais de la chaleur il y a un instant. Les taches noires souillant la blancheur de sa peau provoquent mon hoquet de surprise.

— Mes « oiseaux » ne m'ont rien dit du tout. Pour savoir si tu étais digne de ma confiance, j'ai pris la liberté de laisser de la poudre de charbon sur les étagères de l'armoire. Tu sais bien sûr de laquelle je veux parler.

Le gant souillé. Evidemment, comprends-je horrifiée, Sarah ne m'a pas prévenue pour le reste. Pourtant elle s'en est aperçue, j'en suis persuadée. Mais pourquoi l'aurait-elle fait quand son seigneur et maître lui ordonne le contraire ? Malgré cela, je ne peux en vouloir à mon amie de lui obéir. Pas quand il s'agit de cet homme.

De ce démon.

Dorian souffle sur sa main, les poussières traîtresses s'éparpillent dans la pièce tout comme mon courage.

Je ne rêve désormais plus que de m'envoler loin de cette pièce, loin de lui. Il esquisse un sourire diabolique et son ultime menace résonne dans mon ciel devenu orageux.

— Que cela ne se reproduise plus, *min sommerfugl.* Ou les prochaines ailes que j'épinglerai sur ce mur pourraient bien être les tiennes.

Sans transition aucune, son masque change de variable pour se composer une mine plus réjouie.

— Oh, suis-je bête, j'allais presque oublier ce pour quoi je voulais m'entretenir avec toi. Pour ton introduction de débutante, j'ai décidé d'organiser un bal. Ici même. Après tout, il est grand temps que cette bonne vieille société londonienne fasse la connaissance de ma précieuse protégée. Il aura lieu dans une quinzaine de jours, évidemment je te laisse l'honneur des préparatifs.

Il prend ma main d'autorité, se courbe pour y déposer un baiser silencieux puis se redresse sans pour autant la lâcher. Le sourire naissant sur ses traits d'Adonis n'a rien à envier au pire des bourreaux d'Angleterre.

— Après tout, de nous deux, ma chère, c'est toi la plus douée dans ce domaine.

Sous ses yeux moqueurs, je dégage sèchement mes doigts de sa prise reptilienne.

— Est-ce que cela sera tout, milord ?

— Cela sera tout. Du moins, pour le moment.

Sans chercher à préserver les apparences, je me précipite sur la poignée de porte, l'ouvre et trébuche dans le couloir.

Le bas de ma robe relevé, je me mets rapidement à courir, désireuse de m'éloigner au plus vite de celui qui a de nouveau revêtu l'apparence d'un monstre.

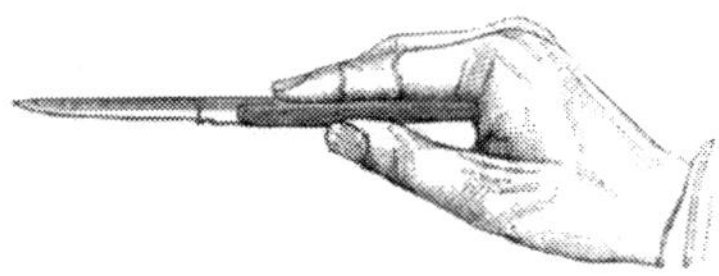

Trois jours plus tard.

Un coup solitaire résonne à la porte de mes appartements. D'un mot, j'autorise Sarah à entrer, mais ma femme de chambre ne montre aucun signe de vie.

Confuse, je délaisse mon thé nocturne pour aller ouvrir moi-même. À peine les gonds grincés, que le courant d'air glacé du sombre couloir mordille la peau dénudée de mes chevilles. J'effectue un pas incertain lorsque mon pied bute dans un petit paquet emballé par une délicate soie violette.

Frissonnante, je m'agenouille pour le prendre et en profite pour scruter attentivement les ombres. Mais aucun spectre ne daigne venir à ma rencontre. Haussant les épaules, j'emporte ce cadeau que je soupçonne être possiblement empoisonné jusqu'à ma chambre et m'assieds sur mon lit.

L'objet déposé à mes côtés, j'en ôte de son nœud élégant la signature et articule d'une voix alarmée les mots dont l'écriture familière est tracée sur un papier d'ivoire. Mon cœur s'affole à chaque syllabe prononcée.

Min kăre sommerfugl[21],

Je laisse à tes soins ce délicat souvenir de notre entretien. Puisse-t-il à jamais commémorer tes engagements et t'offrir les rêves les plus doux qui soient.

Avec toute mon affection.

Dorian.

Mes mains défaillantes s'affairent à le déballer, animées d'une curiosité malsaine que ma raison ne parvient plus à faire taire.

Bien que derrière le satin apparaissent en premier les couleurs de ce « souvenir », mon esprit l'assimile davantage à un dégradé de folie.

Comme foudroyée, je jette soudainement au loin cette malédiction et me lève terrifiée pour m'en éloigner le plus possible.

Sur les ailes orange de l'insecte, des taches blanches entourées de noir viennent ajouter à l'épouvante qui me saisit à la gorge.

C'est ce même papillon. Celui que Dorian, guidé par un sadisme prémédité, se réjouissait d'ouvrir et d'empaler sous mes yeux.

De là où je me trouvais dans son cabinet de curiosités, il m'était impossible de mettre un nom sur son espèce, mais avec cette offrande du plus mauvais goût qui soit, notre entretien révèle alors toute l'étendue de sa cruelle nature.

Dorénavant pleinement consciente de mon sinistre avenir, je me laisse glisser au sol, les mains couvrant mes oreilles afin de ne plus entendre le message funeste délivré par mon homologue sans vie.

21 Mon cher papillon.

Dans son cadre de bois ébène, figé dans une agonie éternelle, le Vila Emilia ricane de ma faiblesse jusque tard dans la nuit.

CHAPITRE 12

Le serpent et le rat

ÉMILIA

MANOIR SOULRIDGE
HOLLAND PARK, LONDRES

30 AVRIL 1886

— Tu ne manges pas, Lucretia ?

— Si bien sûr, mais mon palais n'est pas aussi aguerri que le vôtre, je le crains.

Spontanément, je lève la tête vers un Dorian assis en face de moi, pour m'apercevoir qu'il partage mon esprit moqueur. Fâchée de cette impudente connivence, je retourne à mon *Kedgeree.*

Ce plat délicieux a été ramené des Indes britanniques au cours de la jeunesse baroudeuse de mon tuteur. Il s'agit d'un mélange de poisson et de riz bouilli agrémenté d'œufs et de poudre de curry.

La première fois que j'y ai goûté en arrivant ici, j'ai bien cru que toute l'eau de la Tamise ne suffirait à éteindre le feu dansant sur ma langue. Mais après six années, mes papilles ont fini par apprécier ce mets.

D'un geste amusé, je fais signe à Milly de remplir le verre de mon amie. Cette dernière s'empresse de le vider, faisant ainsi pour une fois fi des convenances.

D'un père marquis et d'une mère baronne de naissance, lady Lucretia Standford a reçu une éducation exemplaire ayant eu au moins le mérite de faire d'elle la parfaite future épouse.

D'une singulière alacrité, je ne l'ai jamais vue manquer de respect à qui que ce soit, ni lever ses beaux yeux noisette au ciel. Même ce sourire qu'elle distribue régulièrement avec une facilité déconcertante est d'une adorable candeur.

À côté d'elle, mon indiscipline et mes mots, lâchés avant même d'avoir été avalés, relèvent du scandale. Est-ce la raison pour laquelle Dorian me l'a donc présentée ?

J'avais onze ans lorsque, par un après-midi à l'heure du thé, il s'est permis de faire entrer la marquise lady Adelaïde et sa fille Lucretia dans ma vie. Non, imposer serait un terme plus exact. Il m'a ordonné de témoigner de l'affection à l'une et de prendre exemple sur l'autre.

Avec lady Adelaïde, je me suis toujours demandé si son intention était de m'offrir une figure maternelle. Après tout, il ne semblait guère savoir comment éduquer une jeune fille sans lui mettre un couteau entre les mains.

Pour Lucretia, le mystère ne s'est révélé à moi que très récemment. Plus précisément, depuis notre « querelle » entomologique.

Le fait qu'il prenne ainsi la décision d'organiser mes débuts dans la société n'est point anodin. Il souhaite très certainement me façonner sur le modèle de mon amie dans le but de me trouver un époux convenable. Un époux qui, peut-être, réussira à étancher ma soif de vengeance à son encontre.

Si telles sont ses intentions, ma déception à l'égard de mon tuteur serait immense.

Car il devrait savoir qu'aucun duc, marquis ou baron ne saurait me faire oublier un certain comte.

— Quelle chance que ton cousin t'autorise à organiser ce bal ! s'exclame une Lucretia à la gorge revigorée. Et juste à temps pour le début de saison.

Mon « cousin », demeuré stoïque, avale sa bouchée sans même lever le moindre sourcil, habitué par cette appellation qu'il a lui-même créée.

Après avoir assassiné ma famille, Dorian s'est arrangé pour falsifier mon état civil en me faisant passer, auprès de son personnel et de la société londonienne, pour une cousine éloignée récemment orpheline. Depuis la mention de son ami policier, je comprends mieux comment cet odieux subterfuge a été possible.

Heureusement pour mes nerfs, nous utilisons cette appellation uniquement quand nous sommes en compagnie de visiteurs. Toutefois, la durée de ce répit tend à se raccourcir de jour en jour à mesure que m'échappe davantage la vraie Emilia.

Et cela me terrifie plus que tout au monde.

Depuis de nombreuses années, je fouille désespérément les tiroirs de ma mémoire à la recherche de mon origine, de mon identité, d'un fragment de la fillette que j'étais alors. Mais à part le sang et les cris qui en débordent, il n'en reste rien.

Son insensibilité refusant de me donner des réponses malgré mes suppliques incessantes, je porte ainsi le même nom que celui m'ayant arraché à la mienne.

Quand bien même je parviendrais à faire disparaître son dernier descendant, faute de son influence, il me resterait tout de même ce rappel odieux qui me poursuivrait jusqu'à la fin de mon existence.

À moins que je n'arrive à lui arracher cette confession sur ce lit de mort que je lui construis jour après jour…

— Tu te rends compte, poursuit-elle. Ton premier bal de débutante aura bientôt lieu dans cet endroit idyllique ! Quelle chance vraiment !

Je ricane, le regard fixé sur la seule personne qui a terminé son plat. Fidèle à ses habitudes, son assiette est aussi propre que la veille. Sa méticulosité alimentaire ne cesse de me surprendre.

— Ma chère amie, si tu savais ce qui se trouve sous tes pieds, tu ne tiendrais sûrement pas le même discours.

Dorian esquisse ce petit sourire en coin annonciateur d'une partie relancée.

Depuis l'épisode du papillon, je me suis contentée d'échanger avec lui les pires banalités possibles. Comme une proie patiente, je reste immobile et silencieuse afin de mieux endormir ce serpent vicieux. Dans l'espoir qu'il cesse enfin de m'étouffer de son emprise grandissante.

Et lorsqu'il aura finalement décidé de ne plus s'enrouler autour de mon cou, alors à cet instant, à cet unique et inespéré instant, je pourrais tordre le sien.

— Je ne comprends pas…

— Elles parlaient des rats, ma chère Lucretia, explique-t-il sobrement. Nous avons eu la visite d'un rat dans les sous-sols il y a presque deux semaines de cela.

Lady Adelaïde pousse un cri, cherchant de ses yeux paniqués ledit mammifère.

— Quelle horreur !

Il pose une main rassurante sur son gant féminin, se moquant comme à son habitude de la bienséance.

— Ne vous inquiétez pas, milady, tout a bien sûr été réglé.

— Oh, vous l'avez donc attrapé ? demande une Lucretia, tout excitée.

Sans pouvoir me retenir un peu plus, je lève les yeux au ciel. Si un simple rat provoque chez elle autant de joie, je préfère ne point imaginer ce qu'il adviendra dans quatre jours, lors de ma présentation.

La marquise me rappelle à l'ordre, provoquant le rire moqueur de Dorian.

— En effet, mademoiselle, il s'est laissé prendre au piège de la manière la plus stupide qui soit.

Sa métaphore dédiée à mon attention me ramène à lui. Ses saphirs scintillent du plaisir de partager avec moi ce secret dont l'exposition scandaleuse au musée fait encore aujourd'hui les gros titres des journaux.

À croire que dans cette société bien sous tout rapport, un tueur d'enfants assassiné rapporte plus de pennies que les victimes elles-mêmes.

— Pauvre bête.

— Allons, Lucretia, gronde sa mère. Tu ne vas tout de même pas prendre en pitié un rat ? Ce n'est qu'une horrible créature !

Sa fille élude la question tandis que Dorian acquiesce avec la marquise.

— A-t-il… a-t-il souffert ?

Il la rassure d'un sourire galant puis entrechoque ses deux poignards dans mes prunelles exaspérées.

— Pas le moins du monde. N'est-ce pas, Emilia?

Je l'assassine mentalement et me tourne vers ma voisine.

— En effet, Lucretia, il n'a pas souffert, je m'en porte garante. Mon cousin ne ferait jamais de mal volontairement à qui que ce soit.

Du coin de l'œil, je le vois qui pince ses lèvres pour ne pas éclater de rire.

— Oh, évidemment ! Bonté divine, je ne voulais pas insinuer cela, pardonnez mes propos déplacés. Je sais bien que lord Jacobson serait incapable d'une telle chose.

Puis se tournant vers lui, elle bat ses longs cils auburn surplombant ses yeux de biche aux abois.

— Vous êtes tellement prévenant, milord, j'espère que vous ne m'en voulez pas.

Mon tuteur la bénit du signe de croix.

— Vous êtes toute pardonnée, mon enfant.

Mère et fille gloussent de concert, charmées par ce reptile audacieux. La Ève de la création n'avait guère dû résister autrement à la tentation.

Prononcés par les lèvres d'une autre personne, ces propos hérétiques lui auraient sûrement valu le bannissement, voire même la prison. Mais sur celles désirables de Dorian, ils prennent une tournure presque érotique.

Depuis que je la connais, Lucretia n'a eu de cesse de vouloir le séduire et pour je ne sais quelle raison, cela m'a toujours fortement déplu.

Replongés dans les banalités d'usage, nous terminons à notre tour nos assiettes. Tandis que Milly sert le dessert, une tarte à la pomme encore tiède assortie à un thé Darjeeling, mon amie se lance dans un récapitulatif des préparations.

Ensemble, nous balayons compositions florales et musicales, épiées par l'oreille attentive de mon cousin, faussement occupé à entretenir la conversation avec sa voisine de table. Une femme mariée qui ne verrait assurément point d'objection à le prendre pour amant. Cette pensée et la main de lady Adelaïde posée sur son bras me font malgré moi serrer les dents.

Les yeux de Dorian délaissent un instant son interlocutrice pour se poser sur moi, un sourire enjôleur dédié à mon attention. Signe fourbe qu'il n'est pas dupe de mon agacement. D'humeur joueuse, il en profite même pour se pencher vers elle, lui chuchotant des mots qui la font immédiatement pousser un rire de dinde égorgée.

Énervée, je me force à desserrer la mâchoire et me laisse emporter par l'ardeur de Lucretia qui n'en finit plus d'énumérer les dernières tendances en matière de toilettes de bal. Soudain, son ton se fait plus discret.

— Il te faut un décolleté pour laisser voir tes bras et tes épaules. Un léger, bien sûr. Tu verras, avec cela tous les hommes seront à tes pieds et ton carnet de bal sera rempli à ne plus savoir quoi en faire.

— Est-ce obligatoire ?

Elle plisse son joli nez d'étonnement.

— Non, bien entendu. Mais ne désires-tu donc point te trouver un époux convenable ?

— J'imagine…

Un autre coup d'œil glissé dans la direction de mon tuteur m'informe que notre conversation l'intéresse plus que la sienne. Je lève le menton en signe de défiance et me retourne vers mon amie.

— Je veux dire oui, c'est mon souhait le plus cher. Et s'il pouvait être titré, cela serait encore mieux.

Lucretia soupire.

— Avec un visage à faire battre les cœurs.

— Et une conversation intéressante. Que cela soit dans les arts, les sciences ou tout autre domaine.

Emilia, bon sang ! Qu'est-ce qu'il te prend, ma fille ? On ne t'a pas demandé de dresser le portrait de Dorian !

Horrifiée, je pose une main sur ma bouche, mais les mots ont malheureusement eu le temps de voyager jusqu'à lui. Je constate mon faux pas à la blancheur éclatante de ses dents qui apparaissent dans mon champ de vision. Suffit ! Il est grand temps de me reprendre.

— Oui aussi, concède une Lucretia peu convaincue. Oh, mais dis-moi, préférerais-tu un blond ou un brun ? Pour ma part, j'ai toujours eu un faible pour les cheveux ébène. Ils sont si mystérieux !

Tiens donc, je ne l'avais jamais encore remarqué.

— Les blonds, clamé-je. Sans hésiter.

— Parfait ! Comme cela, nous ne nous marcherons point sur les pieds. Et les yeux ? Bleus, n'est-ce pas ? Aussi limpide que le ciel…

— Ou l'eau des égouts de Londres.

Un raclement de gorge masculine me fait savoir que je touche au but.

— Pour répondre à ta question, marron. Je les préfère marron.

Lucretia applaudit ma réponse qui doit parfaitement l'arranger. *Je te le laisse, ma chère. Cependant, il ne faudra pas venir pleurer dans mes bras quand il n'aura fait qu'une bouchée de toi en te rejetant pitoyablement.*

J'en suis intimement persuadée, Dorian ne se laissera jamais prendre dans ses filets d'innocence certes appréciable, mais ô combien fragile. Il semble affectionner uniquement la résistance de ceux lâchés dans l'océan de ses yeux par sa pupille. Une jeune femme en quête de vengeance est un appât bien plus adapté pour ce prédateur rompu à la chasse.

— En parlant d'animaux, crois-tu que nous pourrions faire confectionner une mini cravate rouge pour Kanin ? plaisanté-je.

Elle pouffe derrière sa main.

— En effet, il serait des plus élégants. Quoiqu'un mini gilet noir conviendrait mieux à la blancheur de son poil.

L'hilarité s'empare immédiatement de nous.

— Allons, allons, jeunes filles, avertit lady Adelaïde. Je vous prierais de ne point oublier les convenances séant à tout bal de débutante. Une robe se doit d'être discrète, cela inclut autant la couleur que le décolleté.

— Discrète à quel point, chère madame ? s'enquiert Dorian.

Le ton de lady Standford se fait mielleux dès lors qu'elle s'adresse à lui.

— Aucune extravagance et du plus simple assemblage possible, ne laissant dévoiler que le strict minimum de peau, et bien sûr, le plus important…

— Oui ?

— Aucune couleur sombre ou criarde ne saurait être admise. La robe de bal d'une débutante se doit d'arborer des couleurs claires pour rappeler la pureté et la modestie. L'essentiel des qualités recherchées chez une future épouse.

Dorian se tourne vers moi, un index posé sur sa bouche, comme s'il approuvait les dires de la marquise.

Ou comme s'il cherchait le moyen de te compromettre.

Ses yeux coruscants s'appliquent à me provoquer de leur malice tandis qu'il reprend son interrogatoire :

— Restons sur le terrain de l'impertinence, voulez-vous, milady ? Dites-moi tout, qu'adviendrait-il à une jeune fille si elle transgressait ces règles ô combien sacrées de la bienséance ?

— Oh, les regards se braqueraient assurément sur elle ! s'insurge Lady Standford. Mais uniquement dans le but d'entacher sa réputation. Cela serait le comble de l'indécence, je dirais même scandaleux !

— Scandaleux ? siffle le cobra.

— Incontestablement !

Sans me lâcher du regard, Dorian s'empare de sa tasse de thé. Néanmoins, avant d'en boire une gorgée, il laisse un dernier sourire machiavélique se dessiner sur ses lèvres carmin.

— Cela serait extrêmement fâcheux, naturellement.

Lucretia tire sur ma manche pour continuer notre conversation.

Mais bien que je place toute ma volonté à essayer de donner le change, je ne puis m'empêcher de me demander quelle sera la prochaine diagonale que choisira de prendre le Fou de Dorian sur notre échiquier mortel.

Deuxième partie

« Un premier meurtre est comme un premier amour.
Vous ne l'oubliez jamais. »

Alexandre Pitchouchkine
Surnommé « le Tueur à l'Échiquier »

Chapitre 13

Une sanglante musique

Fountain court,
Middle Temple, Londres

4 mai 1886

Il est seul.

Assis sur un banc, le regard perdu dans l'eau cristalline s'épanchant de la fontaine, comme s'il savourait inconsciemment ses derniers instants de vie. Se doute-t-il que la mort s'est déplacée ce soir pour recueillir son dernier cri ? De fines gouttelettes viennent souiller son pardessus richement travaillé et chassées de son gant noir excédé. S'il savait… Bientôt, cette simple caresse ne suffira plus.

Pas après tout le sang que je compte verser de lui.

Cet appétit vorace qui gronde en moi à l'évocation de ce futur immuable ne doit rien enlever de ma prudence.

D'une démarche souple, je m'approche lentement, en profitant pour scruter une dernière fois les alentours.

Personne.

À cette heure troublée de la nuit, les bonnes gens de cette ville doivent probablement ramper devant leur Dieu, priant qu'il vienne les absoudre de leurs pêchés diurnes. Cette hypocrisie dénoncée par mes soins fait pourtant ce soir mes affaires.

Aucune âme ne viendra ainsi sauver celle qui m'appartient de droit.

Le bruit de l'eau couvre celui de mes pas. Je me retrouve maintenant à quelques centimètres de ma première ébauche. Inconscient de l'honneur que je daigne lui accorder, l'homme allume une cigarette. Les ronds de fumée formés par ses lèvres flottent dans le ciel londonien tacheté d'étoiles mortes. Dans peu de temps, ces astres accueilleront l'un des leurs, à moins que je ne choisisse de le séquestrer à jamais sous la voûte sacrée de mon Pandémonium.

Le dernier souhait d'un condamné consenti, je jouis de cet instant suspendu pour sortir le couteau de ma poche intérieure.

Satisfait, je décide de passer à l'acte, ma patience aussi émoussée que l'outil de mon châtiment.

Animée par sa propre volonté, ma main gauche passe derrière les épaules de ma victime pour se plaquer avec rapidité sur sa bouche. Puis, je lève ma lame de mon autre main et la plante sans ménagement dans les plis parcheminés de son noble cou.

Il s'agite, hurle dans ma paume en essayant de me faire basculer en arrière. Mais ce mauvais calcul contrôlé par sa panique le condamne un peu plus. Facilité par ce mouvement de balancier, l'acier trempé s'enfonce pour venir léser la trachée.

Sa carotide transpercée verse d'incroyables jets de sang dont certaines perles viennent ondoyer à la surface de la fontaine, mêlant leurs deux essences, vitales à l'humanité, dans une seule et même apothéose.

Exalté par ce spectacle poétique, je me prends subitement à rêver de me laisser entraîner à quelques pas de danse sous cette pluie vermeille. Toutefois, l'ardeur de ma tâche se rappelle vivement à moi quand un gargouillement vient briser le charme de ce tableau lyrique.

Je baisse les yeux, décidé à finir hâtivement le tracé de mon macabre sourire. Une fois terminé, je pousse négligemment sa tête et lâche ma prise afin de pouvoir admirer la nature, désemparée devant ce carnage, prendre le relais. Faisant le tour du fraîchement cadavre, je m'agenouille près de lui pour examiner de plus près la fuite de cette vie insipide qui a été la sienne.

Un rire hystérique se forme dans ma gorge, sonnant le début des réjouissances. Je le laisse éclater. Mes propres notes viennent s'accorder à la perfection au morceau de musique qui continue de couler derrière moi.

Après plusieurs secondes, j'ordonne à mon instinct primitif de se reprendre. L'heure n'est point au relâchement. Et si cette première étape est bel et bien terminée, elle n'est que l'amuse-bouche d'un plat plus agréable qu'il me tarde de goûter.

Frustré, je tourne la tête et avise l'arbre penché à ma gauche dont la nature noble m'invite, à travers le souffle agitant ses branches, à venir l'honorer.

Qui suis-je donc sinon son humble serviteur ?

CHAPITRE 14

Fierté et mépris

ÉMILIA

MANOIR SOULRIDGE
HOLLAND PARK, LONDRES

4 MAI 1886

Debout devant mon miroir en pied, le corps chaud et réconfortant de Kanin blotti dans mes bras, j'observe la jeune débutante affairée à me fixer de son regard soucieux.

Ma longue crinière, coiffée sur le côté droit, est retenue par un chignon complexe qui, à ma demande éplorée, laisse tout de même échapper quelques boucles blondes sur mon épaule.

Dans un souci des détails, ma femme de chambre a pris également soin d'assembler quelques mèches afin que deux tresses parallèles puissent venir couronner cette œuvre d'art dont la beauté fragile aux multiples épingles me vaudra assurément une migraine carabinée.

La seule touche d'extravagance repose sur les pétales blancs d'une *Datura stramonium* piquée au centre de la torsade capillaire. Cueillie dans ma serre il y a à peine une heure de cela, je compte inlassablement les minutes restantes avant de pouvoir étaler sa fleur spiralée sous les yeux curieux de mon tuteur.

En attendant ce moment divin, je tente de respirer, en proie à une affliction latente qui n'a fait que progresser crescendo depuis ces derniers jours. Mais mon buste enserré dans le corset me défend de ne serait-ce qu'y penser.

Sans draperie pour la recouvrir, la tournure attachée sous ma taille retenant l'ensemble de mes jupons du dessus m'affuble d'une allure comique en rehaussant de manière facétieuse mon postérieur. Je me tourne vers celui-ci et me force à ne point rire de cette mode grotesque qui déforme les courbes féminines pour mieux la contrôler.

Il m'arrive dans ces rares moments-là d'être envieuse de Dorian. Comme j'aimerais pouvoir être aussi confiante que lui et inventer mes propres lois vestimentaires ! Toutefois, les traditions associées à mon apprentissage de l'étiquette auprès de lady Adelaïde se sont chargées de m'ôter toute perspective d'émancipation durant cette soirée. Y compris celle concernant mon visage.

Le reflet, renvoyé par le miroir, de mon maquillage discret seyant aux convenances se contente ainsi de noircir la ligne de mes cils à l'aide d'un jus de baies de sureau noir récolté dans ma serre, tandis que mon teint diaphane se rehausse d'une fine couche de poudre invisible à l'œil amateur.

En signe de rébellion face à ces coutumes voulant faire de moi une parfaite poupée de porcelaine, je pince mes joues et mords mes lèvres pour retrouver un semblant de vie. Leur coloration temporaire fait naître sur ces dernières un sourire satisfait qui s'évanouit aussitôt que Sarah frappe à la porte de ma chambre pour s'annoncer.

— Entre. Tu as fait vite, dis-moi. Le livreur était-il déjà là ?

Essoufflée, elle referme précipitamment derrière elle et son visage se compose une mine désolée.

Perplexe, je me dépêche de reposer le lapin dans sa cage et de m'enquérir de son trouble.

— Eh bien quoi, tu n'as pas réussi à l'avoir ?

— Si, mademoiselle.

Pressée, je me mets à taper du pied.

— Quel est donc le problème dans ce cas ?

D'un air gêné, elle me tend le grand paquet emballé censé contenir la robe achetée avec Lucretia il y a six jours de cela.

Au cours d'innombrables essais, mon choix impatient, guidé par mon estomac affamé, s'est porté sur une toilette en taffetas de soie flavescente d'une banalité affligeante. Je ne pourrais que m'en prendre à moi-même si ce soir je me confonds avec la tapisserie.

Un soupir las poussé, je prends le colis des mains de Sarah, étonnée que sa servitude ne l'ouvre point d'elle-même.

— Attendez mademoiselle, il faut que je vous dise avant…

Je relève la tête, inquiétée par le ton de sa voix.

— Quoi ?

— Eh bien ce… ce n'est pas votre robe dans ce paquet.

— Tiens donc ? Cela m'arrange, figure-toi.

Elle hausse un sourcil étonné auquel je réponds d'une mine enjouée.

— Crois-moi, si tu avais vu celle que j'ai choisie, tu serais toi aussi en train de partager ma joie.

— Je ne suis pas sûre que celle-ci soit aussi à votre goût.

— Pourquoi cela ?

Elle baisse les yeux et entortille une mèche sauvage de son chignon autour de son doigt.

Oh bonté divine, ne me dites pas que…

— Elle vient de milord. J'étais descendue pour aller attendre le livreur quand Lord Jacobson m'a demandé de le rejoindre expressément dans le petit salon. Il m'a avertie qu'il avait annulé votre commande et que je devais vous donner cette robe à la place. Je n'en sais pas plus, mademoiselle, je vous le jure !

— Relève donc la tête, Sarah, je ne vais pas te punir pour les fautes de ton maître.

— Voulez-vous que je l'ouvre à votre place ? Je ne savais si vous…

— Oui, vas-y, réponds-je en le confiant entre ses bras tremblants. En fonction du degré de cette mauvaise plaisanterie, je crains fort de n'être en mesure de pouvoir retenir mes nerfs. En fait, j'hésite entre les ciseaux et la cheminée, qu'en penses-tu ?

Son nez se retrousse de désaccord.

— Je pense surtout que vous ne devriez pas le provoquer davantage.

— Davantage ? Je ne l'ai pas... bon, peut-être l'ai-je un peu provoqué en effet. Mais c'était mérité, crois-moi !

Je renifle d'une grâce peu féminine et pars m'installer sur le tabouret de ma coiffeuse où je croise mes bras, bien décidée à affronter vaillamment la situation.

— Vas-y, qu'on en finisse.

D'un hochement de tête, elle déchire le papier et pose la boîte en carton sur le lit, son dos face à moi gardant jalousement l'effet de « surprise ». Le couvercle probablement ôté, je vois ses bras se tendre pour déplier ce qui lui provoque un hoquet de stupeur.

N'y tenant plus, je lui demande de me la présenter. Mes cordes vocales s'accordent sitôt à celles de ma femme de chambre.

L'incroyable superposition de drapés prune de la tournure contraste avec la fausse sobriété du taffetas noir qu'elle recouvre.

Le devant de la robe, également violet, est strié dans sa largeur par deux ceintures de tissu noires se terminant en pointe, leur finition ourlée d'une dentelle de la même teinte. Une bande plus large fronce l'ensemble du bas de la toilette, formant à l'arrière une traîne aussi discrète que pratique.

Cette pièce est d'une beauté époustouflante et les finitions d'une incroyable richesse. Son créateur n'a point dû compter ses heures pour rendre un tel chef-d'œuvre en si peu de temps.

À moins que son commanditaire ait déjà tout prévu en avance, Emilia.

Fort probable. Ce qui voudrait dire que Dorian déteste la spontanéité et l'imprévu. Intéressant...

Je m'approche de l'étoffe noire et constate avec un sourire séduit qu'il est composé de délicates roses brocardées de soie. Un clin d'œil assurément à ma passion des fleurs. Je me laisse brièvement attendrir par ce geste lorsque mon attention glisse sur le bustier. Un vent glacé vient souffler sur les braises de ma sensibilité naissante.

La coupe découvre bras et épaules, voilant d'un tulle aérien son échancrure. Le décolleté profond en forme de cœur invite les regards à venir s'y poser. Ce dernier est bordé par une dentelle sombre qui, par contraste avec la blancheur de ma peau, viendra sans nul doute souligner cette zone scandaleuse de ma féminité.

Remuée par une telle débauche, je recule pour faire le point et méditer ma décision. Voyons voir, les deux couleurs de Dorian, associées à ce décolleté affriolant…

Souhaite-t-il affirmer son titre de propriété sur ma personne ou me faire comprendre qu'il est seul décisionnaire de ma vie, y compris de ce que je dois porter ? Dans tous les cas, les explications de lady Adelaïde ne sont point tombées dans l'oreille d'un sourd.

Non, c'est même bien pire que cela.

Elles se sont ancrées dans un cerveau malveillant qui complote inlassablement pour déshonorer mon entrée dans le monde.

Je pourrais la déchirer, la jeter dans les flammes et jubiler de mon geste, mais une part de moi, celle qui souhaite s'émanciper aux côtés de Dorian, rejette en bloc cette idée. Et puis… cette robe ne mérite pas un tel traitement.

Même dans mes rêves les plus fous, je n'aurais jamais pu imaginer une telle composition de couleurs et de matières. Et quelque chose me dit que le sens artistique de mon tuteur n'y est en rien étranger dans sa conception.

Revigorée par cette infusion d'insolence, je me redresse et me tourne vers ma femme de chambre.

— Je suis prête à me vêtir, Sarah. Fais donc de moi la créature la plus indécente qui soit et prestement, je te prie. Car ce soir…

Mon reflet souriant dans la glace achève de prononcer ma phrase.

— C'est le Diable qui m'invite au bal.

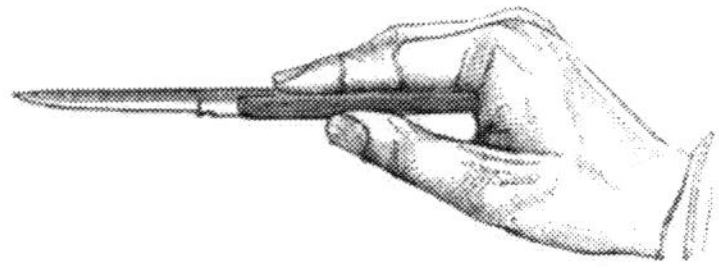

Enfin habillée, je longe à pas mesurés le couloir pour rejoindre la majestueuse boiserie de l'escalier à double entrée. Mes yeux se concentrent sur le sol afin de ne point me prendre les pieds dans les imposants plis de ma robe.

Mes doigts se plantent dans mes paumes, témoins de mon inquiétude à devenir dans quelques minutes le centre d'attention des invités... et le sien. La douleur qui surgit de cet exutoire me ferait presque regretter de ne pas avoir emporté mes gants.

Mais après tout, si ma tenue doit faire parler d'elle, autant qu'elle le fasse jusqu'au bout des ongles.

Arrivée sur le seuil, je lève la tête du côté opposé et me retrouve engloutie par deux vagues céruléennes. Mon souffle retenu se fait tout de même malencontreusement capturer par leur éclat lumineux qui ne me cède aucun répit.

D'un sourire entendu, Dorian hoche la tête pour me donner le signal. Ensemble, nous descendons chacun par notre extrémité les quelques marches menant à l'escalier central, sans cesser de nous entredévorer.

Lorsque nous arrivons tout deux sur le seuil commun, il maintient une distance respectueuse afin que son attention puisse s'appliquer à détailler la moindre parcelle de mon anatomie.

Son regard glisse langoureusement de mes yeux à mes lèvres puis sur mon cou pour s'attarder davantage sur la courbe naissante de ma poitrine.

Intimidée par cette exploration indiscrète, mes joues reprennent d'elles-mêmes leur couleur, bien plus rapidement que si elles avaient été frottées par un linge imprégné d'eau-de-vie.

Je décide donc de lui rendre les honneurs en procédant à mon tour à un examen minutieux de sa personne.

Toujours dans un souci d'échapper aux convenances, le démon porte une redingote de velours rouge, ornée aux manches et au col d'arabesques noires élégantes.

En dessous, sa chemise noire à jabot est fermée par quatre boutons en forme de rose, rappel volontaire de celles de ma robe, tandis qu'un pantalon sombre épouse à la perfection ses jambes bien dessinées.

Ses cheveux légèrement plaqués en arrière laissent échapper quelques mèches aussi indomptables que leur propriétaire. Alors que je me croyais habituée depuis l'enfance à sa beauté renversante, mon cœur de jeune femme, lui, s'enflamme pour ce physique sculpté dans le marbre grec. La noblesse de ses pommettes et de ses lèvres pleines rehaussant ses traits harmonieux qui incarne une grâce presque juvénile.

Depuis que j'ai eu la malchance de croiser son visage d'Apollon, celui-ci ne semble avoir pris aucune ride, comme si sa cruauté le préservait des ravages du temps.

Ou peut-être emploie-t-il en secret les méthodes de la comtesse Élisabeth Bathory en se baignant dans le sang récolté de ses victimes.

N'oublie pas qu'elle choisissait du sang de vierge, Emilia.

Scandalisée par ces pensées libertines qui se succèdent dans mon esprit impur, je me lance dans les hostilités.

— Qu'est-il donc arrivé à votre cravate, milord ? N'aurait-elle pas osé venir serrer votre auguste cou ? Je peux m'en charger si vous le désirez. Cela dit, je ne vous garantis pas que vous puissiez de nouveau respirer.

Il éclate d'un rire cristallin.

— Je n'en doute pas une seule seconde, *min sommerfugl.* Et pour répondre à ta question, il me semble l'avoir vue s'enfuir avec tes bonnes manières.

Je grogne ma réponse :

— Peut-être n'aurait-ce pas été le cas si vous m'aviez laissé revêtir une toilette décente.

Il penche la tête et plonge son regard insolent dans mon décolleté. D'instinct, je plaque immédiatement ma main dessus en guise de piteux paravent, mais cela ne fait que décupler son impitoyable badinage.

— Mes yeux apprécient pourtant ce qu'ils voient.

Je crache mon avertissement :

— Prenez garde, milord ! J'ai sur moi un nombre impressionnant d'épingles qui ne demandent qu'à remédier à votre inconvenante curiosité.

Il rit et s'approche à quelques centimètres de moi pour tendre une main délicate vers les pétales de la *Datura* logée dans mes cheveux.

— Je vois cela, de même que cette fleur aussi magnifique que celle qui la porte. Une *Datura stramonium* si je ne m'abuse, aussi appelée…

— Herbe du diable, soufflé-je.

Ses doigts glissent à présent sur ma peau, provoquant une sensation presque aussi insupportable que son arrogance.

— Est-ce un hommage rendu à mon titre de Prince des ténèbres ou bien…

Il caresse subtilement mes lèvres.

— Prévois-tu déjà nos futures réjouissances empoisonnées ?

Je déglutis à grand-peine et me recule. Son visage se compose d'un air chagriné que je sais trompeur.

— Cette herbe a la capacité de rendre fou, alors à quoi me servirait-elle donc sur vous ? La folie vous a déjà contaminé depuis longtemps, milord.

Illustrant mon propos, ses pupilles étendent leur noirceur pour ne plus laisser qu'un faible halo de raison azurée au moment où il se met à clamer :

— « De même que tout est mortel dans la nature, de même toute nature atteinte d'amour est mortellement atteinte de folie[22]. »

22 Citation tirée de « comme il vous plaira » de William Shakespeare.

Si ma mémoire n'est pas elle aussi « contaminée », il me semble que cette citation vient de ton auteur préféré.

Sans pour autant me laisser séduire par ces mots *ad hoc*, je siffle l'évidence entre mes dents.

— Vous êtes incapable d'amour, Dorian.

Il affecte la bête blessée.

— Le suis-je vraiment ? Pourtant, ma chère Emilia, mon art exhale mon amour de rendre vivant ce qui est mort et de faire mourir ce qui vit. Et désormais…

Il se place de nouveau à ma hauteur, un sourire mutin dessiné sur ses lèvres attirantes.

— Mon amour pour cette robe.

Son humeur aussi changeante qu'un ciel de printemps enchaîne d'une teinte plus légère :

— Je crois avoir bien choisi les étoffes, qu'en penses-tu ?

— J'en pense que c'est votre tenue à vous qui aurait dû arborer fièrement les couleurs de cette maison. Je ne fais point vraiment partie de cette famille… ni d'aucune, conclus-je en détournant vivement la tête.

La tonalité rassurante de sa voix piège de nouveau mon regard dans son aura presque chaleureuse. Presque.

— N'en sois pas si sûre, *min sommerfugl,* ces couleurs t'appartiennent tout autant qu'à moi. Et…

Sans s'incliner, il porte sous mes yeux interloqués ma main nue à ses lèvres et y abandonne un baiser.

Ce geste, rappel amer de celui du cabinet des curiosités, n'en est pas moins d'une grande différence. Il paraît presque animé d'une certaine… sincérité. Même si je continue de douter fortement sur les capacités de mon tuteur dans ce domaine.

— De tous les membres damnés de cette famille, tu es la seule qui en soit digne. Porte-les avec fierté et mépris pour cette société qui désire t'assiéger de ses ombres. La beauté est faite pour la lumière, Emilia, alors…

Il prend ma main et la pose sur son avant-bras, partageant avec moi un sourire complice.

— Allons de ce pas la faire éclater au grand jour.

CHAPITRE 15

La danse du cygne

EMILIA

Obéissant à un ordre silencieux de son maître, Arthur ouvre les portes de la salle de bal dont l'encadrement, suivant mes instructions, a été décoré par un subtil mélange de pivoines roses et blanches, agrémenté d'une touche de lierre.

Lors de cette semaine de préparatifs, j'ai pu me délecter de la somptuosité de cette pièce où, plus jeune, faute de fêtes organisées par mon ennemi, je m'y faufilais en cachette pour tournoyer en solitaire. Je fermais les yeux, me plaisant à imaginer retentir autour de moi la douce mélopée des violons et les soupirs envieux de mes admirateurs.

Tout comme l'ensemble du manoir bâti par son arrière-grand-père, cette partie a elle aussi subi le goût de son héritier pour l'originalité épurée.

Construite en forme de cercle, la salle diffère de l'opulence des tendances actuelles en maniant austérité et prestance pour le plaisir de mes yeux. Sur son sol noir, des motifs de cobra royal en relief viennent mordre les pieds des danseurs tandis qu'au-dessus de leur tête, un majestueux lustre vient les parer de lumière. Tout autour de la pièce, de grands chandeliers sur pied apportent quant à eux chaleur et réconfort à ce minimalisme apparent. Sur les murs assombris de violet, les portraits sévères de la famille de Dorian s'assurent de n'épargner aucun faux pas.

Pour mon premier et possible dernier bal, j'ai voulu ajouter ma touche personnelle en demandant à ce que soient installées des guirlandes de roses rouges, reliées du lustre aux quatre arches soutenant les fondations de ce lieu révéré par mon enfance. Et peut-être, par celle aussi de Dorian. Le résultat étant un mélange réussi de nos deux personnalités, c'est ensemble que nous nous devons de le savourer.

Enivrée par le doux parfum floral, je me laisse guider par mon cavalier. D'une même foulée pressée, nous traversons ainsi le seuil, un silence écrasant nous accueillant aussitôt sur l'autre rive de cette arche végétale.

Pendant un moment suspendu de doute, je m'imagine que cet accueil glacial n'est nul autre que le résultat du manquement à tous mes devoirs d'hôtesse. En effet, contrairement à l'étiquette, Dorian m'a épargné le défilé des visiteurs et les révérences qui succèdent à chacun des titres affétés mentionnés sans interruption. Un exercice bafoué par mon tuteur avec ma bénédiction, trop réjouie que j'étais d'y échapper, mais dont le manque me vaut à présent l'indignation de mes pairs.

Brutalement, la raison de cette réaction collective se rappelle à moi dans un assemblage d'étoffes noires et violettes. J'observe alors l'assemblée de nobles et d'aristocrates pour sentir se poser sur le satin de ma toilette les regards choqués de la classe féminine et les sourires ostentatoires de quelques « gentlemen ».

Comme pour conjurer le mauvais sort, ma main que Dorian emprisonne soudainement avec une plus douce fermeté me rappelle à l'ordre.

— Fierté et mépris, murmure-t-il à mon encontre.

Réconfortée par ses mots, j'acquiesce et redresse la poitrine. Du moins, avec toute la latitude que me permet mon corsage.

Au premier rang, je croise le regard bienveillant de ma douce Lucretia et la désapprobation dans celui de sa mère. Qu'importe ! Cette soirée m'appartient et je tends bien à le faire savoir.

Derrière nous, le majordome éclaircit sa gorge et hausse sa voix afin de couvrir un brouhaha inexistant.

— Mesdames et Messieurs, le comte de Soulridge et mademoiselle Emilia Jacobson.

Mon rang social inexistant, je me penche pour m'incliner lorsque Dorian me redresse discrètement d'un geste sec.

Je lève des yeux interrogateurs vers lui, mais il se contente de fixer nos invités d'ores et déjà charmés par son magnétisme éblouissant.

— Lord Dorian et sa cousine vous prient de bien vouloir rejoindre votre partenaire pour l'ouverture de bal.

À ces mots, la foule se dissipe et les danseurs engagés dans cette première valse forment un cercle dans l'attente de leurs hôtes. Nous reprenons notre marche vers la piste de bal à l'instant où je repère le duc de Hillsbury et son épouse lady Tatiana, élégamment vêtue d'une robe d'un violet profond.

Frappée d'une subite impulsion, je tire brutalement sur le bras de mon cavalier pour l'obliger à pivoter vers nos deux plus illustres invités, dont l'un vient juste de devenir l'associé malheureux de mes représailles.

— Emilia, gronde Dorian à voix basse. Que fais-tu, bon sang ?

Sa langue de reptile s'apprête à riposter à mon affront, mais cette fois-ci, je le devance en bougeant mon pion d'une innocence empruntée.

— Je fais comme vous me l'avez si gentiment suggéré, cousin, je vous laisse aux bons soins de lady Tatiana qui sera, j'en suis persuadée, plus que ravie de valser à votre bras.

L'attraction qu'exerce le physique avantageux de mon tuteur ne s'arrêtant guère aux convenances matrimoniales, les joues de l'intéressée rosissent d'un plaisir anticipé.

Je profite de son trouble pour m'adresser à son mari dont les yeux papillotent simultanément dans toutes les directions, excepté sur moi. Il se demande probablement quel morceau de mon anatomie il se doit de regarder. *Mes yeux seraient un bon début, Votre Grâce.*

Faisant fi de l'avertissement de Dorian, j'exécute une révérence afin de le saluer comme il se doit. Cela aussi dans le but de contrarier celui dont les dents grincent à mes côtés.

— Votre Grâce, m'accorderiez-vous l'honneur de m'accompagner pour ma première danse ?

Son visage est devenu aussi rubicond que celui de son épouse, il échange un regard entendu avec sa moitié puis se redresse pour m'offrir sa main gantée.

— Cela serait un immense plaisir, mademoiselle Emilia.

Je lui offre un sourire reconnaissant et place ma main dans la sienne. Même si je viens tout juste d'enfreindre deux règles du protocole en invitant un homme pour en délaisser un autre, un sentiment de liberté me fait flotter jusqu'au centre du cercle.

N'y tenant plus, je tourne la tête vers ma gauche où Dorian s'applique à gagner les faveurs de sa nouvelle partenaire.

Rivale, Emilia.

Non, c'est loin d'en être le cas. Même s'il est vrai que je lui jalouse ce sourire offert.

Mais elle ne saura jamais qui se cache derrière ce masque de godelureau. Toi seul le connais tel qu'il est vraiment, ne l'oublie jamais.

Ma jalousie passagère envolée, je cherche à capter son attention.

— *Par ici, mon beau serpent. Je suis là, et je t'observe.*

Mon appel entendu, ses iris d'une flamboyante colère se plantent dans les miens pour entamer une joute silencieuse dont nous avons le détestable secret.

Depuis mon enfance, et sans que je ne sache comment, nous parvenons à communiquer par simple gestuelle. Un clignement d'œil, une lèvre recourbée, et chacun peut forcer l'esprit de l'autre sans y avoir été convié.

Je n'ai jamais su l'origine de ce phénomène d'une nature presque surnaturelle. Est-il né d'une macabre complicité ? D'un jeu pervers de l'univers ? Ou est-ce simplement un mirage conçu par ma haine ?

Toujours est-il qu'il est le seul à deviner mes pensées.

Tout comme je suis la seule à pouvoir écorcher les siennes.

— *Tu ne perds rien pour attendre, min sommerfugl.*

— *Je n'ai pas peur.*

— *Tu devrais.*

Je hausse une épaule.

— *Je ne fais que me rendre digne de cette famille. Après tout, la traîtrise ne fait-elle point partie de notre devise ?*

— *Dans ce cas, je la ferai graver sur ton épitaphe*

— *Je danserai sur votre tombe bien avant cela.*

Il pousse un ricanement dont je sais en être la cause. Dans ses bras, lady Tatiana le contemple comme s'il était sujet à un délire soudain. Sans me quitter des yeux, il la rassure d'un murmure.

Amusé par le pincement agacé de ma bouche, il reprend notre désaccord :

— *Moi qui croyais que tu désirais ardemment danser avec moi.*

— *Les pensées sont souvent baignées dans le mensonge, milord.*

Ses lèvres s'incurvent d'une lenteur calculée.

— *Tes yeux disent la vérité.*

Je les baisse un instant avant de me corriger.

— *Il est vrai que votre personne m'inspire depuis quelque temps un fiévreux sentiment.*

Un sourire féroce accueille ma déclaration. Parmi toutes mes faiblesses, celle-ci est assurément pour lui la plus délectable de toutes.

La corde tâchée de sang qui nous relie vibre d'un ronronnement de plaisir.

— Et donc, ma chère Emilia, quel est-il ? Je t'en supplie, cesse d'être aussi cruelle. Ne me fais pas languir plus longtemps.

Irritée par ce ton moqueur, je dévie mon regard vers le chef d'orchestre pour lui indiquer le début de la valse.

D'emblée, les premières notes du lac des cygnes de Tchaïkovski entament les débuts de ma transformation.

Grisée, je me laisse guider par mon partenaire, transcendée par cette impudence qui me vaudra indéniablement quelques plumes.

Cependant, une chose est certaine : je danserai toute la nuit à me faire saigner les pieds si cela doit servir ma revanche.

Frappée un instant par sa foudre au détour d'un malencontreux pas, je relève fièrement le menton et crache ma réponse à sa suffisance.

— Le mépris, Dorian. Je n'ai pour vous que du mépris.

CHAPITRE 16

Céder à la tentation

ÉMILIA

— Du champagne, mademoiselle ?

Je remercie Milly et prends la flûte tendue. Les bulles pétillent sur ma langue, m'emportant dans un tourbillon de frivolités bavardes. Accompagné de Lucretia, le papillon en moi vole de duchesse en baronne, alternant entre soupirs complaisants et sourires hypocrites.

S'il n'y avait point eu ce délicieux nectar, je comprendrais aisément pourquoi Dorian fuit comme la peste le papier à invitation. Je commence déjà moi-même à ressentir le besoin irrépressible de rejoindre ma chambre pour me réfugier sous mes draps. Il y a beaucoup trop de foule, de lumières et la musique qui me grisait alors n'est devenue qu'un imbroglio de sons résonnant douloureusement à l'intérieur de ma tête.

Sentant les prémices de la fatigue me gagner, je masse ma tempe droite lorsque j'aperçois à quelques pas devant moi un petit attroupement d'hommes et de femmes autour d'un Dorian tout en grandeur et faux-semblants.

Intriguée de le voir à l'œuvre en société, je sème mon amie et m'approche de lui afin qu'il puisse m'introduire dans la conversation. Même si rien dans sa gestuelle ne laisse supposer qu'il ait remarqué ma présence, je fais montre de patience à ses côtés, persuadée qu'il endure tout comme moi cette affligeante sensation nous unissant quand nous sommes près de l'autre.

Pour ma part, le champagne hésite entre lui enfoncer les débris de verre dans son gracieux cou ou le supplier de ne plus danser qu'avec moi. Voilà encore une des raisons pour laquelle l'alcool ne sied guère à une jeune femme.

Je vide ma coupe et ris à une plaisanterie de mon tuteur dont le sens s'est évanoui dans les brumes d'une probable ivresse. Daignant enfin m'accorder son attention, il tourne la tête et fronce les sourcils à mon encontre.

Si cela était nécessaire, je pourrais aisément refroidir ma boisson dans ce regard qui glisse de mes joues à ma main puis à ma bouche scellée où il s'attarde pour me questionner.

— *Combien de verres as-tu bu ce soir ?*

— *Oh, allez au Diable, Dorian !*

— *Beaucoup donc.*

— *Pas assez pour vous oublier en tout cas.*

Ses paupières se plissent, amusées.

— *Tu sais bien que tout l'alcool du monde n'y suffirait pas.*

Je me prépare à objecter d'une grimace lorsqu'une voix nasillarde se fait entendre.

— Milord, honte à vous ! Vous ne nous avez toujours pas présenté votre charmante cousine.

Attentive, j'observe sa transformation opérer, passant avec subtilité d'un sourire narquois qui m'était destiné à un parfait échantillon de galanterie aristocratique. L'artifice passe peut-être inaperçu pour les convives, mais pas pour moi qui ai la fâcheuse habitude d'être l'unique spectatrice de la magie Jacobson.

— Oh, répond-il d'une voix suave. Soyez assurée que je comptais le faire de ce pas, lady Egerton. Je vous présente donc l'héroïne et l'organisatrice de cette magnifique soirée, ma cousine Emilia Jacobson. Ma chère, laisse-moi t'introduire auprès de mes délicieux convives, à commencer, à ta droite, par Sir William Cavendish, duc de Devonshire et sa fille lady Louisa Edgerton.

La tournure du duc me le fait tout de suite paraître empreint de sympathie. Des rouflaquettes blanches élégamment entretenues descendent sur ses joues pour venir encadrer la bienveillance dessinée sur ses lèvres. À ses côtés, l'écho féminin de sa jeunesse m'offre un clin d'œil d'encouragement.

Alors que je me penche pour les saluer avec bienséance, mon voisin émet un discret rictus dont je n'ai cure.

— Votre Grâce, Milady.

— Appelez-moi Sir William, mon enfant. Au bout du compte, ce soir, c'est vous la reine de ce bal.

— Je vous remercie, Votre Grâ... Sir William.

Ils éclatent de rire en chœur. Tous, sauf un, trop occupé à me fixer intensément. Le comte racle sa gorge pour faire régner le calme et à mon grand étonnement, tous s'exécutent promptement comme s'ils appréciaient autant qu'ils redoutaient les humeurs de leur hôte.

Si je suis la reine, Dorian est assurément le roi. Puissions-nous tous ne pas terminer la tête au bout d'une pique, ou même pire. Un poumon en moins, par exemple...

Un jeune homme à peine plus âgé que moi, au regard doux et affable, s'avance d'un pas pour se présenter de lui-même. Il effectue une courbette maladroite si charmante que je ne puis m'empêcher de lui accorder un sourire engageant.

— Baron Taylor Cunningham, mademoiselle. C'est un réel plaisir de faire votre connaissance. Votre cousin nous a tellement parlé de vous.

— En mal j'espère, dis-je en me tournant vers l'intéressé.

Ce dernier hausse une épaule.

— Bien évidemment, cousine, mais sois certaine que cela a été commis sans exagération aucune.

Les yeux verts de lord Cunningham se font rieurs. De près, il m'apparaît comme doté d'une beauté classique pourtant très appréciable. Très loin de celle quasi surnaturelle de mon tuteur. Son sourire confiant promet une douce protection sans arrière-pensée, qualité recherchée par nombre de jeunes femmes en quête d'un potentiel époux. En fais-je pour autant partie ?

Nerveux, le baron tire légèrement sur son col à bout d'aile.

— Il nous a également parlé de vos talents de danseuse.

Dorian s'esclaffe.

— Vraiment ? Mon cher Cunningham, pour affirmer cela, il aurait déjà fallu que je puisse éprouver ce « talent ». N'est-ce donc pas plutôt une manière détournée de m'utiliser à vos fins somme toute peu convenantes ?

Exaspérée par son attitude, je le foudroie du regard et lui réponds sèchement :

— Une danse n'a rien d'inconvenant, Dorian. Il n'y a que le partenaire qui puisse l'être.

Puis, sans attendre sa réaction, je calme mes nerfs et me tourne vers le baron.

— Milord, c'est avec grand plaisir que j'inscrirai votre nom dans mon carnet de bal pour la prochaine danse.

Lord Cunningham s'empresse d'accepter un peu trop vivement, mais sa gaucherie ne le rend que plus attrayant à mes yeux. Surtout lorsque celle-ci occasionne un spasme de la mâchoire du prédateur situé à ma gauche.

Dorian détaille fixement le baron comme s'il prévoyait son éloge funèbre. Ravie, je porte la coupe à mes lèvres pour célébrer cette maigre victoire.

— *Jaloux, milord ?*

Un tressaillement désinvolte rattache à moi son attention.

— *Pas le moins du monde, min sommerfugl. J'exècre seulement de devoir me contenter des restes.*

Ma main se crispe sur mon verre. À son tour, il bâillonne ma contre-offensive en s'attelant à la suite des présentations.

Ne pouvant rien faire d'autre que de subir, je suis son regard vers une dame d'un âge vénérable nullement inconnue à ma mémoire.

— *Godt*, reprenons. À ta droite, cousine, la baronne Angela Burdett-Coutts qui, comme tu le sais déjà, s'est illustrée par la fondation du…

— *Urania cottage*, m'exclamé-je en me reprenant tout aussitôt par une révérence. Je vous prie de m'excuser lady Burdette-Coutts, mais je porte une immense admiration sur votre œuvre et celle de monsieur Dickens.

Mon amour pour la littérature m'a conduite un soir à faire la rencontre d'un certain Oliver Twist, mais aussi à celle d'un homme et d'une femme dont la nature philanthropique les a tous deux conduits à fonder un refuge pour femmes dites perdues.

Un terme peu flatteur inventé par une société patriarcale pour désigner plus chastement les prostituées. Ce sont d'ailleurs probablement ces mêmes hommes qui iront néanmoins suivre l'inclination de Dorian à la nuit tombée.

Dans sa sombre robe au col montant, les traits de la baronne s'illuminent à la mention de son ancien ami pour lui faire retrouver, le temps d'un instant volé, sa beauté d'autrefois. Cependant, un voile de tristesse se charge de le faire rapidement disparaître.

— En effet, mon enfant. Il ne se passe d'ailleurs guère une journée où je regrette mes conversations avec ce cher Charles. Dieu ait pitié de son âme ! Cet homme était d'une incroyable bonté.

— Et d'une plume bien trop sentimentale à mon goût, si je puis me permettre.

La baronne fulmine contre le malotru.

— Je ne vous le permets point, monsieur Wilde.

— Chère lady Burdette-Coutts, si vous aviez prêté attention à la tournure de ma phrase, vous sauriez que je viens pourtant juste de le faire.

Je lève un sourcil déconcerté par cet invité dont les nombreuses caricatures dans la presse n'ont qu'à peine réussi à retranscrire une partie de son impertinence.

— Monsieur Oscar Wilde et son épouse Constance Lloyd dont tu connais évidemment le géniteur.

Lloyd. Elle est donc la fille d'Horace, mon précepteur de lettres. Il m'avait en effet parlé d'elle à quelques occasions en se plaignant par instants de son gendre extravagant. Détaillant la mise de l'auteur, je comprends mieux son désappointement.

Faisant fi de la mode classique, il porte une veste de velours aubergine aux liserés dorés dont la chemise blanche est rehaussée d'une cravate verte. Son pantalon court, de la même teinte que le haut, lui arrive à peine jusqu'aux genoux. Le reste de ses jambes est couvert par un collant vert bouteille, rappelé par la rosette épinglée sur sa poitrine. Assorti à sa tenue, son faciès suit également la même désinvolture imposée par son rôle d'original des salons mondains.

Son visage allongé et la finesse de ses traits lui confèrent une aura de noblesse que son nom ne détient hélas pas. Au-dessus de ses épaules, ses cheveux bruns ondulés terminent de peaufiner son apparence autant androgyne qu'audacieuse.

Il ressemble à l'un de ces acteurs qu'il m'ait parfois été offert de voir au théâtre : sûr de lui, et d'une prétention sans bornes quand il s'agit de clamer ses répliques acerbes. À ses côtés, une Constance complètement effacée par le charisme de son mari n'a d'originalité que sa parure flamboyante portée avec grâce.

— Est-ce ma toilette qui vous fascine tant, mademoiselle Emilia ?

Je m'attarde sur les pièces de tissus dont les différents dégradés d'orange défieraient le plus éclatant des couchers de soleil.

— C'est mon époux qui l'a confectionnée. C'est un artiste dans tous les domaines, voyez-vous, déclare-t-elle avec fierté.

Monsieur Wilde rit de sa naïveté.

— Pardonnez à mon épouse. Comme toute femme, elle se laisse quelquefois emporter par ses émotions.

Les joues de Constance rosissant de gêne, je ne puis m'empêcher de la plaindre. Même si elle semble trouver son compte dans cette cohabitation matrimoniale.

— Ma Blanche, paix à son âme, avait la même inclination, plussoie Sir William. Toutefois, à mon sens, c'est à l'homme qu'il convient de la comprendre pour pouvoir la tempérer comme il se doit.

— Les femmes sont faites pour aimer et être aimées, Votre Grâce. Non pour être comprises. Qu'en pensez-vous, Dorian ?

Tous les regards se tournent vers mon tuteur dont les saphirs s'amusent à détailler l'auteur.

— Je n'en pense rien, monsieur Wilde, pour la simple et bonne raison que je suis malade des femmes qui aiment. À mon sens, les femmes qui haïssent sont beaucoup plus intéressantes.

Il boit une gorgée de son champagne et termine silencieusement sa phrase.

— *N'est-ce pas, Emilia ?*

— L'amour et la haine, reprend Oscar Wilde. Deux sentiments contradictoires pour l'homme, mais indiscernables pour la femme. La gent féminine se laisse aisément fourvoyer dès qu'il s'agit d'en choisir un. Elles peuvent ainsi à la fois haïr amoureusement une personne et l'aimer d'une passion détestable.

Ne pouvant plus retenir mes penchants de féministe outragée, j'ouvre la bouche dans le but de le réduire au silence.

— Donc, si j'en juge les critiques négatives de vos livres, celles-ci doivent sûrement être rédigées par des hommes. N'est-ce pas, monsieur Wilde ?

Il se frotte les lèvres d'un air songeur, apparemment ravi de trouver en l'autre sexe un adversaire à sa hauteur. *Six années de pratique, monsieur Wilde et croyez-moi, vous n'êtes pas de son niveau.*

— Bien évidemment, mademoiselle Emilia. Qui d'autre sinon qu'un homme pourrait posséder autant de talent pour en critiquer un autre ? Si les femmes avaient l'audace d'écrire les critiques, le plus mauvais livre qui soit finirait par remporter les meilleurs hommages.

— En un sens, cela arrangerait certainement vos affaires.

En face de moi, lady Edgerton manque de s'étouffer dans son alcool. Son père lui tape vivement dans le dos, mais malgré cet incident, l'attention du public reste absorbée par ces deux rôles principaux.

— Certes, ma chère. Mais cela ne relèverait-il pas d'une quelconque forme de tricherie ?

— Impliqueriez-vous, monsieur Wilde, que la gent féminine serait hypocrite ?

Le rythme accéléré de l'éventail de lady Burdett-Coutts marque son indignation.

— Loin de moi cette idée, milady. Je ne faisais que souligner à mademoiselle Emilia l'altruisme exacerbé du beau sexe.

— Prenez garde, monsieur Wilde. L'obséquiosité est l'apanage de mon cousin, et je ne suis guère persuadée qu'il décide de vous en laisser ce soir le mérite.

Le cousin en question ne daigne curieusement pas apporter sa contribution. Ceci dit, sa crispation inhabituelle me fait présager une autre de ses futures mises au point. Lord Cunningham tente de nous apporter son soutien, décuplant la qualité de ses valeurs qui me plaisent volontiers.

— En parlant de cela, n'est-ce point trop dur de subir toutes ces critiques ? Je ne sais comment vous faites, monsieur Wilde. Personnellement, je crois que cela m'ôterait toute envie de poursuivre dans cette carrière.

— Bien au contraire, milord. Voyez-vous, quand je crée une œuvre, je cherche avant tout à toucher les étoiles. Qu'elles soient bonnes ou mauvaises, les critiques ne font que m'aider à décrocher la lune.

— Une œuvre ? Oseriez-vous donc prétendre que votre plume scandaleuse est une forme d'art ? s'insurge la baronne.

La prétention étire les lèvres de l'écrivain.

— Le rôle d'un artiste n'est-il point de créer de belles choses ?

Cette réplique a au moins le mérite de faire enfin réagir le duc.

— Vous êtes bien imbu de vous-même, jeune homme.

Je décide de continuer à sa suite.

— D'autant plus que vous n'avez guère le monopole dans ce domaine. Chaque rêveur peut transformer la laideur en art.

Monsieur Wilde me gratifie d'un clin d'œil scandaleux.

— Ma chère demoiselle, sachez que je suis quelqu'un de pragmatique. Je ne me contente donc que de la beauté, et laisse la laideur aux rêveurs.

Il me faudrait, je crois, une autre ration de bulles pour supporter ce mépris déguisé. Connue pour sa piété, lady Burdett-Coutts lève le menton en guise de défi.

— Il est dit que la beauté est l'une des tentations utilisées par le Diable pour nous asservir. Sachant cela, êtes-vous toujours enclin à vous laisser tenter, monsieur Wilde ?

— Ma foi, la tentation me paraît tout de même bien trop grande pour y résister. Qu'en pensez-vous, Dorian ?

Sa familiarité à l'égard de mon tuteur ne fait qu'augmenter mon aversion pour ce personnage déplaisant.

Les yeux reptiliens de mon voisin viennent se planter dans ceux de l'écrivain. Étonnamment, j'y vois poindre une note de curiosité malsaine. Il l'amuse, c'est certain, mais il y a également autre chose dans cet échange. Serait-ce de la séduction ?

La sensualité capture la voix de Dorian lorsqu'il s'adresse à Oscar Wilde. Il semble qu'une fois encore, dans l'assemblée, je sois la seule à m'apercevoir de ce badinage incongru.

— Selon moi, le seul moyen de se délivrer d'une tentation est d'y céder. Résistez, et votre âme se rend malade à force de se languir de ce qu'elle s'interdit.

Le dédain de l'écrivain s'efface au profit de la fascination. Il a beau se prétendre au-dessus des règles de la société, il n'échappera pas à celle de Dorian. Tous se doivent de céder à sa tentation. Tous sauf moi.

— C'est là une tirade digne de l'une de mes œuvres. Puis-je vous l'emprunter ?

Le comte lève son verre à son encontre et lui porte un toast.

— Je vous l'offre, en témoignage d'une nouvelle amitié.

Flatté, monsieur Wilde l'imite, une envie charnelle reflétée dans ses prunelles.

— Puisse-t-elle se révéler aussi agréable que fructueuse.

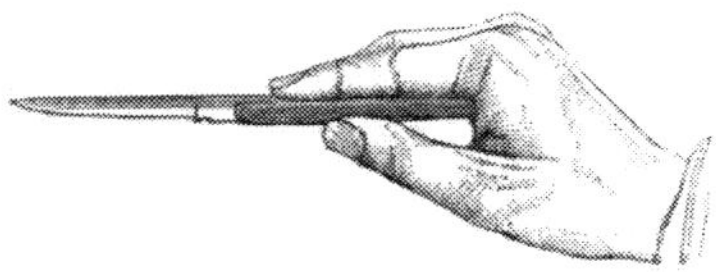

De nouveau seul avec moi, Dorian délaisse l'observation du dos d'Oscar Wilde pour venir flirter cette fois-ci avec les ténèbres.

— Je t'avais formellement interdit de boire plus d'une coupe, il me semble.

Je hausse les épaules, légèrement étourdie.

— Je vous ai obéi, milord, je n'ai pas bu plus d'une coupe à la fois.

La fureur qui fond sur moi me frôle sans m'atteindre. Vraisemblablement, voilà l'un des effets commodes de ma débauche.

— Si tu veux apprendre mon art, il va te falloir rester vigilante, Emilia. La verve de monsieur Wilde est d'une tout autre nature, inférieure à la mienne je te l'accorde, mais tu ne peux te permettre de t'amuser ainsi en public avec lui. Tourner en ridicule quelqu'un demande autant de finesse que de mordant. Et ce soir, tu n'as fait qu'y planter tes dents de lait en te ridiculisant devant nos hôtes.

Je soupire, contrariée par son ton infantilisant. Mon reste de bonnes manières évaporé à l'instar du verre entre mes mains, je lui cède mes suppositions et ma dignité.

— Pourtant, le taquiné-je, encouragée par l'alcool, il m'a semblé pendant un moment que vous vous amusiez plutôt bien tous les deux.

Sa colère se fond aussitôt dans sa nouvelle distraction, comme si elle n'avait alors jamais existé.

— Il vous veut dans son lit, Dorian, c'est évident.

Il ricane, intéressé par mon allégation.

— Ah oui ? Et qu'est-ce qui te fait donc dire cela, *min sommerfugl* ? Ton esprit de compétition peut-être ?

Je lève les yeux au ciel, anticipant les futurs regrets qui viendront me terrasser au réveil.

— Pitié ! Vous savez que la moitié de cette salle ne demanderait pas mieux que de vous prendre pour amant. À commencer par Lucretia.

— La moitié, vraiment ?

Avec diligence, il se rapproche de moi et se penche à mon oreille. Son parfum boisé, combiné à la douceur âcre de sa voix, me donne envie de goûter ce champagne confectionné dans les caves de l'Enfer.

— Et de quelle moitié fais-tu partie ?

Je déglutis et secoue la tête pour ne pas me laisser prendre à son piège.

— La moitié qui rêve de vous tuer, milord. Et croyez-moi, cette compétition-là est plus rude.

Il éclate de rire et pose d'autorité ma main sur son bras.

— *Godt*, assez joué, *min sommerfugl*. Il est temps de retourner sur la piste, tu me devais une danse si je me souviens bien.

Je fronce les sourcils et me dégage vivement de sa prise. Le bleu translucide de ses yeux en profite pour s'assombrir.

— Je ne suis pas assez saoule pour oublier à qui je dois cette danse, milord. Si vous voulez bien m'excuser, dis-je en levant fièrement la tête, je dois à présent valser dans les bras d'un baron.

Quelque peu titubante, je tourne tout de même précipitamment les talons afin d'éviter ses représailles. Malheureusement, je ne suis point assez leste pour m'éviter d'entendre sa dernière et perturbante intimidation.

— Alors prends garde de ne pas trébucher dans l'autre moitié, Emilia.

Je sursaute à ces mots, m'obligeant séance tenante à ralentir pour retrouver mes appuis et une démarche plus assurée.

Déjà, les effets des bulles se dissipent, me livrant à cette guerre de remords terribles dont seule la sobriété détient les faveurs.

Finalement, je reste persuadée que l'alcool était une très mauvaise idée…

CHAPITRE 17

Nul n'est parfait

EMILIA

BIBLIOTHEQUE DE DORIAN, MANOIR SOULRIDGE
HOLLAND PARK, LONDRES

5 MAI 1886

— Réveille-toi, Emilia. Emilia !

La règle en bois s'écrasant sur le bureau me tire brutalement de ma transe.

D'un pénible mouvement qui m'arrache une grimace de douleur, je lève ma migraine vers mon tuteur au teint diaphane, aussi frais qu'un vampire tout juste sorti d'une sanglante orgie.

Sa chemise blanche à jabot, amidonnée sans un pli, et ses cheveux noirs pour une fois parfaitement coiffés pourraient presque me faire oublier qu'il m'a expressément fait tirer de mon lit à cinq heures du matin.

Tout cela, bien entendu, après un bal qui n'a cessé de valser qu'au petit jour.

Épuisée, je laisse échapper un bâillement qui, évidemment, n'échappe guère à l'inquisition de Dorian.

Je tente alors une maigre défense aussi faible que ma personne.

— Je ne dormais pas, je me reposais seulement les yeux.

Les siens me parcourent avec une froideur calculatrice n'augurant rien de bon pour moi.

Furieux, il tape la mesure dans sa paume de main avec le décimètre, se demandant probablement quelle partie de mon corps il va prélever en premier.

Tout d'un coup il s'arrête, place la règle en dessous de mon menton et me le redresse lentement avec.

Je pousse un hoquet de surprise tandis qu'il incline légèrement la tête pour m'examiner de plus près, un sourire récriminateur plaqué sur ses lèvres.

— Tiens donc. Et est-ce que ce repos incluait également celui de ta bouche ?

— Non.

— *Godt*, dans ce cas…

Il claque sèchement l'outil à quelques centimètres de moi me faisant de nouveau violemment sursauter.

— Sois gentille d'essuyer la bave qui macule tes lèvres et concentre-toi ! Ce n'est pas en bâillant comme une débutante que tu vas réussir à me tuer.

Réveillée par mon objectif, je rassure ses craintes de future dépouille.

— Ne vous inquiétez pas, milord, je m'assurerai avant cela d'avoir mon quota de sommeil.

Son sourire goguenard et acéré place mes sens en alerte pendant qu'il tourne autour de moi à la manière de son requin fossilisé.

Prise au piège comme un phoque sur une banquise en train de fondre, je me force à préserver tant bien que mal une apparence détendue alors que mon cœur ne demande qu'à fuir de ma poitrine.

— Sais-tu, ma chère Emilia, pour quelle raison t'ai-je fait réveiller si tôt ?

— Par pur sadisme ?

Il émet un rictus entendu.

— En effet, pardonne-moi, je me suis mal exprimé. Je voulais parler de la deuxième raison.

Ma voix hésitante monte dans les aiguës

— Pour… m'apprendre quelque chose ?

Le serpent dodeline du crâne, satisfait.

— Poursuis.

Mes yeux gravitent autour de cette règle toujours placée entre ses mains menaçantes et soudain, la réponse m'apparaît aussi claire que la rivière agitée dans son regard.

— Pour me faire comprendre que je dois constamment être vigilante.

À mon grand soulagement, le danger se retire sur-le-champ de son visage alors qu'il cesse enfin de m'encercler.

Lorsque je disposerai d'un moment de répit, je devrai penser à faire édicter les horaires de notre petit jeu, afin de sanctionner toute attaque ou coup bas effectué avant le petit-déjeuner.

— Parfaitement. Tu te dois d'être prête à attaquer à n'importe quelle heure du jour ou de la nuit et cela, quels que soient tes états d'âme de jouvencelle. Le meurtre requiert un ordre strict des priorités. Vient d'abord le repos éternel de ta proie, puis seulement ensuite le tien.

Je ne puis m'empêcher de lui demander d'en préciser la nature.

— Le mien sera… éphémère, j'imagine ?

Il esquisse un sourire équivoque.

— Tu ne pensais tout de même point que j'allais te faciliter la tâche, *min sommerfugl* ?

— Non. Je sais que vous ne commettrez pas l'affront de m'insulter.

Nos yeux s'accrochent le temps d'un instant pour continuer mentalement ce dialogue imagé de tranchantes promesses.

— À ce propos, vous avez parlé d'attaquer, mais ne devriez-vous pas également m'apprendre à parer à toutes éventualités ?

Il cligne des paupières comme s'il reprenait momentanément ses esprits avant de mieux replonger dans sa folie.

— Si un jour tu dois te défendre, c'est que j'aurais échoué en tant que professeur et je n'échoue jamais Emilia. Suis mes consignes, bois mes paroles et je te promets que tu ne seras plus jamais assoiffée de vengeance. *Godt*, à présent, revenons aux choses sérieuses.

Si me parler de son futur trépas est une plaisanterie, je n'ose imaginer ce qu'il entend par sérieux.

Concentré, il retrousse avec majesté une de ses manches de dentelle, dévoilant ainsi de puissants avant-bras.

Je rougis à la vision de cette parcelle de peau laiteuse qui m'était jusque-là inconnue.

Se régalant de mon trouble, Dorian s'en empare aussitôt pour le faire croître.

— Pas ce genre de choses.

— Bien sûr que non ! m'indigné-je. J'étais seulement étonnée de l'absence de cicatrices. N'en avez-vous donc aucune ?

— Tu veux savoir si quelqu'un a réussi là où tu as échoué ?

Je hausse les épaules.

— Il n'a pas réussi puisque vous êtes encore en train de proférer des sottises.

— Tu n'as pas forcément fait mieux.

— Et vous n'avez pas répondu à ma question.

Il soupire, consentant à me jeter une friandise pour me faire taire.

— Nous en avons tous, *min sommerfugl*. Certaines sont juste plus profondes que d'autres.

J'ouvre la bouche, prête à lui demander plus d'explications, mais il se tourne déjà vers une étagère de la bibliothèque pour en sortir un énorme volume relié de cuir rouge.

Une couleur plus qu'appropriée.

— Nous discuterons philosophie plus tard. Pour l'heure…

Il place avec précaution le livre devant moi, signe de son affection pour tout ce qui touche de près ou de loin à la littérature.

— Place à l'anatomie. Avant d'ouvrir quelqu'un, il te faut avoir un minimum de connaissances pour savoir où frapper. Tu ne voudrais pas te retrouver avec une rate au lieu d'un foie, n'est-ce pas ?

— Moi non, mais Baudelaire, sûrement, raillé-je.

Dépitée, je gémis en désignant l'épaisseur du manuel.

— C'est impossible, Dorian ! Étudier cela mettra des mois, des années même ! Je n'aurai jamais assez de temps pour tout apprendre.

Le coin de ses lèvres se relève discrètement avant d'effeuiller *les Fleurs du mal*.

— « Bien qu'on ait du cœur à l'ouvrage, l'art est long et le temps est court ». Cet art-là est le plus long qu'il soit, Emilia. Par conséquent certes, il est hautement probable que tu n'aies jamais assez de temps pour tout apprendre. Cependant, à toi de ne point confondre précipitation et préparation. Méprise le second et le premier se chargera de te mener à la potence.

— Combien de temps vous a-t-il suffi ?

— Tu n'as que ce mot-là à la bouche ?

— Combien, Dorian ?

Il hésite un instant et contemple mon visage.

La détermination qui doit s'y lire le décide finalement à me répondre.

— L'éternité ne me suffirait pas.

— Moi qui vous pensais proche de la perfection, me voilà fortement déçue.

Son timbre plus solennel vibre sur ma peau.

— Nul n'est parfait en ce monde, mais tout y est perfectible. Tu côtoieras sans cesse la perfection sans jamais l'atteindre et c'est justement cela qui rendra ton art si parfait.

La parenthèse refermée et scellée par cette sentence, il désigne l'ouvrage.

— Ceci est désormais ton livre de chevet. Étudie-le, apprends-le et surtout retiens-le. Dix pages par jour sur lesquelles je prendrai bien évidemment soin de t'interroger.

— Évidemment, marmonné-je. Et je suppose qu'à la place du chat, c'est à vous que je donnerai ma langue si je viens à me tromper.

Une expression féroce mutile sa beauté.

— Ce n'était point sur ma liste de châtiments, mais ma foi, pourquoi pas ?

Il tapote sa joue de son index tout en observant ma bouche.

— Quoiqu'il serait dommage de se priver de ton muscle le plus développé.

Je lui montre ledit muscle en signe de protestation. Il se laisse aller à rire de ma grimace avant de commencer sa leçon d'anatomie.

Muscle, os, nerfs, la suite n'est plus qu'une carte humaine dessinée sous mes yeux pressés d'en connaître les moindres détours.

En excellent professeur, Dorian parvient à rendre intéressant l'organe au nom le plus barbare qui soit. Si le meurtre n'était pas son unique motivation, il pourrait aisément choisir d'enseigner la médecine à l'*University College*.

— Où donc avez-vous appris tout cela ? osé-je demander pendant la pause qu'il daigne enfin m'octroyer.

— Par mon oncle, qui lui-même a appris auprès d'un certain docteur Victor Frankenstein.

— Était-il au courant de ses… inclinations ?

— Probablement. Je ne l'ai pas connu, mais d'après ce que m'en a dit mon mentor, le docteur et lui partageaient la même passion exacerbée pour le corps humain. Encore que celle du docteur ait été plus déviante.

— Déviante ? Que pourrait-il y avoir de pire que de dépecer quelqu'un ?

Les ombres nichées dans la chair de mon tuteur s'apprêtent de mystère.

— Vouloir le ressusciter.

Je porte une main à ma bouche.

— Quelle horreur ! Cela serait un blasphème ! m'écrié-je outrée.

— Cela serait surtout une énorme perte de temps comme le prouvent toutes ces notes laissées derrière lui.

— Les avez-vous lues ?

— En partie. Mon oncle me les a laissées après son départ pour l'Europe. Mais je me suis principalement intéressé à celles qui sont devant toi. Pour le reste… eh bien, disons qu'à part ces travaux fort intéressants sur l'électricité, je n'en vois pas grande utilité. Je préfère conserver mort ce qui est mort, ramener quelqu'un à la vie m'obligerait à devoir tout recommencer.

Il s'évente vivement de sa main précieuse.

— Rien que le fait de penser à cette simple éventualité me procure des vapeurs.

Je grogne, exaspérée par sa caricature féminine.

— Voyez cela comme une possibilité de vous acharner de nouveau sur votre pauvre victime.

C'est à son tour de paraître scandalisé.

— Quelle horreur ! Mon plaisir ne me pardonnerait sûrement point cette injure ! Aussi bien réparé qu'il puisse être, ma chère, je ne me divertis jamais une seconde fois avec le même jouet.

Nous échangeons un sourire sitôt regretté. Néanmoins, partager un moment d'égarement n'est-il pas un moyen comme un autre d'affaiblir sa vigilance ?

Pas s'il affaiblit également la tienne, Emilia.

À la recherche d'une distraction plus que bienvenue, je soulève la couverture du manuel pour m'apercevoir à mon grand étonnement que les pages sont noircies d'une plume familière.

— Mais… je croyais que c'était ce docteur qui l'avait écrit.

— En effet. Toutefois, j'ai pris la liberté de tout recopier afin de me conserver les originaux. Ils sont très fragiles et je sais combien tu peux parfois faire preuve d'une délicatesse ô combien infinie.

— Ma délicatesse se plantera avec une infinie douceur dans votre cœur, milord. Vous avez dû y passer la nuit…

— Plusieurs en fait, l'avantage de les avoir agitées.

Intéressant, ainsi il ne dort pas bien ? Intérieurement, je classe cette information précieuse dans mon carnet mortuaire.

Assise en face de moi, la bête apparaît pour se fendre d'un sourire démoniaque.

— Tu es en train d'exploiter cette piste, n'est-ce pas ?

— En effet.

— Devrais-je aussi te donner mes heures de réveil nocturne ?

— Vous seriez bien aimable.

La lascivité de son contentement provoque une douce chaleur dans mon ventre.

— Est-ce que vous pensez qu'il reviendra ? demandé-je précipitamment.

— Frankenstein ? Oh, non, je peux te l'assurer.

— Je préfère ne rien savoir.

Il s'esclaffe.

— Je n'étais pas né quand il est mort, Emilia, mais cela aurait été un immense honneur de mettre fin à son tourment.

Je délaisse cette éventualité et son lot de questions sans réponses pour préciser ma pensée.

— Je parlais de votre oncle, milord. Est-ce qu'il reviendra un jour parmi nous ?

Je n'ai jamais eu l'occasion de croiser le mentor de Dorian, parti s'établir en Europe pour agrandir son terrain de chasse peu de temps avant mon arrivée au manoir Soulridge.

Je ne devrais en aucun cas regretter ce départ qui m'offre de ne pas avoir deux prédateurs à traquer en même temps.

Cependant, connaître celui qui a formé mon tuteur m'aurait assurément permis d'en apprendre plus sur son élève.

— Non, répond-il d'un ton ferme. Il ne reviendra pas.

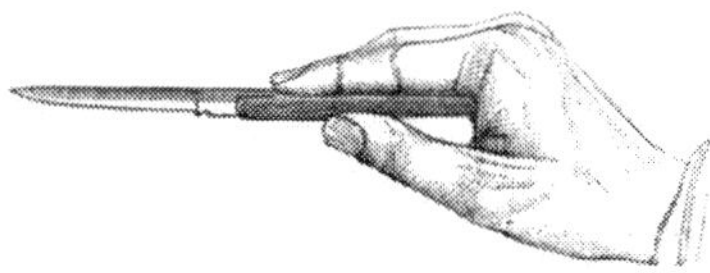

Une heure plus tard, je fais savoir à Dorian que mon cerveau vient tout juste de détrôner ma langue.

Repue par toutes ces connaissances ingurgitées, je lui pose tout de même une question qui ne cesse me tarauder.

— Sans pour une fois vouloir vous offenser, milord, je comprends le comment, mais toujours pas le pourquoi. Il n'est point dans mes projets de retirer vos organes pour vous exposer au *British museum*.

En bon comédien, il fait naître la déception sur son visage.

— Quelle tristesse, ma chère, cela m'aurait pourtant tellement réjoui !

— C'est pourquoi je ne le ferai pas. Je fais déjà tout mon possible pour ne pas vous satisfaire de votre vivant, il serait fort dommage que je m'oublie dans votre mort.

Il ricane comme à chaque fois, persuadé que je ne détiens pas déjà les clés de son avenir, bien qu'il me les ait confiées depuis six années.

Subitement, un coup à la porte fait entrer Arthur dans la bibliothèque.

Un plateau d'argent entre ses mains, le vieil homme dispose avec minutie l'ensemble à thé sur le bureau avant de se pencher respectueusement vers son maître.

— Veuillez me pardonner, milord, mais…

— Un instant, Arthur.

Dorian s'empare galamment d'un morceau de sucre et se lève pour se poster près de la cheminée puis nous fait tous les deux impérieusement signe d'approcher.

Intriguée, je précède le majordome qui s'écarte pour me laisser passer avant de s'installer à mes côtés.

— Arthur, tendez le bras gauche, s'il vous plaît.

Le titre et le ton de mon tuteur ne laissent aucune place à la protestation.

Quand bien même Dorian lui demanderait de sauter, le domestique le ferait sans hésiter.

Et avec le « bien, milord » de rigueur, cela va de soi.

— Bien, milord, dit-il en s'exécutant.

Bon sang, il ne va pas le tuer sous mes yeux tout de même ?

— Emilia, viens par ici, je te prie.

Je réajuste nerveusement ma coiffure et fais ce qu'il m'ordonne.

Il prend délicatement ma main dans la sienne et la pose sur le bras d'Arthur.

Interloquée par cette situation indécente, je l'interroge du regard, mais il recule pour proclamer la suite des festivités.

— Appuie sur son bras, Emilia, fais-le descendre. Vous, Arthur, vous allez bien sûr tenter de résister. Cela dit, faites attention, sa délicatesse peut se révéler surprenante.

Je rougis de ce compliment inattendu et échange un regard avec mon voisin.

En bons pantins, nous exécutons de concert les fantaisies de notre marionnettiste diabolique.

Le bras usé du majordome ploie sans difficulté sous ma force.

— Allons, mon brave, vous n'allez tout de même pas vous laisser faire par une enfant ? Lâchez-vous, je vous y autorise.

Son insulte à mon égard et la permission de Dorian ont le mérite de raviver sa jeunesse.

Avec un sourire féroce, qui n'a presque rien à envier à son maître, il lève sans ménagement son bras, grappillant sans vergogne le peu d'espace restant avec sa position initiale.

Le serpent d'or épinglé à sa poitrine darde sur moi sa langue arrogante.

Échauffée, je tente de le faire redescendre en y mettant la force de mes deux mains, mais rien n'y fait : il refuse désormais de bouger.

Diverti par ma défaite, Dorian met fin à cette lutte acharnée.

Ses applaudissements et son rire enchanté horripilent ma nature de mauvaise perdante bien connue par sa cruauté.

— Restez à vos places. *Godt*, maintenant, pour répondre à ta question, *min sommerfugl*…

Il montre le morceau de sucre coincé entre son pouce et son index.

— Selon la Bible, Dieu a conçu l'homme à son image : pure, dépourvue de défauts, en un mot, parfaite. Cette perfection a été atteinte, car ce corps, créé généreusement pour nous contenter, fonctionne en parfaite harmonie, mais…

Il s'agenouille devant Arthur et glisse le carré sous son talon droit.

Puis il lui demande de reposer délicatement son pied dessus sans l'écraser.

— Si tu brises cet équilibre…

Il se relève et nous intime silencieusement de recommencer.

Sans pour autant mettre la même force que la fois précédente, j'assiste stupéfaite à la chute du bras d'Arthur devenu impuissant.

Exaltée par ma victoire, je tourne la tête et croise le regard amusé de Dorian qui conclut son explication d'une voix délectable.

— Tu finis par détruire cette perfection. Comme je te le disais, personne n'est parfait en ce monde. Pas même Dieu. Tout corps a ses faiblesses, connais-les et tu pourras devenir le morceau de sucre qui réduira à néant cette harmonie.

Fascinée par l'expérience, je hoche la tête. Mes yeux glissent d'eux-mêmes sur ce corps dont je rêve de sucrer l'existence.

Malgré tout, le sel de ses lèvres sensuelles n'a de cesse de m'attirer vers d'autres engagements.

Derrière nous, Arthur racle sa gorge et s'avance pour tendre d'une courbette un papier plié à son maître.

— Pardonnez-moi de vous interrompre, milord, je venais pour vous dire que la police a laissé ce mot à votre attention.

Le maigre espoir de le voir inquiété par Scotland Yard se trouve soudain balayé par l'expression rayonnante de mon tuteur.

— Faites apprêter le fiacre, Arthur. Nous sortons.

— Bien, milord.

— Qu'y a-t-il ? demandé-je, à présent en proie à l'inquiétude.

Le cobra royal se redresse de toute sa splendeur pour siffler cette excitation qui vient de déclarer la chasse ouverte.

— Rien d'autre de plus qu'un nouveau dieu, *min sommerfugl.*

Chapitre 18

Entre vengeance et séduction

Dorian

Fiacre du comte de Soulridge
Quelque part dans Londres

5 mai 1886

Alors que le fiacre s'élance promptement vers notre destination, mes sens affûtés subissent l'effervescence précédant chaque nouvelle traque.

Mon ouïe capte la moindre irrégularité de ses battements éphémères.

Mon palais goûte ses craintes de l'inconnu.

Ma main entretient à distance les frissons contrôlés que je laisse courir sur sa peau.

Mes yeux caressent ce corps tremblant lorsqu'il se fait l'objet de mon attention.

Assise en face de moi, une veste noire recouvrant sa robe de dentelle rose pâle au col montant, Emilia contemple à travers la vitre les promeneurs du lac de *Saint Jame's Park* venus profiter de cette journée printanière. Tenté de lancer un ricochet spirituel sur la surface apaisée qui se reflète dans le bleu de ses yeux, sa clarté m'intime toutefois au silence.

Malgré son désir inavouable de normalité qu'elle s'efforce de dissimuler, je sais qu'elle ne préférerait pour rien au monde troquer sa place contre cette vie insouciante.

Si j'ai encouragé sa pugnacité, je n'en suis point pour autant le créateur.

Cette fameuse nuit, tandis que j'hésitais à achever sa brève existence, je me suis agenouillé devant cette enfant souillée d'un autre sang pour la regarder dans les yeux.

C'est alors qu'à la place de cette insignifiante fillette, j'ai aperçu l'écho de cette future jeune femme venue me menacer d'un avenir prometteur.

Une magnifique chrysalide ne réclamant qu'à se métamorphoser dans la violence et les larmes.

J'ai employé ma cruauté pour éventrer ce cocon d'innocence afin qu'il puisse laisser éclore ses funestes pulsions. Et à présent que ce joli papillon me regarde, je suis persuadé d'avoir pris la bonne décision.

Elle et moi sommes comme les deux faces d'une seule et même pièce.

Je suis ombre là où elle est lumière, pourtant nos ténèbres n'auront de cesse de nous unir.

— Daignerez-vous me dire où nous nous rendons, milord ? Ou tout cela fait-il encore partie de votre petit jeu ?

Je pose l'index sur ma bouche.

— Chut, c'est une surprise. Ne me fais-tu pas confiance ?

— C'est une question rhétorique, j'imagine ? La dernière fois que vous avez voulu m'en faire une, je me suis évanouie après avoir disposé des organes dans des vases.

Je ris à ce grisant souvenir. Mais à l'intérieur, piégée dans sa cage d'argent, la bête frémit de ce sevrage forcé.

Deux semaines sans la moindre goutte de sang… Depuis quand suis-je resté aussi longtemps désœuvré ?

Entre la saleté et la misère sociale, la ville de Londres est un terreau fertile pour planter les graines du mal, mais encore faut-il quelqu'un qui consente à les cultiver.

Ces derniers temps, le nombre de meurtriers n'a eu de cesse de diminuer à tel point que j'ai bien cru devoir mettre ma fierté de côté afin de pouvoir reporter ma faim sur du menu fretin.

Voleurs, politiciens véreux, prêtres pédophiles. Autant de petits mammifères dans lesquels j'ai pu mordre. Néanmoins, leur chair frelatée n'a jamais su me rassasier.

Mes goûts raffinés requièrent une alimentation de premier choix, un sang purgé par la haine et l'immoralité. Seule une âme souillée peut rassasier une autre. Ce n'est donc point innocent si mon arrière-grand-père a choisi pour emblème le cobra royal.

Ce reptile se nourrit exclusivement d'autres serpents, mais si une plaisante opportunité se présente, il n'hésitera point à se laisser tenter par le cannibalisme en dévorant sa propre espèce. Je préfère donc laisser ramper les vipères et déguster mes semblables.

Après tout, n'est-ce pas l'un des privilèges de l'aristocratie ?

— Il n'y aura pas de vases, je peux te le certifier. En revanche, pour le reste…

Elle blêmit comme si je venais de l'inviter à traverser les rives du Styx. Un périple déjà entamé il y a deux semaines et que je compte poursuivre à ses côtés en la guidant comme il se doit.

Un jour arrivera où je l'abandonnerai en ce lieu maudit pour qu'elle puisse continuer seule mon héritage. Alors enfin, il ne me restera plus qu'à me reposer en me laissant dériver pour l'éternité.

Toutefois, le chemin a beau être pavé de bonnes intentions, il n'en reste pas moins complexe. Ce savoir transmis par mon oncle ne fera certainement pas de moi une proie facile. Mais en lui léguant nos deux testaments, j'ambitionne de transformer ce papillon en prédateur le plus redoutable qui soit.

Et lorsque son venin expérimenté sera assez puissant pour m'étourdir, ce sera cette fois à mon tour de me faire dévorer.

Pour l'heure, le silence assommant dans l'habitacle n'augure rien de bon pour mes projets. Dans l'intention de stabiliser ses humeurs, je m'oblige à décaper une couche d'humanité qui serait encore accrochée à mon cœur.

Mais comme toujours, mes lèvres goûtent ce désastre fait de rouille et de glace.

— Ne t'inquiète pas, Emilia, je te promets que tu apprécieras cette surprise. Par contre, je crains fort que cet infortuné qui nous attend ne puisse plus en dire autant désormais.

Elle mord nerveusement ses lèvres, seulement l'euphorie dans son regard ne trompe point mon instinct. Une lutte acharnée est en train de se dérouler sur le champ de bataille de sa moralité. Oh bien sûr, elle se laisse encore réprimander par ses valeurs, persuadée que le désir coupable ressenti n'était que justice.

Après tout, que méritait l'embaumeur si ce n'est six organes de moins ?

Du temps. Il lui faudra du temps avant d'accepter que notre jouissance commune passe par le supplice.

Les vrais délices se savourent dans les cris et l'odeur rance de la chair en souffrance, mais pour l'instant, il ne semble y avoir qu'un unique plaisir terrestre capable de retenir son attention de jeune femme.

Le rose de ses joues de porcelaine traduit le trouble grandissant que je fais naître en elle. Et que je ne parviendrai bientôt plus à contenir.

— *Si tu arrêtais de jouer avec cette enfant, peut-être qu'elle ne serait pas dans cet état, min dreng.*

La voix de mon oncle me réprimande à juste titre, j'ai commis une faute en sous-estimant mon ascendant sur elle. Je pensais réussir à l'utiliser avec parcimonie afin de mieux asservir ses pensées, mais il semble qu'Emilia se soit prise de passion pour ce divertissement organisé par mes soins.

Ou par celle tapie au fond de mes entrailles.

Quand ses yeux ont-ils commencé à voir l'homme derrière la bête ? Vaste question qui au fond m'importe peu. L'essentiel est que j'y mette un terme avant qu'elle ne se décide à employer ce terme ignoble de « sentiment ».

Ce baron me servira peut-être à quelque chose finalement…

— En parlant d'infortuné, que penses-tu donc du baron Cunningham ? A-t-il eu le malheur de retenir ton attention ?

Comme à son habitude, Emilia mordille à mon cruel hameçon.

— Vous vouliez parler d'honneur, bien sûr ?

Je souris de malice.

— N'est-ce point ce que j'ai dit ? Je te demande pardon, les mots ont souvent tendance à se mélanger dans ma bouche.

— Comme le bien et le mal ?

— Non, ceux-là sont juste interchangeables. Mais revenons à mon devoir de marieuse, veux-tu ? Est-ce que tu le trouves à ton goût ?

— Pour… le disséquer, vous voulez dire ?

Sa candeur meurtrière me fait toussoter de rire.

— Ce qui se passera dans votre chambre nuptiale ne me concerne en rien, *min sommerfugl.* Quoiqu'avant d'abattre l'arbre, je te conseille fortement d'en porter ses fruits. Avoir un héritier te mettra ainsi à l'abri du besoin, bien que tu sois déjà la mienne.

Agitées, ses mains gantées froissent la dentelle. Ma pupille me foudroie du regard comme si je venais de l'insulter de la pire des manières qu'il soit.

— Non content de m'imposer vos choix en matière d'amitié ou de robe, vous voulez également me dicter à qui je dois ouvrir mes cuisses ?

Cette vulgarité contraire aux principes de cette féminité qu'elle s'impose me ravit. Pourquoi une femme devrait-elle atténuer sciemment cette colère aussi délectable ? Si Emilia n'avait pas été aussi brimée dans sa jeunesse, peut-être que sa frustration ne se serait point invitée au bal.

Comme je le soupçonnais, il est sans doute temps de chasser lady Adelaïde de mon manoir. Cette rombière coincée ne me sera plus d'aucune utilité.

Les bases de la bienséance ont été données, à moi maintenant de lui apprendre comment les manipuler.

En commençant par ce poupon titré que j'ai volontairement mis sur sa route.

Non seulement il permettra de tuer son penchant œdipien à mon égard, mais il aura aussi une place de choix dans mon apprentissage. *La plus belle des ruses du Diable est de vous persuader qu'il n'existe pas*[23].

En parvenant à se faire oublier dans la société en tant que baronne, elle aura tout le loisir d'agir sans éveiller le moindre soupçon.

Et quand bien même cela arriverait, son époux révélerait enfin son intérêt en devenant un bouc émissaire non négligeable pour l'échafaud.

Je me penche vers elle dans l'intention de rectifier son accusation d'entente délictueuse.

— Je ne t'ai jamais rien imposé, Emilia, tu as toujours eu le choix et il ne tenait qu'en un seul mot. Non. Tu aurais pu le dire quand je t'ai présenté Lucretia ou quand je t'ai envoyé cette robe. Ou même quand tu m'as vendu ton âme. Mais tu ne l'as pas fait, sais-tu seulement pourquoi ?

Vexée, elle pince ses lèvres et secoue la tête. Néanmoins, son attitude digne montre qu'elle sait déjà ce que je vais lui annoncer.

— Parce que tu ne le désirais pas. Le désir, ma chère, c'est ce qui régit ta vie de jeune femme et te fait prendre de mauvaises décisions. Ce baron, aussi idiot qu'il soit, te permettra de l'assouvir, de le contrôler et de prononcer enfin ce mot à quiconque voudra t'imposer sa volonté. Si tu ne veux pas subir, deviens celle qui dicte les règles.

Elle plisse ses yeux bleus rusés.

23 Citation de Charles Baudelaire.

— Qu’en est-il de votre désir, Dorian ? Je ne vois aucune alliance à votre doigt.

— Les fausses promesses éternelles ne me siéent guère, je préfère laisser mon désir charnel au bordel.

Ma réponse transforme sa bouche en un o parfait. Ma petite effarouchée devrait pourtant savoir que je suis seul mandataire des informations chuchotées à son oreille indiscrète.

À la manière de miettes éparpillées au sol, je laisse des indices sur mes habitudes devant sa porte, espérant qu’ils la mèneront jusqu’à la mienne pour me délivrer les derniers sacrements.

— N’aimeriez-vous donc pas avoir une femme dans votre vie… ou un homme ?

L’absence d’un quelconque jugement dans sa voix concernant mes penchants sexuels est assez… plaisant. Bien que je n’aie jamais cherché à m’en cacher lors de nos conversations à ce sujet.

Notre destination étant encore à plus de dix minutes de route, je décide de m’amuser un peu en faisant renaître son malaise de ses cendres.

— C’est déjà le cas. Une ravissante et indécise jeune femme, coincée entre la vengeance et la séduction. Ne crois-tu point que c’est déjà amplement suffisant, *min sommerfugl* ?

CHAPITRE 19

Être une femme

ÉMILIA

JARDINS DE GARDEN COURT, MIDDLE TEMPLE, LONDRES

5 MAI 1886

Tandis que j'essaie désespérément de suivre la cadence imposée, Dorian n'a de cesse de m'interroger sur son cours matinal. Fort heureusement, le manque d'oxygène ne concerne en rien mon cerveau qui donne une à une les bonnes réponses.

Satisfait, mon tuteur me presse d'accélérer le pas, tirant un peu plus sur ce bras impatient emprisonnant le mien.

— On voit bien que vous ne portez guère de corset ou de robe étroite, milord, ruminé-je.

— Je suis sûr que cela me siérait à merveille. Qu'en penses-tu ?

Je me recule légèrement, détaillant sa carrure finement sculptée, ses hanches étroites et ses jambes bien dessinées à travers le pantalon de couleur grise.

— Ma foi, pour la robe je suis d'accord avec vous. Mais en ce qui concerne le corset, cela risque d'être un peu juste. Comment pourriez-vous nous régaler de votre facétieux esprit si vous ne pouvez même plus respirer ?

Un sourire enjôleur se propage sous son chapeau haut-de-forme.

— Je prendrais exemple sur toi, *min sommerfugl*.

Le souffle coupé par cet éloge malséant, je détourne vivement la tête sur ma droite pour me perdre dans la contemplation de l'imposante bibliothèque de style gothique de *Garden Court*.

Les paroles d'entremetteur prononcées dans le fiacre ne cessent de venir me torturer. Chercherait-il par une vulgaire perfidie à se débarrasser de moi ? Je devrais m'estimer heureuse qu'il choisisse le mariage plutôt que le bistouri. Cet avenir tracé contre mon gré ne me convient guère.

Cependant, Dorian a raison sur un point. J'ai toujours eu à ma portée la possibilité de lui répondre non, je l'ai juste volontairement éloignée. Néanmoins, je ne me sens en aucun cas affligée de ce désir dont il m'accuse. Ma constitution féminine se laisse peut-être distraire de temps à autre par sa beauté démoniaque, mais ce n'est pas le cas de ma détermination.

Si mes yeux s'attardent de temps en temps sur les siens, c'est uniquement pour mieux les lui transpercer.

S'ils glissent sur ses lèvres, c'est pour les faire taire à tout jamais.

Et s'ils se posent sur sa poitrine, c'est pour lui arracher le cœur.

À condition qu'il en possède encore un.

Finalement, peut-être que ce baron Cunningham pourrait m'aider à le vérifier. Adoucie par cette ébauche, je laisse échapper sans le vouloir à voix haute l'un de mes plus grands regrets de femme.

— J'aimerais être un homme parfois, pour pouvoir agir selon mes envies. La vie me paraîtrait tellement plus simple.

Ralentissant notre allure, il fronce les sourcils d'étonnement.

— Le penses-tu vraiment ?

— J'en suis persuadée. Vous n'avez pas idée de ce que cela implique d'être une femme à notre époque, Dorian. De se sentir ignorée, ridiculisée… inférieure.

— T'ai-je traitée comme telle ?

Ses saphirs, qui ne laissent habituellement rien transparaître d'authentique, se fendent soudain d'inquiétude.

Depuis que je suis à ses côtés, je ne l'ai jamais vu proférer d'insultes à mon encontre ni à aucune autre. Il ne m'a jamais frappée et m'a offert une éducation bien plus soutenue que la majorité des femmes, me poussant sans cesse à me surpasser. Même si cela est fait de manière peu conventionnelle.

— Avertissements et menaces mis à part, non, milord. Vous ne m'avez jamais traitée de la sorte.

Il secoue imperceptiblement la tête.

— Les avertissements et menaces n'ont que pour seul et unique but de faire de toi ma partenaire de crime. Mais pour le reste *min sommerfugl*, je t'ai toujours considérée comme mon égale. Tu m'es même supérieure dans certains domaines.

Sa voix espiègle absorbe mon enthousiasme.

— Vraiment, milord ? Et dans quels domaines vous suis-je donc si supérieure ? demandé-je en insistant sur ce terme. Mon intelligence, ma beauté ou mon incroyable talent de musicienne ?

Le coin de ses lèvres se retrousse du sarcasme à venir.

— Je parlais plutôt de ton impétuosité et de ta propension au bavardage.

Je désigne son sourire de mon doigt ganté.

— Deux qualités que vous semblez malgré tout fortement apprécier.

— En dehors d'une certaine nocivité pour notre art, je n'ai jamais prétendu le contraire.

Sans transition, son timbre se fait plus rocailleux, comme à chaque fois lorsqu'il dépense une énergie considérable pour se faire protecteur à mon encontre.

Parmi tout le panel d'émotions parodiées par son visage, celle-ci est celle qui lui demande le plus d'efforts. Sûrement parce que les morts n'ont guère besoin qu'on vienne les rassurer. Mais moi je suis vivante, et cela sûrement à son grand dam.

— Un jour viendra, Emilia, où le reste de la gent masculine n'aura d'autre choix que de faire montre du respect que tu mérites. L'égalité des sexes ne sera guère aisée à acquérir. Il faudra des lois, les larmes et le courage d'autres femmes, mais elle viendra un jour. En attendant de combattre à leurs côtés dans les rues de Londres, rien ne t'empêche d'agir selon tes envies au manoir.

Il esquisse un sourire moqueur.

— Du moins dans les limites de la raison que tu as souvent tendance à bafouer. Comme ce jour où tu as introduit un chien errant dans ma chambre, par exemple.

Je ris à ce souvenir de jeunesse.

— J'avais treize ans, je voulais qu'il vous morde et vous inocule la rage. Avouez que ma créativité a été précoce.

— Ta créativité a fait ses besoins sur mon tapis Napoléon III, siffle-t-il entre ses dents. Heureusement qu'Arthur a eu la bonté de me débarrasser de cette bête, sinon sa peau aurait fini par tapisser le mur de mon cabinet.

— Cela aurait été fort dommage, susurré-je. Il n'aurait alors plus eu de place pour y épingler mes ailes.

Malgré les températures clémentes et ma veste, je frissonne sous l'intensité qu'il emploie pour m'examiner de plus près, son épaule effleurant doucement la mienne.

Tout à coup, notre conversation dans la voiture me force à reprendre mes distances. Je pouffe de rire afin de maquiller lamentablement mon affliction naissante.

— Je vous remercie de votre discours féministe, milord. Toutefois, mon envie d'égalité se portait essentiellement sur le port du pantalon. Ils sont tellement plus pratiques et rapides pour se déplacer !

Ses traits traduisent l'incompréhension de ma réplique, non de ce qui l'a provoquée. Je me redresse telle une actrice s'apprêtant à entrer sur scène.

— Un pantalon ?

Je hoche la tête.

— Oui. Je suis persuadée que si j'étais autorisée à porter un pantalon, vous seriez déjà enterré six pieds sous terre.

Nous rions ensemble de cette blague mortuaire puis reprenons mes leçons d'anatomie jusqu'à ce nos pas nous conduisent à destination. Entourés d'un essaim de policiers, les contours d'une silhouette assise près d'un arbre se précisent peu à peu à mesure que nous nous en approchons.

Bientôt, le vert des jardins laisse place aux pavés se fondant dans une nuance de gris et de rouge. La sueur perle mon front alors que mon être tout entier se met à trembler. Fébrile, j'effleure le papillon doré coincé sous mon col, comme si ses ailes pouvaient m'emporter loin de ce cauchemar.

La nausée qui s'empare de moi à la vue de cette atrocité ne fait qu'étayer cette envie puérile. Mentalement, je corrige ma réponse donnée à Dorian.

Si à cet instant j'étais autorisée à porter un pantalon, j'aurais déjà fui en hurlant.

CHAPITRE 20

L'indécence de la mort

ÉMILIA

FOUNTAIN COURT,
MIDDLE TEMPLE, LONDRES
5 MAI 1886

En nous apercevant arriver à hauteur de la fontaine, un homme en pardessus se précipite à notre rencontre.

Une attitude penaude saccade ses gestes précipités.

— Ah, Dorian, te voilà enfin, mon ami ! J'espère ne pas t'avoir tiré du lit ! Mais comme tu peux le constater, le crime n'attend pas l'heure du thé.

Pendant qu'il se met à converser avec mon tuteur sur un ton plus léger que la situation macabre ne l'exige, je force mon regard à se détacher du sol maculé de sang pour étudier ses traits.

Contrairement aux cheveux indomptés de Dorian, les siens légèrement moins sombres sont entièrement coiffés en arrière, ne laissant aucune mèche dépasser de son chapeau melon.

Ses yeux rieurs d'une teinte noisette, surplombant des pommettes fines et anguleuses, s'accordent avec harmonie sur son visage à l'air bienveillant tandis que sa mâchoire virile et son menton carré lui confèrent une certaine autorité.

Je laisse mon regard flâner un instant sur sa carrure robuste, surprise par l'absence d'uniforme ou d'insignes.

Serait-ce l'un de ces agents en civil de Scotland Yard ?

Alors que mon inspection se termine, ce dernier daigne finalement m'accorder son attention.

— Oh, pardonnez-moi, mademoiselle, je ne me suis pas encore présenté.

Il ôte son couvre-chef et s'incline respectueusement.

— Détective sergent Thomas Graham pour vous servir, je fais partie de la section meurtres du *CID*[24]. L'inspecteur en chef m'a détaché pour seconder la police de Farringdon sur cette affaire quelque peu… particulière.

Dorian se mettant en retrait, je m'engage à le saluer en retour, charmée malgré moi par son aura engageante.

— Enchantée de faire votre connaissance, monsieur Graham. Je me nomme Emilia Jacobson, je suis…

Sans me laisser finir, il écarquille les yeux de surprise et se tourne vers mon voisin.

— Jacobson ? Comme…

— Ma cousine.

— Je n'étais pas au courant, dit-il avec prudence. Quand tu m'as parlé de venir accompagné, je pensais qu'il s'agissait d'un homme. Tu aurais dû la mentionner dans notre conversation.

Une veine palpite en dessous de l'œil excédé de Dorian. Intérieurement, je me régale de cette soi-disant amitié qui ne connaît guère sa haine du verbe « devoir ».

Du moins, quand il est censé uniquement le concerner.

Sa mâchoire contractée articule ces mots glacés par son irritation :

— Et pourquoi donc aurais-je dû le faire, je te prie ? J'étais pourtant persuadé que notre amitié ne requerrait aucune investigation de ta part.

24 *Criminal investigation département*. Branche de Scotland Yard spécialisée dans les enquêtes sur les crimes graves.

Peu impressionné par son attitude, Graham éclate de rire, assorti d'une tape virile sur l'épaule de son ami.

— Allons, ne le prends pas comme ça, voyons ! Certes, nous avons tous nos petits secrets, mais…

Ses yeux marron dirigés vers moi pétillent de séduction.

— Quand on en possède un aussi ravissant, il relèverait du crime de ne pas le partager.

Sur un ton d'avertissement, Dorian le rappelle à l'ordre.

— Aucun homme ne peut posséder Emilia, Thomas. Je l'ai éduquée dans ce sens et je compte bien qu'il en demeure ainsi.

Le front du sergent se plisse d'incompréhension puis il se remet à faire comme si je n'existais pas.

Quel charmant et singulier personnage !

— Tu comptes faire marier cette femme tout de même ? À moins que tu ne veuilles garder ta cousine pour toi seul ?

Son opiniâtreté à défier le diable à mes côtés me divertit au plus haut point.

Cela revient à assister, impuissante, à la scène d'un enfant qui tendrait ses doigts à une bête en cage.

Il suffirait que j'entrouvre la porte pour me régaler de la déchéance de ce malotru.

Tentant…

— Le mariage est un échange de bons procédés, et non un acte de propriété délivré uniquement à l'homme. Par ailleurs, en parlant de crime, je te saurais gré de cesser d'agir comme si elle ne t'entendait pas. Sache qu'au cours de cette enquête « cette femme » te sera d'une aide aussi précieuse que la mienne. Je te suggère dès à présent de ne plus dénigrer son sexe, mon ami.

Le ton menaçant qui appuie ces deux derniers mots me fait rougir de plaisir. Tout en remettant en place le détective, Dorian a réussi l'exploit de me faire la mienne.

Rubicond, Graham salue cette remontrance d'un mouvement de tête placide et se tourne vers moi.

— Pardonnez-moi, mademoiselle, si je vous ai offensée, ce n'était point là mon intention.

Je balaye de la main cette réponse formatée par la misogynie de mes nombreux concitoyens masculins, lui signifiant que tout cela est oublié.

Oublié certes, mais en rien pardonné.

L'exception londonienne sur ma gauche toussote un ricanement dans son poing ganté.

— *Godt.* Thomas, trêve de badinage, veux-tu ? Parle-nous du cadavre et surtout, ne nous prive d'aucun détail. Sache que le cœur d'Emilia est aussi bien accroché que cet homme à son arbre. Contrairement à l'un de tes agents en train de rendre son petit-déjeuner juste derrière toi.

Le sergent pousse un soupir excédé et pivote pour réprimander son malheureux collègue au teint livide.

Puis, vaincu par la persuasion innée de Dorian, il replace le chapeau sur sa tête et se met à énoncer son rapport.

La ride sinueuse sur son front témoigne, cependant, qu'il n'approuve en rien ma présence scandaleuse.

— La victime est monsieur Nolan Doyle, avocat au barreau de Londres. Âgé de cinquante-deux ans, époux et père de deux enfants. Selon les témoignages, il serait arrivé ici hier soir, aux environs de 20h30, pour étudier des livres de droit à la bibliothèque. Puis, il est parti trois heures plus tard sans jamais rentrer chez lui. Sa femme a déclaré sa disparition vers cinq heures du matin, inquiète de l'absence inhabituelle de son mari. Le commissariat de Farringdon était sur le point de lancer un appel aux recherches lorsque les bureaux de Scotland Yard ont reçu le signalement d'un corps atrocement mutilé, attaché à un arbre. Son visage a été assez difficile à identifier, mais après avoir interrogé le bibliothécaire et les collègues de monsieur Doyle, le doute n'est plus permis. C'est bien lui, enfin du moins, ce qu'il en reste. D'après la température de son cadavre, il a dû être tué il y a à peu près six heures. Un fraîchement décédé, en somme.

Il lève les mains et nous présente les lieux.

— Avant que nous ne prenions la route sanglante conduisant au malheureux, connaissez-vous cet endroit ou dois-je vous faire une visite guidée ?

Avançant de quelques pas, j'observe les bâtiments abritant les salles d'enseignement au droit. Mais mon attention glisse rapidement sur la fontaine circulaire dont le jet discontinu et gracieux m'hypnotise.

Coincé entre la brique et la pierre, *Fountain Court* est un havre de paix où l'on peut se laisser bercer par le murmure de l'eau et le chant des oiseaux.

Aucun doute que cette mélodie poétique ait su inspirer le requiem de l'assassin.

Autour de moi, l'air printanier se met à vibrer des rimes suaves prononcées par Dorian :

Le chant bas de la fontaine se fait entendre par le vent,
Comme une mélodie évoquant de doux sentiments ;
Certains à pleurer, certains à se réjouir : autour d'eux ils ont jeté
Les espoirs du lendemain, les rêves du passé.
Au loin, on peut entendre le vaste accord,
Depuis les rues de la ville qui encercle ses abords,
Comme l'écho des montagnes ou l'appel profond de l'océan ;
Pourtant, le chant bas de cette fontaine est le seul entendu à présent.

Le poème fini d'être déclamé, je me retourne et me fais aussitôt harponner par ses prunelles complices.

— *Les Jardins de Middle Temple*, de Letitia Elizabeth Landon.

Il approuve, une lueur de satisfaction sur ses lèvres retroussées. À ses côtés Graham siffle, impressionné.

Je me contente de l'ignorer.

— En effet, je vois que tu as retenu tes leçons de poésie.

Il marque un temps de silence, comme une brève parenthèse de répit avant l'horreur qui nous attend.

Dorian lève ensuite son bras, m'invitant à le précéder jusqu'à l'arbre.

— Il est maintenant grand temps de passer aux autres, *min sommerfugl.*

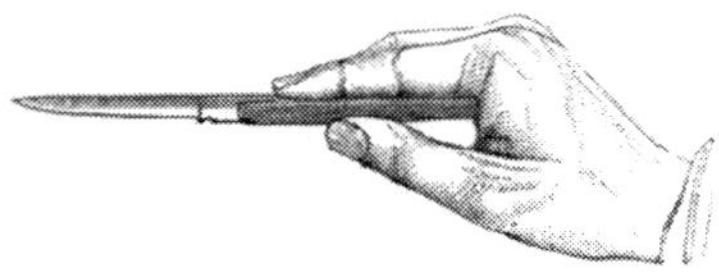

Assis dans son bain de sang séché, le corps exsangue de l'homme est entièrement nu.

Choquée, je bredouille de piètres excuses pour m'en détourner, mais la main ferme de Dorian poussant mon dos me fait comprendre que j'ai déjà utilisé mon seul et unique joker pour l'embaumeur.

Nerveuse, je croise son regard impitoyable par-dessus mon épaule.

— *Aucune faiblesse.*

— *Je n'y arriverai pas, Dorian ! Cet homme est nu, c'est… inconvenable pour une dame.*

Il sourit de ma gêne.

— *Ma chère et douce Emilia, tu ne cesseras jamais de me surprendre. Ainsi la nudité t'angoisse davantage que la mort ? Si nous n'étions pas cousins, je pourrais presque croire que nous partageons le même sang.*

— *Heureusement, non. Si tel était le cas, il me faudrait enchaîner les saignées pour le faire purger. Et je suis plutôt du genre douillet.*

Je peux presque entendre son rire cristallin caresser l'intérieur de ma tête.

Ravivée par cet échange, je m'approche et me persuade que ce cadavre n'est rien d'autre qu'un verrou de plus à crocheter pour entrer dans la folie de mon ennemi.

Inspirant profondément, je ferme les yeux et m'efforce tant bien que mal de ne plus rien ressentir.

Une fois mes émotions péniblement sécurisées dans un coffre de mon esprit, je relève le bas de ma robe en évitant une flaque écarlate.

Étonnamment, son odeur métallique tempère mon tourment par sa familiarité.

Son effluve de parfum capiteux me chaperonne depuis le soir de l'embaumement.

Je m'agenouille pour présenter mes respects à celle qui me salue comme une vieille amie.

— *Encore toi, semble-t-elle me dire. Décidément, tu ne peux guère plus te passer de mes services. Prends garde, Emilia ! Peut-être seras-tu la prochaine à qui je rendrai visite.*

— *Avant cela, je t'enverrai à la porte de Dorian afin que tu puisses lui rendre tes funestes hommages.*

La faucheuse ricane comme si je venais d'énoncer une plaisanterie comprise par elle seule.

Vexée, je la laisse mourir de rire dans son coin et me focalise sur feu monsieur Doyle, analysant tout d'abord sa posture cadavérique.

Dans un souci de l'empêcher de fuir sa mort, ses mains et ses pieds sont attachés par de larges cordes de chanvre, serrées autour du tronc d'arbre.

Disposée dans un angle contraire à la physiologie humaine, la tête renversée en arrière de l'avocat laisse apparaître une profonde et hideuse entaille, barbouillée de sang coagulé.

Ses yeux révulsés semblent prier le ciel de mettre fin à sa souffrance.

Pourtant, le tableau qu'offre son visage ne laisse aucun doute sur la nature de l'entité qui a daigné lui répondre.

Du haut de ses yeux à la pointe de son nez, sa peau a été incisée dans le prolongement, créant deux parcelles symétriques. Le tueur a ensuite pris soin de détacher la chair de l'os pour enrouler les deux scalps sur eux-mêmes.

De part et d'autre de l'arrête nasale, les boursouflures de tissu sanguinolent ainsi formées sont teintées grossièrement de bleu. Comme si ce peintre diabolique s'était décidé au dernier moment à rajouter des notes de couleur pour parfaire son tableau.

En dessous, l'absence de lèvres, tranchées sauvagement, force le modèle à rire éternellement de sa propre fin.

Tétanisée, je déglutis péniblement la bile acide dans ma gorge. Un léger mouvement sur ma droite me rappelle la présence curieusement rassurante de mon tuteur.

Avec une grâce féline, il retire poliment son chapeau et le pose au sol.

Devant mon étonnement, il hausse une épaule pour m'éclairer.

— Les morts méritent plus de respect que les vivants.

— Dites cela à cet homme, réponds-je sèchement.

Je détourne la tête, évitant ainsi l'éclat soucieux de son regard qui ne cesse de me détailler.

— Vous parliez d'un autre dieu, murmuré-je. Mais quel dieu peut faire cela ?

Son souffle chaud effleure ma joue.

— Cela, c'est ce que nous allons découvrir ensemble, *min sommerfugl.* Tiens, inspire profondément.

Il me tend un mouchoir violet raffiné, brodé d'un cobra noir. Étonnée par ce geste galant alors que le corps ne dégage aucune odeur fétide, je le porte à mon nez et en hume sa flagrance.

Immédiatement, le parfum bienvenu du camphre apaise peu à peu mon estomac fragile.

Je le remercie, m'apprêtant à le lui rendre lorsqu'il m'arrête d'un geste.

— Garde-le. Quelque chose me dit que tu en auras encore besoin dans quelques minutes.

Je fronce les sourcils, persuadée d'avoir vu le pire.

— Qu'en penses-tu, Dorian ? Impressionnant, n'est-ce pas ?

— Intéressant, oui. Impressionnant, non. Cela représente un travail plus que bâclé. Je suis déçu, Thomas, tu m'avais pourtant promis quelque chose de stupéfiant.

Le détective, debout derrière nous, s'esclaffe.

— Attends, mon ami ! Tu sais bien que j'ai toujours de quoi t'étonner en réserve. Il y a deux surprises en fait. Seulement, je ne suis pas sûr que cette fois-ci mademoiselle Emilia devrait assister à cela. Ce n'est pas décent pour une dame.

Sa remarque est un papier de verre venu irriter un peu plus mes nerfs à fleur de peau.

— Laissez mademoiselle Emilia juger de ce qui est décent ou pas, grogné-je.

Dorian mord ses lèvres pleines pour contenir son amusement. Toujours agenouillé, il pivote légèrement ses chevilles vers son ami.

— Je te l'ai dit, Thomas, je l'ai éduquée comme il se doit. Montre-nous cela. Tout de suite.

— Comme tu voudras, mais je t'aurai prévenu. Pour la première surprise, il s'agit de nos déductions concernant ce que recouvrent les chairs bleues. Il n'y a rien à montrer pour le moment, du moins pas sans scalpel pour inciser. Toutefois, tu peux aisément le deviner en jetant un œil entre les jambes de monsieur Doyle.

Il appuie ses propos d'un index obscène pointant vers sa virilité. Dorian plante alors ses prunelles translucides dans les miennes pour demander ma permission.

Je hoche la tête et me recule légèrement afin de lui céder ma place.

Sans plus de respect, son gant noir écarte brusquement les cuisses du cadavre.

À leur base, un bouillon écarlate se mêle aux poils pubiens, proférant une insulte de plus à la décence humaine.

Même si je n'avais jamais vu d'homme en tenue d'Adam auparavant, les planches d'anatomie que m'a fait étudier Dorian se superposent à ce schéma de chair et d'os.

Concentrée, je cherche dans cet amas sanglant la discordance avant de pousser un cri horrifié quand je comprends ce qui lui manque.

— Mon Dieu, c'est… Il manque… Est-ce que ce sont ses…

— Gonades, ou testicules si tu préfères. Emilia, je te prierais d'utiliser les bons termes, s'il te plaît. N'oublie pas que nous avons un spectateur qui n'attend qu'une faiblesse de ta part.

Je soupire et me redresse du mieux que je peux, tout en essuyant au passage la sueur perlée sur mon front.

— Oui, milord. Est-ce que ce sont ses… testicules qu'il a découpés et placés sur le visage ?

— Au vu de la taille et de la forme des renflements, probablement. En même temps, si j'étais lui je ne verrais point d'autres organes plus appropriés pour cette tâche.

Le petit sourire entendu qu'il m'adresse ravive mon envie de le provoquer.

— En effet, Dorian, heureusement que vous n'êtes point à sa place. Je suis persuadée que votre sens des détails aurait fait un malheur sur ce pauvre monsieur Doyle.

Le regard perdu au loin, son ami étouffe sa réponse espiègle.

— C'est exact, le tueur a dû utiliser ses gonades pour terminer son travail. Bon, et maintenant place à la deuxième surprise ! Dorian, tu seras bien aimable de soulever les fesses du monsieur. Je sais combien tu aimes cela.

Sans relever ce sous-entendu scabreux, mon tuteur lance ses deux poignards bleutés dans la poitrine de son ami et s'exécute en poussant sur le corps.

De la même façon que son nez, le derrière du malheureux est entièrement scalpé, ne laissant voir que quelques tâches éparses de peau oubliée.

Arrivée au bout de ce que je puis endurer pour aujourd'hui, je plaque vivement une main sur ma bouche pour ne pas rejoindre le collègue du sergent.

Derrière moi, l'intonation railleuse de ce dernier me donne l'envie viscérale de reproduire sur lui ce fameux *modus operandi.*

— Je vous laisse à présent juger de ce qui est décent, mademoiselle Emilia.

CHAPITRE 21

Reconstitution

EMILIA

— Concentre-toi, Emilia. Annihile tes sentiments, ils ne te sont d'aucune utilité. Ouvre ton esprit et avance étape par étape. Comment a-t-il procédé ?

— Il…

Mes yeux convergent vers la corde étroitement serrée.

— Il l'a attaché pour terminer son travail ?

Dorian penche la tête de côté. Il semble intrigué par ma réponse.

— Intéressant. Donc selon toi, l'avocat était déjà mort lorsqu'il lui a passé ces cordes ?

— Monsieur Doyle, rectifié-je. Je croyais que les morts méritaient plus de respect que les vivants.

Il balaye ma pique d'un geste désinvolte.

— Le respect ne s'arrête point à un nom infligé à notre naissance et perdu à notre mort. Crois-moi, il ne lui sera d'aucune nécessité là où il se rend.

Outrée par ce blasphème post-mortem, je le fixe jusqu'à l'entendre pousser un soupir de mauvaise grâce.

— Très bien, *monsieur Doyle.* Que ne ferais-je pas pour satisfaire ton bon plaisir.

Je désigne notre voisin décédé.

— Vous pourriez l'imiter et me laisser vous attacher.

Le péché s'invite sur ses saphirs lucifériens.

— Je ne savais pas que ce genre de pratique pouvait t'intéresser, *min sommerfugl*. Néanmoins, si je suis ton réjouissant programme, je serai déjà mort avant que tu ne le fasses.

— Ce n'est pas ce que j'ai dit.

— En es-tu si sûre ? Tu as parlé de, je cite « terminer son travail ». Je te repose donc ma question, l'avocat...

Je fronce les sourcils, il lève les yeux au ciel.

— *Monsieur Doyle* était-il déjà mort lorsqu'il a été attaché à cet arbre ?

Je sens l'étreinte de son intelligence reptilienne s'enrouler autour de mon cou, prête à m'étouffer pour engloutir ma mauvaise réponse.

— Je me suis trompée, clamé-je d'une voix mal assurée. Il l'a attaché, puis il l'a tué.

Ses traits anguleux miment un chagrin peiné pour mieux me manipuler.

Si j'étais aveuglément convaincue de sa sincérité, je pourrais presque avoir envie de me jeter dans ses bras pour supplier qu'il m'accorde son pardon. Mais six années passées à ses côtés ont eu le mérite de me redonner la vue.

— Quel gâchis, Emilia, minaude-t-il tout bas. Il a suffi d'une dose de charme et d'une pointe de menace pour mettre ton instinct en laisse. Encore une fois, tu te laisses fourvoyer par ce désir indomptable.

D'une attitude emplie de malice, il relève mon menton et le fait tourner vers les cordes.

Son parfum séducteur parasite ma volonté alors qu'il se penche vers ma nuque et me susurre implacablement loin des oreilles indiscrètes :

— Ce n'est pas moi que tu attaches à cet arbre, ma chère, c'est toi.

Puis il replace tendrement une mèche de mes cheveux et me relâche pour s'écarter. Dissimulé derrière un masque d'ange, même le diable peut arriver à me duper.

Préoccupée par la nécessité de ne pas tomber dans son piège, je ne me suis point rendu compte qu'il se refermait implacablement sur moi.

Tu n'y arriveras pas, cet homme a constamment deux coups d'avance. Peu importe le déplacement de tes pions, les siens finiront toujours par t'encercler.

Non, pas si je les élimine un par un.

Tout homme a ses faiblesses et malgré ses beaux discours, je suis persuadée qu'il en possède une cachée au fond de son cœur desséché. Je gratterai sa noirceur de mes ongles jusqu'à la réduire en cendre s'il le faut, mais je n'aurai jamais de cesse de la chercher.

Décidé à ne pas se faire oublier, l'inspecteur Graham m'afflige sa misérable compassion.

— En effet, mademoiselle, vous vous êtes trompée. Mais ne vous inquiétez pas, cela arrive à tout le monde. Mon équipe avait même envisagé votre hypothèse, mais cela était avant de voir sa peau aux points de friction. Voyez-vous…

— Si tu veux encore de mon aide, le coupe sèchement Dorian, ne te mêle pas de son éducation. Laisse-la réfléchir. Emilia est assez adulte pour deviner la suite par elle-même.

Il baisse d'un ton afin que je puisse être la seule à entendre la suite.

— Du moins, lorsqu'elle ne m'afflige pas sa moue de gamine boudeuse.

Je me redresse fièrement, décidée à ne plus lui céder la moindre satisfaction.

— C'est parce que je suis mauvaise perdante, milord.

— Dans ce cas, applique-toi à gagner.

— Fort bien.

Alors que je m'approche plus près des cordes, déterminée cette fois-ci à l'éblouir, je sens son amusement flotter derrière mon dos.

Ravivée par mon envie de lui faire avaler sa suffisance, je concentre mon attention sur l'épiderme de monsieur Doyle pour oublier celle qui attise de plus en plus ma curiosité malsaine.

Inspirant profondément avant de plonger plus en profondeur dans ce cauchemar éveillé, je tire comme je peux le chanvre pour en révéler la peau coincée en dessous.

Les traces bleutées laissées par la corde partent de la base du pouce et remontent jusqu'à la tranche de sa main. Étrange…

— Les poignets sont intacts, soufflé-je.

— Continue. Qu'entends-tu par intacts ? Sois plus précise.

— Eh bien, s'il était encore… vivant lorsqu'il a été attaché, il y aurait des traces de traumatismes autour des poignets et non uniquement à l'endroit où elles se trouvent actuellement.

— En effet, enchérit Graham. C'est exactement cela. Au fait, vous ne m'avez pas précisé pourquoi vous nous honorez de votre présence sur cette affaire. Serait-ce par simple curiosité morbide ? Je sais que les jeunes femmes raffolent de ce genre d'histoires racontées au coin du feu, mais tout de même…

Sur un ton de plaisanterie sinistre, Dorian use de son glamour pour tromper son ami.

— Elle est là afin de puiser son inspiration, dans le cas où elle souhaiterait plus tard faire disparaître son mari trop insolent.

Il me gratifie d'un clin d'œil audacieux auquel je rougis par mégarde.

— Ou même moi, qui sait.

— Et elle aurait entièrement raison, s'esclaffe Graham. Cependant, à part assassiner notre très cher et irremplaçable Dorian, avez-vous d'autres perspectives d'avenir, mademoiselle ? Outre les matrimoniales, bien sûr.

Je décide de toiser ses a priori misogynes.

— Oui, j'envisage l'éventualité de m'inscrire à la faculté de médecine pour femmes.

— Celle sur *Hunter Street* ?

J'opine du chef.

— À mon sens, la médecine est trop complexe et effrayante pour une aussi jolie demoiselle. N'est pas encore née la femme qui me soignera, c'est moi qui vous le dis !

Je serre les fibres de ma robe jusqu'à ce que mes jointures blanchissent d'agacement.

— Le jour où vous serez blessé en service, monsieur Graham, vous serez bien content d'avoir une femme à vos côtés pour vous soigner.

L'impudent fait pénitence en inclinant la tête.

— C'est vrai, mademoiselle, vous avez raison, je suis désolé.

Cela fait beaucoup de repentance pour un seul homme.

Furieuse, je cherche la désapprobation de mon tuteur, persuadée d'assister à un jugement similaire du soir de bal, mais il se contente seulement de me contempler avec perplexité.

Comme s'il avait finalement reçu sa réponse, il dévie sur monsieur Doyle.

— *Godt*, si vos divertissantes joutes verbales sont terminées, nous pouvons revenir à notre affaire. Nous avons donc établi au préalable que l'assassin a attaqué, tué, puis ligoté monsieur Doyle dans cet ordre exclusivement. Graham, que peux-tu nous dire sur sa méthode ? Qu'avez-vous appris de lui ?

Le sergent sort un petit carnet usé de sa poche de veste.

— Voyons voir… Vu l'épaisseur de l'entaille au cou et les traces de découpe, l'arme était sûrement un couteau assez gros pour faire le travail, mais assez petit pour tenir discrètement sur le tueur. Si l'on suit les traces de sang conséquentes, il a agressé monsieur Doyle alors qu'il était assis sur ce banc. Il est arrivé par-derrière, l'a poignardé dans le cou. L'hémorragie ayant fait le reste, il l'a ensuite traîné et attaché pour terminer son travail.

Cette reprise de mes déductions d'origine me fait grimacer.

Assis sur ses talons, Dorian se laisse perdre dans les limbes comme s'il traquait l'âme de la victime.

Par intermittence, les rayons du soleil viennent sublimer ses traits d'une innocence évanescente. Sa beauté juvénile, sur laquelle le temps ne semble point avoir d'emprise, pourrait le faire ressembler aisément à l'une de ces œuvres préraphaélites.

Subjuguée, je me laisse rêvasser à peindre ce magnifique tableau, persuadée qu'elle trouverait sa quintessence dans son dernier souffle.

Même dans la mort, son émouvante pureté ferait pâlir de jalousie l'Ophelia de John Everett Millais.

— Le coup est parti de droite à gauche, ce qui laisse supposer que le tueur est gaucher.

— Non.

Graham et moi nous tournons de concert vers l'homme de retour parmi les vivants.

— Non quoi ?

— Non, il n'est pas gaucher.

Semblable à un petit enfant vexé, Graham porte son poids d'un pied sur l'autre afin de se donner contenance.

— Tu vois bien comme moi l'incision. Elle part de droite à gauche.

— Certes, tu la vois, mon ami, mais moi je la regarde. Et c'est là toute la différence. Regarde son cou, *min sommerfugl,* et décris-moi ce que tu regardes.

J'obéis et me déplace avec précaution entre les souillures grenat pour me mettre en face de la blessure.

— Il y a… une ligne continue partant de droite à gauche.

— C'est ce que je disais, grommelle le sergent dans mon dos.

— En es-tu vraiment sûre ? Fais confiance à ton instinct, Emilia, non à tes yeux. Eux seuls sont capables de mensonges.

Je me penche et suis inlassablement la course du trait vermeil.

Démoralisée, je m'apprête à déclarer forfait quand un pressentiment intense m'envahit soudainement. Mon instinct se met à chuchoter dans mon oreille attentive.

Respectueuse, je me tais et l'écoute sous l'œil réjoui de Dorian.

— Il y en a deux, une partant de la carotide…

— Interne ou externe ?

Je fais appel à ma mémoire des cours d'anatomie pour dérouter ce nouveau piège.

— Primitive. Le point d'insertion de l'entaille est trop bas pour toucher la bifurcation carotidienne.

— Bien, continue.

— La première oblique, presque verticale, est en plein sur la carotide. La deuxième…

Je la pointe du doigt.

— Part du point d'impact pour aller sectionner la trachée et terminer ainsi de lui ouvrir la gorge.

L'éclair fugace de fierté égayant son expression provoque une envolée de mes congénères dans mon estomac.

Il lève néanmoins un doigt et l'agite de droite à gauche, imitant volontairement la direction du couteau.

— Tu y étais presque, mais cela est déjà très prometteur, Emilia. Je vois que je suis un bon professeur.

— Et moi une excellente élève.

Il éclate de rire.

— En effet, mais j'ai dit « presque ». Regarde sa clavicule, côté gauche.

Je fronce les sourcils et opère ce qu'il m'ordonne.

Les paupières plissées, j'aperçois derrière le sang coagulé un trait horizontal. Toutefois, en l'étudiant avec plus d'attention, je constate qu'il n'est pas situé dans la continuité du deuxième. Sensiblement différent, il se termine par une espèce de…

Un hoquet de stupeur s'échappe aussitôt de ma propre gorge.

— Il y en a trois ! La lame a dû buter sur la clavicule, ce qui a créé une encoche sur cette dernière. Juste là.

— Parce que… ?

— Parce qu'il s'est précipité pour terminer.

Comblée, la bête dévoile ses crocs redoutables.

— Parce qu'il n'a pas su comment commencer.

— Pardonnez-moi, mais je suis un peu perdu, intervient Thomas. Peux-tu m'expliquer, Dorian ?

Ce dernier se lève en époussetant avec élégance ses vêtements et me tend une main galante afin de m'aider à me relever. Son aide fortement appréciée, je me laisse tirer pour être soulevée de terre.

Mais en essayant d'éviter une dernière fois la flaque de sang séchée sur la dalle, je perds subitement l'équilibre et trébuche directement dans ses bras.

Alors qu'il me retient fermement pour m'empêcher de tomber, mon cœur affolé par cette proximité choquante percute son torse viril.

La fièvre qui s'empare instantanément de moi paralyse mes muscles détendus par la chaleur émanant de son corps.

Soudain, la satire ronronnée à mon oreille se déverse comme une douche glacée versée sur ma sensiblerie.

— Si j'avais su qu'un peu de sang séché te ferait tomber dans mes bras, j'en aurais depuis longtemps maculé le sol du manoir.

Horripilée par sa goujaterie, je m'extirpe immédiatement de son refuge charnel sous son air amusé.

Je croise les bras, mordillant rageusement mes lèvres tandis qu'il s'éloigne vers la fontaine pour retirer sa veste et la poser sur le banc.

Après avoir retroussé ses manches, il se tourne vers moi et m'invite à m'y asseoir comme si nous nous apprêtions à souper.

— Faisons une petite démonstration au sergent, veux-tu ?

— Et pourquoi ferais-je cela ? raillé-je.

Il porte une main à son cœur.

— Pour faire plaisir à ton cher cousin, dit-il d'une voix suave. Tu verras, tu ne le regretteras pas.

Je me mets à ricaner.

— Discours tenu par le Diable quand il a voulu tenter Jésus dans le désert.

Il virevolte sur lui-même et désigne les environs.

— Je ne vois point de désert.

— Mais moi je vois le Diable.

— Hum, dans ce cas je me demande…

Une grimace mutine sur ses lèvres, il sautille habilement entre les traces de sang pour me rejoindre.

— Si je vais parvenir à te tenter. Ne dis rien, *min sommerfugl,* tes yeux viennent de répondre pour toi.

Déterminée à en finir rapidement dans l'intention de mettre le plus de distance possible avec cet homme, je fusille du regard un Graham hilare.

— Vous êtes sûrs de faire partie de la même famille ?

— Malheureusement oui, maugréé-je.

— Sacré Dorian ! Tu me donnerais presque envie de me trouver une cousine.

Contrariée, je me dirige les poings serrés en direction du banc et y écrase ma colère sur le morceau de tissu appartenant à Dorian, tout en m'imaginant écrabouiller avec délectation son visage prétentieux.

À présent que sa silhouette se trouve placée derrière moi, je laisse sa voix d'enseignant gouverner la course aux frissons sur ma colonne vertébrale.

De son côté, Graham se place en retrait sur ma gauche dans le but d'avoir une vision plus globale de la scène.

Les acteurs dorénavant en place, le metteur en scène ouvre le premier acte de sa voix autoritaire.

— *Godt,* commençons. Emilia, sois attentive, car tu devras suivre à la lettre mes indications. Puis-je emprunter ton crayon, Thomas ? Merci. Le tueur arrive donc derrière sa victime…

Inconsciemment, je ne puis m'empêcher de glisser dans le rôle tragique de cette dernière. Le fait de connaître l'identité de mon assaillant ne me réconforte pas pour autant, bien au contraire.

Tout à coup, la froideur du cuir se plaque énergiquement sur ma bouche, ne laissant plus que mon nez pour évacuer mon souffle affolé.

— Il l'empêche d'abord de hurler puis…

Sans que je puisse avoir le temps de me débattre, je sens quelque chose s'enfoncer dans le côté droit de mon cou.

— Il plante le couteau côté droit dans sa carotide primitive. Première ligne.

Ma respiration devient haletante, douloureuse. Mon cerveau me somme de raisonner, mais le reste de mon corps, lui, m'envoie des signaux de détresse contrôlés désormais par mon affolement.

— Sous le coup de la surprise, la victime se débat, mais dans sa panique, elle effectue un violent mouvement en arrière, offrant ainsi à son agresseur une magnifique et inespérée occasion de l'achever. Il poursuit implacablement sa tâche. Néanmoins, son mouvement descendant le fait atteindre très vite la trachée. Deuxième ligne.

Je suis son scénario, l'affolement se chargeant de ne pas me faire oublier la moindre ligne.

C'est ridicule, il ne va pas te tuer devant un policier. Pas avec un crayon.

Curieusement, ce premier détail éteint la machine à produire mes angoisses. Mais très vite, un autre constat en relance d'emblée le mécanisme.

Tu ne l'as pas entendu…

— Persuadé d'en avoir terminé, il s'arrête…

Tu n'as même pas senti son souffle sur ta peau.

— Et lâche sa victime pour la laisser se vider de son sang.

Sa main s'éloignant enfin de ma bouche, j'inspire bruyamment une bouffée d'oxygène.

Imperturbable, Dorian continue à se distraire.

— Mais en excisant la trachée, sa lame a provoqué une arrivée d'air.

Il se déplace et frappe comme une ombre. Comme celle qui venait hanter tes rêves quand tu étais enfant. Comme celle qui te faisait hurler de terreur la nuit. T'en souviens-tu ? Le goût âcre de la peur sur ta langue au réveil…

— Alerté par les borborygmes…

Comment comptes-tu détruire une ombre, Emilia?

— Qui menacent de dévoiler son crime…

Comment ?

— En allumant la lumière, soufflé-je.

Dorian s'arrête un instant et hausse un sourcil surpris.

— Que disais-tu, chère cousine ?

— Rien. Je vous en prie, poursuivez ma mise à mort.

— Avec grand plaisir. Il se hâte donc et bascule la tête de la victime en arrière, afin de mieux savourer son désespoir. Enfin, il oriente sa lame horizontalement…

Il se penche vers moi pour ne pas être entendu par son ami.

Sa main caresse paresseusement ma joue droite tandis qu'à la manière d'une funeste berceuse, sa voix mélodieuse tente faussement d'apaiser mes craintes.

— Je te promets d'être doux, *min sommerfugl.*

Puis d'un geste aussi précis que redoutable, il achève la course meurtrière du stylo.

Et m'égorge.

— Pour terminer son travail en sectionnant la carotide opposée. Dans sa précipitation, la lame tape sur la clavicule et y laisse un trait presque horizontal. C'est cette encoche que tu as vue, Emilia. Troisième et dernière ligne.

Il se redresse pour s'adresser à un Graham qui ne cache pas son admiration envers le talent de déduction inné de son ami d'enfance.

Je me demande comment il réagirait s'il apprenait sa véritable nature.

Suis-je d'ailleurs vraiment la seule à la connaître ?

— Ton tueur est droitier. Cela dit, je te le concède, c'est un amateur. Ceci est sûrement le premier meurtre qu'il commet. S'il avait eu de l'expérience, il aurait su qu'il fallait d'abord immobiliser sa victime comme il se doit pour dégager correctement son cou. La lame aurait dû se planter sur la carotide gauche pour venir former une ligne arciforme et continue. C'est uniquement parce que sa victime s'est débattue qu'il a pu aller jusqu'au bout de son geste. Cette lutte, aussi vaine que futile, n'a fait que lui permettre de le réajuster.

— Alors… si la victime ne s'était pas débattue, elle ne serait pas morte ?

— Oh, bien sûr que si, cela était inéluctable. On ne triche point avec la mort, on peut seulement la retarder. Surtout quand notre carotide est transpercée. Disons approximativement quinze minutes de sursis, dans l'éventualité où il aurait réussi à comprimer sa plaie évidemment. Seulement, vois-tu, le temps pour un tueur est la deuxième chose la plus précieuse dans son monde. Il avait donc tout intérêt à terminer sa besogne le plus rapidement possible. D'où le fait qu'il l'ait bâclée.

Graham frotte son menton mal rasé, en proie à la réflexion.

— Est-ce que tu crois qu'il va recommencer ?

Dorian répond sans hésiter.

— Je pense qu'il y a pris plus de plaisir qu'il ne l'imaginait. La réalité a dépassé son fantasme et il a pris du temps pour le savourer.

— Tu as pourtant dit que le temps pour un tueur était la chose la plus précieuse.

— J'ai dit la deuxième, la première étant celle qui a suspendu son geste. Celle que l'humanité poursuit sans relâche : le plaisir. Il a simplement voulu prendre sa part qui, selon lui, lui revient de droit en profitant du spectacle.

Son masque a beau feindre l'indifférence, je peux déceler dans la perfection de ses traits une touche d'agonie derrière ses pupilles dilatées. La même qu'il a ressentie quand il a simulé mon attaque.

Il n'admire pas ce tueur pour son amateurisme, non.

Il jalouse le sang versé.

Dorian envie ce dernier souffle qu'il n'a pu recueillir, ce dernier cri qu'il n'a pu étouffer. Et même ce regard qui ne l'a point supplié.

Deux semaines sans la moindre goutte de cet élixir convoité et mon tuteur ressent déjà les effets évidents du manque.

Une telle créature éternellement assoiffée de chair ne peut continuer à errer dans les rues de Londres.

Je dois l'arrêter, quoi qu'il puisse m'en coûter.

— Quel spectacle ?

Songeuse, je souffle ma réponse, les yeux perdus sur la fontaine.

— La vie qui s'écoule de sa victime, les jets de sang se mêlant à l'eau de la fontaine, la musique…

Le démon acquiesce.

— Nous avons affaire à un poète. Sa mise en scène, sa façon de se délecter de son geste. Il prend plaisir à magnifier son art. Bien que pour le moment, tout cela ne soit qu'un vulgaire brouillon. Il va apprendre, corriger ses erreurs et nous gratifier d'autres œuvres.

Il pivote vers son ami, ravi.

— Alors oui, Thomas, il va recommencer. Mais rassure-toi, tu as encore du temps avant de retrouver un nouveau cadavre.

Contrarié par l'ampleur de la tâche future, l'inspecteur se pince l'arête du nez et pousse un juron, faisant encore une fois fi de ma présence.

— Et pour les mutilations post-mortem ? se reprend-il. Est-ce que cela a un sens pour toi ou est-ce que c'est une pure déviance pathologique ?

— Il n'est pas fou, mon ami. Du moins, pas plus que toi et moi… ou notre chère Emilia. C'est un artiste, avec toute la sensibilité associée. Tu sais ce qu'on dit, Thomas, « le diable se cache dans les détails [25]». Si tu veux attraper celui-ci, il va te falloir les étudier avec la plus grande attention. Et, plus que tout, comprendre le message qu'il essaie de faire passer en mutilant de cette façon. Il n'y a qu'ainsi que tu l'attraperas.

— Est-ce que tu as une idée ?

D'une humeur enjouée, Dorian lève sa main droite, rapprochant son pouce et son index.

— Une infime et minuscule idée. Mais pour cela, j'ai besoin de l'aide d'un autre ami. M'accompagneras-tu ?

25 Citation du philosophe Friedrich Nietzsche.

— Avec plaisir, Dorian. Laisse-moi juste le temps de donner mes consignes pour la suite. Le corps doit être emporté au plus vite à la morgue avant que ces vautours de journalistes ne débarquent. Je te retrouverai sur place. Où dois-je me rendre ?

— Tu *nous* retrouveras dans le département d'histoire naturelle du *British Museum*. Dis-moi, est-ce que tu dessines toujours aussi vite ?

— Et toujours aussi bien. Si je n'avais point embrassé cette carrière, je suis sûr que j'aurais pu devenir le prochain Frederick Sandys[26], répond-il en bombant crânement le torse.

— Vite suffira. N'oublie pas tes couleurs et apporte ton dessin avec toi, nous en aurons grandement besoin.

Sans même ciller face au ton sec de Dorian, Graham me dévisage brièvement avant de finalement nous saluer.

— C'est noté, à plus tard.

Alors qu'il rejoint son équipe en aboyant ses ordres, Dorian m'offre son bras pour rebrousser chemin.

De nouveau dans les jardins, il jette un coup d'œil furtif aux alentours avant de s'incliner à mon oreille.

— Maintenant que nous sommes de nouveau en tête-à-tête, raconte tout à ton ingénieux cousin. Comment as-tu trouvé la mise en pratique de ta leçon du jour ?

— Plaisante et, disons… divertissante. Si l'on met de côté ma mort, cela va sans dire.

Un sourire séduisant se dessine sur ses lèvres.

— Au fait, enchainé-je. Quel est donc ce nouvel ami que je ne connais point ?

— Monsieur Albert Charles Lewis Gotthilf Günther, directeur du département de zoologie du musée.

— Hum…

— Qu'y a-t-il ? Est-ce son nom à rallonge qui te fait tant rêvasser ? Pour ma part, je m'en tiens uniquement à Albert Günter.

26 Peintre, illustrateur et dessinateur préraphaélite.

— Non, ce n'est pas cela, même si le nom de votre ami est assez prétentieux, je vous l'accorde. Mais après tout, cette amitié ne peut qu'être assortie à votre personne. En fait, après avoir vu comment vous traitiez ce pauvre bougre d'inspecteur, je me demandais juste ce que pouvait bien représenter un ami à vos yeux ?

Les commissures de sa bouche se fissurent pour me répondre implacablement :

— Une personne qui vivra plus longtemps.

CHAPITRE 22

Comme un os

EMILIA

DEPARTEMENT D'HISTOIRE NATURELLE DU BRITISH MUSEUM. CROMWELL ROAD, LONDRES

5 MAI 1886

Une fois que nous sommes parvenus à la porte du musée, le cocher ouvre celle du fiacre pour laisser sortir son maître en premier.

— Merci, Winston.

— Avec plaisir, milord.

Dehors, Dorian me tend une main courtoise. Cette fois-ci, je fais bien attention à ne rater aucune marche afin ne point renouveler l'étreinte fâcheuse de la scène de crime.

Mes pieds bien ancrés au sol, j'abandonne aussitôt la prévenance de ma perfide canne anglaise.

— Gare la voiture en face du musée, nous n'en aurons pas pour longtemps.

— Bien, milord. Mademoiselle Emilia.

Je salue le doux géant timide au corps noueux et à l'allure de croque-mort qui toute mon enfance m'a fascinée.

Comme à son habitude, il porte fièrement les couleurs de la maison Jacobson, endimanché dans un costume noir solennel et coiffé d'un chapeau haut de forme, liseré de violet.

Ses yeux enfoncés dans leurs orbites sont soulignés par des cernes profonds que je lui ai toujours connus, même lors de ses rares jours de repos.

Outre sa fonction de cocher, il est également l'homme à tout faire de Dorian. Il demeure constamment dans l'ombre de son maître, sauf lorsqu'il s'agit de sortir à la lumière pour couvrir les bêtises d'une petite fille.

Si Winston n'avait pas été là durant mon enfance, cela va sans dire que mes ailes se seraient déjà fait épinglées depuis longtemps dans le cabinet de curiosités de leur tuteur.

La voiture partie, je lève la tête vers l'immense façade de cet art nouveau appelé néo-roman.

Encadrant la prestigieuse entrée, ses deux hautes tours aux fenêtres en demi-lune semblent vouloir côtoyer les nuages.

— C'est sublime, chuchoté-je émerveillée.

En amateur de beauté sous toutes ses formes, Dorian ne peut qu'approuver.

— Oui, Waterhouse[27] a fait un travail remarquable.

Je lui adresse un ton de reproche.

— Si j'avais su cela, je serais venue avant.

—*Si* je me souviens bien, je t'avais demandé de m'accompagner à son inauguration il y a cinq ans.

— *Si* ma mémoire est bonne, vous me l'avez ordonné, pas demandé.

Nos regards céruléens s'affrontent.

— Tu joues avec les mots.

— Et vous avec mes nerfs.

— Tu n'oserais tout de même pas me priver de cette délicieuse distraction ? demande-t-il d'un air offensé. Par ta faute, j'y ai pris

27 Alfred Waterhouse, architecte de l'époque victorienne.

l'habitude depuis ton enfance. C'est tout ce qu'il me restait des rares moments où tu ne fuyais pas ma détestable présence.

— Mais je suis adulte, Dorian. Et je suis là.

— En effet, tu es là, murmure-t-il.

Compétitrice dans l'âme, je me rapproche, décidée à m'accorder cette maigre victoire.

Ses yeux se mettent à vagabonder sur mon visage pour venir se réfugier sur mes lèvres.

Bien que sa voix douce-amère se charge de les caresser, sa question n'est plus qu'un soupir poussé par cet appétit ravivé à notre proximité.

— Tu ne comptes plus me fuir, n'est-ce pas ?

— Vous, non…

Il lève une main gantée et caresse ma joue. À ma grande frustration, mon corps préfère contredire mes paroles.

Je recule de deux pas, imitant sur cette bouche à laquelle il continue de s'attacher, sa diabolique signature.

— À l'avenir, milord, les seules personnes que je fuirai seront les agents de police alertés par votre cadavre refroidissant à mes pieds.

Il renverse la tête et éclate de rire, plus attendri qu'effrayé par ma rébellion.

Vexée, je tourne les talons sans même l'attendre pour entrer dans le bâtiment qui, contrairement à ma volonté, est fait de fer et d'acier.

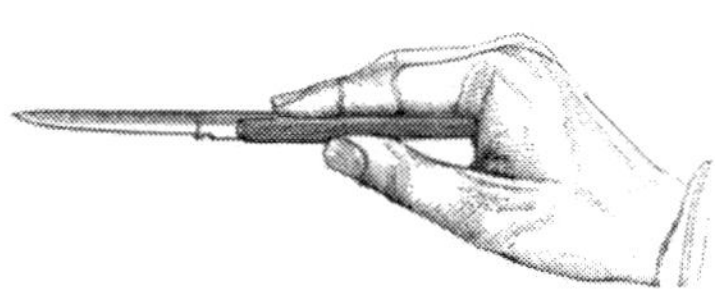

En hôte prévenant, un squelette de plus de dix mètres m'accueille, séance tenante, de sa longue mâchoire dentée menaçante.

Faisant le tour de sa taille démesurée pour en étudier les moindres détails, mon regard s'élève pour capturer sur son passage la délicatesse de ce plafond finement peint, où des plantes venues des quatre coins du monde côtoient de somptueuses dorures chargées d'histoire.

Ses voûtes cathédrales laissent baigner le hall central d'une divine lumière célébrant la messe de ce prédateur des fonds marins.

Mon imagination frôlant sa blancheur poreuse, je frissonne, glacée par les vagues de l'océan qui me transportent immanquablement vers une mort certaine.

— C'est donc cela une baleine, soufflé-je, terrifiée par cette première rencontre insolite.

— *Physeter macrocephalus*, plus communément appelé cachalot. Une baleine possède des fanons tandis que le cachalot est pourvu de ces jolies rangées de dents que vous admirez tant. Mais ce n'est pas grave mademoiselle, tout le monde se trompe constamment. À commencer par votre chaperon.

Je me tourne vers cette voix à la tonalité musicale.

Un homme dans la soixantaine au front dégarni m'observe avec une prestance obligeante. Ses petites lunettes rondes accentuent l'intelligence de son regard qui m'enveloppe d'une chaleur amicale.

— N'est-ce pas, lord Jacobson ?

Dorian hausse les épaules.

— Les mammifères marins ne sont guère ma spécialité.

— Les terrestres non plus à ce que l'on m'a dit. Vous contentez-vous toujours de vos reptiles ?

— Eh bien à dire vrai, j'essaie d'étendre mon domaine de compétences.

— Tiens donc, et sur quoi ? demande-t-il, intéressé.

— Les papillons. Du moins, un en particulier.

Je tressaille à l'appellation de mon surnom dans ma langue maternelle.

— Très bel insecte, encore que trop fragile à mon goût.

Mon tuteur m'adresse un sourire charmeur.

— Oh, vous seriez agréablement surpris, Albert. À ce propos, il me semble ne jamais vous avoir présenté ma cousine, Emilia.

— Non en effet, je m'en serais souvenu.

Il s'incline et me salue avant de s'adresser à nouveau à Dorian.

— Mais au fait, lord Jacobson, que me vaut l'honneur de votre présence? D'habitude, nos interlocuteurs sont vos collaborateurs de la fondation. Ne le prenez pas mal, je suis plus que ravi de vous revoir après toutes ces années. Cependant, je suppose que vous ne venez pas simplement pour visiter ces lieux que vous connaissez tant, n'est-ce pas ?

— Ai-je donc besoin d'un motif pour venir rendre visite à un vieil ami ?

Le directeur se fend d'un rire sonore.

— Cet adjectif ne me qualifie guère, milord, laissez-le donc à la jeunesse. Pour ma part, je me sens en pleine forme.

Comme tout bon chasseur habitué à remarquer les faiblesses de ses proies, Dorian ne paraît pas surpris par cette réponse.

— Je suis réjoui de l'apprendre.

— Venez-vous nous offrir en personne un nouveau spécimen ? reprend le conservateur.

— Pas encore, Albert. En revanche, nous aurions bien besoin de vos lumières concernant l'un de ces mammifères que vous appréciez tellement.

— Avec grand plaisir, mon *vieil* ami. Si nous allions dans mon bureau ?

— En fait, nous attendons l'inspecteur Graham. Il ne devrait plus tarder.

Les rides de son visage parcheminé s'affolent.

— Rien de grave, j'espère ?

— Plus maintenant, non.

— Oh, je vais demander à ce que quelqu'un l'accompagne jusqu'à nous. En attendant, suivez-moi, je vais vous présenter les lieux. Quelque chose me dit que cette demoiselle ne demande pas mieux, dit-il en m'octroyant un clin d'œil complice.

Je lui rends son sourire avenant et pose une main sur l'avant-bras de Dorian, le suivant en haut de l'escalier principal où une statue de marbre, représentant un homme barbu, jambes croisées, nous offre l'hospitalité.

— Charles Darwin, père de la théorie controversée de l'évolution. La connaissez-vous, mademoiselle Emilia ?

— En effet.

— Et qu'en pensez-vous ? Êtes-vous d'accord avec cette idée que l'homme descendrait d'un primate ?

Faisant fi de politesse, je laisse éclater mon insolence au grand jour.

— Plus je côtoie les hommes et plus j'en suis intimement convaincu, monsieur Günther.

Un gloussement approbateur se fait entendre.

— Pas de doute, c'est bien votre cousine.

— Évidemment, élude Dorian. Du fait de ma longue absence, je n'avais jamais vu cette statue. Depuis quand a-t-elle donc été installée ?

— L'année dernière.

— Owen a dû en faire une attaque.

— C'est peu de le dire, soupire le directeur. Mais il ne la verra plus pendant quelques mois. Ce bon vieux Charles doit retourner la semaine prochaine en atelier pour subir une cure de jouvence.

— Qui est Owen ? lui demandé-je.

Hésitant, il lance un bref coup d'œil à mon voisin avant de me répondre.

— Richard Owen, l'homme à l'origine de ce musée. C'est à lui que l'on doit aussi l'appellation de *dinosauria*, en grec cela signifie « terribles lézards ».

Le grondement enroué de Dorian le rappelle à l'ordre.

— Épargnez donc vos fausses informations à ma cousine, Albert. Vous savez pourtant que donner la paternité de ce mot à monsieur Gideon Mantell rendrait vos propos bien plus authentiques.

— Certes, mais tout ceci ne reste que des accusations scientifiques de plagiat. Qui plus est, fomentées par une guerre impitoyable entre deux ennemis de toujours. Rien n'a été prouvé et ce brave Mantell n'est désormais plus là pour se défendre.

— Est-il… décédé ?

Il acquiesce tristement.

— D'une overdose à l'opium. Le pauvre homme souffrait d'une terrible scoliose suite à un accident de voiture. Mais si le cœur vous en dit, vous pouvez aller saluer ce brave au collège royal de chirurgie.

Je fronce les sourcils.

— Je ne comprends pas, vous avez mentionné qu'il était mort.

— Effectivement, c'est ce que j'ai dit. Mais voyez-vous, pour Owen, la mort ne signe pas pour autant la fin de la compétition. Partant de ce constat, il a fait accrocher sur le mur de l'institution une portion de la colonne vertébrale déformée de son rival. Un peu comme une macabre relique de sa victoire. Sinistre, n'est-ce pas ?

— Effroyable, réponds-je d'une voix blanche.

Il frappe dans ses mains, mettant fin à son anecdote formatrice.

— Bien, à présent continuons, voulez-vous ?

Il nous précède, gravissant les marches avec une diligence surprenante pour son âge.

Profitant du fait que son ami a le dos tourné, Dorian s'informe de ma découverte.

— Cela t'a donné des idées, n'est-il pas vrai ?

— Évidemment, milord. Bien que cet os ne soit pas ma partie préférée de votre personne.

Il pose avec déférence sa main sur la mienne

— Je brûle de savoir de laquelle il s'agit. Comptes-tu me le dire un jour ?

Je gratifie son gant d'une légère tape pour m'en débarrasser. Nullement outré, mon comportement fait éclore un rictus sur ses lèvres pulpeuses.

— Uniquement au moment où je vous l'arracherai de votre corps.

CHAPITRE 23

À point ou saignant, milord ?

ÉMILIA

BUREAU DU DIRECTEUR ALBERT GÜNTHER
CROMWELL ROAD, LONDRES

5 MAI 1886

D'un naturel apparemment désordonné, le bureau du directeur est jonché de piles de documents menaçant de s'écrouler à tout instant.

— Pardonnez cette anarchie, mais je ne retrouve plus rien lorsque tout est rangé. Je vous en prie, asseyez-vous, mademoiselle.

Je désigne l'unique chaise destinée au visiteur, elle aussi encombrée.

— Mettez tout par terre, me suggère-t-il.

— Euh… vous en êtes sûr ?

— Certain, après tout, l'entropie n'est-elle point l'évolution naturelle des choses ? Allez-y, cela fait un bien fou, vous verrez.

Autorisée par son air mutin, je m'exécute et envoie feuilles et cartons rejoindre le sol.

Satisfaite, je frappe mes mains entre elles pour en dégager la poussière, provoquant un éternuement incroyable et sonore.

Je plaque aussitôt une main gênée sur ma bouche.

— À vos souhaits, mademoiselle, rit le directeur. Comment vous sentez-vous ? C'est libérateur, n'est-ce pas, de tout envoyer promener ?

— Très.

— Ne remplissez pas son joli minois d'idées saugrenues, le dispute Dorian. Elle serait capable de le mettre en pratique au Manoir.

— Tout à fait, opiné-je. D'ailleurs, je sais exactement par quelle pièce je commencerai.

Je hausse un sourcil provocateur pour contrer le sien qui se fléchit en guise de sommation.

Deux coups frappés à la porte viennent inopinément hisser le drapeau blanc.

La silhouette de l'inspecteur Graham se dessine sur le seuil.

Haletant, il s'excuse de ce dérangement et salue le directeur d'une poignée de main virile.

— Inspecteur sergent Graham. Je suis ici pour une affaire de la plus haute importance qui requiert vos lumières. Si vous le voulez, bien entendu.

— Ma foi, cela est avec grand plaisir que j'aiderai la police de cette ville si chère à mon cœur. Dites-moi tout.

Le sergent sort de sa poche une feuille de papier jaunâtre qu'il pose sur son bureau.

Le directeur glisse ses lunettes sur son nez, une expression d'épouvante déformant immédiatement ses traits.

— Mon Dieu, souffle-t-il. Quel démon a bien pu faire cette atrocité ?

Bien qu'ayant déjà vu la version originale, je me disloque tout de même le cou en essayant de l'apercevoir.

Amusé par mes contorsions, Dorian m'invite d'un geste charitable à me rapprocher d'eux.

Cela me fait mal de l'admettre, mais le talent dont se vantait Graham existe bel et bien. Le trait précis de son fusain est parvenu avec brio à capter l'horreur de cette mise en scène.

Si je m'approche un peu plus des yeux de la victime, je peux presque y distinguer le reflet de son agonie.

Appliquée plus grossièrement, la couleur vermeille bave sur le papier de manière déséquilibrée.

Tantôt appuyée ou fugace, comme si le tueur avait voulu créer un dégradé d'hémoglobine.

Ma grimace, que je pensais imperceptible, le force à se justifier.

— Pardonnez-moi pour cette grossière coloration, mais la mine de mon crayon rouge s'est trouvée rapidement dépassée par le modèle. Il faut dire qu'avec tout ce sang…

Je frémis alors que l'image du sol écarlate se rappelle à ma mémoire.

Stoïque, Dorian s'adresse à son ami conservateur.

— Qu'en pensez-vous, Albert ?

— C'est un fou.

— Je parlais de la victime. Regardez-la mieux, observez sa position et les couleurs certes approximatives.

Graham se renfrogne et le directeur réfléchit en mordillant nerveusement la branche de ses lunettes.

— Eh bien… attendez voir…

Il tourne le dessin dans tous les sens, puis garde un moment le silence avant de s'exclamer bruyamment :

— Oui ! En effet, je pense savoir de quoi il s'agit ! Suivez-moi messieurs… oh, et mademoiselle.

— Où allons-nous ? demandé-je.

— Dans la section zoologie. Je crois que nous allons pouvoir confirmer votre désopilante analogie.

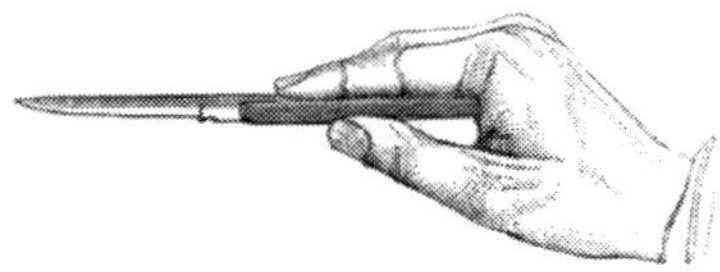

En grande conversion avec Günther, je laisse volontairement une distance se créer avec mon tuteur afin d'attiser ma curiosité à son encontre.

Et cela avec l'appui de l'inspecteur.

— Mon cousin vous aide-t-il depuis longtemps ?

Son visage s'illumine à la mention de son ami.

— Depuis quelques années, en effet.

— Comment cela vous est-il venu à l'esprit de l'inclure dans vos enquêtes ?

— Au détour d'une simple conversation. Je lui ai parlé d'une de mes enquêtes et la finesse de son analyse s'est révélée d'une grande utilité. Depuis, je le convie volontiers à venir m'éclairer de ses connaissances extraordinaires en anatomie. Et contrairement à nos médecins, il ne se trompe jamais.

De même qu'il ne s'est guère trompé en vous choisissant.

Je suis persuadée que Dorian a manipulé dès le début leur amitié pour arriver à ses fins.

L'affection feinte de mon tuteur n'est jamais gratuite.

Tiens, en parlant de cela…

— Depuis quand connaissez-vous Dorian ?

— Depuis l'âge de quatorze ans pour moi, et onze pour lui. Comme nous n'avons que trois ans d'écart, se lier d'amitié n'a pas été très difficile. En réalité, il a suffi que je tombe dans un fossé pour le faire venir à moi. En voulant m'aider, ce bon samaritain s'est retrouvé coincé à son tour. Nous avons attendu toute la nuit dans le noir, le corps trempé jusqu'aux os par la pluie. Je ne pouvais plus remonter, voyez-vous. Ma cheville droite avait fortement souffert de la chute, et malgré le froid, il est resté avec moi jusqu'à ce que son oncle nous retrouve enfin. Ma cheville me fait encore souffrir par temps humide, mais notre amitié, elle, résiste à toutes les tempêtes.

La douleur voile un instant son regard perdu dans leur passé.

— Même après la mort de ses parents, nous sommes restés très proches.

Ses parents. Il ne les mentionne que très rarement. D'après le peu d'informations en ma possession, je sais qu'ils ont péri de maladie lors de sa douzième année.

Son oncle, le frère de son père, l'a ensuite recueilli au sein même du manoir Jacobson où Dorian vivait alors avec sa famille.

— À quelle maladie ont-ils succombé ?

L'étonnement fait plisser ses yeux noisette.

— Il ne vous l'a pas dit ?

— Non, avancé-je prudemment. Il est tellement bouleversé par tout cela qu'il n'en parle à vrai dire jamais.

Son instinct suspicieux de policier s'incline face à cette tragédie.

— Je comprends. Ils sont morts tous les trois de la fièvre typhoïde. Le père a dû ramener cette maladie des Indes. Il y allait souvent pour sa fondation. C'était un brave homme, même si je n'ai eu qu'exceptionnellement le privilège de le rencontrer.

Je dois me forcer à baisser la voix pour ne pas ébruiter ma surprise.

— Tous les trois, vous dites ?

— Oui. Ses parents et sa petite sœur de neuf ans, Élise. Dorian est le seul à avoir survécu.

— Je… j'ignorais qu'il avait eu une sœur, murmuré-je.

— Cela n'est guère étonnant. Il a dû vouloir préserver votre sensibilité. D'ailleurs, il est vrai que vous lui ressemblez un peu. Elle aussi était blonde aux yeux bleus.

Bouleversée par cette comparaison qui exhume l'humanité de mon ennemi, je bredouille mon autre question.

— Comment… comment était-il enfant ?

Il me gratifie d'un sourire entendu.

— Ah, je vois, vous essayez d'en savoir plus sur votre cousin. C'est vrai que la personnalité de Dorian est assez…

— Complexe ?

— Ravageuse. Dorian a toujours été un enfant charmant, prévenant, sensible au moindre de vos désirs. Peu importe qui se trouvait en face de lui, enfant ou adulte, sa séduction marchait à tous les coups. Un véritable talent !

Ses yeux s'étrécissent d'allusions désobligeantes.

— Au fond, rien n'a vraiment changé, les années lui auront juste permis de le cultiver davantage. N'est-ce pas, mademoiselle ?

Rougissante, je détourne vivement la tête vers les créatures empaillées, coincées entre la vie et la mort.

Son petit rire suffisant trouve tout de même le moyen de m'atteindre en plein cœur.

— Nous y voilà ! déclare le directeur.

Nous nous arrêtons devant un singe aux crocs menaçants.

— *Mandrillus sphinx*, ou mandrill. Originaire d'Afrique, il est souvent apparenté au babouin. À tort cela dit, car…

— Albert, l'interrompt Dorian. Venez-en au fait, je vous prie, il va bientôt être l'heure du thé et ma cousine tient plus que tout à cette coutume, me tromperais-je, Emilia ?

Sa bouche étirée me remémore l'épisode de la belladone.

Perdue dans son regard régi par le vice, je lui réponds :

— À en mourir, milord.

Son silence démoniaque approuve ce choix de mots.

— Veuillez m'excuser, mademoiselle. Je vais faire vite. Regardez les couleurs, sa peau bleutée autour du nez d'un rouge vif. Sa mâchoire rétractée sur ses dents. Sa position… votre victime a été attachée autour d'un tronc d'arbre, nul doute que celui qui a fait ça voulait le faire ressembler à ce primate.

Au lieu de remercier le directeur pour son aide, ce goujat de Graham s'emporte.

— Pourquoi donc ? Quel serait son mobile dans ce cas ? Tout cela n'a aucun sens !

— Car l'homme est un singe comme les autres, paraphrase Dorian en me fixant. Tu as eu ta réponse, Thomas, le reste relève entièrement de tes compétences professionnelles qui, je n'en doute point, sont excellentes.

Flatté par le ton sirupeux de son ami, l'inspecteur se détend pour maugréer entre ses dents :

— Nous ne savons même pas avec quoi il a badigeonné ce pauvre homme pour lui donner ce bleu aussi vif.

— *Indigofera tinctoria.*

Les trois hommes se tournent vers moi, m'invitant silencieusement à poursuivre mon explication.

— Du pigment d'indigo. Quand j'étais sur place, j'ai remarqué des grains de poudre mêlés au sang. Je suis sûre que c'est avec cela qu'il a… maquillé sa victime.

Graham griffonne énergiquement cette information dans son carnet.

— Il a donc trouvé cet indigo…

— Indigotier, si cela est trop dur pour vous à écrire.

Il fait semblant de ne pas avoir entendu l'insulte déguisée.

— … trouvé cette plante et la réduite en poudre?

Je secoue la tête.

— Non, la poudre provient du broyage direct des feuilles d'indigotier. Néanmoins, pour pouvoir l'utiliser en pigment, il faut qu'elle soit diluée.

— Bon, eh bien, cela doit difficilement se trouver.

— Détrompez-vous, inspecteur, l'indigotier est très prisé par les teinturiers. En revanche, au vu de l'intensité de sa couleur, je dirais qu'il a dû se le procurer dans la journée.

— Est-ce que cet indigo aurait pu paralyser sa victime ?

— Pas que je sache. En Inde, ses feuilles séchées sont utilisées pour guérir la constipation, les affections du foie, les palpitations ou encore la goutte.

Le vice faite femme, je me tourne vers Dorian.

— Elles ont aussi un effet purgatif.

Il penche la tête, amusé.

— *Trouve autre chose, ma petite sadique.*

— *Pourquoi donc ? Cela ne convient-il pas à vos idéaux ?*

— *Mourir en me vidant ? Non. Trouve autre chose.*

— Dans ce cas, j'élimine la piste de son utilisation. Toutefois, je vais tout de même demander à mes collègues de se renseigner sur sa provenance, on ne sait jamais. Mademoiselle, Dorian, monsieur le directeur, je vous laisse. Je dois me rendre à la morgue pour l'autopsie. Merci encore pour votre aide précieuse.

— Vous retrouverez votre chemin ?

— Je le retrouve toujours, monsieur Günther.

Je lève les yeux au ciel alors qu'il s'empresse de nous saluer.

Sitôt parti, le directeur me témoigne son admiration.

— Impressionnant, mademoiselle !

Mes joues prennent une teinte pourpre aggravée par les compliments de Dorian.

— Ma cousine s'intéresse énormément aux plantes qu'elle cultive dans une serre. Elle est extrêmement douée d'ailleurs.

— Oh, alors n'hésitez pas à revenir me voir. Je vous ferai visiter la partie botanique. Je suis certain que vous trouverez là-bas votre bonheur.

J'échange un regard avec mon tuteur, feignant de quérir son approbation.

— *Trouver autre chose, n'est-ce pas, milord ?*

Il approuve d'un léger mouvement du menton.

— *Mon estomac s'en régale d'avance.*

— Avec grand plaisir, monsieur Günther.

— Pour vous cela sera Albert, mademoiselle. Parfait, je vais moi aussi devoir vous quitter, la paperasse m'appelle. Je ne vous pose pas la même question qu'à l'inspecteur Dorian, vous êtes ici chez vous. Mais faites plaisir à un vieux-jeune et venez nous voir de temps en temps, voulez-vous, milord ?

— Avec grand plaisir, Albert. Par ailleurs, je n'hésiterai pas à me rendre à l'adresse que vous m'avez donnée.

— Ah ! Vous verrez ce barbier fait des merveilles, je le recommande à tous mes clients. C'est assurément le plus doué de Londres. Bien meilleur que ce charlatan de Pirelli !

Il s'incline pour me dire au revoir.

— Mademoiselle Emilia, profitez bien de votre thé.

Je souris alors que cet homme fort sympathique s'en va.

Maintenant que nous sommes seuls, je me tourne vers Dorian et déverse sur lui toute ma rage contenue.

— Vous devriez essuyer le coin de votre bouche, milord, il y reste encore un peu de mensonge. Vous le saviez, n'est-ce pas ? dis-je en serrant les dents.

Son allure innocente me donne envie de l'empailler comme ces animaux du musée.

— Quoi donc ?

— Qu'il voulait imiter le mandrill !

— Non. Oui. Peut-être. Peu importe.

— Pourquoi avoir menti ?

Il lève son index en l'air.

— Toujours pour la première raison, Emilia, le plaisir.

— Le plaisir de voir la police piétiner les pistes ?

— Je dirais plutôt, pour celui de les guider, objecte-t-il.

— Pour mieux les manipuler par la suite ? Vous vous servez d'eux comme chiens de chasse afin de mieux leur ravir votre proie, ai-je raison ?

— Comme *presque* toujours, *min sommerfugl.*

J'ignore l'adverbe insultant.

— Pourquoi ne pas enquêter de votre côté dans ce cas ? Vous en avez les capacités.

L'étonnement surnaturalise ses traits nobles.

— Serait-ce un compliment ?

— Un reproche.

Il écarte ses mains pour souligner l'évidence.

— Je suis un comte. Ma nature aristocratique apprécie qu'on lui serve tout sur un plateau d'argent. Et puis, la chasse n'est pas la partie la plus amusante.

— Oh, laquelle est-ce alors ?

La bête avale sa salive et me sourit.

— La mise à mort, évidemment.

Me détournant de lui, je désigne le mandrill du menton.

— Est-ce que cette proie est déjà sur votre liste ?

J'entends sa silhouette s'approcher lestement derrière moi.

Mais après la mise en scène de ma mort au parc tout à l'heure, je sais que je peux ressentir son déplacement uniquement parce qu'il en a décidé ainsi.

Sa main experte effleure ma nuque, y laissant des spasmes de ma propre culpabilité.

— Pour un seul petit meurtre ? s'étonne-t-il. Non, cela serait trop précipité. La jouissance est quelque chose qui demande du temps. Plus tu en prendras, et plus ton plaisir sera décuplé.

Son souffle chaud consume ma peau.

Une sensation de vertige me rappelle que j'ai soudain cessé de respirer.

— Demande au baron. Avec une aussi belle femme que toi, je suis sûr qu'il trouvera un plaisir inégalé dans ton apprentissage.

Je me dégage d'un brusque mouvement d'épaule sous ses éclats de rire blessants.

— Et si cette jouissance n'est finalement pas à votre goût ? le défié-je. Qu'en sera-t-il alors ?

Fébrile, je le pointe d'un doigt accusateur. La beauté qu'il apprécie tant chez moi doit être maintenant ravagée par ma colère.

— Je vais vous le dire, milord ! Tout votre petit jeu, votre traque, tout ! Exactement tout cela n'aura servi à rien.

Dorian n'a même pas la décence de paraître froissé.

Au lieu de cela, il clappe de sa langue et module sa voix à présent dégoulinante de désapprobation.

— C'est là que tu me sous-estimes, ma chère. Elle le sera, je puis t'en assurer. Vois-tu, avant de dévorer la proie, il faut que la cuisson de sa viande soit à la perfection pour celui qui la goûte. Et pour l'instant…

Les pupilles dilatées et avides, il passe son pouce sur ses lèvres et le lèche comme s'il savourait d'avance son prochain repas.

— Elle est encore trop à point quand je la préfère saignante.

CHAPITRE 24

Le tapis fleuri

EMILIA

RESIDENCE DES STANDFORD
NOTHING HILL, LONDRES

21 MAI 1886

— J'ai pris la liberté d'inviter le baron Cunningham pour toi, ma chère Emilia. Je sais combien tu parais l'apprécier.

J'aplatis nerveusement la dentelle qui pare mon corsage cintré de soie moirée, couleur bleu ciel. Ma jupe, drapée d'un volumineux plissé satin crème, me donne l'air d'une chantilly tout juste montée. Nul doute qu'en me faisant choisir cette robe, Sarah connaissait l'identité du futur pâtissier à qui je suis censée plaire.

En attendant de la lui faire goûter, je décide de me laisser délicieusement tenter par les douceurs réservées aux invités. Affamée, je préviens mon hôte et la confie aux soins d'un charmant jeune homme ébloui, comme les autres mâles, par sa grâce innocente. Puis, j'attends le premier gloussement de dinde poussée par mon amie avant de parcourir les quelques mètres me séparant de la petite table, cachée honteusement dans un recoin de la salle de réception.

Toutes les conversations des invités, triés sur le volet pour cette *tea party,* scandent sur mon passage leur horreur concernant l'*empailleur.*

Ce surnom ridicule du tueur au singe a été choisi par la presse à scandale, plus que ravie de pouvoir en tirer ses gros titres.

Bien que l'enquête piétine, tous les jours un nouveau papier prétend connaître l'identité de ce soi-disant nouvel assassin itératif, auteur d'un unique crime.

Au grand dam de l'inspecteur Graham qui, malgré toute sa bonne volonté, n'a rien pu faire pour empêcher les fuites d'informations.

L'être humain est si corruptible…

En parlant de cela, je croise Oscar Wilde en train de flirter sans la moindre décence avec mon tuteur dont le dos tourné m'offre une cible de choix. Le parfum entêtant de l'écrivain aux notes écœurantes de vanille soulève mon estomac vide. Avisant ma présence, il lève son verre pour me saluer ou, si j'en juge son sourire narquois, pour me mépriser. Je m'éloigne sans le lui rendre, faisant semblant de ne pas apercevoir ses gestes trop entreprenants et trouve refuge au buffet. *Oui, il vous veut vraiment dans son lit, Dorian.*

Même si je connais parfaitement les lieux, je ne cesse de m'étonner de la singulière dissemblance de décoration avec le manoir Soulridge. Tandis que son intérieur ne regorge que de matières sombres, des boiseries aux tapisseries en passant par les sols, la résidence des Standford, elle, n'est faite que de lumière éclatante.

Ses murs crème avec des moulures élégantes et épurées, sa cheminée ocre discrète, ses tapis fleuris et même ses tableaux champêtres. Tout y est minutieusement sélectionné pour transformer cette demeure en abri de bien-être.

Comme une ode à une joie de vivre suintant d'imposture.

Je dois être trop habituée à côtoyer la mort, car tout ce chatoiement ne fait que m'oppresser encore plus. Légèrement étourdie, je ferme un instant les yeux, essayant de calmer ma respiration saccadée.

Depuis mes dix ans, je ne me sens jamais aussi bien que dans les ténèbres réconfortantes et feutrées du manoir. Elles sont devenues les fondements de mon existence, me condamnant chaque jour un peu plus à ne plus apprécier la chaleur du soleil. Sur cela également, Dorian aura réussi à apposer sa marque.

Les apparences retrouvées, je me prépare à me délecter d'une minuscule tarte meringuée au citron lorsque le loup, auquel je faisais allusion, daigne montrer son museau cynique.

Profitant de la discrétion offerte par les végétaux, il réduit de plusieurs pas la distance sociale exigée entre nous par la bienséance.

— Tu n'aimeras pas, *min sommerfugl.* Celle aux fraises est plus à ton goût.

Uniquement dans le but d'affirmer mon libre arbitre, j'engloutis d'une bouchée le dessert. Les notes acides du fruit me font immédiatement pleurer de regret.

Les papilles gustatives en feu, je me tords d'une grimace, m'acharnant à tout avaler sous les yeux rieurs de mon tuteur.

Une fois mon calvaire terminé, je me redresse, le menton fièrement relevé.

— Délicieux, déclaré-je de mauvaise foi.

Sa plaisance s'éteint sans délai pour se concentrer sur ma bouche meurtrie par l'agrume. Taquin, il la choie de son pouce avant d'en recueillir une miette rebelle.

Quand sa langue l'aspire entre ses dents, son petit gémissement suggestif formule à voix haute mes pensées corrompues de jeune fille de mauvaise famille.

— Délicieux en effet, décrète-t-il de sa voix lascive. Essaie tout de même celle-là.

Il tend à mes lèvres une tarte juteuse à la fraise, me faisant signe d'y croquer.

Troublée, je ne me laisse pas décontenancer pour autant par son caprice et en mords la moitié.

Je prends un soin particulier à ne pas détourner le regard afin de capturer toute l'attention de sa gourmandise. Bien sûr, il avait raison, cette association fraise-coriandre est un véritable paradis culinaire. Et c'est grâce à sa persuasion digne du Diable que j'ai pu m'en complaire.

— Vous n'avez honte de rien, n'est-ce pas, milord ? balbutié-je avec les joues enflammées.

Pour m'empêcher de la terminer, il éloigne la part restante, enchanté par ma mine résolument boudeuse.

— Comme le dit si bien le fils d'Alexandre Dumas : « Quand un homme a honte de lui, il est impitoyable avec les autres ». Imagine donc quel serait le degré de ma cruauté si je me rabaissais à ce sentiment vide de sens.

— Il en a pour la bienséance

— Correction, ma chère, il en a pour toi.

Il détache de ses doigts fins de pianiste un morceau de pâte sablée et le fixe sans le regarder, l'esprit perdu dans ses explications.

— La bienséance n'est qu'une carpette miteuse sous laquelle les nobles viennent camoufler les poussières de leur dépravation. Cependant, ils auront beau la piétiner autant qu'ils le peuvent de leur morale corrompue, elle sera toujours là.

Émiettant avec un raffinement inapproprié son fragment culinaire, il disperse sans scrupule son résultat au sol.

— Et leur si beau tapis fleuri finira par être sali de frustration, chantonne-t-il.

— Je déteste ce tapis, concédé-je à voix basse.

En un claquement de doigts, il retrouve son flegme et analyse mes traits à la recherche de la moindre imposture. N'en trouvant aucune, il se décide à partager ma confession.

— Moi de même. Toutes ces couleurs ont la fâcheuse tendance de vouloir ternir ma noirceur.

Il se lamente de manière disgracieuse tout en achevant de manger sa friandise avec grâce.

— Tout cela épuise au plus haut point mon exécrable personne. Il me faudra plus qu'un thé à notre retour pour me détendre.

Je hausse un sourcil ironique.

— Puis-je suggérer un bain de sang tiède ? Ou un morceau de Chopin joué sur les cordes vocales d'un violoniste ?

— Moque-toi autant que tu le souhaites, Emilia, rétorque-t-il avec froideur. Toi et moi sommes bien plus semblables que tu ne le voudras jamais.

Inflexible malgré ce mensonge éhonté, je saute du loup au serpent pour lui rappeler ses projets matrimoniaux.

Je désigne le baron occupé à s'entretenir avec lady Adelaïde.

— En parlant de désir, est-ce pour cela que vous m'avez entraînée ici ? Vous aviez parlé dans le fiacre de…

— Oui et non, me coupe-t-il avec une pointe d'agacement. Je t'ai demandé avant tout de m'accompagner pour parfaire ta leçon. Tu joueras avec lui plus tard.

Renfrognée par sa condescendance, je croise les bras sur ma poitrine en signe de résistance.

— J'ai l'habitude d'observer cette société depuis six années, milord. Vous ne m'apprendrez rien de ces gens.

— En es-tu vraiment sûre ? susurre-t-il.

— J'en mettrais ma main à couper.

— Ma félicité à t'écouter jouer au piano ne peut accepter ce gâchis.

Puis, après s'être diverti du malaise qu'il vient de provoquer, il soupire, faussement résigné.

— Mais soit ! Après tout, la vie est faite de concessions.

Le fait de ne jamais savoir si mon tuteur compte mettre un jour ses menaces à exécution constitue un détonant cocktail d'inquiétude mêlé d'euphorie.

— Ces deux dernières semaines, je t'ai appris à parfaire tes connaissances en anatomie. À présent que ton niveau est, disons, potable…

Ma mâchoire se contracte d'elle-même, prête à le déchiqueter.

— Nous pouvons maintenant disséquer une nouvelle couche de ta phase d'observation.

J'attrape un verre de champagne, pressentant sa nécessité imminente.

— Je crois que nous avons établi que l'alcool n'était pas la meilleure de tes idées, gronde-t-il en me l'arrachant des mains.

Je pousse un petit cri outré.

— Il me faut au moins cela pour supporter vos humeurs détestables !

— Je prendrai donc soin de faire figurer sur mon testament toute ma cuvée de 1818 en guise de contrition. Et puis, quelque chose me dit que tu en auras grandement l'utilité avec le baron.

Sa remarque me fait lever les yeux au ciel.

— Une bouteille devrait me suffire, il n'a pas l'esprit aussi détraqué.

— Vraiment ?

— Oui.

— Et pourquoi cela ?

— Parce qu'il est normal.

— La normalité est surfaite de nos jours, tu devrais le savoir. Il est quoi, Emilia ?

— Différent.

— En quoi ? Continue, tu chauffes.

— Parce que… parce qu'il ne désire pas les mêmes choses que vous.

— Change ce mot, tu brûles.

— Il n'a pas les mêmes besoins.

— Tes ailes viennent d'être réduites en cendres, *min sommerfugl.*

Je balaye sa remarque d'un geste détaché.

— Désir ou besoin, tout cela est la même chose.

— Pas exactement. Respirer est-il la même chose que s'étouffer ?

— Bien sûr que non.

— Parfait, tu commences à comprendre. Le désir naît uniquement lorsque la vie nous comble déjà de toutes ses tentations. Il t'apporte quelque chose, mais son essence ne t'est point vitale. Contrairement au besoin. Lui régit toute ton existence. Il te permet de combler un manque, de l'assouvir ou même de le détruire. Connais le besoin de ta proie, Emilia, et tu sauras comment l'amener seul à sa perte sans même risquer de te casser un ongle.

— Est-ce pour cela que vous me demandez de contrôler mon désir ? chuchoté-je. Parce qu'il n'est pas… indispensable ?

Il acquiesce sans le moindre remords.

— Le désir est frivole, friable et capricieux. On ne peut guère lui faire confiance, il éblouit nos sens pour mieux nous poignarder dans le dos. Mais toi, ma jolie Emilia, c'est le mien que tu veux transpercer. C'est pourquoi tu n'as point construit ta vengeance sur le désir, mais sur un besoin. Ton besoin de faire couler mon sang pour ce que je t'ai fait. Tu vis, tu respires pour lui et tu resteras son esclave tant que tu ne l'auras pas comblé.

— Et si… si j'y arrive un jour ?

Une lueur étrange traverse ses yeux bleus. Sa fugacité est telle que je ne saurais dire de quoi il en retourne. Et si, pour une fois, elle est réelle ?

— Alors, tu sauras ce que tu désires vraiment.

Il fait claquer ses doigts, mettant ainsi un terme à cette parenthèse désenchantée.

— *Godt* ! À présent que me voilà débarrassé des explications, place aux réjouissances. À commencer par… elle.

Le comte désigne discrètement une dame élégante à quelques pas de nous. Entourée de trois gentlemen, elle les gratifie de sa bonne humeur apparemment contagieuse.

— Quel est son besoin ?

— A priori, je dirais de s'amuser. Quelle chance a-t-elle ! soupiré-je.

— Ne t'amuses-tu donc pas avec moi ?

— Je parlais de celle d'être en galante compagnie, milord.

— Heureusement pour toi, ma susceptibilité est mort-née. Observe-la avec ce trio gagnant, Emilia : tenue, gestes et regards.

Il se penche et me murmure la suite :

— En somme, les mêmes moyens que tu emploies pour me charmer.

Je le pousse sauvagement sans arriver à le déséquilibrer pour autant.

Il éclate de son rire de démence, mais je plisse les yeux dans une concentration extrême pour observer les détails de la mise féminine.

Sa robe d'une teinte solaire attire résolument l'attention. Pourtant, à y regarder de plus près, certains détails m'interpellent. Le tissu du bas de sa jupe est rapiécé par endroits, un travail remarquable, passant aisément inaperçu pour les profanes. La coupe trop large et la tournure moins rebondie que les standards actuels prouvent que cette toilette est passée de mode depuis au moins une décennie.

Sa main volage ne cesse de triturer son collier étincelant de rubis. On pourrait y voir une préciosité de sa part, si son air de biche aux aguets n'avait de cesse de chercher nerveusement quelque chose.

Ou quelqu'un.

— L'argent, réponds-je avec assurance. Elle a besoin d'argent… peut-être sa famille est-elle ruinée ?

— À quoi vois-tu cela ?

— Sa robe est raccommodée et son collier est un faux. Elle a une attitude d'écoute, mais elle n'est point focalisée sur la conversation. Ce sont les autres titres qu'elle pourrait épouser qui l'intéressent.

— Et comment pourrais-tu exploiter ce besoin ?

— Par un échange de bons procédés. Les faveurs d'un bon parti contre la sienne.

— J'apprécie que tu emploies le terme retors d'« échange ».

— Je l'ai adopté au dernier moment au lieu de celui, plus véridique, de chantage. Je commence à connaître vos préférences, milord.

Il approuve d'un signe de tête.

— La sémantique peut sauver une vie, tu viens juste de le prouver avec la tienne. *Godt*, passons. Cette femme, assise près de la cheminée.

— À côté de son époux avec le veston gris ?

Il grimace de cette faute de goût.

— Et l'horrible cravate marron, oui.

Je recommence le même procédé, désespérée de ne rien trouver.

Toutefois arrivée au troisième élément, ma bouche s'arrondit de stupeur.

— La luxure. Elle trompe le duc avec le jeune homme vers l'entrée. Ils n'arrêtent pas de se dévorer du regard. Mais…

Je pivote vers Dorian.

— Ce n'est pas un besoin, c'est du désir.

— Il est aisé de prendre ce raccourci, d'où l'importance de ne pas s'écarter du chemin tracé. Regarde la main du duc, celle posée sur le genou de son épouse.

Intriguée, je poursuis pendant quelques instants ma tâche. Tout à coup, mon cœur de femme se brise pour une autre. La main de ce satyre n'a en effet rien de tendre, il broie son articulation comme s'il voulait affirmer son ascendant sur elle, lui arrachant par moments une crispation de douleur sur ses beaux traits. La frayeur perle dans les prunelles de la duchesse.

— Il la bat, soufflé-je, mortifiée.

Celles de Dorian ne montrent aucun signe de compassion. Seule sa volonté démoniaque de profiter du malheur d'autrui peut les faire briller avec autant d'éclat.

— C'est exact. Comment exploites-tu cela ?

— Je n'en ai pas envie.

— Emilia ! Cesse de m'infliger ta solidarité féminine et réponds !

Je grommelle un juron face à son rappel à l'ordre. Il tourne la tête, son austérité disparue au profit de la raillerie.

— Si tu le souhaites, tu ajouteras cela à ta lettre de confession meurtrière. En attendant, *svar mig*[28] !

Je place toutes mes forces restantes à retenir mes larmes de chagrin pour cette jeune femme inconnue.

— En menaçant de révéler à son mari leur liaison ?

— Oh, je suis persuadé que tu peux faire bien mieux que cela. Il la corrigerait, elle pourrait toujours retrouver son amant. Réfléchis.

— En…

Je connais la réponse. Mais encore me faut-il trouver le courage de l'énoncer.

À cœur brisé, je déglutis avec peine afin d'exprimer les pensées du succube.

— En menaçant de tuer son amant. C'est probablement la seule chose qui lui permet actuellement d'endurer son sort. Si nous lui retirons son espoir, nous la brisons. Définitivement.

Il m'applaudit, attirant par son geste insolite la curiosité des convives.

— Excellent ! Bien mieux que je l'espérais à vrai dire. Et maintenant, occupons-nous du dernier. Celui sur lequel tu vas pouvoir mettre en pratique ce précieux savoir.

Il me tend son bras, je m'y agrippe en y plantant mes ongles avec ardeur.

Obnubilé par sa leçon, il ne prend pas la peine de corriger cet affront.

— Quel est son besoin ?

28 Réponds-moi !

Le regard doux du baron Cunningham se pose sur moi. Son visage s'éclaire d'une joie enfantine lorsqu'il s'assure que nous nous dirigeons vers lui.

— La reconnaissance, professé-je. Il a besoin d'être reconnu.

Le souffle vénéneux de Dorian empoisonne mon oreille. Il croit peut-être me délivrer mon salut, pourtant, j'y prévois ma perte.

— Alors donne-la-lui, *min sommerfugl.* Abreuve et manipule son besoin pour mieux l'utiliser par la suite. Et achève-le en recouvrant ce tapis fleuri de ses miettes.

CHAPITRE 25

Un double diabolique

DORIAN

CHAMBRE DE DORIAN, MANOIR SOULRIDGE
HOLLAND PARK, LONDRES

26 MAI 1886

Les flammes du chandelier lèchent la peau nue de l'écrivain allongé sur mon lit. Son épiderme, bronzé par le soleil de printemps, souille le satin noir de mes draps.

Mon orgasme consommé, je me retire brutalement de lui, possédé par le besoin irrépressible de me débarrasser de ce qui n'est plus désormais à mes yeux qu'une abjection.

Bien que cet usage de la chair d'autrui me permette de mieux supporter l'abstinence du sang, elle n'en reste pas moins insuffisante.

Ma faim me harcèle sans relâche, me réclamant nuit et jour une autre sorte de débauche que je ne peux hélas satisfaire. Du moins, pour le moment.

Si seulement cette migraine pouvait me laisser en paix…

Assis au bord du matelas, je me tourne et jette un regard méprisant sur cet amas de cellules devenu inutile.

Depuis que je suis en âge d'y goûter, le sexe me fascine autant qu'il me répugne. Cette aversion, que je m'oblige à taire dans l'excès ou les sévices, finit constamment par venir séquestrer ma jouissance.

Pénétrer un homme de ma lame me procure un plaisir plus infini que d'enfoncer mon sexe en lui.

Sans s'offusquer de mon désir primitif de dissection, Oscar Wilde me sourit d'un air écœurant, plein de sentimentalisme.

— Est-ce que cela était bon, milord ?

— Passable.

— Malgré la présence de cette délicate et intrigante attention ?

Il lève un doigt et désigne l'immense miroir installé récemment au plafond.

— Il n'est pas pour toi ! répliqué-je sèchement.

— Seriez-vous à ce point adepte de l'auto-érotisme ?

Je ne gaspille point ma salive à lui répondre. Ses traits efféminés se troublent de la souffrance infligée par mon silence.

Je soupire de déception face à son absence de répartie. Blesser n'est délectable que si la victime riposte.

Malheureusement pour moi, ce n'est jamais le cas.

— Sauf pour ce joli papillon avec lequel tu aimes tant t'amuser. Ne mens pas. Pas à moi, min dreng. Oserais-tu dire que tu ne prends aucun plaisir chaque fois que tu fissures un peu plus sa douce porcelaine ? Cela ne te donne-t-il pas envie de la blesser plus ? Un peu, beaucoup…

Mes lèvres s'étirent d'une douce démence.

— À la folie, min farbror.

Je me lève, lisse les pans de ma chemise froissée et m'approche de la grande fenêtre donnant sur la serre, le haut de mon corps à l'abri de sa curiosité.

Même si, depuis que nous couchons ensemble, Oscar n'a jamais osé me demander pourquoi je la gardais lors de nos ébats, je pressens toutefois qu'il ne me fera point grâce de son pénible interrogatoire post-coïtal.

Irrité par avance, je masse mes tempes meurtries par sa stupidité.

— Est-ce vous ?

Les hommes sont décidément d'une prévisibilité à vomir. Agacé, je suis son regard jusqu'au mur d'en face.

En digne descendant de Narcisse, j'y ai fait accrocher un tableau de moi offert par un peintre pris d'une étrange idolâtrie sur ma personne.

Sur la toile, je me tiens légèrement de profil, ma stature élégante placée derrière le côté droit d'un fauteuil baroque rouge et vide.

Vide comme votre cœur, m'avait répondu l'artiste.

Son art l'avait conduit à découper ses modèles et à les disposer à sa guise suivant son inspiration du jour.

Partageant son affect pour les natures mortes, je ne pouvais que décemment lui rendre hommage.

Je lui ai donc arraché l'organe de sa cage thoracique avant de le poser sur une délicate assiette d'argent dans son atelier.

Bien évidemment, j'ai pu constater avec lassitude que ce bougre avait raison. Contrairement au mien, son cœur était loin d'être vide.

— En effet, déclamé-je. Je l'aurais bien brûlé, mais le peintre a mis tellement de cœur à l'ouvrage que je n'ai guère pu m'y résoudre.

— Vous avez raison, cette toile rend justice à votre incroyable beauté, Dorian. Ne prenez donc pas cet air de fausse modestie, vous savez que la nature a été généreuse avec vous.

Ses yeux lubriques glissent sur mon entrejambe.

— Sur tous les plans d'ailleurs. Et cela pour mon plus grand plaisir.

Je hausse les épaules, nullement excité par cet éloge maintes fois usé.

— La beauté n'est rien d'autre qu'une fleur, mon cher Oscar. Fragile et éphémère. Vous l'appréciez uniquement parce que ses pétales se fanent plus vite que la mauvaise herbe ne pousse.

— Je suppose que dans cette délicieuse métaphore, nous autres, simples mortels, représentons la mauvaise herbe ?

— Vous supposez bien.

Il éclate de rire.

— Dans ce cas, pourquoi préférer partager votre lit avec une mauvaise herbe ?

— Je ne partage rien, Oscar, je prends.

J'ouvre les bras afin d'accentuer cette évidence.

— Qui plus est, une fleur au milieu d'un champ de mauvaises herbes sera toujours mieux mise en valeur.

Il s'esclaffe et quitte à son tour les draps, chandelier à la main, pour se rapprocher du tableau.

Son œil aguerri de fleuriste détaille le moindre de mes traits figés par la perversion de mon inférieur congénère.

— Pourquoi garder cette copie fleurie, si vous ne supportez pas que l'originale se flétrisse un jour ?

Je pousse un soupir théâtral, plus que tenté de me débarrasser de ce figurant trop loquace.

— Pour le simple plaisir de souffrir. Je souffre de toute chose dont la beauté ne meurt pas. Alors que je ne serai plus qu'os et poussière, le corps rongé par les vers, ce Dorian-là restera immortel. Si je pouvais vendre cette âme que je ne possède plus, je la céderais de bonne grâce pour que mon double vieillisse à ma place.

— Cela ferait une fort bonne histoire.

La bête rugit sa menace défigurée par ma propre bêtise.

Cela m'apprendra à venir tremper ma plume dans l'encrier d'un auteur à scandales ! D'une insignifiante fornication, cette engeance l'enjolive pour en faire une piteuse trame romanesque.

Mon regard assassin lacère cette bouche plus douée pour proférer des insanités que pour satisfaire ma chair.

— Le coït ne fait point de moi votre muse, Oscar. Contentez-vous du plaisir que je daigne vous donner, et n'en attendez jamais davantage de ma part.

Sa mâchoire tremblante d'effroi, il ouvre la bouche pour enfin mordre dans la pomme empoisonnée par ma tyrannie.

Comme tous les corps brisés possédés un jour, le sien frémit de perdre mes faveurs.

Certes, dans ma grande générosité, je lui ai donné ce plaisir.

Mais ce n'est que pour mieux le lui arracher à sa raison.

— Bien sûr que non. Et je ne prétends pas que cela soit autre chose. Même s'il est vrai que je vous apprécie plus que ce qu'un homme devrait ressentir pour un autre. Je n'ai jamais aimé aucune femme, pas même la mienne. Mais vous, Dorian, je crois pouvoir dire que je vous aime d'un amour aussi corrompu et cruel que votre personne.

Je ricane de cette déclaration ennuyeuse.

— Je vous déconseille de mettre cela par écrit, mon cher. N'oubliez point que notre société condamne les sodomites. Vous seriez jugé puis condamné certainement aux travaux forcés. Le peu de réputation que vous possédez serait ainsi traîné dans cette boue dont vous essayez tant bien que mal de vous extirper. Non pas que cela soit du gâchis, cela dit…

Il se redresse avec le peu de dignité que sa nudité lui permet.

— Aucune société au monde ne devrait se faire juge de ce qui est bien ou mal.

— Parce qu'il n'y existe rien de tel, Oscar. La morale humaine n'est qu'une nuance de gris que nous tentons en vain de colorer par nos artifices. Cela nous donne bonne conscience et nous permet de dormir le soir.

— Dormez-vous bien, Dorian ?

— Du plus mauvais sommeil qui soit.

Il frotte son menton l'air songeur.

— Une nuance de gris, l'idée me plaît fort bien ! Gris… *grey*… Gray !

Je hausse un sourcil sarcastique.

— Pourquoi vous excitez-vous de la sorte ? Ne vous ai-je pas assez épuisé ?

Il mime des salutations, visant à m'introduire auprès d'un être imaginaire placé à ses côtés.

— Gray, lord Dorian Jacobson. Laissez-moi vous présenter votre diabolique double littéraire.

Exaspéré par son ridicule manège, je lève les yeux au ciel et lui tourne le dos.

Ma vision reptilienne se perd dans les ombres dissipées par la pleine lune.

Une nuit de plus sans la moindre chasse à l'homme.

Une nuit inutile.

— Du moment que vous ne me décrivez pas dans les détails, je tiens à préserver mon anonymat, l'avertis-je d'un grondement rauque.

— Certes, je comprends. Votre sombre personnalité ne saurait souffrir d'être mise en lumière. Eh bien, soit !

Son souffle éteint les bougies, plongeant la chambre dans la pénombre.

— Je modifierai quelques traits de votre physique… à commencer par vos cheveux. En revanche, pour répondre à votre question…

Le grincement irrégulier du parquet m'avertit de son approche craintive.

Je sens sa carcasse venir se plaquer contre ma chemise à peine trempée par nos ébats.

Il se met sur la pointe de ses pieds, mordille mon oreille alors que je ne rêve que de déchiqueter ses bras resserrés autour de moi.

Comme à chaque fois que quelqu'un tente de me soumettre.

— Vous ne m'avez qu'à peine accordé votre irrévérencieux mépris pour ce soir.

Sa main glisse sur mon sexe inerte, exerçant une pesante pression dans le but de relancer ma frénésie charnelle.

Il me chuchote des mots qu'il croit source de persuasion.

À tort.

— Laissez-moi le soin de savourer encore une fois votre fleur avant qu'elle ne se fane, monsieur Dorian Gray.

Ses va-et-vient ne provoquent guère plus qu'un frottement lamentable.

Je m'apprête à mettre fin à son supplice quand une silhouette vient braver les spectres errants du Manoir.

Elle s'arrête, soudain en alerte, pour scruter les environs qu'elle croit déserts.

Lorsqu'elle dirige ses saphirs luminescents vers ma fenêtre, je m'imagine y discerner l'hostilité qui fait tant défaut à l'homme s'agitant derrière moi.

— *À la folie. N'est-ce pas, min dreng ?*

De là où je suis, je sais qu'elle ne peut guère me voir. Pourtant, son image se dessine à la perfection dans ma tête.

L'ardeur de sa haine pour moi me durcit dans la main inapte de Wilde.

— Malgré tout ce que votre bouche peut me dire, milord, c'est votre corps qui me parle.

Sans avertissement, je me retourne et le soulève pour le plaquer violemment contre la fenêtre.

Piégé par ce revirement qu'il n'a nullement choisi, il gémit quand son dos rencontre la froideur de la vitre. Mais son supplice ne fait que décupler ma férocité.

Sans ménagement, j'ouvre ses cuisses et m'introduis brutalement en lui, lui arrachant un cri de douleur bientôt rejoint par ses couinements de dépravé.

D'une main, j'étouffe sèchement ses lamentations et me repais de ses sanglots asphyxiés, résonnant divinement dans ses entrailles.

Même si ses yeux désespérés ne cessent de me supplier de considérer la servitude de leur misérable propriétaire, mon regard ne quitte point un seul instant celle qui se dirige furtivement vers la serre.

Nos peaux glissantes claquant rageusement l'une contre l'autre, mon sourire féroce s'épanouit lorsque j'accélère le rythme de mes coups de boutoir, pressé de rejoindre ma véritable jouissance.

Excité comme jamais, je susurre ma question aux ténèbres engloutissant mon fantasme aux cheveux d'or.

— Où voles-tu donc ainsi, *min sommerfugl ?*

CHAPITRE 26

Deux monstres pour le prix d'un

ÉMILIA

CHAMBRE D'ÉMILIA, MANOIR SOULRIDGE
HOLLAND PARK, LONDRES

26 MAI 1886

Je me tourne et me retourne dans mes draps, l'esprit harcelé par la fâcheuse sensation d'avoir oublié quelque chose. Mais quoi ? Dans la pénombre de ma chandelle encore allumée, les yeux pourpres de Kanin cherchent à résoudre mon énigme. Pourpres… pourpres…

Les ressorts de ma mémoire me propulsent immédiatement hors de mon lit.

Mais bien sûr, mes digitales pourpres ! Cet après-midi, j'ai bien pensé à couper les hampes florales fanées, mais le souvenir fébrile de ma dernière leçon m'en a fait oublier de pailler leur sol. Leur floraison débutant dans quelques jours, il me faut donc absolument les préparer.

Le marchand de sable, disposé à ne point me gratifier de sa visite, je décide de m'atteler sur-le-champ à ma tâche. En passant devant sa cage, je caresse la fourrure de Kanin afin de me donner du courage.

Son petit museau frémissant m'implore de ne pas y aller.

— Je sais ce que tu dirais si tu pouvais parler :« c'est une très mauvaise idée, Emilia.». Et tu aurais sûrement raison.

Les fantômes du Manoir ne me font guère peur. Seule la colère de leur maître me fait craindre les conséquences de ma petite escapade nocturne.

Du calme, Emilia. À cette heure-ci, il doit être probablement encore au bordel ou sur la piste de sa prochaine victime.

Non. Il m'a promis après notre visite au musée d'histoire naturelle qu'il n'y aurait personne d'autre que notre mystérieux tueur au singe. Du moins, dans l'immédiat. De cela, je peux lui faire confiance.

Quand Dorian fait une promesse, il la tient jusqu'au bout de l'Enfer.

Sur la pointe des pieds, j'entrebâille discrètement la porte de ma chambre, évitant de justesse son grincement repérable. Sarah endormie à l'étage avec le reste du personnel, le sombre corridor semble émancipé de sa protection.

Rassurée, je me faufile jusqu'à l'escalier, prenant soin d'éviter les planches traîtresses de ce parquet que j'ai appris à connaître. Une fois les marches descendues, la fraîcheur de l'entrée dévoile avec embarras l'absence de ma robe de chambre. Certes, ma chemise de nuit qui arrive au-dessus de mes genoux est des plus indécentes, néanmoins, en bonne chaperonne, l'obscurité se chargera de me recouvrir de son chaste manteau.

Sans aucune trace d'Arthur, je rejoins la cour menant à la serre. À peine mes pieds sont-ils mordus par les pavés glacés que ma vigilance accrue interroge les ombres qui l'aveuglent.

Un mouvement fugitif me fait lever les yeux vers la fenêtre du premier étage où dort mon ennemi. Rassurée par l'absence de lumière, j'assassine le frisson parcourant mon échine et pivote pour poursuivre ma destination.

Arrivée dans mon antre, je me laisse enfin charmer pour la première fois par ce spectacle d'une beauté lyrique. Les rayons de la lune pleine s'infiltrent à travers les vitres de la serre, nimbant mes plantes d'une aura enchanteresse.

Si cette nuit était celle de sabbat, ma tenue scandaleuse et mes cheveux sauvages me consacreraient assurément sorcière de cet endroit.

À pas feutrés, je m'approche de mes digitales dont la couleur romantique pourrait presque faire oublier aux rêveurs leur toxicité. Quarante grammes de feuilles fraîches, c'est tout ce qu'il faudrait pour arrêter à tout jamais un cœur.

Souhaitant l'essayer au plus vite sur celui trop réveillé de mon tuteur, je m'enjoins à terminer rapidement ma tâche clandestine.

Je pioche dans le sac de paille une poignée pour en étaler le sol, en prenant soin de ne pas effleurer ses doigts[29] mortels.

Tandis que je termine d'uniformiser mon travail avec ma paume, un sifflement glaçant se fait entendre sur ma gauche. Les copeaux glissent entre mes mains secouées de tremblements. Ma respiration succombe à ce danger qui s'approche peu à peu de moi.

Effrayée, j'abandonne mon poste sans défaire ma vision du sombre recoin où se tapit un deuxième monstre.

Dans les brumes de mon esprit saccagé par ma peur, un constat implacable brise mes espoirs. Toutes ces leçons apprises dans la douleur ne me sauront d'aucun recours contre un tel adversaire.

La panique m'encercle, plante ses crocs dans ma chair secouée de spasmes pour obscurcir mon raisonnement devenu jouet de cette créature.

Sans rompre le contact, je continue de reculer lorsque mon dos se cogne contre la prison de verre.

Prise au piège, je cherche de quoi me défendre, mais le sécateur qui aurait pu lui trancher le cou s'offre désormais à sa portée. Son corps disloqué ondule progressivement sur la table, s'approchant inexorablement de mon âme paralysée.

29 Digitales provient du latin « digitus » signifiant doigt.

Dans un sursaut de survie, je tente de m'enfuir quand la gueule béante du serpent hurle sans tarder son premier et dernier avertissement.

Pétrifiées par une des boucles noires de Méduse[30], mes jambes se figent dans le sol, tétanisées par leur fin imminente. Je ferme les yeux pour murmurer une prière que je sais parfaitement inutile.

Quand je les rouvre pour affronter bravement ma sentence divine, c'est le Diable qui sort des ténèbres pour se présenter à moi. Son regard sinistre est aussi mauvais que celui en train d'ordonner mon allégeance.

Les miettes de ma fierté éparpillées sur ce maudit tapis fleuri, j'ouvre la bouche et gémis ma résignation.

— Aidez-moi, je vous en prie. Faites-le partir.

Arraché à son extase sanguinaire, il penche la tête et me susurre son hésitation humiliante.

— Et pourquoi donc ferais-je cela ?

Je déglutis pour cracher notre damnation sur son visage marbré de sa folie.

— Parce que vous avez autant besoin de me garder en vie que j'ai celui de vous éliminer.

Au sadisme qui s'épanouit lentement sur ses contours vermeils, je comprends, horrifiée, qu'il ne bousculera pas ses projets meurtriers pour si peu.

Tout à coup, la rage du serpent vient mettre un terme à mon sursis, sonnant le glas de ma destinée. Je pousse un cri en serrant avec ténacité mes paupières afin ne point croiser le regard triomphant de la faucheuse.

Un bruit sec frôle instantanément ma joue droite. Tandis que je me prépare à ressentir la douleur de la morsure, un silence assourdissant accueille mon trépas. Hésitante, j'ouvre les yeux et gémis d'épouvante en apercevant ce qui se tient à seulement quelques centimètres de ma tête.

30 Dans la mythologie grecque, gorgone à la chevelure formée de serpents et au regard qui change en pierre ceux qui ont le malheur de le croiser.

L'œil sans vie de mon agresseur est transpercé d'un bistouri. Sur la vitre, le fluide écarlate de la membrane crevée vient déverser ses larmes de sang empoisonnées.

Satisfait de son lancer, Dorian pousse tout de même un soupir déchirant de pitié pour mon agresseur.

De sa démarche souple de prédateur, il s'approche de moi jusqu'à n'être plus qu'à un souffle de mes lèvres.

— Tu me dois un serpent, murmure-t-il à mon oreille.

Mes battements cardiaques bouleversés par mon affolement, je le repousse et lui hurle mon accusation.

— Vous avez fait exprès de le laisser là ! Avouez que vous vouliez me tuer, Dorian ! Ne me mentez pas, je l'ai vu dans votre regard ! Vous étiez déjà en train de choisir ma tenue d'obsèques.

Il lève les yeux au ciel, ennuyé.

— Emilia, allons. Ce n'est pas comme si cette information était de première fraîcheur.

— Avez-vous, oui ou non, laissé ce serpent exprès en liberté pour me tuer ? aboyé-je.

La malice pétille dans ses iris qui m'intimident.

— Et comment aurais-je pu savoir que tu viendrais ce soir ?

— Justement, vous l'avez délibérément laissé parce que vous saviez que cela se produirait un jour.

Il pince ses lèvres avant de finalement hocher la tête.

— Connaissant ton goût pour me défier, peut-être en effet… Mais là n'est pas la question !

Sur ces mots, Dorian arrache sèchement la lame du mur et en retire l'animal embroché.

D'un geste brutal, il ouvre sa gueule révélant les crocs encore luisants de venin et l'approche de ma joue pour la caresser avec celle du reptile.

Révulsée par le cuir lisse et glacé de la créature, je secoue la tête sans relâche, désespérée d'en fuir son contact.

La cruauté de Dorian se calque cependant à la perfection sur mon rythme paniqué, le reptile mort atteignant la naissance de ma poitrine.

— Tss, tss. Comme je l'ai dit, *min sommerfugl,* tu me dois un serpent. Dis-moi, comment comptes-tu me payer ta dette à présent ?

Ma respiration se fait douloureuse quand je constate qu'il descend toujours plus bas sur mon corps le cadavre reptilien.

La mâchoire de sa marionnette se referme à présent sur le pan de ma chemise pour la retrousser avec une sensualité abjecte.

Sa voix onctueuse s'épaissit d'un effroyable appétit charnel.

— Par ailleurs, cette tenue d'obsèques me convient tout à fait, ronronne-t-il de plaisir.

Le tissu remonte doucement sur ma cuisse, révélant bientôt l'accès à mon intimité.

Alors que mes sanglots se transforment peu à peu en vagues de désir coupable, une odeur vanillée écœurante et familière brise subitement le sort de ce séducteur démoniaque.

Percevant le changement de mon corps lascif, il écarte sa main cruelle. Une pointe de déception macule son regard fiévreux.

Ma lucidité retrouvée, ma gifle claque bruyamment sur sa douce joue imberbe.

Je profite de cette ouverture inespérée pour redescendre avec fermeté mon armure de coton.

Avant de m'éloigner de la tentation qui ne cesse de s'intensifier dans ses pupilles dilatées de flatterie, je le foudroie de mon amère réponse, scandée par une frustration dont je commence à devenir hélas coutumière.

— Ne faites point d'avance à une jeune femme que vous venez tout juste de tenter de tuer, milord. C'est indécent. Surtout lorsque vous empestez le parfum d'un autre.

Puis je le bouscule et me précipite aussitôt vers la sortie sans me retourner.

Derrière moi, son rire d'aliéné console ma peau insatisfaite en courtisant, une fois ma chambre retrouvée, mes fantasmes nocturnes.

CHAPITRE 27

Nul ne sera

ÉMILIA

BIBLIOTHEQUE DE DORIAN, MANOIR SOULRIDGE
HOLLAND PARK, LONDRES

27 MAI 1886

— Vu que je n'en suis malheureusement point à l'origine, je suppose que ce n'est autre que ta petite équipée nocturne qui t'a épuisée ?

— Nullement, milord. En revanche, Oscar Wilde ne semble pas non plus avoir fait des merveilles sur votre sommeil.

Au cours de ces dernières années, je ne l'ai que très rarement vu aussi éreinté. Sans altérer pour autant sa beauté diaphane, ses traits tirés et ses yeux injectés de sang lui donnent enfin le physique d'un homme de son âge. Comme un élixir de jouvence, la sève écarlate redonne à la bête son apparence éthérée. Mais lorsqu'il se tarit, l'effet réversible se répercute jusque dans sa chair pour en révéler sa nature corrompue par le mal.

Même sa tenue, habituellement subtile, est aujourd'hui criarde. Sous son gilet brodé d'arabesques, sa chemise blanche est surmontée d'une cravate Ascot noire dont le centre est piqué d'une épingle dorée sertie d'un rubis. Ce rappel clinquant à son prestigieux statut social ne lui ressemble guère.

— Qui cherchez-vous donc à impressionner de si bon matin ? Votre amant ?

Désinvolte, il s'appuie sur le bureau où reposent mes nombreux manuels d'anatomie.

— Quelle question, toi bien sûr ! Sois soulagée, tu ne verras pas ce très cher Oscar avant un très long moment.

— Vous… vous l'avez tué ?

Il éclate d'un rire dangereux.

— Je suis un cobra royal, Emilia, non une mante religieuse. Je ne dévore pas la tête de mes partenaires. Je me contente juste de la priver un tant soit peu d'oxygène.

Choquée par ces détails graveleux sur ses ébats, je rougis violemment et détourne le regard.

— Heureusement pour moi, le baron Cunningham ne semble être ni l'un ni l'autre, répliqué-je froidement.

Il hausse un sourcil intéressé.

— Continue-t-il de t'envoyer ses lettres enflammées ?

— Enflammées, je ne saurais dire, intéressées sûrement.

— *Godt.* Continue de lui répondre, mais ne lui donne jamais plus que tes mots.

Sa voix baisse de plusieurs octaves pour terminer sa phrase.

— Pour l'instant, du moins.

Ma colère revient immédiatement dans toutes les fibres de mon être. S'il croit qu'il peut décider qui mettre dans mon lit, il se trompe royalement ! Personne ne sera maître de mon corps, pas plus que de mon esprit.

— Parfait, renchéris-je. Cela me laissera ainsi le temps de me préparer à le priver de son oxygène.

Un tressaillement court sur sa mâchoire délicatement sculptée.

— Quel animal ? demande-t-il, soudain glacial.

— Je vous demande pardon, milord ?

Dans un souci de ménager son petit effet, il se redresse et fait lentement le tour de la table.

Postées derrière moi, ses mains agrippent le dossier de mon siège alors que son souffle se niche sur ma nuque.

— Quel animal choisirais-tu pour définir ton baron ?

— Je… je n'en sais rien. Pourquoi donc cette question ?

Il rit et se positionne à présent sur ma gauche.

— Parce qu'il est grand temps de passer à la pratique. Vois-tu, il est important d'élargir ta motivation. Tu voudrais tuer le cobra, mais tu ne le peux encore. Donc, je te repose la question : quel animal, Emilia ?

— Un autre de vos serpents peut-être, le provoqué-je.

— Hum... non, les pauvres ont déjà été assez sacrifiés comme cela sur l'autel de ton insolence. Je pensais plutôt à autre chose…

Il s'empare de la cloche et sonne son domestique. Quelques secondes plus tard, ce n'est pas Arthur qui pénètre dans la bibliothèque, mais Winston. Ma bravoure cédant la place à mon appréhension, un lugubre pressentiment vient comprimer ma respiration.

Son homme à tout faire est dans cette pièce où il ne pénètre jamais, cela ne peut être rien d'autre qu'un mauvais signe. Suspicieuse, je recule sur ma chaise et croise les bras dans l'attente de ma punition. Nul doute que Dorian compte me faire payer la perte de son satané reptile.

Je suis occupée à renforcer les remparts de ma conscience afin d'affronter celle chaotique de Dorian, quand la mine déconfite du doux géant déclenche l'alerte de mes sens.

Penaud, il tend une boîte à son maître et s'incline pour me saluer en chuchotant :

— Pardonnez-moi, mademoiselle. Je n'avais pas le choix.

Agacé, mon tuteur balaye sa requête.

— Oh, suffit Winston ! Je ne t'ai pas demandé de le découper non plus.

Il se tourne vers moi, la mine égayée par ces festivités dont il a soigneusement écrit le programme à mon insu.

— Nous avons notre joli papillon pour cela.

Sa manière de prononcer mon surnom dans ma langue maternelle déclenche en moi une tempête d'angoisse. Winston parti, je me concentre fébrilement sur ce qu'il tient entre ses mains de persécuteur.

Quelque chose gesticule dans le carton. Non, quelqu'un. Quelqu'un dont je connais déjà la respiration pour l'avoir entendu chaque jour pendant quatre années.

— Non, hoqueté-je. Ne faites pas cela, je vous en supplie. Pitié, milord.

À la manière d'un magicien satanique, il sort un Kanin apeuré de sa boîte. Tenu à bout de bras par les oreilles, mon animal gesticule en poussant des cris de condamné qui déchirent mes entrailles.

Inflexible, le bourreau resserre sa prise et poursuit son exécution.

— Ton baron ressemble à ce lapin, *min sommerfugl.* Il est faible, inutile…

Ma voix suffoque à présent de sanglots incontrôlables.

— Je vous en supplie, je ferais tout ce que vous voudrez.

Il veut encore et toujours te tester, Emilia, c'est un test. Il ne le fera pas. Cesse donc de le supplier. C'est un croque-mitaine, il se nourrit de tes craintes, ne l'oublie pas.

Il ramène lentement le lapin à sa portée. Sa main souille la douce fourrure immaculée de mon ami pour se mouler autour de son cou. Le brouillard de mes larmes obscurcit ma vision.

Je me force à le dissiper, désireuse de ne point alimenter la bête, mais ma foi absurde en l'homme persiste à invoquer sa clémence.

— Pitié, Dorian ! Tout ce que vous voudrez. Tout.

— À peine digne de sa fonction d'animal de compagnie.

Il ne t'entend pas. Pas dans cet état. Nous avions tort, Emilia. Lève-toi !

— Mais surtout…

— Pitié !

Fais quelque chose, il va le tuer !

— NON !

Je hurle et me précipite à sa rencontre, mais il est déjà trop tard ; sa nuque se brise dans un sinistre craquement.

Mes poumons privés d'air, je tombe au sol, asphyxiée par un chagrin destructeur me faisant chanceler six années en arrière. Mes pleurs ont brutalement cessé ; la source s'est tarie dès lors que mon ami a cessé de respirer. Comme s'il avait emporté avec lui la meilleure parcelle de mon humanité, ne me laissant plus qu'un vide atroce logé dans ma poitrine.

— Il est fragile, conclut la bête. Ainsi, il sera prédestiné à rester une proie toute sa vie. Enfin, je suppose qu'il faut mettre cette tournure au passé dorénavant.

— Et vous, vous étiez prédestiné à devenir un monstre, soufflé-je, apathique.

Il se pince l'arête du nez avant de positionner le corps sans vie sur la table.

— Encore une fois Emilia, rien que tu ne saches déjà. Un lapin contre un serpent, crois-moi, je suis toujours perdant dans cette affaire de dette.

— Votre serpent m'a attaqué ! Kanin ne vous avait rien fait, sifflé-je en relevant lamentablement la tête.

Il hausse les épaules, redoublant de perfidie.

— Il respirait, c'était bien assez. Ou peut-être étais-je simplement jaloux qu'il dorme à tes côtés. Qui sait…

— Vous allez continuer, n'est-ce pas ? Vous m'arracherez tout ce à quoi je tiens, jusqu'à ce qu'il ne reste plus que vous.

Il fronce les sourcils comme si mon propos venait de froisser son insensibilité.

De deux pas, il me rejoint et s'accroupit près de moi pour rehausser mon menton. La main exécutrice, devenue affectueuse, oblige mon regard baigné de souffrance à venir à sa rencontre.

Dans le vide de ses pupilles, je n'y lis rien d'autre que la noblesse du travail accompli.

— Non, *min sommerfugl.* Jusqu'à ce qu'il ne reste plus que ta vengeance. Le reste n'est que regret, et superflu. Si tu ne veux plus qu'on t'arrache ce qui t'est précieux, alors ne t'attache à rien en ce monde. Et puis, tu exagères…

Sans me laisser le choix, il me hisse en même temps qu'il se relève. Une fois assuré que je suis assez stable sur mes deux jambes, il replace délicatement une mèche dans ma coiffure.

— Je t'ai laissé ta chère Lucretia.

Je répugne cette main immorale s'attardant à sa tâche. Habile, il attrape la mienne au vol et la maintient contre sa joue, me contraignant ainsi à la câliner malgré ma résistance acharnée.

— Ce n'est pas la même chose et vous le savez pertinemment !

— Dirais-tu que tu tenais à cet animal plus qu'à ton amie d'enfance ?

— Et si c'était le cas ? le provoqué-je d'un sourire mauvais.

Celui de Dorian me caricature avant d'embrasser l'intérieur de mon poignet. À cet instant, je détruirais volontiers ce corps qui persiste à réagir à ses faveurs.

— Cela veut dire que j'aurais réussi à briser le bon cou.

Il m'entraîne à sa suite vers la table et referme mes doigts sur le bistouri devenu scalpel.

— Aucune attache, aucun désir. Seulement ton besoin de me tuer.

Sa main encore sur la mienne, il me guide jusqu'au pelage de mon ami et se recule pour me laisser poursuivre. Seule.

L'acier se met à trembler, oscillant entre le mort et le vivant à ma droite, occupé à se masser les tempes. Sa patience éclate au grand jour.

— Par les Enfers, Emilia, je t'en achèterai un autre ! Dépêche-toi d'ouvrir ce fichu lapin ! Je dois me rendre aux bureaux de la compagnie. Je n'ai pas de minutes à gaspiller pour ton misérable deuil !

— L'amour ne se remplace pas ! crié-je.

— Non, tu as raison, concède-t-il. Il s'achète, il se vend, il trompe et il se meurt. Il n'y a pas plus futile que ce sentiment parasite. Maintenant, concentre-toi sur ta leçon et ouvre cet animal comme je te l'ai enseigné.

J'inspire profondément et ravale douloureusement ma peine pour laisser couler ma haine. Insidieusement, une idée se met à germer sur les graines de ce mal qu'il vient de semer sur mon chemin.

Si je ne peux le gifler ou le poignarder, je peux en revanche rester à ses côtés pour apprendre à le tuer. Tout envoyer valser par simple accès de colère ne me servirait à rien. Quand bien même il me procurerait plaisir et soulagement, cela ne ferait que lui donner prétexte à arrêter son enseignement.

Non.

Je dois continuer, peu importe les souffrances et les sacrifices.

J'ai mal. Mal à en mourir. Pourtant, je dois continuer.

Je dois continuer. Je dois continuer. Je dois continuer.

Je me répète inlassablement ces trois mots jusqu'à ce que peu à peu, la noirceur de mon tuteur se superpose à la blancheur immaculée du lapin.

D'un coup, je n'y vois plus un ami, mais mon ennemi.

Dorian a raison, le temps n'est pas au deuil : il est aux représailles. Je pleurerai comme il se doit sa perte lorsque son assassin aura pris sa place sur cette table.

Nous t'en faisons le serment, Kanin.

Sans cogiter davantage, j'autorise mes connaissances d'anatomie à reprendre le contrôle de ma raison et plante la lame dans la chair tendre du haut de sa cage thoracique. Son sang frais jaillit sur la table en flots continus, aspergeant au passage ma robe de soie rose.

— Doucement, s'exclame-t-il, horrifié. Tu n'es point bouchère, mais apprentie meurtrière.

— C'est la même chose, m'offusqué-je.

— Dis cela à ton ami. Ce ne sont pas des manières de traiter son cadavre. Tu lui dois respect et dextérité. Je sais que ton esprit est actuellement occupé à me torturer, mais je t'ordonne de te concentrer. Je ne voudrais pas laisser trop de travail à Arthur sous prétexte que tu auras pris soin de laisser un véritable carnage derrière toi. Aie au moins une pensée pour son âge vénérable et massacre-moi dans les règles de l'art.

Il vient replacer mes doigts autour du manche.

— Le scalpel se tient comme un stylo. Il ne sert à rien d'aller trop vite, ton incision doit être nette, précise et continue. Recommence à côté, une ligne parallèle, je te prie. Et approche-toi un peu plus de la table, il ne va plus te mordre.

— Kanin ne m'a jamais mordue !

Son sourire de bête vicieuse s'élargit.

— Et il ne sera plus jamais tenté de le faire. *Fortsæt*[31]

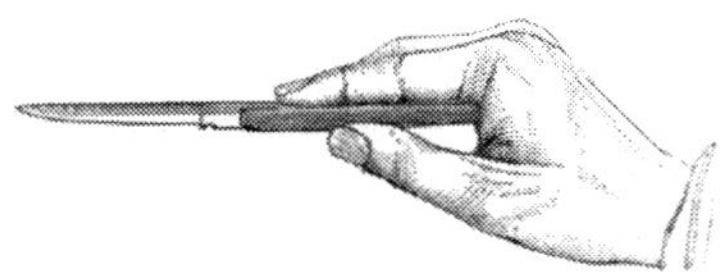

— Donne-moi le foie à présent. *Godt*, maintenant le rein droit. Droit, Emilia.

— Droit pour moi ou droit pour lui ?

— Tu le fais exprès ?

— Évidemment.

— *Godt*, arrêtons pour aujourd'hui dans ce cas. Cela ne sert à rien de continuer quand tu es dans cet état.

— Oh, pardonnez-moi, milord, minaudé-je. Ce n'est point comme si je venais de patauger pendant une heure dans les viscères de l'animal que j'ai chéri pendant toutes ces années !

— Je te pardonne, répond-il le plus sérieusement du monde.

Il sonne de nouveau la cloche, mais cette fois-ci, c'est au tour du majordome de venir à notre rencontre.

31 Continue.

— Fais porter le lapin à Trudy, qu'elle puisse nous le servir ce soir.

Je pousse un cri épouvanté.

— Vous n'oseriez tout de même pas me le faire manger ?

— Je n'ose pas, je fais. Après tout, je déteste le gâchis. Maintenant que tu l'as vidé, autant le cuisiner.

— Je n'en mangerai pas, décrété-je, les bras croisés.

Il hausse une épaule.

— À ta guise, cela en fera plus pour moi.

Sa langue passe sur ses lèvres gourmandes.

— J'ai toujours rêvé de déguster un baron, pas toi ?

Sans attendre ma réponse, il s'incline et me tourne le dos afin de se diriger prestement vers ses autres occupations. *Nul ne sera maître de mon corps, pas plus que de mon esprit.*

Il est grand temps de le faire savoir à Dorian. Cette fois, c'est à mon tour de déplacer mes pions.

— À ce propos, l'interrompe-je innocemment. Vous ne m'avez pas dit comment je dois m'y prendre.

Ma remarque le fait aussitôt revenir sur ses pas.

— Avec notre lapin ?

J'acquiesce.

— Oui. Vous m'avez dit de manipuler son besoin de reconnaissance, mais vous ne m'avez guère précisé ni appris comment procéder.

— Ah ! Tu souhaites donc déjà commencer ?

— N'est-ce donc point le but ? Ou peut-être avez-vous peur que je n'avance la date de votre décès ?

Il ricane et débarrasse sa manche de dentelle d'une poussière imaginaire.

— Nous sommes tous condamnés à mourir dès notre naissance, *min sommerfugl.* Que tu décides d'en avancer la date n'y change rien.

Hésitant, il me fixe attentivement de ses yeux calculateurs. Finalement, il se décide à s'approcher de moi pour m'offrir une piste.

— Un trafic d'opium aura lieu le 22 juin dans le quartier de Stepney. Utilise cela.

— Comment le savez-vous ? m'étonné-je.

Il sourit d'un air entendu.

— La misère des bas-fonds de Londres est une source inépuisable de plaisirs en tout genre.

— Et en quoi cette information me sera-t-elle utile ? m'enquiers-je, dépitée.

Il tapote de son index ma tempe droite.

— Fais donc marcher ta délectable intelligence, Emilia. Je te fais confiance, alors surprends-moi !

CHAPITRE 28

Un plaisir inattendu

L'EMPAILLEUR

SIEGE DES ARCHIVES PUBLIQUES, BIBLIOTHEQUE MAUGHAN
CHANCERY LANE, LONDRES.

29 MAI 1886

Il est seul.

Assis dans la salle de recherches, pressé de terminer sa journée de travail pour retrouver les siens. Mais la mienne ne fait que commencer et désormais, le temps m'appartient.

L'épaisse moquette rouge de la pièce sphérique me permet de m'approcher en toute discrétion. Tout comme l'eau de la fontaine, je compte lui faire savourer ma musique. Bien que la partition ait été subtilement modifiée.

Contrairement à la première fois, j'ai appris à contrôler la soif. Si je souhaite l'étancher, il me faut d'abord en préserver son essence. La gaspiller en l'égorgeant ne me servirait à rien, j'ai besoin que ce modèle soit au complet afin de le façonner comme il se doit.

Une mort rapide, indigne de cette déjection humaine. Toutefois, je me rassure en me promettant que son corps ne connaîtra aucune miséricorde.

Tandis qu'il ôte ses lunettes pour se masser les yeux, je profite de son absence temporaire de visibilité pour me précipiter à sa rencontre. Personne ne viendra plus nous déranger. Malgré tout, je plaque une main sur sa bouche, uniquement dans le but de satisfaire mon égoïsme.

Il s'agite, tente farouchement de se relever, mais je le maintiens fermement plaqué contre sa chaise.

Cela aussi j'ai appris.

Sentir sa panique tenter de se hisser contre ma poitrine tandis qu'il cherche son souffle apaise un instant le mien. Mais à travers ma chemise, ses frictions incessantes et désespérées font naître une sensation de plus en plus grisante dans mon bas-ventre. La peau de mon sexe se couvre d'agréables frissons, durcissant sa chair à mesure que les poumons de ma victime sont privés d'oxygène.

Comblé, frustré, je me surprends à chercher ardemment le contact du bois pour en accentuer la pression. Très vite, mes coups de reins se mettent à suivre la cadence imposée par ses râles d'agonie.

Ivre de cette excitation devenue incontrôlable, je glisse hâtivement mon autre bras sur le côté gauche de sa tête pour l'immobiliser. Il se fige, soudain conscient que ma domination s'apprête à couper le fil de son destin et gémit une dernière fois dans ma main souveraine. Mes ongles crispés par mon plaisir s'enfoncent dans sa mâchoire pour faire levier.

Sa nuque se brise d'un geste sec entre mes doigts quand un orgasme dévastateur déferle en moi. Dans un cri libérateur, je lâche le pantin désarticulé qui glisse et tombe au sol.

Soufflé par la grandeur de ma jouissance, je m'arrête et fixe un instant ses yeux révulsés, apaisés par cette offrande offerte par mes soins meurtriers.

Débarrassé de son âme, je peux m'occuper de cette enveloppe, source d'un inattendu plaisir.

Je porte la lourde mallette de cuir sur la table et en sors mes instruments. L'œuvre qui m'attend est titanesque, mais mon ambition ne connaît aucune limite.

Et cette nuit m'appartient.

Sa journée de travail s'achève.

La mienne, elle, ne fait que commencer.

CHAPITRE 29

Telle est la question

EMILIA

SIEGE DES ARCHIVES PUBLIQUES, BIBLIOTHEQUE MAUGHAN
CHANCERY LANE, LONDRES.

30 MAI 1886

Pour chaque goutte de pluie écrasée sur le ciel vitré tremble une corde d'Antonio Vivaldi. Son orage musical déchire les nuages de ses notes aériennes et sauvages, me transportant loin de cet endroit. Loin de ce cauchemar.

Je laisse passer un dernier éclair avant de mettre fin à la partition jouée dans mon esprit en mal de légèreté. Alors que je retrouve peu à peu la terre, les instruments se métamorphosent, devenant l'orgue d'une messe funèbre célébrée pour cette nouvelle victime.

Au centre de la pièce en forme de dôme, aussi nu que le jour de sa naissance, il est appuyé debout contre une table.

Il, ou plutôt ce qu'il devait être avant qu'on ne lui arrache entre les jambes sa virilité. Afin d'éviter que le corps ne supporte le poids de sa propre mort, une tige de fer a été enfoncée dans son thorax et passée à travers la table.

Ses articulations inférieures quant à elles, ont été solidement immobilisées avec des pieds de chaise, maintenus autour de chaque genou par des fils de fer.

Si l'œil s'égare sur l'imposante quantité de sang imbibant le bois et la moquette, celle déversée depuis son cou est là pour rappeler que le clou du spectacle se situe plus haut.

Bien plus haut.

Séparée du reste, sa tête exsangue se tient à environ un mètre de ses épaules, comme une olive trop mûre plantée au bout de son pic.

Orientée vers le plafond, cette créature hybride semble supplier le ciel de connaître enfin la paix. Mais la guerre subie porte encore ses traces.

Loin d'être apaisés, ses yeux révulsés pleurent des larmes de sang. Leur source écarlate se situe plus haut, dans ce crâne percé par deux trous parallèles d'où sortent des bouts de bois taillés en pointe.

Bien que mon estomac se soit soulevé plus d'une fois en découvrant cette aberration, je ne puis nier la poésie effroyable de cette « composition ».

Quel monstre Dorian est-il en train de façonner en moi pour que j'en vienne à penser ainsi ?

— Elle l'est, *min sommerfugl.* Comme toute chose conçue dans la douleur.

— Je n'ai rien dit.

— En effet, mais ton regard parle pour toi. La mort te fascine autant qu'elle te dégoûte. Rien ne sert de te fustiger pour cela, l'être humain est ainsi fait. Il aime qu'on lui rappelle son statut de mortel même s'il passe sa vie à essayer de l'oublier. *In omnibus operibus tuis memorare novissima tua, et in aeternum non peccabis*[32], chuchote-t-il pour lui-même.

32 Bible Siracide 7 : 36 : « Dans toutes tes actions souviens-toi de ta fin, et tu ne pécheras jamais ».

— Se souvenir de sa fin ne l'a guère empêché de commettre ses crimes.

Il cligne promptement des paupières, comme si ma présence se rappelait tout à coup à lui.

— Tout simplement parce qu'il n'a jamais eu besoin qu'on le lui rappelle. Le donneur de mort doit avant tout connaître celle qu'on lui prédispose. Par ailleurs, c'est la lucidité de ta propre fin qui te permet de décider celle d'autrui. Imagine, Emilia, l'infinité de pêchés qui s'offrirait à toi après avoir compris cela.

Je hausse les épaules, peu convaincue par sa funeste prédiction.

— Je peux peut-être oublier parfois mon statut de mortelle, toutefois, je compte bien vous rappeler à jamais le vôtre. *Memento mori*[33].

Ses lèvres charmeuses s'étirent pour appâter sur elles mon regard.

— Comment le pourrais-je avec un si plaisant rappel à mes côtés ?

Interrompant notre contemplation mutuelle, Graham se manifeste, entouré de trois agents de police.

Son visage rubicond traduit un agacement dont je me régale par avance.

— Pardonne-moi de mon retard, Dorian, j'étais occupé avec les journalistes. La presse ne me lâche plus d'une semelle depuis qu'ils l'ont affublé de ce surnom ridicule. *L'empailleur* et pourquoi pas *l'empaleur* tant que nous y sommes ?

— Il me semble que Vlad Tepes[34] s'est déjà emparé de ce titre, mon ami.

Connaissant ma fascination morbide pour ce personnage, Dorian échange avec moi un sourire complice.

33 Du latin : « n'oublie pas de mourir ».

34 Personnage historique ayant inspiré l'auteur Bram Stoker pour son personnage de vampire nommé Dracula.

Même si cette vengeance peut signer ma perte à tout moment, j'espère secrètement vivre assez d'années pour voir paraître un jour un écrit redorant la réputation de ce saigneur transylvanien.

Frustré de ne point en connaître la référence, le sergent grommelle un « évidemment » criant de mauvaise foi et demande ensuite d'un ton impatient :

— Sinon, avant qu'on ne descende ce pauvre monsieur Layton, que penses-tu de cette mise en scène ?

— J'allais justement demander à ma cousine de nous faire part de ses déductions.

— Ah, très bien ! Même si c'est avant tout pour les tiennes que je t'ai fait venir.

— Et tu les auras, après celles d'Emilia. Apprends à écouter les femmes qui parlent, Thomas. Tu verras, cela t'aidera dans bien d'autres domaines. Lit compris.

— Tu n'en sais rien, se renfrogne-t-il.

— Comme je l'ai dit, les femmes parlent. Après toi, ma chère cousine.

D'un geste courtois, il m'invite à inaugurer nos pensées communes.

— Une girafe, déclaré-je, la gorge aride. Les deux cornes, le long cou… tout indique qu'il a voulu en faire une girafe.

Le sourire de Dorian s'élargit un peu plus pour se faire caustique.

— Il ne persiste aucun doute, Thomas. Comme le talent de ma cousine te l'a signalé, te voilà dès à présent l'heureux bénéficiaire d'un nouveau spécimen. Singe, girafe… toi qui, dans notre enfance, rêvais tant d'être un gardien de zoo, te voilà comblé.

— Dans mon zoo, les animaux étaient encore vivants, Dorian.

L'inspecteur se pince l'arête du nez en se lamentant :

— Et merde, c'est bien ce que je pensais ! jure-t-il en oubliant à nouveau ma présence. Bon Dieu, avec tout cela, la presse ne va même plus m'autoriser à respirer tant que le tueur ne se sera pas balancé au bout d'une corde.

Dorian à vos côtés, vous pouvez vous commander un cercueil, monsieur Graham. Il ne vous laissera point attraper cette proie de choix. Elle est devenue trop intéressante pour ce reptile.

— Penses-tu… pensez-vous, mademoiselle, qu'il s'agisse d'un fétichiste ?

— Probablement, il vous faudrait sûrement creuser de ce côté. Peut-être a-t-il un message à nous faire passer.

— Il aurait pu l'écrire plutôt !

— S'il ne l'a pas fait, c'est qu'il y a une raison, Thomas, observe Dorian agacé. À toi de la trouver, c'est ton travail après tout.

— Et ses méthodes ? Tu… vous en pensez quoi?

Mon tuteur hoche subtilement la tête pour m'encourager à poursuivre mon analyse.

— Elles s'améliorent, mais elles sont encore trop précipitées. Le simple fait qu'il ait cassé les chaises pour en improviser une attelle post-mortem suggère qu'il n'a pas pensé aux membres inférieurs. Il s'est focalisé entièrement sur le haut du corps et a négligé le reste. Mais il apprend et il évoluera encore.

Dorian opine du chef, confirmant mon hypothèse.

— Emilia a raison, il évolue. À ce propos, d'où proviennent toutes ces tiges ?

— Du chantier de la chapelle. Elle est en rénovation depuis environ un mois.

— Donc, contrairement à la première fois…

— Il s'y est préparé, achevé-je dans un souffle. Il a tout planifié et a mis de côté son matériel pour…

Incertaine, je me tourne vers Dorian.

— Gagner du temps ?

Il acquiesce.

— Et ainsi, pouvoir en consacrer plus pour savourer son plaisir, conclut-il satisfait. Le gardien ?

— Assommé et ligoté. Il va bien, mais sous le choc, comme tu t'en doutes.

— Hum, donc il ne s'est uniquement intéressé qu'au maître des archives. Il devait posséder quelque chose qu'il convoitait. Ou représenter quelque chose qu'il haïssait.

— As-tu une piste ? N'importe laquelle ?

Dorian éclate d'un rire cristallin.

— Allons, Thomas, encore une fois je ne peux guère m'improviser policier. Je ne faisais que réfléchir à voix haute.

Et comploter tout bas.

— Et comme d'habitude, je t'en remercie. Désires-tu voir le corps de plus près ? On ne sait jamais, peut-être trouveras-tu un indice. L'autopsie n'est pas prévue avant demain de toute façon.

La gourmandise dévoile les canines de la bête.

— Avec grand plaisir, mon ami.

Bien plus agité que d'habitude, le sergent se tourne vers ses collègues pour aboyer ses ordres :

— Très bien, messieurs ! Il est grand temps de décrocher cet homme. Et avec déférence, je vous prie.

— Vous avez raison, inspecteur, raillé-je. Sa tête vous en remerciera.

Il pivote vers moi, son teint frisant désormais l'apoplexie.

— Je ne fais que vous préserver, mademoiselle. Si elle se décroche et roule jusqu'à vos jolis souliers de soie, je ne suis pas sûr que vous m'en remercierez. Maintenant, mettez-vous sur le côté, s'il vous plaît.

Je presse mes poings gantés à m'en faire mal. Un discret rictus sur ma droite me fait croiser le soutien moqueur de mon tuteur.

— *Je sais, min sommerfugl. Sa tête ferait un bien meilleur modèle au bout de cette tige.*

— *Dommage pour votre ego démesuré, il a réussi à détrôner la vôtre sur ma liste.*

— *Ne t'inquiète donc pas pour lui, Emilia. Sache qu'il regorge d'idées pour remonter dans ton classement meurtrier.*

Les yeux levés au ciel, je soupire et obéis de mauvaise grâce au sergent.

D'une humeur plus que maussade, je croise les bras sur ma poitrine pour assister à la suite des événements. Mais à mon grand étonnement, la silhouette du comte ne tarde guère à me rejoindre.

— Vous ne les aidez pas ?

— Tout comme toi, je ne suis qu'un simple observateur. D'autant plus que je tiens énormément à ce manteau, dit-il en époussetant avec précaution ses manches.

Devant nous, aidé du sergent venu en renfort, un policier s'acharne sans délicatesse à soustraire la tige du thorax.

Les aidant dans leur tâche complexe, un troisième agent se place dans le dos du maître d'archives pour tirer de toutes ses forces sur ses épaules.

Du haut de son perchoir, la tête vacille dangereusement, désapprouvant sa future disgrâce.

Dans le but de tromper mon esprit inquiet de son sort, je choisis d'enquiquiner Dorian de la manière la plus puérile qui soit.

— Laissez-moi deviner, mon cher cousin, ce manteau relate un souvenir important qu'il vous faut à tout prix préserver ?

Il pose une main sur son cœur offensé à tort.

— Notre rencontre ne l'est-elle donc pas pour toi?

La colère et la haine se mettent à déferler en vagues glacées sur mes angoisses. Ce manteau… serait-il vraiment celui porté par lui cette nuit-là ? Mon Dieu, comment ai-je pu l'oublier ?

Comme tu as oublié tout le reste, Emilia. Par choix.

— Elle n'est que le fruit pourri d'un regrettable hasard, rétorqué-je, écœurée.

Tout à coup, prise entre deux forces contraires, la perche de fer finit par se détacher dans un jet de sang, barbouillant au passage le visage surpris de l'inspecteur.

De l'autre côté, le corps décapité, libéré de ses entraves aux genoux, trébuche pour fondre sur le malheureux policier apeuré, piégé à l'arrière.

Basculé sur le sol avec le cadavre, il hurle à se damner lorsqu'il se retrouve nez à nez avec les chairs sanguinolentes de la cavité béante. Ne parvenant plus à contrôler sa peur panique, il s'en débarrasse, convulsant comme un aliéné, et finit par réussir à le jeter violemment sur le côté.

Dans un bruit feutré, bien trop gracieux pour un tel sacrilège, la tête se détache de son socle. Semblable à une pomme tombée loin de son arbre, elle fuit à vau-de-route dans ma direction.

Terrifiée par cette future rencontre, je demeure pétrifiée, incapable de bouger pendant que ce qu'il reste de la créature continue à vouloir venir me saluer.

Alors qu'elle n'est plus qu'à un roulement de mon pied, celui de Dorian stoppe sa course mortelle en se plaçant sur son passage.

Amusé, il s'incline pour s'en saisir d'un geste adroit et se redresse. Dans sa main gauche, repose la tête qu'il tient fermement, son bras plié la ramenant à sa hauteur, comme s'il souhaitait s'entretenir avec elle.

Sa fascination morbide rivée sur les yeux vitreux de la victime, un sourire inhumain se dessine sur ses lèvres avides tandis qu'il déclame à mon attention sa prose danoise :

— Hasard ou destin, telle est la question, *min sommerfugl*[35].

35 Référence à la célèbre réplique de Hamlet du dramaturge William Shakespeare : « être ou ne pas être, telle est la question. »

CHAPITRE 30

Macabre évolution

ÉMILIA

Allongé sur son flanc gauche, le crâne posé à proximité sur la table, le corps de monsieur Layton ressemble à un funeste puzzle qu'il me tarde malgré tout de résoudre.

Si le singe me rendait nauséeuse, la girafe, elle, a le mérite de taquiner ma curiosité. Je ne ressens plus le besoin irrépressible de fuir, uniquement celui d'avancer vers les réponses. Audacieuse, j'ose même raccourcir la distance qui me sépare de sa colonne vertébrale pour gratifier Dorian de mes constats, somme toute, très approximatifs.

Ce dernier s'applique patiemment à me prodiguer ses conseils, s'évertuant à exploiter mes connaissances anatomiques encore faméliques.

Demeuré légèrement en retrait, le visage redevenu blême après avoir essuyé le liquide vermeil, Graham ne déroge point à leur accord tacite et se concentre sur ses notes.

— La tige a été enfoncée par le cou dans le thorax, observé-je.

— Avant ou après avoir figé le corps dans cette position ?

— Avant. Si la victime était déjà placée debout, il n'aurait pas pu avoir une surface… stable pour poursuivre son œuvre.

— D'une logique implacable, cousine. Comment a-t-il fait dans ce cas pour que la structure tienne ?

J'étudie avec rigueur les nœuds d'acier qui terminent d'emballer ce cadeau fait de chair et d'os.

— Il l'a solidarisée au rachis à l'aide de plusieurs fils d'acier.

— Combien de points de sortie vois-tu ?

— Six.

— Et combien avons-nous de vertèbres thoraciques ?

— Douze.

— Parfait ! Donc ?

— Il l'a disposé entre les côtes ! m'exclamé-je, galvanisée par ma découverte. Le fil de fer passe sous le rachis pour y plaquer la tige. Ensuite, il termine en le nouant par une boucle externe.

— En effet, il a sûrement dû utiliser un crochet. Une aiguille de Reverdin me paraît appropriée pour ce travail. Cependant, il a dû la modifier afin de la rendre plus courbée.

Interloquée, je hausse un sourcil pour revendiquer mentalement des précisions.

— *Je ne connais pas cet instrument.*

Il penche la tête et tapote sa joue rieuse.

— *Je ne montre pas mes jouets à n'importe qui, Emilia.*

— *Ces « n'importe qui » n'étant pas très loquaces, ne voudriez-vous pas en faire profiter un vivant pour une fois ?*

— *Ils le sont quand je commence.*

— *Ils le sont moins lorsque vous terminez.*

Il s'humecte les lèvres, me mettant au défi de venir les goûter.

— *Eh bien, soit ! Si tu y tiens tant. Après tout, je peux les prêter à ma partenaire de jeu.*

Sa bouche profite pour me flatter alors que ses iris flamboyants glissent sur mes courbes pour les louanger.

— *Il n'existe aucun plaisir qui ne puisse être partagé, min sommerfugl.*

Je baisse la tête, l'insinuation empourprant mon visage. Un coup d'œil sur l'inspecteur me confirme avec soulagement qu'il n'est point au fait du badinage insolent de son ami.

— *Godt*, remontons un peu plus haut, veux-tu ?

Ses yeux s'attardent sur ma respiration comprimée par le corsage, me faisant perdre tous mes moyens.

— De quelle forme est la tige ?

— En S. Pour… je n'en ai aucune idée, Dorian. Probablement pour diriger la tête vers les cieux ?

— Exact. Sa forme permet de respecter la cyphose thoracique et la lordose cervicale. Néanmoins, il n'a pas pu travailler la tige au hasard.

— C'était prémédité ? intervient pour la première fois le sergent. Tu penses qu'il serait venu avant pour lui donner cette forme et l'aurait cachée par la suite dans la chapelle ?

Dorian pousse un râle irrité.

— Je ne pense rien, Thomas, je laisse la primeur de ce verbe à la police.

Sans se rendre compte de l'insulte déguisée, l'inspecteur continue :

— Je vais demander aux ouvriers, peut-être auront-ils aperçu quelqu'un de suspect sur le chantier.

— À ta guise, élude le démon. *Godt*, prenons maintenant ce cadavre par les cornes. Comment a-t-il percé le crâne ?

— Je… aucune idée, milord.

— Vraiment ? s'étonne-t-il. Cela fait beaucoup d'absences d'idées pour aujourd'hui.

La menace dissimulée dans sa voix enflamme mon humeur.

— Vous ne me l'…

Je me tais soudainement en me rappelant la présence de Graham.

— Vous ne m'avez enseigné que l'anatomie, persiflé-je.

— Quelle idée saugrenue d'ailleurs ! décrit l'inspecteur.

Dorian le corrige d'une froideur polaire avant de lui indiquer son crayon.

— Écris au lieu de critiquer mes méthodes d'éducation.

Les traits de l'inspecteur se figent dans la pénitence.

— Pardon, Dorian, continue, je t'en prie.

— Une tréphine, clame-t-il d'un calme olympien. C'est un instrument utilisé en chirurgie. Sa lame cylindrique permet de perforer le crâne.

— Ce n'est pas ce qu'on appelle la trépanation ?

— En effet, Thomas. Remarque pertinente pour une fois.

Le ton doucereux récompense un sergent aveuglé par le bonheur de rassasier notre démon. Pour ma part, je me contente de le satisfaire de mes remarques acides.

— *Un autre de vos jouets, je présume ?*

— *L'un de mes préférés.*

Il sourit avant de se concentrer à nouveau sur la tête. Se penchant pour toucher la joue de monsieur Layton, il porte sa main à sa hauteur et se met à la respirer.

— Que faites-vous ? m'étonné-je.

— C'est bien ce que je croyais…

— Quoi donc ? s'impatiente Graham.

— Emilia, te souviens-tu des joues de la première victime ?

Je ressors les images macabres de ma mémoire.

— Elles étaient glabres, comme fraîchement…

Nous nous fixons pour répondre en chœur.

— Rasées.

— Rasées ? interroge le sergent. Et donc ? Je ne vois pas… oh ! Il l'est aussi, en effet. Mais cela ne veut strictement rien dire.

— A priori, cela pourrait être une simple coïncidence, du moins je le croyais au début. Pourtant, c'est un fait, ils ont cette même odeur sur eux.

Sceptique, j'imite son précédent geste. Sur mon gant, l'odeur du cuir s'imprègne de celle de…

— La cannelle ! Et il y a autre chose, mais je n'arrive pas à déterminer quoi.

— Du bois d'Inde. Nous en mettons dans certaines de nos compositions de thé. Ses feuilles macérées dans le rhum sont également utilisées comme après-rasage par certains barbiers. Si mes souvenirs sont exacts, on appelle ce mélange du bay rum. Le résultat de cette infusion est ensuite associé aux huiles essentielles ou aux épices de leur choix. Les deux victimes ont le même ingrédient sur leur peau. La cannelle.

— Tu penses… tu dis que ce n'est pas une simple coïncidence ?

— Je dis que tu devrais explorer cette piste, Thomas. Et la chance te sourit, on m'a justement donné l'adresse du meilleur barbier de la ville.

Il caresse sa joue d'albâtre et soupire d'aise.

— Bien que, hélas, je n'ai guère eu encore l'occasion de m'y rendre.

— Où se trouve-t-il donc, ce fameux barbier ?

Son sadisme le contraignant à ménager son petit effet, le diable se recoiffe de son haut-de-forme avec le flegme d'un gentleman avant d'énoncer placidement :

— À Fleet Street, numéro cent quatre-vingt-six.

CHAPITRE 31

Barbier ou chirurgien ?

ÉMILIA

SALON DU BARBIER
186 FLEET STREET, LONDRES

30 MAI 1886

Seule l'épaisse fumée sortie de la cheminée témoigne de l'activité de ce bâtiment tombé en décrépitude.

Sa façade peu engageante propose de goûter les meilleures tourtes à la viande de tout Londres ; encore faut-il avoir le courage ou la folie de passer la porte. Ses fenêtres occultées par la crasse promettent une hygiène peu regardante.

Nul doute que la viande, si chère à obtenir de nos jours, doit provenir d'un rongeur citadin à défaut d'un bovin campagnard.

Sur son toit en pente, une grande fenêtre matérialise le territoire du barbier.

Optant pour la cour située à l'arrière, nous tombons sur un escalier menant à un étage tout aussi accueillant que le reste de la demeure.

Accroché à son mur, un poteau marqué de spirales bleues, blanches et rouges indique le chemin à prendre.

Intriguée, je demande à Dorian sa signification.

— Au Moyen-Âge, les barbiers cumulaient aussi la noble fonction de chirurgien. Entre deux coupes de cheveux, ils pratiquaient ainsi des saignées ou arrachaient des dents. Chaque couleur de cette enseigne relate cette plaisante coutume. Le bleu représente le bâton que le patient devait serrer pour rendre ses veines saillantes. Le blanc, les bandages ayant servi à recueillir le sang. Et le rouge… eh bien, tu doutes assurément de ce qu'il symbolise. Quelle belle époque était-ce, n'est-ce pas ?

Je frissonne, reconnaissante de ne point être née à cette fameuse époque, bénissant également Sarah de m'avoir forcée depuis toute petite à prendre soin de mes dents.

La terreur des instruments m'achèvera avant qu'on ne m'en arrache une.

— Est-ce qu'ils pratiquent encore ces interventions ?

Il s'esclaffe devant ma joue protégée par ma main, comme si je souffrais d'une rage de dents imaginaire.

— Rassure-toi, *min sommerfugl,* plus depuis la scission de 1745. Cela relève à présent de la compagnie des chirurgiens.

— Tant mieux, soufflé-je en relâchant mon bras.

Tandis que l'inspecteur monte les marches, Dorian s'arrête et pivote vers moi, le regard pétillant de fourberie.

— Toutefois, reste sur tes gardes, ma chère cousine, susurre-t-il. On ne sait jamais, peut-être que certains barbiers demeurent encore nostalgiques du bon vieux temps. Qui sait ?

Ma colère aussi fumante que celle de la cheminée, je mords mes lèvres avant de répliquer :

— Puisse ce barbier être aussi rongé par la nostalgie que vous par le vice. Après vous, je vous en prie.

Il éclate d'un rire diabolique et me précède. Arrivés tous trois devant la porte sans nom, Graham cogne deux coups.

Une cloche retentit, et un homme en blouse grise l'ouvre déjà en trombe.

— Messieurs et…

Il se fige un instant en m'apercevant.

— Mademoiselle. Oh, je m'en excuse, je ne vous avais pas remarquée derrière le gentleman. Entrez, je vous en prie.

Il s'écarte d'un geste théâtral pour nous laisser passer.

Guère rassurée par son accueil, je scrute la pièce aussi froide et sombre que l'extérieur.

La tapisserie rayée, déchirée à plusieurs endroits, et son parquet de bois brut nécessiteraient un rafraîchissement plus qu'urgent.

Au fond de la pièce, une table spartiate supporte un grand miroir et un petit baquet destiné à l'eau chaude servant à raser. Du fait de son exposition sous la verrière, l'objet principal du salon est le seul à se baigner dans la lumière, attirant par là même tous les regards curieux.

Un fauteuil de cuir d'un rouge usé, à l'aspect confortable, appelle les clients à venir se détendre tout en profitant de la vue époustouflante des toits londoniens.

Charmée par ce spectacle, je me tourne vers son propriétaire aux traits aussi mélancoliques que sa décoration.

Ses cheveux châtain foncé, soigneusement coiffés à la raie, lui arrivent presque aux épaules. Cet aspect vaguement bohème complète à merveille sa tenue négligée. Sous sa blouse, il porte un gilet marron usé sur une chemise blanche fanée. Une cravate noire à pois blancs nouée de manière excentrique vient souligner la lividité de son teint.

Cependant, bien qu'il paraisse épuisé et las, sa voix mélodieuse est entraînante. Je m'attendrais presque à l'entendre chanter son menu de prestations.

— En quoi puis-je vous aider ? s'enquit-il. Serait-ce pour une coupe ?

Sa demande s'appuie d'un clin d'œil avenant auquel je souris.

— Un rasage de près pour impressionner la demoiselle ?

— Non, grogne Graham sans daigner faire les présentations. Nous voudrions vous poser des questions suite à une enquête pour homicide.

— Homicide ? s'exclame-t-il, horrifié. Mon Dieu ! Moi qui pensais que revenir dans cette ville était une bonne idée. Rien n'a vraiment changé finalement…

L'inspecteur sort son fidèle carnet et se met à prendre des notes.

— Depuis combien de temps étiez-vous parti, monsieur ?

Un voile de tristesse trouble légèrement sa voix.

— Quinze années, monsieur l'inspecteur. Je suis rentré il y a peu pour relancer mon activité.

— De ce fait, j'ai appris que vous aviez gagné le concours contre monsieur Pirelli, félicitations, le congratule Dorian.

La fierté traverse le visage buriné de notre hôte, lui redonnant ainsi quelques couleurs.

— En effet, mais cela n'a pas été bien difficile de battre ce charlatan.

— Certes. Malgré tout, nul doute qu'il viendra vous réclamer une revanche, argue mon tuteur.

— Eh bien, je l'attendrai de pied ferme dans ce cas, répond-il froidement.

Son regard dérive sur moi pour se faire plus chaleureux.

— Pardonnez-moi, mademoiselle, je ne vous ai même pas proposé de vous asseoir. Je vous en prie…

Il me désigne un banc de fortune collé contre le mur, certainement installé dans le but de faire patienter la famille du client.

— Installez-vous, mademoiselle…

— Emilia.

Alors que je m'assieds, l'inspecteur tousse dans son poing afin de signaler son mécontentement. Avant de pénétrer en ces lieux, il nous a expressément demandé de ne pas divulguer nos identités, au vu du caractère non officiel de notre présence.

Néanmoins, je ne peux décemment pas lui refuser mon prénom tandis que son nom trône en grand sur la devanture de la tourterie.

— Emilia, répète le barbier, songeur.

Son visage s'illumine avant de sombrer dans un doux regret.

— Vous me rappelez beaucoup ma fille, Johanna. Elle aussi avait des cheveux d'or comme vous.

Je glisse un œil vers Dorian, mais son allure stoïque ne trahit en rien ses pensées similaires concernant sa sœur décédée.

— Je suis navré, monsieur. Est-elle… partie ?

— Oui, chuchote-t-il, hagard. Partie. Oui, c'est cela. Partie.

— Excusez-nous, monsieur, interrompt Graham. Mais il faudrait vraiment que vous répondiez à mes questions. Nous sommes pressés et je me doute que votre… activité doit l'être également.

Le monsieur en question s'arrache à ma contemplation, soupire et se tourne vers le sergent.

— Que voulez-vous donc savoir, inspecteur ?

— Est-ce que vous auriez eu comme client un certain monsieur Layton ?

— Non.

— Alors un monsieur Doyle, peut-être ?

— Pour être honnête, inspecteur, la plupart de mes clients vous imitent sur ce point. Ils ne donnent guère de nom. Et même si cela était le cas, ma mémoire défaillante m'empêcherait d'y mettre un visage.

De son côté, Dorian s'approche d'un pas décidé d'une fiole posée sur la table. Il la désigne avant de demander à son propriétaire :

— Puis-je, monsieur ?

— Oh, mais faites, faites. Il s'agit de mon après-rasage. Une recette maison qui vous promet une peau aussi lisse et fraîche qu'un nouveau-né.

— Après en avoir changé les langes, j'imagine, raille l'inspecteur.

Je me retiens de grimacer, mais le reste de ma gestuelle traduit pour moi mes songes irrités. Son impertinence face à ce brave homme commence à m'énerver sensiblement.

Sous mon courroux apparent, le rustre baisse aussitôt les yeux pour se réfugier dans ses notes.

Indifférent à l'impolitesse de son ami, mon tuteur ouvre le flacon et en hume son parfum.

— Bois d'Inde et cannelle, confirme-t-il.

— En effet, jubile fièrement le barbier. Comme je vous l'ai dit, une recette maison.

— Monsieur, sachez que vous avez rasé deux victimes, intervient le sergent.

Le barbier pousse un cri de stupeur.

— C'est… c'est une plaisanterie, n'est-ce pas ? Si tel est le cas, elle est de très mauvais goût. Voyez-vous, malgré ma clientèle de plus en plus importante, je ne suis pas encore assez connu pour pouvoir prétendre à une réputation établie. Une telle ignominie ferait beaucoup de tort à mes affaires.

— Sans compter vos clients.

— Oh, bien entendu, convient-il. Bien entendu.

Graham tourne ses feuilles afin de lui énoncer la description physique des deux hommes.

Puis d'un air dédaigneux, il relève la tête et poursuit son interrogatoire.

— Toujours aucun souvenir d'eux, je suppose ?

— Aucun malheureusement. Comme je l'ai dit, ma mémoire me joue souvent des tours.

— Comme cela est pratique, grince le sergent entre ses dents.

— Quelqu'un vous aurait-il par hasard parlé d'animaux ?

Pendant ce temps, ma réflexion se focalise quant à elle sur un Dorian fasciné par le fauteuil.

Ses longs doigts le parcourent affectueusement avant de venir se poser sur le dossier pour y pianoter gaiement.

Son attention serpentant vers moi, il penche légèrement sa tête de côté et caresse le cuir dans l'intention probable de m'y inviter. Sa gestuelle lascive me souffle qu'il vient juste de lui trouver une autre utilité pour ma féminité.

Je rougis et me force à emporter mes pensées vers un imposant coffre près de l'entrée.

— D'animaux ? Laissez-moi réfléchir…

Il triture son menton rasé de frais.

— Oui, certains gentlemen me parlent parfois de leurs exploits à la chasse. Ils aiment me raconter la mise à mort. Même si je dois bien avouer fermer mes oreilles dès lors que j'entends les mots « massacre » ou « sang ».

— Un comble pour un barbier, se moque Graham.

Le propriétaire fronce les sourcils d'indignation, Dorian décide de reprendre la conversation entre ses mains exercées à la manipulation.

— Ne faites pas attention à lui, mon brave. Le juge Turpin ne le laisse plus dormir une seule nuit tranquille depuis cette fâcheuse affaire.

Un éclair de colère traverse le visage redevenu blafard du barbier.

— C'est sa spécialité, effectivement.

Taquin, le comte s'avance vers lui, comblant l'espace de sa haute silhouette intimidante.

D'une tête de moins que Dorian, l'artisan recule, acculé par sa prestance ensorcelante.

Sans briser le contact établi avec sa proie, le serpent siffle sa question.

— Une personne est-elle venue se renseigner sur l'un de vos clients ?

— Je… ma mémoire.

— Oh, prenez tout votre temps. Le mien est infini, sauf si ma cousine en décide autrement, précise-t-il à mon encontre.

Sans relever le sous-entendu, je racle ma gorge pour y effacer toute trace de vengeance.

— Ne faites pas attention à moi, cousin, je vous en prie. Le thé peut bien attendre.

Il hausse un sourcil plaisantin destiné à se moquer de mes tentatives hebdomadaires d'empoisonnement.

— *Je me demande quel goût aura ma mort aujourd'hui.*

— *C'est une surprise, milord.*

— *Cytise, persil des marais, sureau ?*

Je croise les bras et hoche imperceptiblement la tête.

— *J'ai dit que cela était une surprise. Un peu de patience, voyons.*

— *Ah ! Tout ce suspense finira par me tuer.*

— Cela me revient ! s'exclame le barbier. Oui, je me souviens d'un homme qui m'a demandé des renseignements. Il voulait savoir si certains de mes clients pratiquaient le braconnage, car il désirait se mettre en contact avec eux pour y participer. C'était il y a plus de deux mois. Et avant que vous ne me le demandiez, c'est non. Je n'ai guère souvenir de son visage ni de sa voix.

— Que lui avez-vous répondu ?

— Que cela ne le regardait en rien ! Je mets un point d'honneur à conserver la vie privée de ma clientèle.

— C'est tout à votre honneur, le flatte Dorian. D'ailleurs, je compte en faire partie dans un avenir proche.

— Avec grand plaisir, monsieur. Avez-vous d'autres questions ?

Le contentement dissipe les rides du barbier. Mais au lieu de le rendre plus sympathique, ce revirement facial allume dans ses yeux une mèche brûlante… dangereuse. Suspecte.

Une intuition viscérale affolant mon jugement.

Je m'empresse de la partager avec mon professeur.

— *C'est lui, Dorian.*

— *Peut-être.*

— *Un barbier nostalgique qui tranche le cou et la tête de ses victimes ? C'est lui !*

— *Peut-être.*

— Thomas ?

— Hum ? Non, pas pour le moment. Si votre mémoire sélective daigne à se rappeler d'un détail, n'hésitez pas à venir en parler à la police.

— Oh, je n'y manquerai point, inspecteur.

Nous le saluons brièvement puis regagnons la porte d'entrée.

Le regard affable du propriétaire ne me quitte pas un seul instant.

Malgré mes soupçons à son égard, je ne puis m'empêcher d'éprouver de la peine pour ce père en deuil. Nul ne devrait avoir à enterrer son enfant, cela n'est guère dans l'ordre des choses. Pourtant, ce monde insensé se plaît souvent à le bouleverser à nos dépens.

Aiguisant ses rasoirs à l'aide d'une bande de cuir accrochée à son fauteuil, le barbier suspend son geste afin de s'adresser une dernière fois à mon tuteur.

Une inflexion bienveillante étire ses lèvres gercées, confirmant ainsi mes doutes.

C'est lui, j'en suis persuadée.

— Si vous êtes amené à me revoir, monsieur, sachez que je vous garantis le rasage le plus près qui soit.

Dorian tournoie vers lui et s'incline respectueusement.

Lorsqu'il se redresse, des promesses occultes façonnent ses lèvres vermeilles.

— Dans ce cas, monsieur, j'attends avec grande impatience notre prochaine rencontre.

CHAPITRE 32

La prochaine génération

ÉMILIA

ROYAL ALBERT HALL
SOUTH KENSINGHTON, LONDRES

8 JUIN 1886

Après nous être extasiés devant la tombe maori de Nouvelle-Zélande et l'épée cérémonielle de la colonie de Logos, nous cheminons ensemble vers la partie consacrée à l'Inde. La grande porte de Jaipur annonce l'entrée du Rajputana. Cette structure impressionnante, créée exclusivement pour cet événement, émerveille par sa beauté hybride ; mélange subtil de deux grandes civilisations.

Le bras prisonnier du baron, je l'oblige à s'arrêter pour m'extasier sur ses bas-reliefs délicatement façonnés. Sur sa devanture, on peut y lire la même inscription dorée écrite en trois langues différentes.

Lucretia tire la langue en essayant de deviner celle du milieu.

— Anglais, latin et…

— Sanskrit, clamé-je fièrement.

— En effet, cousine, c'est bien cela. Il s'agit de la devise des maharajas de Jaipur : « Là où est la vertu, il y a la victoire », explique Dorian tout en me fixant intensément.

— *Je me dois de rester vertueuse dans ce cas.*

— *Je ne suis pas sûr que notre baron approuve ce choix.*

Je hausse une épaule.

— *La victoire avant tout.*

— *Tu gagneras contre moi seulement si tu perds ta vertu.*

Il esquisse un sourire équivoque.

— *Et je me ferais un plaisir de t'y aider, min sommerfugl.*

— Il n'y a rien de plus vrai, opine le baron. La vertu est l'une des principales qualités que se doit de posséder une femme.

— Pour mener la victoire du couple, je présume?

Ses yeux noisette se plissent de complaisance.

— En effet, mademoiselle Emilia. La félicité conjugale n'est-elle point la plus belle de toutes ?

— Dans ce cas précis, Cunningham, je faisais allusion à la loi morale, et non à la chasteté que vous réservez exclusivement aux femmes, clarifie froidement Dorian avant de soupirer silencieusement.

— *Pauvre petite chose, ce n'est pas avec lui que tu pourras prendre un amant.*

— *Cela vous chagrine-t-il ?*

Il toussote dans sa main pour contenir son rire.

— *Je n'étais point candidat, si c'est ce que tu insinues. Je préfère de loin écraser les morceaux des cœurs brisés que tu répandras jusqu'à ton lit. Cela est tellement plus divertissant.*

Mon malaise expiré, je reporte mon attention sur la brochure de l'exposition coloniale, avide de connaissances moins compromettantes.

Tout en lisant à voix haute pour faire profiter le reste du groupe de mes découvertes, je m'efforce de paraître la plus niaise possible afin de satisfaire les goûts chastes de lord Cunningham.

Lorsque je m'imagine parcourir les allées à son bras en tant qu'épouse, la nausée s'empare irrémédiablement de moi. Non pas que je ne le trouve dépourvu de charmes physiques, mais le reste de sa personne ne fait guère vibrer la Jane Austen terrée au fond de ma sensibilité.

Peut-être que mon manque d'intérêt envers lui n'est que le résultat de ces six dernières années où j'ai mis de côté les autres variétés de mâles pour me concentrer sur une seule espèce. Évidemment, il fallait que cela soit la pire d'entre elles.

Depuis mon initiation à l'anatomie, mon cerveau échantillonne ses faits et gestes dans un coffre verrouillé qu'il me tarde d'ouvrir à des fins meurtrières.

Je ne vois que lui, pour épier la moindre faiblesse musculaire.

Je ne respire que lui, afin de guetter la moindre défaillance pulmonaire.

Comment pourrais-je trouver le temps de me faire courtiser alors que j'en dispose à peine pour essayer de le tuer ?

— Comment trouvez-vous cette exposition ? me demande le baron, intimidé.

— Très intéressante ! Et vous ?

— De même. Bien que cet adjectif vous corresponde davantage, mademoiselle.

Je le gratifie d'un sourire humble à défaut d'en rougir de plaisir. Suis-je frigide à ce point ou n'est-ce qu'un défaut charismatique de mon prétendant ?

Je contemple avec amertume le couple devant moi à la beauté parfaitement assortie. Lucretia rit à une plaisanterie de Dorian tandis qu'il lui fait part de ses expériences en Inde. Il me les a bien sûr déjà toutes racontées lors de nos repas, même s'il croyait que je ne l'écoutais pas. Cependant, il ne l'a jamais fait avec tant d'impétuosité dans la voix. Vivre six ans aux côtés d'une créature aussi captivante que maléfique laisse forcément des traces. Celles laissées par Dorian délavent ma vision de toutes les autres couleurs. Ne reste plus que le violet et le noir.

Nous traversons par la suite les différentes galeries correspondant aux différents états princiers du Raj britannique avant de faire une halte devant un stand pris d'assaut par les nombreux visiteurs. Sur la pointe des pieds, j'aperçois enfin ce qui fascine tant la foule.

Vêtu de manière traditionnelle, un petit groupe d'Indiens s'affaire au tissage de tapis, à la confection de friandises locales ou encore aux divers travaux de menuiseries. Leurs démonstrations provoquent des soupirs et des acclamations enthousiastes d'un public anglais généralement connu pour sa discrétion.

— Des hommes de la prison d'Agra, chuchote Dorian à mon oreille.

Je sursaute de cette intimité inconvenante, attirant malencontreusement l'intérêt du baron.

— En effet, renchérit celui-ci. J'en ai brièvement entendu parler. Ils ont été rapatriés dans le cadre de la réforme des castes criminelles mise en place par notre gouvernement.

— *Vimuktajati,* précise le comte.

— Mais pourquoi donc ? s'indigne Lucretia. La place d'un criminel se trouve derrière les barreaux, non dans ce lieu prestigieux.

— Une réception est même prévue en juillet au château de Windsor, renchérit le baron. Ils y rencontreront la reine en personne.

— C'est un scandale ! s'écrie-t-elle.

Malgré mon amitié, il me prend souvent l'envie d'informer Lucretia de sa ressemblance maternelle de plus en plus fâcheuse.

— Ils n'ont pas l'air libre non plus, Lucretia. Tu ne sais même pas de quoi ils se sont rendus coupables.

Elle fronce son nez mutin.

— Peu importe ! Un criminel reste un criminel.

J'échange un regard entendu avec Dorian.

— *Pauvre petite chose, ce n'est pas elle qui vous prendra pour amant.*

— *Cela te rassure-t-il ?*

J'émets un léger rictus.

— *Je n'étais pas candidate, si c'est que vous insinuez. Je préfère de loin anéantir les morceaux de votre cœur que j'aurais répandus depuis votre lit de mort. Cela est tellement plus divertissant.*

Nous rions ensemble sous les yeux perplexes de nos cavaliers. Lord Cunningham s'éclaircit la voix pour étayer son propos colonialiste.

— C'est exactement pour cette raison que la loi sur les tribus criminelles a été promulguée il y a quinze années de cela, lady Standford. Elle permet d'identifier et de contrôler ces individus en les regroupant. Un peu à la manière des castes indiennes.

— Allons, mon cher, vous savez tout comme moi qu'il ne s'agit que de manipulations politiques, contre mon tuteur.

Un tic nerveux fait tressaillir sa mâchoire, signe d'un profond agacement dont je me réjouis de n'en être pas à l'origine.

— De quoi s'agit-il au juste ? demandé-je pour le tourmenter un peu plus.

Sa passion pour ce pays lui ferait presque oublier ses principes de neutralité sociale.

— D'une loi stupide considérant que le crime est inné et se perpétue de génération en génération.

Perplexe, je fronce les sourcils.

— *N'est-ce point le cas ? Votre oncle. Vous.*

Une tempête glaciale déferle sur ses iris.

— *Cela n'a rien à voir, Emilia. Comme toi, j'ai eu le choix de dire non. Ils ne peuvent pas en dire autant puisque l'Angleterre s'est chargée de le faire pour eux.*

Je tente une plaisanterie dans l'espoir de contrer son courroux.

— *Faites attention, milord, cela me chagrinerait de vous voir exécuter pour atteinte à la Couronne.*

Ses traits s'apaisent et redeviennent séduisants.

— *Tu as bien dit le mot « chagrin » ? Ou est-ce le colchique versé dans mon thé qui me fait ainsi délirer ?*

Je pousse un soupir de déception.

— *Si seulement… Ne vous méprenez point, milord. J'ai beau respecter la reine, je la tuerais de mes propres mains si elle venait à ravir ma proie.*

Il cesse toute communication pour me fixer avec intérêt. Cette fois-ci, c'est à mon tour d'être agacée.

— *Que contemplez-vous ainsi, milord ?*

Ses lèvres se fendent d'une perverse ironie.

— *La prochaine génération.*

Chapitre 33

Échec et mat

Emilia

Au cours de cette dernière semaine, un plan s'est formé dans mon esprit soucieux de se débarrasser de la cage matrimoniale dans laquelle souhaite m'enfermer Dorian.

Un plan qui me permettrait d'analyser ce besoin de reconnaissance afin de mieux le…

… *détruire. C'est ce que tu allais dire, n'est-ce pas ?*

Non, afin de mieux le manœuvrer.

Tu ne fais que suivre les étapes, mais le final reste le même si tu souhaites t'en débarrasser. Mais nous ne voulons pas nous marier, pas vrai, Emilia ?

Mon regard glisse du baron à Dorian. Non, nous ne le voulons pas.

Alors tu sais ce qu'il te reste à faire, détruis-le ou c'est toi qu'il détruira.

Cédant à ma culpabilité naissante, je secoue la tête et admire l'œuvre devant moi.

Le tableau *Après un nord* d'Albert Bierstadt représentant une vague qui déferle sur la côte des Bahamas, m'invite à traverser ses couches de peinture pour me laisser engloutir.

La voix du comte, résonnant dans mon esprit, réduit cette pensée à néant : « *Ne cède jamais à la facilité, Emilia* ».

— Vous aimez ? me demande le baron.

— Énormément. J'espère voir un tel spectacle un jour.

— N’avez-vous jamais vu la mer ?

— Non, mon cousin est, disons plus… terrestre.

— Il a bien dû prendre le bateau pour rejoindre sa précieuse Inde, non ?

Je pouffe de rire.

— Certes, milord.

Il presse ma main posée sur son bras.

— Taylor. Appelez-moi Taylor quand nous ne sommes que tous les deux. Le voulez-vous ?

— Taylor pour moi, Emilia pour vous, dis-je en forçant mon sourire.

Il retire tout à coup sa main lorsqu’apparaît le second couple à nos côtés.

— De quoi parliez-vous ? s’enquit Lucretia.

— De voyages. Emilia… mademoiselle Emilia me faisait part de son souhait de voir la mer.

— Ah, vraiment ? s’étonne Dorian.

Il poursuit en silence :

— *Tu ne me l’avais jamais dit.*

— *En quoi cela aurait-il changé quoi que ce soit?*

Son expression enjouée se fait subitement solennelle.

— *Je t’y aurais emmenée.*

La voix pointue de mon amie déchire les ailes des papillons ayant pris possession de mon estomac.

— Oh, mais c’est une excellente idée ! Nous devrions tous y aller un jour ! Cela pourrait être tellement amusant, qu’en pensez-vous, milord ?

Ce dernier me contemple avec intensité.

— *Cela te plairait-il ?*

Je cligne des paupières lui signifiant mon assentiment. Ma joie serait un terme plus exact, bien que trop peu familier pour être employé.

— C’est une excellente idée, en effet, clame-t-il tout haut. Que ne ferais-je pas pour le bonheur de ma cousine ?

— Elle a beaucoup de chance, roucoule Lucretia avant de soupirer de déconvenue. Je n'ai jamais voyagé moi non plus. Autre qu'en Angleterre, je veux dire. J'aimerais tant visiter les Indes ! Comptez-vous y retourner un jour, milord ?

Je lui suggère sa réponse.

— *Dans un cercueil ?*

Il écarquille les yeux.

— *Quarante-deux jours en mer, tu es un monstre, Emilia. Pense aux odeurs et à l'équipage !*

Je mordille mes lèvres rieuses. Il opte finalement pour un choix plus subtil.

— Pas pour le moment.

— Oh, comme c'est dommage ! Eh bien, si un jour vous vous décidez, pensez à m'emmener dans vos bagages. Je vous promets de ne pas prendre trop de place.

— *Ne la regardez pas comme si vous envisagiez de la découper pour la faire rentrer dedans !*

— *Cesse de voler dans ma tête, mon joli papillon. N'oublie pas pourquoi nous sommes ici.*

— *Je ne l'oublie pas.*

— *Tu cherches pourtant à gagner du temps. Gaspille plutôt le sien.*

— Et toi, Emilia, quel pays rêves-tu de visiter ?

Je me détache de sa folie et retrouve celle plus douce de mon amie.

— L'Amérique, réponds-je sans hésiter. J'aimerais découvrir New York et Chicago, il paraît que ces villes sont vraiment spectaculaires.

L'intérêt de mon tuteur effleure la nudité de mes épaules. Je le chasse vivement. Ce pays, je compte ne jamais m'y rendre avec lui. Si je devais réussir à le tuer, l'Amérique serait ma deuxième chance, ma deuxième vie.

Non Emilia, la première. Celle qu'il t'a volée.

— Enfin, interrompt Dorian, il n'y a guère cela ici. Toutefois, nous pouvons tout de même nous en rapprocher avec la section canadienne. Lucretia, m'accompagnez-vous, ma chère ?

— Avec grand plaisir, milord, glousse-t-elle.

Avant de tourner les talons, mon amie accrochée à son bras, il achève en silence son funeste avertissement.

— *Mais ne gaspille pas le mien.*

Mon tuteur effacé du paysage, je me tourne vers le baron pour mettre ce fameux plan à exécution.

Des journées et des nuits entières à le fomenter, et je pense savoir désormais comment il convient de procéder. Pour accéder à son besoin, il doit d'abord apprendre à le déguster.

S'il souhaite la reconnaissance, un avant-goût de sa saveur devrait m'assurer son attention.

Appâter pour mieux frapper, telle est la devise de Dorian. Et il est grand temps de la faire mienne.

Alerté par cette détresse que je m'applique à façonner sur mon visage, le baron s'enquiert immédiatement de mon état.

— Que se passe-t-il, Emilia ? Seriez-vous souffrante ?

— À vrai dire, je souffre pour autrui, milord. Voilà, c'est délicat à dire…

— Sentez-vous libre de parler comme vous le désirez, Emilia ! s'empresse-t-il de m'arrêter. Je serai toujours là pour vous soutenir, vous le savez.

Une pierre pèse lourdement sur mon cœur, jetée par sa touchante dévotion.

Néanmoins, il me suffit de l'imaginer en costume de marié pour l'en délester instantanément.

— Je vous en remercie, milord… Taylor. Voyez-vous, je souhaitais m'entretenir en privé avec vous pour une affaire de la plus haute importance.

Une fois assurée de sa curiosité, je poursuis mon sombre stratagème.

— Je suis… disons que j'ai eu vent par une domestique d'une livraison d'opium dans le quartier de Stepney. C'est illégal comme vous le savez, et surtout je… je suis incapable de prendre une décision même si des vies sont en jeu.

— En effet, cette drogue fait des ravages dans les bas-fonds, grimace-t-il.

— Pas seulement ! Oh, Taylor, songez à tous ces enfants, toutes ces familles détruites si je ne fais rien. Si seulement j'avais le courage d'un homme…

Je distille des larmes brillantes dans mes yeux, effondrant ainsi le peu de retenue restant au baron. Lucretia m'a toujours enseigné que la gent masculine était aussi faible qu'un faon devant une jeune femme en pleurs.

À cette pensée, l'image de Dorian brisant la nuque de Kanin me revient soudain en mémoire.

Bien sûr, à toute règle ses exceptions…

— Emilia, ne pleurez pas, s'affole-t-il. Je vous en prie, nous allons trouver une solution. Ensemble. Ne pouvez-vous donc point en parler à cet inspecteur ? Celui qui est ami avec votre cousin ?

Je secoue la tête en simulant l'épouvante.

— Vous n'y pensez pas, Taylor ! Cet homme n'écoutera jamais une femme. Mais peut-être…

— Oui ?

Il prend mes mains dans les siennes et les porte à ses lèvres, provoquant chez moi un frisson de répulsion.

— Dites-moi, Emilia, que puis-je faire pour vous être utile ?

— Vous pourriez… Supposons que cela venait d'un homme, de vous en l'occurrence, peut-être qu'il vous écouterait.

— Je le pense également.

Tu penses uniquement ce que nous te suggérons. Rien d'autre. N'est-ce pas, Emilia ?

— Non seulement vous sauveriez des vies, Taylor, mais en plus vous auriez la reconnaissance de la police et par-dessus tout…

Je bats outrageusement des cils, tout en me rapprochant afin de lui asséner le coup de grâce.

— Vous auriez la mienne.

Il déglutit, ses yeux rivés sur ces lèvres ardemment convoitées. Le besoin vient avant le désir, Taylor.

— C'est d'accord, répond-il en apnée. Je vais le faire. Pour eux et pour vous, assurément.

Mais avant tout, pour toi.

— Quand est-ce que ce trafic aura lieu ?

— Le 22 juin.

— J'irai le signaler à la police dès demain.

Je souris au baron, mais mes pensées échoient à mon professeur si impatient de me voir triompher.

Échec et mat, milord.

Échec et mat.

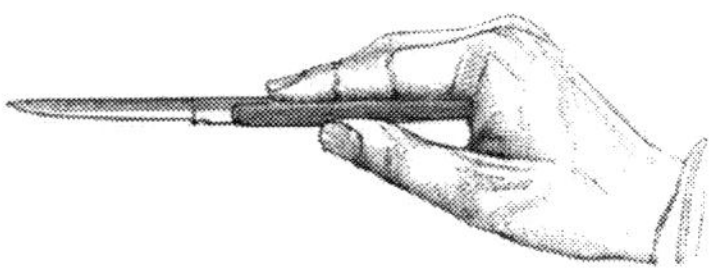

Un peu plus tard après lui avoir donné plus amples détails sur cette affaire, nous rejoignons Lucretia et Dorian occupés à converser avec l'organisateur de l'exposition.

La veste de soie brodée de mon tuteur se mue en peau de serpent à notre approche.

— *Est-ce fait ?*

Je ferme un instant les yeux, ébranlée par ce mal répandu en moi à la vitesse du diable.

— *Oui.*

Il mime un sifflement impressionné avant de retrouver ses mauvaises habitudes.

— *Et comment se porte donc ta vertu ?*

— *Allez en Enfer, Dorian !*

Ses crocs apparaissent alors pour se planter dans ma chair à vif.

— *Uniquement si tu m'y accompagnes, min sommerfugl.*

CHAPITRE 34

Saigner le porc

ÉMILIA

LOCAL DU JARDINIER, MANOIR SOULRIDGE
HOLLAND PARK, LONDRES

10 JUIN 1886

— Que faisons-nous là, milord ? Comptez-vous enfin exploiter mes talents d'empoisonneuse ? demandé-je en m'amusant avec une cisaille.

Dorian me la retire fermement des mains et la repose sur une planche disposée sur des tréteaux au centre de la pièce. Cette dernière, recouverte d'un drap blanc, attire ma curiosité malsaine. À moins que le jardinier ne s'apprête à recevoir de la visite, je ne vois guère pour qui elle serait dressée.

Impatiente, je parcours la pièce austère du regard, m'attardant sur les quelques plantes et autres fleurs colorées n'attendant que d'être plantées. Le reste du local n'est qu'un fatras d'outils éparpillés et de terre maculant par endroits le sol de pierre froide.

— Si tu étais aussi talentueuse que tu le prétends, nous ne serions pas là, rappelle-t-il placidement. D'ailleurs, à ce propos, si j'étais toi, j'éviterais de croiser Arthur pendant un certain temps.

Mon intérêt se travestit derrière une candeur un brin exagérée.

— Ah, et pourquoi donc ?

L'expression malicieuse de ses yeux révèle qu'il ne se laissera point duper par si peu d'atouts.

— Disons qu'il a passé la nuit à nettoyer derrière moi. Autant te dire qu'il n'est guère d'une humeur… amicale. Baie de symphorine, j'imagine ?

— De sureau, corrigé-je.

Son rire approuve mon choix savoureux. Je mets à profit ce moment de distraction pour étudier son visage, à la recherche de la moindre consécration. Cependant, mis à part ses yeux légèrement rougis, son teint demeure aussi frais qu'une rose aux mille épines. Si la mortalité de chaque corps possède sa propre plante, je désespère un peu plus chaque semaine de trouver celle de Dorian.

Ce mithridatisme est tout de même fâcheux…

— Et… vous allez bien ? m'enquiers-je innocemment.

Il réajuste sa lavallière et bombe le torse d'un air effronté.

— Ainsi que tu peux le constater, à part quelques grammes de perdus, bien sûr. En somme, rien que mon tailleur ne puisse arranger de ses doigts de fée.

Je secoue la tête, désappointée par ma défaite.

— Vous n'êtes pas humain ! feulé-je. Un autre que vous serait déjà mort.

— Mais je ne suis pas un autre, Emilia, répond-il en s'approchant. Je suis moi, pour ton plus grand déplaisir.

Il lève mon menton pour se repaître de ma frustration.

— Vous ne m'en voulez même pas ? riposté-je farouchement. À cause de moi, vous avez passé toute votre nuit à régurgiter tripes et boyaux.

Dorian effleure ma joue de son pouce et s'esclaffe.

— Non, je ne t'en veux pas. En fait, je t'en suis même redevable. Il y a longtemps que je n'avais pas tourmenté Arthur à ce point. Ses rides de mécontentement valent tous mes maux d'estomac. En revanche, je te saurais gré de le prévenir à l'avance la prochaine fois. Qu'il puisse au moins avoir le temps de déléguer cette tâche à un domestique plus jeune.

— Vous tenez beaucoup à eux, n'est-ce pas ? Les domestiques, je veux dire.

Il suspend sa caresse, une lueur étrange érafle ses saphirs coruscants.

— Comme tous ceux servant mes intérêts dans ce manoir, répond-il d'une voix rauque.

Sa main s'affaire sur ma gorge, poursuivant sa chute dans une insoutenable délicatesse. Je déglutis laborieusement puis lui pose la question à laquelle il s'attend déjà.

— En fais-je également partie ?

Ses plumes de corbeau chatouillent ma peau sensible alors qu'il glisse ses doigts sur la chaîne de mon collier. Le papillon d'or porté à ses lèvres, il y dépose un tendre baiser avant d'y insuffler sa cruelle vérité.

— Toi plus que n'importe qui au monde, *min sommerfugl.*

À peine ai-je le temps d'attiser mon désir dans sa fièvre qu'un coup à la porte l'éloigne de moi.

— Entrez, messieurs.

Le dos de Winston apparaît à reculons dans l'embrasure, suivi par le visage impassible de Luther, le jardinier muet du manoir. Essoufflés, ils portent quelque chose de lourd. Non pas quelque chose, quelqu'un.

— Posez-le sur la table.

La présence du drap prend tout son horrible sens à mesure qu'ils obéissent à leur maître. Indignée par les desseins de mon tuteur, je blêmis jusqu'à devenir aussi cadavérique que notre convive trépassé.

Dans la quarantaine, l'homme aux cheveux poivre et sel semble attendre mon salut. Ses yeux perdus dans les abîmes surplombent une bouche figée dans un cri éternel, comme si la visite de la faucheuse l'avait pris au dépourvu. Mais est-ce vraiment le cas ?

— Est-ce que vous… commencé-je avant de me taire précipitamment.

Sans même avoir la décence de le cacher, Dorian jubile de ma détresse.

— Oh, tu peux parler librement devant eux, Emilia. Et non je ne l'ai pas tué, cesse de poser cette ridicule question, veux-tu ? C'est un simple prêt définitif de la morgue. Plus précisément, un cadeau de ce cher Thomas. Ne t'inquiète pas, il ne manquera à personne. Ce ne sont pas les corps sans nom ni passé qui manquent dans cette bonne vieille ville de Londres.

J'omets les derniers détails scabreux pour me focaliser sur la première partie.

— Vous voulez dire… qu'ils sont aussi dans la confidence ?

Il hausse un sourcil noir et s'adresse à ses domestiques.

— Winston ? Luther ? Répondez à mademoiselle Emilia, je vous prie.

— Oui, mademoiselle, répond Winston.

Luther hoche la tête afin de confirmer.

— Vous ne m'avez jamais rien dit ! fulminé-je, soudain emportée par la colère. Toutes ces années où je pensais devoir cacher mes… penchants à votre égard tandis que vous, vous me mentiez pendant tout ce temps ! Est-ce que cela vous amusait de me voir ainsi ?

Son petit sourire narquois me fait regretter ma question.

— Beaucoup. Lorsque tu parles de « penchants », précise tes pensées, je te…

— Vous tuer ! m'écrié-je.

— Ah, celui-là, soupire-t-il. Quel dommage…

Une ombre de déception se fond dans la noirceur de ses pupilles.

— J'omets, je trompe, je triche, je dissimule, mais je ne te mens jamais, Emilia. Tu étais tellement persuadée d'avoir l'exclusivité de notre petit secret que je n'ai point eu cœur à te rendre jalouse.

— Les autres : Trudy, Milly… Sarah. Le sont-elles également ?

— À toi de le leur demander.

— Elles n'ont jamais rien laissé sous-entendre.

Son front se plisse de ce sens commun propre à sa bestialité.

— Est-ce de leur fait, ou est-ce toi qui te complaisais dans l'ignorance ? Tu as des yeux, toutefois, tu ne sais pas encore les utiliser à bon escient. Cela viendra, je te le promets. *Godt*, messieurs, un grand merci pour votre aide précieuse. Vous pouvez disposer.

À cet ordre sifflé, les domestiques s'inclinent et se dirigent vers la sortie. Dorian hèle le jardinier avant qu'il ne disparaisse à son tour :

— Luther, reste dans les environs, mon brave. Dans disons… deux heures, je ferai à nouveau appel à tes compétences.

Faute de pouvoir s'exprimer par la parole, le jardinier opine du chef puis rejoint son collègue à l'extérieur.

De nouveau en tête-à-tête, en oubliant le corps en décomposition, le comte se tourne vers moi pour me faire part de nos futures réjouissances.

— Jusque-là, tu as appris à ouvrir, à découper et à suturer. Mais le corps d'un lapin, aussi appétissant soit-il, diffère du nôtre sur le plan anatomique. Peut-être un jour trouverons-nous un animal qui se rapproche de l'humain. En attendant…

— Un porc, interviens-je sèchement.

— Je te demande pardon ?

— Dans votre cas, milord, je suis persuadée que le porc vous siérait à merveille.

Le reptile hausse ses épaules nonchalantes.

— Seule la science nous le dira.

Sa messe dite, il m'expose son dos et se dirige vers l'établi où l'attend sa fidèle mallette. Sans prendre la peine de se retourner, Dorian lève le bras et agite ses doigts dans ma direction pour me faire venir.

— Approche-toi, je vais te montrer les instruments que tu vas utiliser pour la dissection.

Tandis qu'il s'affaire à les disposer en prenant scrupuleusement soin de les faire briller avec un chiffon, un éclat métallique à ma gauche attire mon regard.

Nerveuse, mes yeux papillonnent de la cisaille à la musculature puissante et vulnérable offerte à ma portée. La confusion s'empare de moi à la seconde où l'outil termine fatalement entre mes mains. Un frisson d'excitation me parcourt l'échine, faisant trembler mes membres tétanisés par le succès alors que je m'approche le plus discrètement possible de ma cible.

Le souffle court pour atténuer ma présence, je lève les yeux et repère le point de chute de ma lame : sa carotide primitive droite. Assister la police aura au moins eu le mérite de me donner de précieux conseils.

Voyons voir… Si je prends en compte notre différence de taille combinée à ses réflexes de chasseur, il faudra que je frappe fort, vite et bien. Il est hors de question de lui laisser la moindre chance de s'en sortir ! Chaque respiration prise de sa part est une de trop pour mes nerfs. Un peu d'élan ne sera donc guère de refus.

Ravalant l'angoisse acide refluée dans ma gorge, j'inspire profondément et recule de deux pas.

— Dépêche-toi, Emilia, rugit-il, le nez toujours dans sa tâche. Mes importateurs viennent me rencontrer cet après-midi. Je ne voudrais point les faire attendre, cela serait fortement impoli.

Ils risquent de l'attendre pendant très longtemps, n'est-ce pas Emilia ? Fais-le ! Une telle occasion ne se représentera pas de sitôt.

— Oui, milord, j'arrive, réponds-je en levant la cisaille.

La pointe dressée en direction de son dos, je rétracte mon bras en arrière afin d'y puiser toute ma puissance de frappe. Et dans un dernier soupir décisif, je fonds enfin sur ma proie.

Mais alors qu'à quelques centimètres de sa tête l'acier s'apprête à se gorger de son sang, un doute inconvenant envahit mes pensées assassines.

Je me fige, l'arme encore en l'air, paralysée par une terreur autant grotesque qu'obscène. Quelque chose ne va pas. Je le sens au fond de mes entrailles et cela m'horrifie. Mais pourquoi ?

C'est trop tard, Emilia, il t'a eu.

— As-tu fini de t'amuser ? ronronne mon tuteur. Pose cette cisaille et viens me rejoindre, qu'on en finisse. Et cesse d'hésiter, bon sang, ne t'ai-je donc rien appris ?

La surprise me fait instantanément lâcher prise. Dégringolé au sol, l'outil claque contre la pierre pour déclamer ma défaite. Penché sur lui, je ramasse le traître et le repose à contrecœur près du pied du cadavre.

Toujours de dos, Dorian caresse avec sensualité la descente de son cou.

— Tu l'auras une autre fois, Emilia. Ne brûle point les étapes et termine la première leçon d'abord. Ma carotide sera toujours là à t'attendre patiemment.

— Sauf si quelqu'un lui rend visite avant, protesté-je, vexée.

Il se retourne enfin, ses manches de chemise retroussées sur ses avant-bras, scandant outrageusement qu'ils auraient pu contrer sans mal ma stupide tentative.

— Ah ! C'est donc de cela qu'il s'agit, un acte désespéré de possessivité ? Comme c'est touchant, *min sommerfugl,* j'en ai des frissons d'extase. N'aie aucune crainte, je saurai préserver ma virginité funèbre pour toi. Après tout, ne t'ai-je pas réservé l'exclusivité de ma future dépouille ?

— En effet, dit ainsi…

— Rassurée ?

Je me force à combler son sourire par le plus vénéneux en ma possession.

— Mortellement.

— Ah, à la bonne heure !

Son intonation se fait plus tranchante.

— Contrôle tes pulsions et concentre-toi sur ce que je t'offre.

— Quoi donc ?

Il désigne le pauvre homme allongé sur la table.

— Un porc à saigner. Néanmoins, je te l'accorde, il n'est guère aussi beau et bien bâti que ton professeur.

Je lève les yeux au ciel et m'empare du scalpel tenu entre ses mains, mue par le désir empressé de retrouver mes appartements pour pleurer mon incompétence…

Et ma faiblesse pour ce démon.

CHAPITRE 35

Jamais plus

EMILIA

— *Godt*, ton incision s'améliore et ma peau s'en réjouit d'avance. À présent, écarte les chairs et décris-moi ce que tu vois.

— Je… avec mes doigts ?

— Avec quoi d'autre ? Estime-toi heureuse, j'ai spécifié à Thomas qu'il soit de première fraîcheur afin de t'épargner les odeurs de décomposition. Récompense ma bonté, Emilia.

Sans en démordre, je pousse un cri d'indignation.

— Il n'est pas question que mes doigts aillent farfouiller là-dedans, milord !

— Si tu savais où les miens sont intervenus, tu ne te plaindrais pas.

— Vos exploits macabres ne m'intéressent pas, m'énervé-je.

— Je parlais de sexe, mais passons, vu que tu n'en as cure. À moins que tu ne veuilles en connaître les détails ? demande-t-il d'un ton suave avant de se masser les tempes.

Sa grimace de douleur, prémices d'une migraine carabinée, ne me fait guère pour autant abdiquer.

— Certainement pas !

— Cesse tes enfantillages, dans ce cas, et plonge tes doigts dans cet homme ! vocifère-t-il. *Straks*[36] !

Déconcertée par sa soudaine mauvaise humeur, je prends une profonde inspiration et d'un hoquet d'épouvante, introduis mes mains dans l'ouverture pour en écarter la peau.

— Enfin, s'adoucit-il. Tu te montres raisonnable. Si tu savais comme cela me rassure de savoir que tu n'hésiteras pas à pénétrer en moi si nécessaire.

— Je compte bien ne jamais m'infliger cela.

— Ne jamais dire jamais. Par ailleurs, vu le temps passé à observer mon extérieur, changer de vue ne te ferait point de mal. Je suis sûr que mes organes sont aussi d'une incroyable beauté.

Il claque ses mains l'une contre l'autre.

— Trêve de flatteries, *min sommerfugl* ! Dis-moi, que vois-tu ?

— Une sorte de… graisse jaune.

— La graisse abdominale, précise-t-il. Maintenant, tu vas écarter la ligne blanche située entre ses muscles abdominaux. Y es-tu ?

Je retiens un réflexe vomitif au moment où mes ongles s'imprègnent du liquide gélatineux et sanglant.

— Oui.

— Dis-moi.

— Il y a un… feuillet qui enveloppe les viscères. Le péritoine ?

— En effet. Prends le scalpel et incise-le délicatement.

De ma main droite, je tournoie la lame pour l'orienter dans le bon sens.

Tout en mordant mes lèvres de dégoût, je le découpe lentement et avec le plus de précision possible.

Sa fine épaisseur facilite heureusement mon travail.

— C'est fait, haleté-je.

— Décris-moi ce que tu vois à droite.

— Le foie.

— *Godt.* Soulève-le.

36 Immédiatement.

Dans les viscères jusqu'au cou, je décide finalement de mettre mon ego et mon éducation de côté et de m'appliquer à ma tâche.

Il sera toujours temps plus tard de m'enfermer dans mon cabinet de toilette.

Mon tuteur installé à mes côtés reste à l'affût du moindre signe d'abandon de ma part.

Il peut attendre, nous ne lui ferons guère ce plaisir.

Oh que non !

Je suis dans ce cadavre et je compte bien y rester jusqu'à la fin de ce cours !

Ragaillardie, je replonge dans les entrailles pour y lire mon destin.

L'organe violacé se trouve désormais en ma possession.

Si je veux devenir médecin, il est temps de me former une carapace de bon sens.

Les émois féminins ne peuvent trouver leur place sur les bancs de la faculté.

Sous mes doigts, l'estomac du cadavre rosit d'approbation.

— Il y a un accolement de feuillets entre l'estomac et le colon, comme un tablier… l'*omentum* ?

— Décidément, Emilia, tu es en très grande forme aujourd'hui, admire-t-il. Soulève-le.

Coincée à l'abri dans ma bulle protectrice, je m'exécute et tombe sur les intestins grêles.

Je tourne la tête vers Dorian pour attendre la suite de ses instructions.

— Parviens-tu à situer le bout d'intestin avant le colon ?

— Vous voulez sûrement parler de l'iléon, milord ? le corrigé-je avec un étonnant aplomb.

— Et la voilà, s'émerveille-t-il. La plus insolente et merveilleuse étudiante qui soit. Oui, petite rusée, l'iléon. Prends les clamps et place-les à dix centimètres l'un de l'autre.

Je m'exécute.

— Fait.

— Maintenant, incise-le sur quatre centimètres.

— Mais…

— Quoi donc ? Aurais-tu peur de le tuer ?

— Cette première leçon consistait à observer. Non à… massacrer le corps de ce pauvre homme. Je n'en vois pas l'intérêt, si ce n'est de subir un peu plus votre cruauté malvenue.

Il darde sur moi sa glace bleutée.

— L'intérêt, ma chère, est de t'apprendre à maintenir ta proie en vie le plus longtemps possible afin qu'elle puisse subir elle aussi ta « cruauté malvenue ».

— Sur ce point, je ne risque pas de devenir comme vous, décrété-je. C'est immonde et irrespectueux !

— Tu m'as demandé jadis de t'apprendre. Je n'ai guère le souvenir que ménager tes susceptibilités faisait partie du contrat. Me serais-je trompé ?

— Non.

— Souhaites-tu arrêter là ?

— Non !

— Alors, fais ce que je te dis.

Non sans un dernier grognement de résistance, je me penche et pose la pointe du scalpel sur la surface glissante.

L'odeur âcre de la nourriture digérée soulève immédiatement mon propre estomac.

Nauséeuse, j'effectue l'incision le plus rapidement possible et termine en tendant triomphalement la lame à Dorian.

— Puis-je y aller à présent ?

— Oh, non, proteste-t-il. Tu ne vas tout de même pas déjà nous quitter, la fête ne fait que commencer.

Il s'empare fermement de ma main et échange l'instrument contre une aiguille ornée de fil de couture avant de refermer le tout de ses doigts.

— Suture la plaie pour prolonger sa souffrance, chuchote-t-il à mon oreille. Fais comme si sa vie était placée entre tes mains habiles. Toi seule peux exercer ce pouvoir.

— Est-ce un pouvoir ou une malédiction ?

— Dans ton monde comme dans le mien, cela n'a pas d'importance.

Il me dirige au-dessus de l'organe avant de se reculer.

Je le cherche aussitôt du regard, persuadée qu'il me dira au dernier moment de tout arrêter.

— Tu me contempleras plus tard de tout ton saoul, plaisante-t-il. Pour l'heure, le moment est venu de mettre tes leçons de couture en pratique.

Il sort de la poche de sa veste une petite montre à la dorure travaillée.

— Tu as trois minutes, déclare-t-il d'un ton rigide. Je te conseille donc de commencer instamment.

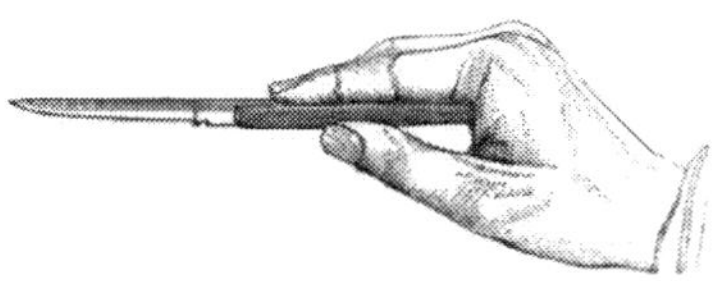

Épuisée, je termine mon dernier point en diagonale en le consolidant par un nœud ferme.

La sueur perle sur mon front, et glisse dans mes yeux sans que je ne puisse la ressuyer.

Néanmoins, je me console en me disant que la délivrance est proche.

Bien qu'elle ait un goût de métal en bouche.

— Terminé ! m'exclamé-je, presque dyspnéique.

Il regarde sa montre et hausse un sourcil perplexe :

— Deux minutes et trente-deux secondes. Pas mal, Emilia.

— Digne d'un chirurgien, vous voulez dire.

— Je ne m'avancerais pas trop si j'étais toi.

Je gonfle les joues et souffle mon impatience.

— Les points sont parfaits, milord. Les boucles sont continues et la suture est serrée comme vous me l'avez appris. Je ne vois pas pourquoi vous persistez tant à me rabaisser.

— Je ne te rabaisse pas, je m'étonne, voilà tout.

— Vous devriez éviter ce sentiment. Le scepticisme gâche votre beauté, Dorian. Je propose de vous prescrire une autre dose de baie de sureau afin de vous détendre.

Ses traits se font féroces.

— Es-tu vraiment sûre que cela tiendra ? demande-t-il d'une voix aguicheuse.

— Sûre et certaine, milord.

— Très bien, et si nous vérifions cela ?

Je demeure un instant songeuse avant de me décider d'un air de défi.

— Mais faites donc, je vous en prie.

Sans me lâcher du regard, il se poste de l'autre côté du corps et y plonge sans hésitation ses mains pour y retirer les clamps.

— Penche-toi et apprends, m'ordonne-t-il d'un timbre doucereux.

Suspicieuse, je m'exécute, examinant ses gestes soignés.

Ses doigts postés de chaque côté de ma suture, il me lance un dernier sourire racoleur.

Tout d'un coup, la compréhension éclaire ma lanterne éteinte par ma sottise.

Non ! Non ! Non ! Ce n'est pas vrai ! Il ne va pas faire cela tout de même ?

— Dorian ! Non, ne faites pas cela ! imploré-je.

Trop tard.

Galvanisé par ma panique, il presse l'organe, provoquant ainsi l'éclatement instantané de mes points pas si serrés que cela.

Un jet de sécrétions liquides de couleur marron-verdâtre éclabousse ma joue droite, dégoulinant jusqu'à ma bouche pincée de dégoût.

Écœurée, je recule de toutes mes forces en m'essuyant du mieux que je peux, mais l'odeur infecte s'imprègne déjà sur ma peau.

Mes hurlements incessants viennent couvrir le bruit de ses éclats de rire sataniques.

— Espèce de… de… J'avais raison, vous n'êtes qu'un porc ! Vous m'avez demandé exprès de me pencher ! Vous vouliez vous venger pour le thé, c'est cela ?

Son hilarité se calme un instant tandis qu'il nettoie élégamment le sang séché sur ses cuticules.

— Nullement, *min sommerfugl*. Ce n'est que pure courtoisie professionnelle. Si tu avais fait correctement ton travail, tu ne serais pas en ce moment recouverte d'excréments. Cependant, rassure-toi, susurre-t-il. Cela ne gâche en rien ta beauté à mes yeux.

— J'ai… il me faut un bain, sangloté-je tout bas.

Il me jette un torchon dans les bras.

— C'est tout ce à quoi tu auras le droit tant que tu n'auras pas suturé cet homme comme il faut. Et si l'envie te prend encore de faire plonger ma manucure dans ce cadavre, sache que tu en subiras les conséquences. Maintenant, recommence !

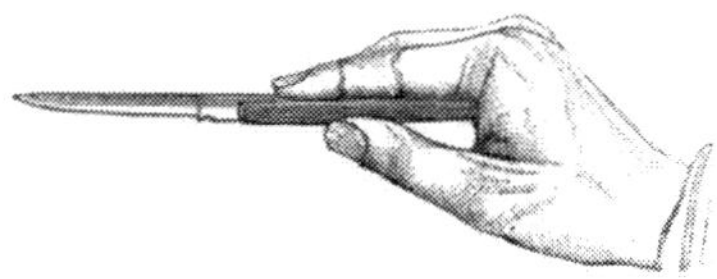

Motivée par son avertissement, il ne m'aura fallu qu'une seule autre tentative pour combler les attentes de mon tuteur.

Un simple regard sur mes nouveaux points le fait soupirer d'aise.

— Excellent ! Décidément, entre le lapin et cet homme, je vais vraiment finir par croire qu'il faut que je fasse preuve de moins de clémence. Cela semble fonctionner à merveille sur ta capacité à te concentrer.

Hagarde, je le fixe comme s'il venait de proférer la pire des insultes à mon égard.

— Clémence ? Vous vous fichez de moi ? J'ai le visage maculé des excréments de cet homme et vous avez le toupet de me parler de clémence ?

Une lueur dangereuse traverse ses iris sauvages.

— Si je n'en avais aucune, il n'y a pas que ton joli minois qui en aurait fait les frais.

Alors que je m'apprête à l'invectiver, Luther apparaît dans l'encadrement de la porte, affublé d'une brouette

— Ah, très bon *timing*, Luther ! Enterre cet homme près du pommier, s'il te plaît.

Le domestique accablé lève les mains au ciel.

— Plus de place ? Eh bien, près du cerisier.

Le jardinier réitère son geste.

— Non plus ? Il est vrai que j'ai été très occupé ces dernières années… Soit ! Mets-le là où tu trouveras de la place.

Luther s'incline et déplace le contenant mobile jusqu'à la table. Poussant sans effort le corps, il l'y fait tomber dans un bruit sourd.

— Vous ne comptez tout de même pas l'enterrer ici ? m'indigné-je.

— Et pourquoi pas ? Le corps humain est un formidable engrais. Ose me dire que tu n'apprécies pas les fruits de notre jardin ?

Je crois même que je n'en mangerai plus jamais de ma vie.

— Mais le faire ainsi, renchéris-je. Sans… funérailles ?

— Oh, je vois ! Je comprends, vous avez tous les deux baignés dans la même mélasse. Une telle expérience rapproche plus qu'un pacte de sang.

Il soupire de résignation.

— Très bien. Libre à toi de dire une prière pour son âme damnée si tu le souhaites, mais je te conseille de te rafraîchir avant. Ton apparence n'est point la plus fervente qui soit.

Je le fusille du regard avant de regrouper les restes de ma dignité délaissée sur cette table.

Le chiffon souillé jeté à sa figure hilare, je sors de l'atelier sous ses ricanements, bien décidée à ne jamais plus tenter un quelconque rapprochement avec ce futur cadavre.

Jamais plus.

Troisième partie

« J'aime tuer des gens parce que c'est très divertissant. C'est bien mieux que de tuer des animaux sauvages, car l'homme est la plus dangereuse des créatures. »

Le tueur du Zodiaque

Chapitre 36

Prenez et buvez

L'Empailleur

Église St Mary Aldermary
Watling street, Londres
12 juin 1886

Il est seul.

Son dos assis sur le dernier banc, la tête plongée dans ses péchés qu'il tente d'absoudre par des prières murmurées dans le vide froid de cette maison habitée par un usurpateur. Le reste des fidèles est depuis longtemps rentré se terrer dans la fange leur servant de domicile, mais pas cet homme.

Non, pas cet homme.

Lui préfère se balancer d'avant en arrière, gémir sa peine, pleurer pour une vierge qui ne viendra jamais assouvir son désir de rédemption. Pris d'une pulsion aussi subite que violente, je mords mon poing jusqu'à la douleur, m'évitant de lui hurler sa vérité. Celle que je rejetais jusqu'à présent et qui semble s'être emparée de moi à la seconde où j'ai franchi cet endroit.

Dieu est mort, nous l'avons enterré depuis longtemps. Seul l'Enfer règne désormais sur terre et j'en suis son plus fidèle apôtre. En offrande au malin, je répandrai ses vices et ses viscères pour sanctifier cette haine débordant en moi, en nous. Mon art magnifiera cet endroit souillé par la corruption de l'âme. Ceci est mon cadeau, ceci est son salut.

Bien que la haute voûte du sanctuaire fasse résonner mes pas sur le carrelage, il n'en a cure.

Il devrait.

La foi le protège peut-être des démons de la Bible, mais celui qui s'avance dans son dos est bel et bien réel.

Fait de la même chair et du même sang donné par ce père aux sabots fendus qui se délecte de voir ses enfants s'entretuer. Sur ce point, mon père, je ne vous décevrai pas, je serai votre chérubin préféré.

Bénissez-moi, accordez-moi votre bras vengeur afin que je puisse achever mon œuvre.

Les faibles doivent vous rejoindre pour apprendre votre sermon. Les forts restent pour s'assurer qu'ils retrouvent le chemin de notre demeure.

Et j'en fais partie.

Avec vivacité, je passe la corde tendue devant le cou de l'homme et resserre mon emprise. Je tire de toutes mes forces, de toute mon adoration. Il tente un hurlement que sa trachée comprimée fait mourir sur ses cordes vocales. Il se débat, gesticule, griffe, mais les cavaliers de l'Apocalypse chevauchent déjà dans mes veines pour me confier leur puissance. La mort jubile en me prêtant sa monture, m'invitant à poursuivre seul cette folle cavalcade vers l'Enfer.

Comblé par cette marque de confiance, je tire davantage pour mettre son cou en extension. Je veux la voir, je veux la sentir. Cette vie qui s'échappe, qui fuit ce vaisseau de chairs inutiles. Cette vie noyée dans ses propres poumons.

Dans ses yeux sortis de leurs orbites, une course à la mort s'engage en appelant les parieurs sataniques. Je ne parie jamais. En revanche, je gagne toujours. Des écoulements sanguinolents s'échappent de son nez, le rouge de ses joues se retire, laissant sa place à une subtile nuance bleutée. Mon modèle est presque prêt à transfigurer sa beauté, pourtant, il lui manque encore la touche finale : la terreur.

Cette émotion que je ne peux feindre malgré mon talent doit venir de lui. Elle approche, je le sens dans la chaleur de mes reins, je le sens dans mon sexe durci en l'entendant s'étouffer de plaisir contre moi. Je croyais mon excitation dépendante de ses gestes, mais en fait, elle est à la merci de mon pouvoir. Ce pouvoir sur autrui, ce pouvoir qui me permet d'assister à sa fin.

Il contrôlait sa vie, je contrôle sa mort.

Sous la corde, ses muscles terminent de se détendre. Dans un dernier râle d'agonie, il expire son dernier souffle, les yeux rivés sur le ciel qui pour une fois a daigné lui répondre.

Une fois assuré de son trépas, je relâche ma prise et range la corde dans ma poche. Le moment de jouissance est enfin arrivé, il me délivrera de ce mal rongeant ma semence depuis quatorze jours.

Je caresse sa nuque avant d'enrouler mes griffes fermement autour de son cou meurtri. De mes autres doigts tremblant d'impatience, je libère mon sexe de sa prison pour communier ma Passion avec l'Antéchrist. Une fois ma foi proclamée dans un cri de jouissance salvateur, je réajuste mon pantalon. Malgré cette délivrance passagère, je gémis cette frustration immiscée en moi comme une prédatrice, s'enroulant autour de ma colonne vertébrale pour descendre se régaler de la pourriture lascive brûlant à nouveau mes reins.

Que dois-je donc faire pour trouver le salut ?

Le regard fixé sur la croix au-dessus de l'autel, je plonge ma lame dans sa peau sacrifiée en criant ma douleur et recueille dans mes mains en coupe son offrande vermeille afin de réciter ma prière éplorée au nouveau gardien de ces lieux :

— Prenez et buvez, car ceci est la coupe de son sang, le sang de la damnation éternelle qui sera versée pour vous en rémission de ses péchés. Je ferai cela en votre mémoire si vous bénissez mon art jusqu'à son terme.

Puis, pour prouver ma piété, je bois cette alliance nouvelle avant de retourner à ma tâche.

Au fond de l'église, le crucifix se renverse lentement à l'envers, scellant notre accord funeste par ce doux murmure :

Amen, mon fils.

CHAPITRE 37

Le paradis perdu

EMILIA

ÉGLISE ST MARY ALDERMARY
WATLING STREET, LONDRES

13 JUIN 1886

— Magnifique, soupiré-je devant la superbe tour de style gothique de l'église.

— En effet, plussoie Dorian à ma droite. Sa reconstruction après le grand incendie a été une véritable réussite.

— Lucretia m'en avait déjà vanté les mérites.

— Ah, laisse-moi deviner, se moque-t-il. Elle vient ici pour prier la vierge de lui trouver un bon parti, est-ce bien cela ?

— Comment le savez-vous ? m'étonné-je.

— Sainte Mary Aldermary est l'église la plus ancienne qui lui soit consacrée. Et connaissant les espoirs matrimoniaux de ton amie, il ne pouvait en être autrement.

— Au vu de ses « espoirs » à votre égard, je pense qu'elle s'est trompée d'interlocuteur et d'endroit. Une secte satanique serait bien plus appropriée si elle souhaite vous épouser.

Il éclate d'un rire démoniaque comme pour confirmer mon propos.

— En parlant de cela, reprend-il plus sérieusement. Tu seras heureuse d'apprendre que ce lieu sacré a aussi accueilli le troisième mariage de John Milton.

— Vraiment ? m'exclamé-je, émerveillée.

Il acquiesce, une lueur enchantée dans ses yeux céruléens.

— Le paradis perdu est mon livre préféré.

— Je sais, *min sommerfugl.*

Je me tourne vers lui, mon poing reposant sur ma hanche.

— Que vous en sachiez autant sur moi me perturbe parfois.

Son visage enjôleur s'illumine pour appuyer l'évidence.

— N'est-ce donc point le rôle d'un tuteur ?

— Cela ne doit pas se faire à sens unique, milord, insisté-je vivement. Je ne connais rien de vous, de vos goûts… de votre passé.

Il me fixe intensément et s'aventure sur mes lèvres.

Le soleil londonien réchauffe ma peau parcourue d'ondulations charnelles sous son exploration consciencieuse.

— Tu en sais plus sur moi que la plupart des gens, tranche-t-il finalement. Et c'est amplement suffisant. À quoi cela te servirait-il de me connaître davantage ? Cela t'aiderait-il à peaufiner ta vengeance de savoir que je te préfère parée de couleurs plus chatoyantes ?

— Cela n'a rien à voir, objecté-je, le rouge aux joues.

— Tu m'as demandé mes goûts, tu n'as point précisé lesquels. Je te repose ma question, Emilia : à quoi cela te servirait-il ?

Le mensonge semble m'avoir déserté lorsque je reprends la parole, ne laissant plus qu'une atroce vérité.

— Peut-être que j'ai juste terriblement envie de connaître la bête terrée en vous, milord.

Un masque de confusion se superpose à sa suffisance.

Mais alors qu'il ouvre sa bouche tentatrice pour me répondre, un Graham décomposé apparaît dans notre champ de vision obscurci par notre échange.

— Ah, vous voilà ! Oh là là, Dorian c'est… mon Dieu, c'est…

— Bien que l'expression soit consacrée dans un tel lieu, je te prierais de te calmer et de nous expliquer ce qu'il s'est passé, gronde le comte.

— Il a recommencé !

— Je l'imagine aisément puisque nous sommes tous trois ici.

— Il… c'est… enfin, vous allez voir. Mais mademoiselle ne devrait pas…

— Je crois que nous avons établi, il y a deux meurtres de cela, que mademoiselle Emilia a le cœur bien accroché, grincé-je entre mes dents.

— Certes, mais là…

— Thomas, la dame a parlé, il me semble.

— Certes.

Je décide de m'enquérir de ce qui importune mes pensées depuis maintenant quinze jours.

— Avez-vous enquêté du côté du barbier ? Il a tout du profil du tueur.

Le sourire de mon tuteur s'étire plus encore qu'il ne l'était déjà.

— Tu n'en démordras point, n'est-ce pas ?

Il soupire face à ma détermination farouche de démasquer cet individu bien trop suspect à mon goût.

— Très bien mon ami, réponds-lui, je te prie.

— Eh bien… oui, mademoiselle Emilia. Nous n'avons malheureusement rien trouvé qui puisse l'inculper. Cependant, ce cadavre étant lui aussi rasé de frais avec un *after shave* similaire, mes hommes sont partis l'interroger il y a une heure de cela. Oh, nous continuerons à le surveiller, soyez sans crainte.

— N'ayant point de barbe, ce n'est pas à moi d'avoir peur, sergent Graham, répliqué-je sèchement.

Le policier échange un regard suppliant avec son voisin hilare.

— Ne me regarde pas ainsi, mon cher Thomas, rit-il à gorge déployée. Je ne compte certainement pas corriger le franc-parler de ma cousine dont je me délecte tant. Au contraire, je compte bien l'encourager.

— Bien, rumine-t-il dans sa barbe. Dans ce cas, suivez-moi, je vous prie. Monsieur Weakman vous attend.

— Qui est-ce ? demandé-je.

— La nouvelle victime.

Aussitôt exprimé, il s'engouffre dans l'église sans même nous tenir la porte.

Espèce de vil goujat !

— Un nom tout indiqué pour mourir en ces lieux, ricane Dorian à mon oreille en ouvrant le battant pour me laisser passer.

Arrivée à sa hauteur, je lève dignement le menton afin d'objecter.

— Si tel est le cas, alors je ferai inscrire lord Devilman sur votre pierre tombale, milord.

Je le laisse s'étouffer de rire et m'engage à mon tour à l'intérieur de la structure religieuse.

La fraîcheur de la pierre salvatrice apaise mes vapeurs corsetées en cette chaude journée de printemps.

Dorian me rejoignant, je prends son bras offert pour parcourir la magnificence de ce lieu tant vanté par la piété de mon amie.

Le bois sombre des bancs et le sol, damier de diverses nuances de marron, contraste judicieusement avec le blanc immaculé de ses voûtes célestes.

Attirée par sa splendeur, je lève les yeux vers ce plafond d'une pureté absolue, aux sculptures de dentelle soigneusement travaillées.

De chaque côté de la nef, des vitraux multicolores représentent diverses guildes : peintre, tanneur ou encore tonnelier.

Néanmoins, le chemin vermeil tracé au sol et le bataillon de policiers gravitant autour d'une forme encore trouble me dévoilent qu'une autre corporation vient d'y graver son sanglant emplacement : celle des empailleurs.

L'inspecteur Graham nous fait signe de nous arrêter au niveau de la première rangée de bancs rencontrée dans l'allée.

— Messieurs, tonne sa voix de meneur. Reculez-vous, s'il vous plaît. Laissez-les voir.

Ses collègues s'exécutent, leurs visages horrifiés trahissent leur soulagement de s'en éloigner.

Et lorsque cette nouvelle toile se présente à nous, je comprends atrocement pourquoi.

Son enveloppe agenouillée, nue au milieu du chœur de l'église, la tête de monsieur Weakman basculée en avant prophétise un fidèle anonymisé par la mort.

Ses mains jointes en signe de prière semblent vénérer un culte morbide dont l'offrande requiert un sacrifice des plus innommables, ainsi qu'en témoigne la croix renversée derrière lui.

Malgré tout, cette mise en scène du corps ne fait que sublimer l'apothéose de cette œuvre sordide.

Au-dessus de chacune de ses épaules, un immense lambeau de chair découpé dans son propre corps lui fait office d'aile déployée, ses bords parsemés de plumes noires.

Dans cette position cadavéreuse, il s'apparente à un ange. Un ange déchu. *Lucifer Morningstar, est-ce à cela que vous ressembliez quand vous êtes tombé du Paradis ?*

Placé à ma droite, Dorian s'enflamme pour celui de John Milton qu'il récite d'une voix admirative :

Ce ne sont pas les lieux, c'est le cœur qu'on habite,
Qui fait du Ciel un Enfer, de l'Enfer un Ciel.
Ici je puis régner en paix c'est assez ;
Une couronne même en Enfer me fait roi :
J'aime mieux régner en Enfer que servir au Ciel.

Je me tourne vers lui, l'extravagance déplacée de cet instant cédant place au seul désir de châtiment.

Quant à la nature de ce dernier, Dieu ayant laissé un tel affront se dérouler dans sa demeure, puisse-t-il être divinement humain.

D’un regard échangé avec mon confrère de sang, je lui communie mon ardeur.

— Il est grand temps que nous achevions son règne.

CHAPITRE 38

L'aigle de sang

EMILIA

— Concentre-toi sur la partie antérieure d'abord, Emilia.

— Pourquoi donc ?

Debout de l'autre côté du corps, ses yeux enchantés parcourent ce qui n'attend que de me choquer.

— Oh, il faut bien ménager le suspense. N'est-ce pas ?

Je déglutis, anticipant les nombreuses nuits blanches que me vaudra le dos de cette victime.

Tremblante, je m'agenouille à mon tour près de lui et soulève d'un gant son menton.

La tige enfoncée dans son thorax pour le maintenir dans cette position grotesque oscille légèrement suite à mon geste.

Toutefois, à mon grand soulagement, la structure persiste à tenir en place.

Le teint cireux du défunt observé, les cours de Dorian sur les méthodes d'assassinat me reviennent rapidement dans mon esprit étonnamment clair.

— Cause du décès ?

— La strangulation.

— Excellent, tu ne cesses de t'améliorer, dit-il d'un air taquin.

— C'est plus facile quand la tête repose sur le cou, milord.

— *Godt.* Qu'est-ce qui t'a permis de conclure cela ?

Je fixe la langue sortie de sa cavité buccale.

— La protrusion de la langue.

— Continue.

— Les pétéchies conjonctivales et surtout les ecchymoses autour de son cou. Les lésions sont parcheminées et l'os hyoïde semble avoir été fracturé.

— Semble ?

— Est.

— Bien mieux, approuve-t-il. Poursuis en regardant ses ongles.

— Ils sont cassés, il y a du sang séché sous les cuticules. Il a lutté. De toutes ses forces.

Dorian acquiesce, nullement chagriné par le sort de cet homme. Seule l'anatomie semble émouvoir ce serpent. Du moins cela et une tige chauffée à blanc dans le cerveau d'un autre.

— Avait-il des gants lorsqu'il l'a tué ?

— Non, réponds-je de manière catégorique.

— Pourquoi ?

— Un trait barre son cou.

— De manière plus scientifique, je te prie.

— Les ecchymoses ne sont point arrondies, signalant ainsi qu'il n'a pas eu de pression des pulpes des doigts. Par ailleurs, le sillon aurait été moins profond et discontinu si cela avait été le cas. Une corde peut-être ?

— Probablement. *Godt*, à présent…

Il s'écarte du dos de la victime et ouvre les bras afin de m'inviter à découvrir ma surprise.

— À toi l'honneur. Si tu souhaites vomir, fais-le dehors. Nous sommes dans une église tout de même.

Je le fusille du regard et contourne les « ailes » pour prendre sa place.

Je demeure paralysée, blême d'épouvante.

Rien dans tout ce que j'ai pu voir auparavant n'aurait pu me préparer à une telle boucherie.

— Oh, mon Dieu ! m'écrié-je tout en portant une main devant mes lèvres, au bord de la nausée.

— Exactement ce que je disais, confirme Graham en se tournant vers son ami.

Celui-ci lève les yeux au ciel avant de m'avertir silencieusement.

— *Pour que tout règne s'achève, une tête doit tomber. Continue de me faire honte et c'est la tienne qui tombera.*

La bille acide ravalée, je retire la main de ma bouche, mes joues colorées à nouveau par mon effronterie.

— *Vous prendriez le risque de ne plus pouvoir en apprécier la beauté ?*

Ses pupilles se rétrécissent, confirmant ses pensées implacables.

— *C'est un risque que je suis prêt à prendre. Au travail, Emilia.*

— Le… le tueur a ouvert le dos de sa victime pour…

— Emilia, reprends-toi ! rugit-il.

— Dorian, tente de temporiser son ami d'une faible voix. Il faudrait peut-être lui laisser le temps de se…

— T'ai-je demandé ton avis, Thomas ?

— Non, mais…

— Alors, cesse de t'immiscer entre ma pupille et moi ! Et prends tes fichues notes !

Aussi changeants que le temps londonien, ses traits s'apaisent pour feindre une affection patiente quand il s'adresse à moi.

— Emilia, j'attends toujours.

J'inspire profondément et calme mes nerfs.

— Pour détacher les côtes de sa moelle épinière avant de les… écarter à chaque extrémité. Ses poumons ont été arrachés et placés également sur le côté. Quant aux deux pans de peau arrachée…

— Arrachée ? Cela me paraît bien trop précis pour cela. La sémantique, Emilia.

— Découpée ?

— Mieux.

— Elles ont été fixées à l'aide d'un fil transparent. Du fil de pêche ?

Il approuve en touchant délicatement la structure reliée à la colonne.

— Du fil de soie tressé pour en renforcer la résistance. Les plumes maintenant.

J'étudie les longues plumes noires rivées à l'arrière de son crâne, couronnant le cadavre d'une gloire éphémère.

— Les… ailes en sont bordées ainsi que l'arrière de sa tête. Comme une sorte de crête, mais elles sont plus éparses qu'aux autres endroits.

— Un autre animal ? propose le sergent.

— Il y a des chances que ton zoo accueille un nouveau spécimen, effectivement. Toutefois, je ne connais pas cet oiseau.

— Moi non plus, indiqué-je.

— Je crois qu'une autre visite chez monsieur Günther s'impose. Qu'en penses… Es-tu d'accord, Dorian ?

— Bien sûr.

Je me replace à nouveau de l'autre côté de l'oiseau inconnu.

— Cette technique… est-ce que cela serait l'aigle de sang ? demandé-je à mon tuteur.

Son expression affiche le ravissement face à ma curiosité.

— L'aigle de quoi ? répète Graham.

— De sang, siffle le reptile. C'est une méthode de torture utilisée par les Vikings contre les ennemis qu'ils jugeaient les plus odieux. On ouvrait le corps pour en détacher les côtes et les poumons pour imiter les ailes déployées d'un aigle. Évidemment, le supplicié était encore vivant pour apprécier sa fin.

Son regard malicieux achève sa phrase en silence :

— *Cela est plus amusant, non ?*

J'écarquille les yeux avant de les plisser.

— *Je ne sais pas, vous me le direz.*

— *Ne me dis pas que tu comptes utiliser cette technique sur moi ?*

Je hausse une réponse évasive.

— *Et pourquoi pas ? J'ai toujours été fasciné par les Vikings, ainsi que vous devez le savoir.*

Un rictus discret déforme sa bouche.

— *Sais-tu quelle force cela nécessite pour hacher une cage thoracique ? Crois-moi, cela demande bien trop d'efforts pour une fleur aussi délicate que toi. Tu risquerais de t'épuiser inutilement.*

— *Je vous remercie de vous inquiéter de ma santé, milord.*

Son sourire s'étend alors qu'il me répète sa phrase prononcée un peu plus tôt.

— *N'est-ce donc point le rôle d'un tuteur ?*

— *Cessez de vouloir l'outrepasser.*

Il penche la tête de côté.

Son attitude innocente me donne envie de le gifler, toutes griffes dehors.

— *S'agit-il de cela, ou est-ce toi qui souhaites m'en affubler d'un autre ?*

— Heureusement pour ce pauvre homme, il ne l'était plus depuis longtemps si l'on en juge sa température corporelle. Il y a autre chose que je ne t'ai pas montré. Mais avec la présence de ta cousine, c'était, disons assez… délicat.

Pour une fois, je remercie intérieurement l'intervention de Graham.

— N'aie crainte, il en faut plus pour la choquer, n'est-il pas vrai, cousine ?

— En effet, insinué-je. Comme voir quelqu'un se faire démembrer vivant, par exemple.

Je concentre mon attention sur Graham afin de ne pas affronter les yeux incandescents de mon tuteur.

— Soit. Sur le banc que vous avez vu, nous avons nettoyé des traces de… liquide séminal.

— Séminal ?

— Il parle de sperme, très chère.

— J'avais compris, milord.

— Vraiment ? Je ne t'ai pourtant point appris cela dans mes cours.

Cette fois, je plante mes prunelles dépourvues de pudeur dans les siennes.

— Vous n'êtes peut-être pas mon seul professeur, ronronné-je.

Gêné, Graham se racle la gorge, me laissant à peine le temps de recueillir l'irritation dans le regard de Dorian.

— Qu'en penses-tu ? Il ne l'avait jamais fait précédemment.

Le comte cligne des yeux pour m'indiquer que nous traiterons à nouveau de mon insolence.

— Voyons voir, il a plusieurs fois changé son *modus operandi*. Égorgement, décapitation et maintenant strangulation.

— Sans compter qu'il lui a brisé le cou.

— Quand cela ?

— Avant la décapitation. L'autopsie a révélé une fracture spira… sprio..

— Spiroïdale, déclare froidement la bête.

— Oui, c'est cela !

Son ton cassant se tuméfie de reproches menaçants.

— Tu ne me l'as pas signalé.

— Excuse-moi, Dorian, je n'ai pas une seule seconde à moi ces jours-ci.

— J'espérais que tu en trouverais toujours pour ton vieil ami.

— Je saurai me faire pardonner, je te le promets, radote le sergent.

Sans plus s'en soucier, mon tuteur pivote vers moi, caressant son menton d'un air songeur.

— Un coup brisé, efficace sur une girafe… comme sur un lapin.

Forcément, il fallait qu'il déverse sa bile sur moi ! Il a bien de la chance que nous ayons du public, sinon je me serais chargée personnellement de le remettre à sa place.

Acculée par la présence de Graham, je ne puis que serrer les dents à l'évocation de mon ami défunt.

Les soirs suivants son meurtre, Dorian a pris un soin particulier à me faire servir du lapin à chaque dîner et cela pendant plus d'une semaine.

Il aura fallu mes larmes et l'intervention de Trudy auprès de son maître pour que cela cesse.

— Demandons à notre enquêtrice de choc. Pourquoi évoluer pour finalement arrêter son choix sur la strangulation ?

Je chasse l'odeur aussi écœurante qu'alléchante de la viande grillée pour étayer mon raisonnement.

— Faire durer le plaisir et… ne faire qu'un avec sa victime.

Il m'encourage d'un geste impatient à poursuivre.

— Il voulait être au contact avec elle sans avoir… d'intermédiaire. La sentir se débattre contre lui et se repaître de sa peur. Il ne veut pas que sa lame soit puissante, il veut l'être lui. Sentir son pouvoir déferler sur elle, sentir qu'il peut contrôler sa mort et décider seul de son heure.

— Tu évoques l'absence d'intermédiaire, mais il reste tout de même cette fâcheuse corde, proteste-t-il calmement.

— Elle lui permet d'accélérer le processus ?

— Pas seulement.

Je ferme un instant les yeux en essayant de me glisser sous la peau corrompue du tueur. L'exercice se révèle bien plus facile que je ne le pensais.

Guère étonnant lorsque l'on sait que je suis immergée dans celle de Dorian depuis six années.

— Il n'est pas encore prêt à assumer son fantasme. Il ne fait que l'effleurer, mais il ne le caresse pas encore. Pas volontairement en tout cas.

— Et la croix renversée ?

— Cet endroit a dû faire rejaillir chez lui un désordre mystique. Il se croit peut-être investi d'une mission sacrée auprès de Dieu ou…

— Du Diable. Quoique dans la Bible cela ne soit en rien sa signification originelle, il n'a pas dû se rendre beaucoup à la messe. Enfin, à part là bien entendu. Excellent, Emilia, as-tu déduit tout cela de cette simple observation ou est-ce le fruit de nos délicieuses années passées ensemble ?

— La deuxième option. Mais en étant honnête avec moi-même, il me faudrait remplacer « délicieuses » par « horribles ».

— Tu es une tragédienne accomplie, *min sommerfugl.*

— Et vous, un comique raté.

— Tant mieux. Ainsi notre spectacle n'en sera que plus divertissant.

Puis se tournant vers son ami décontenancé par notre dialogue acide :

— Comme l'a si bien déduit ma chère cousine, ton tueur n'est pas encore prêt. Au début certes, il n'y avait que son art, mais il a dû découvrir accidentellement qu'il pouvait prendre un plaisir plus charnel en assouvissant ses pulsions. Alors il teste ses limites, grappillant peu à peu du terrain sur la peau de ses victimes, cherchant une intimité qu'il convoite sans jamais pouvoir l'atteindre. Cela le frustre, corrompt ses pensées et accélère son envie de recommencer. Et c'est cela qui le mènera à sa perte.

— Que veux-tu dire exactement ?

— N'as-tu donc pas remarqué la distance entre les meurtres se réduisant peu à peu comme peau de chagrin ? Ou comme peau d'ivresse dans son cas.

— Si, bien sûr, mais je ne vois toujours pas…

— Que ferais-tu si tuer était le seul moyen pour toi de jouir ?

— Dorian, ton langage, hoquète-t-il en me désignant de son couvre-chef.

— Rassurez-vous, inspecteur, démentis-je avec félicité. Cela ne me choque guère.

Ce dernier prend une grande inspiration avant de se plier de bonne grâce à la volonté de Dorian.

— Je recommencerais, sans tarder.

— Dans ce cas, tu as ta réponse, ricane mon tuteur. Il va évidemment s'améliorer, s'émanciper de son désir. Peut-être même parviendra-t-il à le contrôler pour finir par frapper de manière encore plus réjouissante et spectaculaire. À ta place, Thomas, je me préparerais à accueillir une toile de maître.

— Grands dieux ! Quand bien même j'apprécie énormément ton analyse, Dorian, je prie de tout mon cœur que tu puisses te tromper.

Les ténèbres s'agitent derrière les saphirs brûlants du comte.

— C'est là ma malédiction, Thomas, je ne me trompe jamais.

Un peu plus tard, nous suivons l'inspecteur jusqu'à la sortie de l'église afin de rejoindre nos fiacres respectifs et nous rendre au musée d'histoire naturelle dans l'espoir fou d'y découvrir l'espèce volatile concernée par ce crime.

Avant de les rejoindre dans la lumière, je me tourne une dernière fois vers les ombres entourant le symbole renversé pour saluer ce dieu infâme qui ne cesse d'abandonner ses enfants.

— *Si vous ne pouvez le faire, donnez-m'en le pouvoir. Je vous en conjure.*

Derrière mon dos à présent réchauffé par les rayons du soleil, la porte geint son supplice et se referme sur un murmure bénissant ma requête.

— *Amen, ma fille.*

Chapitre 39

Une fâcheuse coïncidence

Émilia

Bureau du directeur Albert Günther
Cromwell Road, Londres

13 juin 1886

— *Sagittarius serpentarius,* aussi appelé oiseau serpentaire ou secrétaire. Il s'agit d'une vilaine déformation des mots arabes, *saqr* et *tair,* signifiant oiseau chasseur. Cette espèce vit en Afrique et se nourrit principalement de serpents.

J'esquisse un sourire à l'attention de Dorian dont les mandibules tressaillent subtilement à l'évocation de ses précieux reptiles.

— *Vous venez de trouver un adversaire à votre taille, monsieur le cobra royal.*

— *Oh, vraiment ? Qu'advient-il de toi dans ce cas, mademoiselle le papillon ?*

— *Je me contenterai de ses restes.*

— *Tu me décevrais.*

— Quelque chose à voir avec un aigle ? interrompt Graham en prenant des notes.

— Eh bien, il fait partie de l'ordre des Accipitriformes auquel appartiennent les aigles, néanmoins, cela n'en est guère un pour autant. Vous pourrez d'ailleurs le constater, puisque nous en avons reçu justement un à naturaliser. Son propriétaire n'est malheureusement jamais venu le réclamer.

— Quand ? s'écrie soudain l'inspecteur.

Il sursaute avant de bégayer sa réponse.

— La commande a été passée le 2 ou le 3 juin. Je ne sais plus trop, il faudrait que j'aille vérifier dans mes fichiers.

— Est-ce que c'est un animal rare pour votre musée ?

— Nous n'en avons pas très souvent, si c'est à cela que vous pensez. Tout comme votre *mandrillus sphinx*.

Le visage rubicond du sergent frise le coup de sang.

— En avez-vous eu reçu un également ?

— Oui. Mais cela ne peut guère correspondre à votre meur…

— Vous auriez dû nous le dire plus tôt, monsieur Günther !

Le pauvre directeur recule, agitant ses mains en signe de contrition.

— Nous l'avions reçu bien avant cela, proteste-t-il, affolé. Par ailleurs, je n'avais pas fait le lien entre ces corps et les nôtres. Je suis vraiment désolé, inspecteur. Je… je ne voulais pas interférer avec votre enquête, vous devez me croire ! Cela n'était aucunement mon intention.

Ce dernier soupire et se gratte rageusement les cheveux à en devenir chauve.

Quelque part, je le plains. Les cernes du pauvre bougre témoignent du peu de répit que doit lui laisser cette affaire. Trois meurtres pour trois échecs. Si son enquête n'aboutit pas, c'est sûrement sa tête qui tombera à la place de celle du tueur.

— Qui sont vos commanditaires ? reprend-il.

— Oh, des hommes de goût. De riches nobles qui veulent garder un souvenir impérissable de leur séjour en Afrique.

— Avez-vous leurs noms ?

— Vous ne pensez tout de même pas…

— C'est ce que nous allons vérifier ensemble.

— Oui, attendez une minute, s'il vous plaît.

Il sort une clé de la poche de son veston et ouvre un petit coffre situé derrière son bureau.

Au-dessus trône une réplique de l'homme de Vitruve.

Effroyablement approprié, monsieur Günther. Est-ce que cela pourrait être lui ?

J'explore les traits du vieil homme à la recherche d'une quelconque menace, mais ne m'apparaissent que rides et complaisance.

Bien sûr, je suppose qu'à l'instar du comte, la plupart des tueurs en séries ne sortent point sans un masque d'innocence.

Pourtant parfois, oui parfois, il suffit d'une légère brèche pour venir le fissurer et s'y engouffrer. Il suffit juste de la trouver et d'avoir les outils adaptés. Comme une hache par exemple…

— Ah, voilà ! Tenez.

Il tend à l'inspecteur un épais manuscrit de cuir noir.

Graham s'en empare fébrilement et s'empresse de compulser les diverses commandes. Ses doigts trémulants s'arrêtent tout à coup sur une page.

— Ils y sont… tous les trois. Le singe, la girafe et l'oiseau. Les noms des victimes correspondent aux animaux empaillés.

— C'est impossible ! s'écrie le directeur, paniqué. Il n'y a que moi qui aie accès à ce registre !

— Quelle fâcheuse coïncidence, grince l'inspecteur. Personne d'autre ne possède cette clé ?

— Non.

Le sergent referme sèchement le livre.

— Où est le reste de votre équipe ?

— En bas, dans le laboratoire.

— Présentez-les-nous. Tous.

— Je… oui. Absolument, monsieur l'inspecteur.

De l'autre côté de la pièce, Dorian circonspect examine attentivement une photographie.

Je m'approche de lui pour m'en enquérir aussi. On y voit trois enfants joyeux entourés de trois adultes, dont l'un est une version rajeunie et détendue du directeur.

Tous vêtus d'un habit de chasseurs, fusil porté sur l'épaule et sourire de triomphe sur les lèvres. Au vu de la végétation en arrière-plan, le cliché semble avoir été pris en Afrique.

— Est-ce eux ? demande mon tuteur d'une voix intrigué. Ils m'ont l'air bien jeune pour en faire partie.

Le visage du directeur s'illumine craintivement d'une franche camaraderie.

— Oui, cette photo date de notre première expédition en Afrique, il y a dix années de cela. Miller - l'homme tout à gauche - et moi avions décidé trois ans auparavant de recueillir des enfants de l'école de travail pour orphelins située dans les Hampstead. Nous voulions leur offrir un toit, de la nourriture et plus récemment un emploi. La section zoologie du musée manquait de main d'œuvre, donc nous leur avons appris depuis quelques années l'art de la taxidermie. Miller et moi-même avons bâti une famille, saine et stable avec des valeurs chrétiennes. Ainsi, inspecteur, je ne puis croire que l'un de nos enfants soit votre tueur.

Le regard du policier se perd par-dessus l'épaule du directeur. Finalement, ses commissures se retroussent sur un sombre rictus.

— Parfois, les problèmes viennent du père. Qu'il soit d'ordre divin ou non, monsieur Günther. Nous allons aller voir votre atelier. Mais une fois la visite terminée, je vous demanderai de me suivre au commissariat. Ai-je été clair ?

Le pauvre homme blêmit d'émotion et desserre maladroitement sa cravate Ascot. Ses mains tremblent d'appréhension.

— Comme de l'eau de roche, monsieur l'inspecteur.

— Bien, après vous dans ce cas.

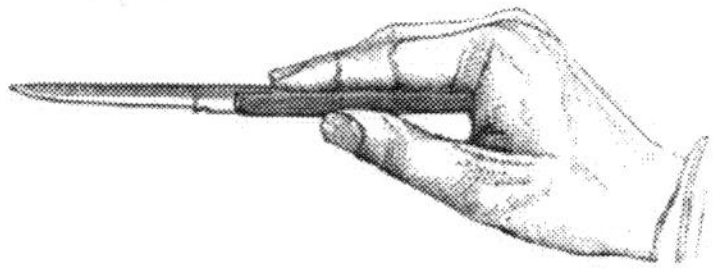

Une odeur agréable de paille mêlée à celle plus rebutante de la colle de poisson nous accueille dans le laboratoire lumineux de taxidermie.

Des bocaux remplis de plumes, d'yeux de verre et d'autres réjouissances sont posés le long de grandes étagères exposées au mur.

Divers instruments barbares s'étalent sur des établis au rangement chaotique.

Au centre de la pièce, une imposante table d'environ cinq coudées tient lieu de plan de travail pour les trois jeunes hommes affairés sur leurs œuvres.

Je ravale un haut-le-cœur lorsque mes yeux croisent ceux de verre, placés par une pince habile dans la cavité orbitale d'un poussin. À sa droite, un tigre rugit sa soif de repos *post-mortem* que ne semble guère vouloir lui accorder le taxidermiste.

Je glisse un regard vers Dorian et constate sans surprise son appétence pour ces procédés primitifs.

Au fond de la salle, le directeur - en grande conversation avec un homme de forte corpulence - s'approche d'une démarche mal assurée du reste de son équipe.

Il toussote afin de s'éclaircir la gorge et prend enfin la parole.

Sa voix rocailleuse fait cesser immédiatement toute activité.

— Gentlemen, l'inspecteur Graham ici présent souhaiterait vous poser quelques questions. Je vous remercie par avance de lui accorder votre attention.

— J'ai à peine le temps de m'occuper de ce félin, alors la police…

— Benton, je t'en prie, mon garçon ! Ce n'est pas le moment pour céder à l'impertinence.

Un jeune homme d'une vingtaine années aux cheveux roux et à la carrure robuste se tourne vers nous pour grimacer d'arrogance. Son regard émeraude se pose sur moi, belliqueux à souhait.

— Il y a une fille avec eux, monsieur, proteste-t-il.

— Benton ! Un peu de respect pour mademoiselle Emilia, veux-tu !

Je redresse mon buste comprimé par le corset et lui retourne ses faveurs misogynes.

— Vraiment, monsieur ? répliqué-je d'un ton acide. Je me disais bien qu'il me manquait quelque chose. Mais je suppose que vous vous êtes fait la même réflexion en vous levant de votre lit ce matin.

Sa bouche se plisse de contrariété avant de souffler son dédain.

Décidément, ce monde est rempli de sous-hommes à l'ego surdimensionné.

— Si tu as quelque chose à dire à ma cousine, mon garçon, sois assez aimable pour m'en faire part au préalable, renchérit un Dorian glacial. Toutefois, sois assuré que je ne tolèrerai plus aucun manque de respect à son encontre.

Alors que mes lèvres se parent d'une expression béate de gratitude, le directeur reprend la parole.

— Excusez-le, il n'est pas dans son état normal. Ce tigre lui prend beaucoup d'heures de sommeil. N'est-ce pas Benton ?

— Si vous le dites, grogne l'apprenti taxidermiste.

Les pupilles de mon tuteur se dilatent d'une fureur sournoise.

— Un conseil, mon garçon, feule-t-il. Quand on veut se rendre cynique, il faut d'abord connaître l'identité de son souffre-douleur. Car nous ne savons jamais quel talent à riposter peut se trouver en face de soi.

— Hum oui, à ce propos, intervient le directeur. Excuse-toi auprès de mademoiselle et de lord Jacobson. Si tu as encore du travail, c'est grâce à sa fondation et tu viens justement d'insulter sa cousine, mademoiselle Emilia.

Le teint du jeune homme se fait livide.

— Oh, pardonnez-moi, milord, implore-t-il. Je ne savais pas… qui vous étiez.

Moi en revanche, je peux toujours attendre l'heure du thé pour mes excuses.

L'absence de réponse de Dorian le rend encore plus agité, mais l'homme qui accompagne le directeur lui fait signe de se taire immédiatement.

Dans son coin, monsieur Günther soupire de soulagement.

— Le sujet étant clos, laissez-moi vous présenter notre équipe à commencer par nos trois apprentis. Monsieur Benton Murray, en charge de la partie mammifères depuis trois ans.

Le malotru s'incline prestement, tentant de regagner les faveurs de mon tuteur.

Les sourcils noirs froncés m'informent que la jeunesse du garçon risque d'y perdre bien plus que son duvet de mépris.

— Monsieur Karl Alberton, apprenti dans la partie oiseaux depuis deux ans.

Un homme de la même tranche d'âge que Benton s'avance pour s'incliner.

Sous ses cheveux blonds en bataille, ses fossettes charmeuses se creusent d'humour.

— Et je n'arrive toujours pas à décoller malgré cela.

— Karl est notre… disons-le franchement, comique de service. Il rêve de brûler les planches, mais pour l'instant il se contente des becs.

— Ce n'est arrivé qu'une seule fois, monsieur ! proteste ce dernier.

— Oui, bien évidemment. Ah, et le dernier arrivé, monsieur Bennie Hooligan, section oiseaux également. Étant le plus jeune de la troupe, il n'a commencé que depuis un an.

À peine plus âgé que moi, le dénommé Bennie s'approche en triturant nerveusement sa chemise. Son teint de porcelaine rosit lorsqu'il croise mes prunelles.

Gêné, il baisse aussitôt la tête, bredouillant une présentation plus que succincte.

— Euh, enchanté mademoiselle, milord.

— Bennie est d'une nature farouche. Il manque d'assurance dans son travail, mais c'est un bon apprenti.

Le garçon le remercie d'une voix à peine audible avant de retourner à sa besogne.

— Passons aux adultes à présent. Miller Fleming, dont je vous parlais tout à l'heure. C'est lui le chef d'équipe et mon bras droit.

L'homme à la silhouette imposante plie son ventre bedonnant pour nous saluer. Son apparence taciturne et ombrageuse me prive instantanément de toute sympathie à son égard.

Il darde ses onyx lisses sur moi.

— Mademoiselle, milord.

— Et enfin, termine le directeur, Jonathan Bartley, son second.

Cheveux attachés en catogan et chemise tachée de graisse, il apparaît comme par magie derrière son supérieur.

— Ravi, lance-t-il d'une inflexion mélodieuse.

Je réponds à sa mine enjouée de beau garçon et me tourne vers l'inspecteur. Je constate qu'il étudie attentivement le moindre indice. Il pense que le tueur est ici, avec nous.

Logique, les victimes sont toutes clientes du musée et ont terminé empaillées de la même façon que leur commande animalière.

Sans compter les nombreux instruments autour de nous pouvant être prêtés gracieusement à sa monstruosité.

Je frissonne à cette sombre pensée tandis que la présence d'un autre meurtrier se fait entendre à mes côtés.

— Pouvez-vous nous expliquer en quoi consiste la taxidermie ? Je suis sûr que le sergent serait très intéressé. Et je ne vous cache guère mon intérêt dont vous connaissez déjà l'existence.

— Certes, cela serait avec plaisir, milord. Miller, peux-tu…

— Suivez-moi, nous ordonne ce dernier. Je vais vous montrer les étapes d'une bonne naturalisation.

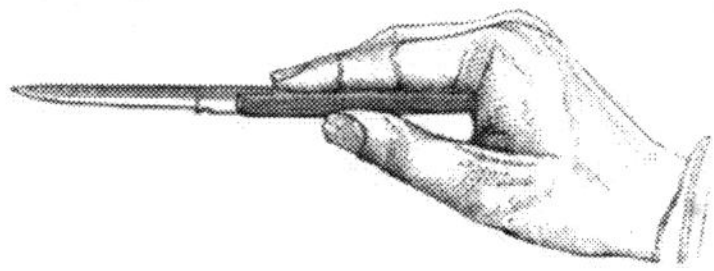

Après nous avoir expliqué les différents procédés, en passant par le dépouillage qui consiste à retirer avec soin la peau de la chair et le tannage pour en assouplir sa structure, il nous montre un modèle de paille reconstituant les formes d'un animal de petite taille.

— Un suricate, nous renseigne-t-il. Une fois la peau préparée, on en recouvre ce squelette avant de coudre ses bords. Ne reste plus qu'à rajouter les yeux, à les maquiller et à lustrer le poil.

— Je sais que la naturalisation est considérée comme un art, m'aventuré-je en terrain glissant. Mais doit-on vraiment profaner un cadavre pour cela ?

Le choix de ces deux termes n'étant point anodin, une toux railleuse se fait entendre du côté de Dorian.

La mâchoire du chef d'équipe se crispe d'indignation.

— Au contraire, mademoiselle, répond-il d'une voix aigre-douce. Nous ne profanons pas, nous sublimons. Par notre art, nous redonnons une seconde vie à ces animaux. Nous leur permettons de connaître la gloire et l'admiration des visiteurs. La plupart des « cadavres » humains ne pourraient en dire autant.

La ferveur avec laquelle il s'exprime provoque une sensation étrange dans mon estomac.

Je reporte mon attention sur ses mains rugueuses, tenant le scalpel avec fermeté. Des mains qui pourraient aisément suspendre des ailes de chair.

— Si vous le dites, monsieur Fleming, cédé-je à contrecœur.

Il hoche sa tête triomphale et nous guide jusqu'à la section des volatiles.

— Comme vous pouvez le constater, Karl est en train de tremper la peau tannée du poussin dans un savon arsenical de Bécoeur.

— Dans quel but ? s'enquiert mon tuteur.

Eh bien ! Je ne l'avais pas vu aussi intéressé par quoi que ce soit depuis… Eh bien, depuis le bouillon de cervelle de l'embaumeur.

— Pour la préserver contre les insectes nécrophages. Il est important que notre œuvre puisse nous survivre.

Est-ce à cela que tu pensais en décapitant monsieur Layton ?

— Et là, Bennie achève de placer les yeux de verre. C'est une opération très délicate.

Les mains du jeune homme tressautent à notre approche.

Alors que les trois hommes se lancent dans une conversation passionnante sur les moisissures, je m'avance vers l'apprenti pour observer son travail en détail.

En se tournant vers moi, il sursaute et fait tomber malencontreusement sa pince à mes pieds.

— Pardonnez-moi, chuchote-t-il à mon attention en s'abaissant pour la ramasser. Je ne suis pas très à l'aise avec le public. Ni avec ce travail d'ailleurs.

— Je peux aisément le deviner, grimacé-je. Rien d'étonnant quand on passe une semaine à écorcher un pauvre oisillon.

— Comme vous dites, pleurniche-t-il en se grattant nerveusement le bras. Malheureusement, je n'ai guère eu le choix.

Ses yeux embués soulèvent mon cœur de pitié.

— Elle est magnifique, déclaré-je dans l'espoir de détourner ses larmes.

Je désigne la chevalière bleue à son annulaire droit.

— Oh, oui. Elle avait été placée à mes côtés lorsque j'ai été abandonné à ma naissance.

Ma tentative pour le consoler échoue lamentablement face à cette goutte solitaire dévalant sa joue.

— C'est tout ce qu'il me reste de ma véritable famille.

— Je comprends cela, monsieur Hooligan. Je suis moi-même orpheline, voyez-vous.

— Mais vous avez encore votre cousin, dit-il en désignant Dorian.

Quelle chanceuse je fais !

— En effet, approuvé-je par automatisme. Et vous, il vous reste monsieur Günther, Fleming et tout le reste de l'équipe.

— Ce n'est pas pareil, nous ne sommes pas du même sang. Et un jour, ils partiront eux aussi…

Faisant fi de la bienséance, je pose une main sur son avant-bras.

Sous mes doigts, sa peau frémit à mon contact.

— Une famille ne s'envole jamais très loin, elle fait son nid dans votre cœur et elle y reste pour toujours.

J'omets volontairement de préciser que, me concernant, un serpent s'y est immiscé afin de dévorer mes proches.

Bennie hoche la tête et essuie ses larmes. Un sourire reconnaissant ensoleille ses traits poupons.

— Merci, mademoiselle.

Je retire ma main en entendant Dorian arriver.

— De quoi parliez-vous ? demande le reptile à présent à mes côtés.

— De la chance que j'ai de vous avoir pour cousin, badiné-je.

— La réciprocité n'a jamais été aussi vraie, cousine, susurre-t-il en retour.

Puis il inspecte sommairement l'apprenti avant qu'un rictus dédaigneux ne décrète son insignifiance.

De son côté, la nervosité du pauvre garçon est revenue aussi sèchement que le timbre de mon tuteur.

— Allons-y, *min sommerfugl*. L'inspecteur Graham a tout ce qu'il lui faut. Et moi de même. Laissons-le poursuivre son interrogatoire seul, je dois me rendre à l'entrepôt après t'avoir raccompagnée au manoir.

Je me retourne et salue l'équipe du directeur ainsi que l'inspecteur avant de prendre le bras de Dorian pour le suivre vers la sortie.

— Attendez, milord ! interpelle le directeur. Avant que notre cher inspecteur ne me convie au commissariat, je voulais vous inviter à notre réunion de l'amicale des taxidermistes de la section zoologie. Voyez-vous, nous organisons un dîner anniversaire au *prince Henry's Room* le 20 juin prochain pour commémorer notre premier voyage en Afrique. Toute l'équipe sera là ainsi que le directeur du *British Museum.* Nous feriez-vous l'honneur de vous joindre à nous, milord ?

— Cela aurait été avec grand plaisir. Malheureusement, d'autres affaires plus urgentes requièrent mon attention.

— Quel dommage ! Je vous dis à une prochaine fois. Puissions-nous nous revoir dans des circonstances plus favorables.

Les lèvres ourlées de Dorian s'étirent sur une énigme que je ne parviens pas à résoudre.

— Oh, elles le seront, Albert. Je vous le garantis.

Chapitre 40

Buvons à cela

Dorian

Salle a manger, Manoir Soulridge
Holland Park, Londres

13 juin 1886

Elle parle, mais je ne l'entends plus. Même son timbre harmonieux ne parvient guère à exorciser mon démon.

Ses serres voraces se plantent dans mon encéphale, labourent le peu de lucidité restante.

J'entends ses ailes s'agiter, gratter l'intérieur de mon crâne à vif. Si moi aussi je disposais d'une tréphine, je trépanerais sans hésiter cette créature tyrannique de mon organisme gangréné.

Ces dernières semaines, je l'ai mise en laisse et j'ai détourné son attention en lui donnant les os d'un autre à ronger, mais cela n'a entamé en rien son appétit.

Non, cela l'a décuplé.

Ce soir, elle me jette ses restes à la figure, rugissant qu'elle n'est pas dupe de mon stratagème pitoyable. Comment ai-je pu croire qu'assister Thomas me permettrait d'acheter son silence ? Assister aux frivolités de l'*empailleur* ne l'a rendue que plus déterminée. Elle veut jouer, elle veut chasser.

Elle veut tuer.

À ce mot, ma vision se brouille, ma respiration s'accélère, cognant douloureusement dans ma poitrine.

Suffoquant d'émotion, j'assiste impuissant à la métamorphose du manoir venu révéler enfin sa véritable nature. Mes membres tétanisés convulsent, mes dents s'entrechoquent. Je perds ce combat avant même qu'il n'ait commencé. Je me sens à nouveau faible, jeune. Pitoyable.

Du sang s'échappe en grande quantité, sillonnant les moulures du plafond, dégoulinant sur ces murs avides de s'en abreuver tout comme ces fantômes de mon passé.

Et cette douleur qui ne cesse de vriller mes tempes pour me donner la nausée.

Je secoue farouchement la tête ; mon esprit semble s'éloigner de plus en plus de la sanité.

Suis-je en train de devenir bel et bien fou ?

— *Tu l'as toujours été, min dreng. Ceci n'est qu'un tableau représentant ton aliénation. Une magnifique toile de plus à accrocher dans ton couloir de la mort. N'est-elle pas d'une rare beauté ?*

Je cogne mon front, désespéré de le faire taire. Depuis que je me suis forcé à faire carême, la fréquence de mes migraines ne cesse de croître.

La créature étend patiemment son territoire dans les replis sinistres de mon esprit, ne m'octroyant plus qu'une seule alcôve éclairée par une flamme vacillante. Mais pour combien de temps encore ? Peu à peu, elle aussi finira par s'éteindre si je n'agis pas.

Il me faut mon sérum, ma sève écarlate pour raviver mes veines asséchées.

Maintenant. Tout de suite. Immédiatement.

Je le veux, je le souhaite.

Non, j'en ai besoin.

Maintenant. Maintenant. Maintenant. Maintenant. Maintenant. Maintenant. Maintenant.

Je me pince sans douceur l'arête du nez pour reprendre mon souffle à l'instant où une odeur délicieusement métallique fait soudain saliver la bête.

Dans un état second, j'écarte mes doigts de mon visage et les examine. Le Diable soit loué, mes prières ont été entendues. Un rire atroce parcourt ma trachée pour aller se perdre sur ce Graal. Ma main est entièrement recouverte de sang frais, ce liquide sacré vénéré depuis tant d'années.

Les gouttes qui dévalent sur ma paume m'indiquent la voie à suivre. Ma vision peuplée de fantasmagories se baisse alors sur le couteau reposant dans mon assiette, lui aussi taché par mon précieux ami. Je lui adresse pieusement ma funeste mélopée.

Ô toi lame qui prolonge mon bras et me donne ta force, que l'éclat de ton acier me guide dans cette nuit lugubre jusqu'à tes fidèles serviteurs. Je m'en empare instantanément avec ce sentiment étrange d'être à nouveau complet, entier. Puissant.

Subitement, un gargouillis familier se fait entendre à ma droite. Mon dos se couvre sans délai d'une fine pellicule de sueur et un sentiment atroce soulève mon cœur corrompu. Pris de vertiges, je chancelle, tremble d'une fièvre que nul remède au monde ne serait à même de guérir.

Elle me jauge de ses beaux yeux bleus de naïade. Son regard voilé est aussi froid que la mort. En longeant cette partie de son anatomie que je me suis tant de fois surpris à vouloir explorer, j'aperçois avec effroi une ligne rouge venue souiller son cou de cygne. Condamnée, elle ouvre la bouche pour me supplier de l'épargner, mais il est trop tard. Bien trop tard.

Une bulle vermeille éclate sur ses lèvres pleines, déversant sa souillure infecte sur sa robe de mousseline beige. De l'entaille coulent désormais des geysers de lave incandescente, brûlant les ailes de mon précieux papillon alors que sa vie se faufile inéluctablement entre mes doigts.

Terrorisé, je lâche le couteau et me précipite vers elle dans l'intention de comprimer sa plaie.

— *Contemple ce que tu as fait, Dorian, tu l'as tuée.*

Non. Non. NON !

— *Il ne pouvait en être autrement, tu as fait ce qui devait être fait.*

— *Je m'étais pourtant juré…*

— *« Une chose qu'on jure qui n'arrivera pas arrive souvent plutôt que si on n'avait pas juré*[37] *». Tu as fait ce qu'il fallait, fils.*

— *Non ! J'ai encore besoin d'elle ! Qui pourra trouver mon cœur pour le planter si ce n'est elle ?*

Son corps flétri dans mes bras comme une fleur fragile abîmée, les prunelles épuisées d'Emilia cessent de lutter alors qu'elle hurle sa panique dans ma tête.

— *Milord, que m'avez-vous fait ?*

L'affolement étreint ma gorge, mais pas mon esprit ravagé.

— *Je suis désolé, min sommerfugl.*

— *Milord ? Mi..*

— Milord ? Milord ? Vous allez bien ?

Arraché à ma torpeur, je bondis violemment sur ma chaise. Son front se plisse de préoccupation.

— Milord ? Mon Dieu, vous êtes trempé de sueur ! Est-ce que tout va bien ? Voulez-vous que je fasse venir un médecin ?

— Non ! réponds-je avec précipitation. Cela ira, je te remercie.

Je lisse mes cheveux éternellement dissidents en arrière et plaque mon hypocrisie enjôleuse sur mes lèvres.

Les siennes, pincées d'inquiétude, me font comprendre qu'elle n'est point crédule de ma manigance.

Elle va bien, constaté-je, rassuré. Oui, elle va bien. Une hallucination. Ce n'était qu'une hallucination.

— Néanmoins, énoncé-je d'une voix rauque, je suis ravi de constater que tu te soucies de mon état de santé.

Elle hausse un sourcil blond amusé.

— N'est-ce donc point-là le rôle d'une pupille ? pouffe-t-elle.

37 Proverbe danois.

Je lève mon verre de vin, reconnaissant de ce moment de répit offert par son sourire. Dans mes ténèbres, la bête à nouveau muselée tourne en rond dans sa cage.

— Buvons à cela, *min sommerfugl.*

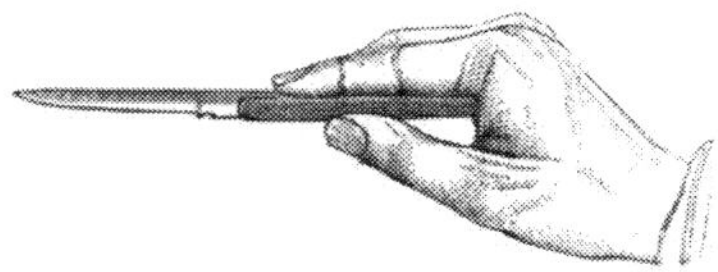

Installé dans le confortable fauteuil de la bibliothèque, un verre de whisky tournoyant dans ma main, je rumine en solitaire mes sombres pensées.

J'ai passé le reste du dîner à rassurer tant bien que mal les élans vengeurs d'Emilia. Non, je ne mourrai pas de maladie. Oui, je mourrai de ta main. Si toute cette comédie me divertit habituellement, ce soir elle me déconcerte.

Cinquante-sept jours.

Cinquante-sept interminables journées.

Je ne suis jamais resté autant de temps sans ôter une vie et je désespère de pouvoir le refaire un jour. Ma psyché se délitant peu à peu de consomption, je me retiens sans cesse de ne pas trancher les fils de ce pantin sociable et séduisant que je m'oblige à incarner en société et dont les yeux de bois ne rêvent que d'une seule chose : égorger son interlocuteur. Par simple et malsaine curiosité. Juste pour entendre la douce rivière rouge s'écouler à mon oreille et bercer mes cauchemars.

Cependant, il serait fort dommage d'épancher celle de mon papillon avant la mienne…

— Vas-y, fais-le.

Je tourne la tête vers mon oncle qui tient un verre similaire au mien.

— Tu sais qui est l'*empailleur*, n'est-ce pas ?

— En effet, *min farbror.* Je le sais.

Il lisse sa moustache et fronce les sourcils de cet air rusé que je lui connais tant.

— Qu'est-ce qui te retient dans ce cas ? N'est-il point encore assez saignant pour toi, cobra ?

Je hausse les épaules.

— Non, il ne l'est guère. Il lui reste une dernière étape avant de se sublimer. C'est vous qui m'avez appris cela, la patience.

— Tu es au bord du précipice, *min dreng*, répond-il sobrement. Retiens un peu trop tes pulsions et ta raison tombera avec toi.

— Rien que je ne sache déjà, je vous en remercie d'ailleurs.

— Pourquoi t'obstiner ainsi ?

Je plonge mon regard dans les reflets ambrés du breuvage.

— Je veux le laisser terminer son œuvre.

Il éclate d'un rire tonitruant. Ses yeux perçants me scrutent de leur immortalité.

— Oh, Dorian, allons ! Te serais-tu pris d'une stupide affection pour lui ?

— Il est vrai que la même créature ronge nos chairs. Je veux voir si la sienne sera rassasiée après un dernier repas.

— Elle ne le sera jamais, déclare-t-il de manière implacable. Pas plus que la tienne. Je te l'ai dit, il n'existe qu'un seul remède au mal qui te consume. Et il est allongé dans son lit, soupirant après toi.

— Emilia peut attendre. Je dois d'abord terminer ce que j'ai commencé.

— Ce que tu as commencé ou ce que tu abandonnes ? Vas-tu laisser d'autres innocents périr pour ton simple divertissement ?

Je reporte mon attention sur son spectre et lui rétorque d'un ton tranchant :

— Tout art mérite sacrifice, et tout homme mérite de mourir. Ne vous rappelez-vous donc point vos propres paroles, *ô min sjaeles slange ?*

Il hausse une épaule fantomatique.

— J'en ai tellement dit. J'en ai tellement fait.

— Et vous en avez tellement omis. N'ayez crainte, je finirai par vous rejoindre. Peut-être même plus tôt que prévu.

— Tu auras alors cette paix que tu désires tant.

— Dans cette vie ou dans l'autre, *min farbror*, cela restera toujours une chimère.

Il lève son verre, un sourire inhumain sur ses lèvres cyanosées.

— Buvons à cela, *min dreng*.

Chapitre 41

Martyr

L'Empailleur

Prince Henry's Room,
17 Fleet Street, Londres

20 juin 1886

Il est seul.

Cloué sur sa chaise par cette terreur paralysante qui l'oblige à voir ses comparses mourir les uns après les autres.

Leur sang noir se déverse de leur bouche sournoise en flots continus, maculant leur assiette d'un hors-d'œuvre de choix. Ils supplient, ils gémissent, ils hurlent leur agonie. Et moi, installé debout derrière lui, je danse la valse sur leurs accords entraînants.

Après plusieurs interludes dissonants, un concert de râles expire enfin à l'unisson. Dans ce silence libérateur, je peux entendre chanter les chœurs et crépiter les flammes à leur approche. Aucun spectacle ne pourrait se comparer à une telle perfection. Malgré tout, il manque un voyageur dans ce train en partance pour l'Enfer et je compte bien l'y emmener personnellement.

Sorti de sa torpeur, il tente de m'échapper en se levant, négligeant par là même le pacte de ma toute-puissance. Investi subitement d'une mission sacrée, je plaque violemment son ventre contre la table et fais voler sa chaise au loin pour me laisser choir contre sa chaude carcasse. Un étrange ballet s'insinue entre nos deux corps pressés d'en finir.

Il appelle à l'aide, je cogne sa tête. Il crache ses insultes, je baisse son pantalon. Il me maudit entre ses dents cassées, je sors mon sexe. Il geint, je l'approche de son orifice. Il me supplie, je le pénètre d'un coup de reins.

Sa plainte déchirante carillonne à mes oreilles ne faisant que décupler mon excitation. Ses ongles s'acharnent sur le bois, s'écorchent de ses échardes, creusent des sillons de plus en plus profonds à mesure que je m'enfonce un peu plus dans ses entrailles.

Puis, de manière aussi brusque que cet ébat rageur et improvisé, il cesse de lutter ; ses petits couinements de souris prise au piège continuent de rythmer la cadence effrénée de mes hanches. Alors qu'un orgasme s'apprête à déferler en moi, je flatte sa croupe et ramène mes deux mains autour de son cou.

Ses frissons de terreur répondent à ceux de mon plaisir, mais il ne se débat toujours pas. À la place, il pleure pour me donner sa bénédiction. Acceptant de le satisfaire, je presse mes doigts dans sa chair tout en le pilonnant davantage.

Il crache, suffoque, cherche désespérément cet air dont je le prive avec délectation. Sa supériorité n'a que trop respiré le mien, ce soir c'est à mon tour de me prendre pour Dieu. Dans une parfaite et jouissive harmonie, ma semence déferle en lui en même temps que sa vie le quitte.

Il était mon tout, il n'est dorénavant plus rien. Rien qu'une abjection qui avait osé prendre forme humaine. Délivré, je me retire de cette enveloppe et tombe à ses pieds en sanglots, écartant les bras au ciel.

Enfin ! Enfin je l'ai trouvée ! Mon étoile, ma lune, ma quintessence, mon immortalité. L'absolution. Cette frustration qui corrompait mes veines se retire en vagues, ne laissant qu'une écume écarlate joncher ma plage d'éternité.

Je dépose un baiser reconnaissant sur les jambes du défunt et je sors, en tremblant d'émotion, la lame de ma poche. Blessure après meurtrissure, l'acier remonte sur sa peau livide, traçant sur son chemin un sillon pourpre pour finalement achever sa course sur sa joue profane. D'un coup franc, je la transperce, tailladant son écorce bleutée afin de mieux en répandre sa sève vermeille sur mon visage fasciné par la noblesse de cette religion.

Baptisée par ce sang nouveau qui me délivre de mes péchés, mon oraison funèbre s'applique à lui offrir ce dernier sacrement avant ma propre crucifixion.

À cette pensée céleste, mes bras se mettent en croix pour prier avec toute l'ardeur d'un futur martyr :

Puisse-t-elle m'ouvrir les portes dorées de la résurrection.
Faire renaître mes cendres damnées d'une pleine dévotion.
Et m'affranchir de votre pitoyable pardon.
Amen.

CHAPITRE 42

Sans cœur

ÉMILIA

PRINCE HENRY'S ROOM,
17 FLEET STREET, LONDRES

21 JUIN 1886

Le peu d'éclaircies accordées par cette journée pluvieuse filtre à travers les vitraux de la pièce, illuminant à grande peine les boiseries sombres de la chambre de feu Henry VIII. Coincée dans ces abysses, une cheminée majestueuse tente de réchauffer l'atmosphère oppressante en faisant crépiter ses flammes dans un bruit sinistre.

Dans ma quête désespérée d'oxygène, je lève un instant les yeux vers son plafond immaculé, en plâtre jacobéen. Finement décoré, il dispose en son centre d'un triple « P » et de plumes, symboles du prince de Galles. Néanmoins, celui qui préside au bout de cette immense table ébène dispose de tous les attributs d'un roi.

Un roi immortalisé dans sa savane arrogante.

Assis fièrement sur son trône, les mains attachées aux accoudoirs, monsieur Fleming nous invite de ses yeux vitreux à venir partager son festin. Tout autour de sa tête, les masques de chair des six autres convives attablés avec lui sont cousus à même sa peau pour l'orner d'une crinière sanguinolente. Sa bouche, découpée de la même manière que la première victime, révèle des crocs cariés prêts à s'adonner volontiers au cannibalisme.

Devant lui, son assiette déborde d'un épouvantable plat de résistance : des cœurs. Une montagne insolite d'organes nobles y est empilée dans l'attente d'être dévorée par ce lion mi-homme, mi-bête.

À ses côtés, les donneurs involontaires dardent sur lui leur regard inquisiteur, exorbité par leur visage écorché. Seuls leurs cheveux encore en place permettent de deviner leur identité.

— Une toile de maître, n'est-ce pas Dorian ? bougonne l'inspecteur.

— Je te l'ai dit, Thomas, ceci est ma malédiction.

— C'est… bon sang ! Quel malade peut bien faire cela ?

Mon tuteur élude d'une moue agacée sa question aussi stérile que redondante.

— Pour tuer autant de personnes en même temps, du poison, je suppose ?

— Oui, tous. Sauf pour le… le lion. Mais nous ne savons pas encore quelle substance est impliquée.

Dorian s'adresse à moi, son timbre animé d'une indécente alacrité.

— Cousine, voudrais-tu nous faire l'honneur d'y jeter un œil ? Si le cœur t'en dit, bien sûr.

Je ne m'attarde guère sur son humour macabre, préférant m'appesantir sur la première victime. Un homme à la toison d'or ébouriffée, dont les joues ne se creuseront plus jamais de charmantes fossettes. Karl Alberton.

M'affranchissant de ma pitié inutile, j'inspire profondément avant de soulever les pans de sa chemise. Sur son épiderme aussi pâle qu'un suaire, une vive coloration rose s'étend sur les trois quarts de sa surface. Dubitative, je me penche pour humer sa bouche sous les grognements scandalisés de Graham et le sourire approbateur de Dorian.

— Cette odeur d'amande amère… Il les a empoisonnés avec du cyanure de potassium, conclus-je, sûre de moi.

Le comte se tourne vers son ami policier.

— Le cuisinier a été neutralisé, je suppose ?

— Le domestique également, renchérit le sergent.

Il poursuit en soupirant bruyamment de déconvenue :

— Il ne leur a même pas offert un dernier repas. Tout est encore en place dans les cuisines. Ne manque que le vin servi dans leurs verres.

— Logique, précisé-je avec insolence. Le cyanure agit plus vite sur un estomac vide.

Mon ton condescendant fait siffler le serpent de fierté.

— Et monsieur Fleming ? questionne-t-il.

Je frémis, outrée qu'il ne me demande point de le deviner par moi-même. Cependant, l'éclat vif de ses saphirs m'informe qu'il a autre chose en tête me concernant.

— Étranglé, à mains nues cette fois. Là encore, tu avais raison, il s'est amélioré.

Je laisse les hommes s'entretenir sur le *modus operandi* et m'approche du chef d'équipe. Semblable aux autres, sa cage thoracique a été sauvagement hachée pour en recueillir sa pièce maîtresse. Le trou béant dans sa poitrine laisse un aperçu barbare des autres viscères dont certains tentent de s'enfuir de leur cabanon de chair.

Il y a quelques mois, ce spectacle m'aurait fait vomir tripes et boyaux. Mais grâce aux cours de Dorian, je suis à présent capable de considérer ce corps comme un simple cadavre de plus à analyser.

Au fond, s'il y a bien une chose apprise dans ce macabre enseignement, c'est que la mort ne confère aucun privilège. Riche ou pauvre. Jeune ou âgé. Beau ou laid. Une fois trépassé, le masque d'anonymat qu'elle dépose sur notre visage est le même pour tous.

La faucheuse est d'une neutralité sans faille. Et je me dois de prendre exemple sur elle si je souhaite m'approprier ses services dans un avenir proche.

Une évidence frappante me fait tout à coup tourner la tête pour dénombrer les organes.

— Son cœur a lui aussi été arraché, les interrompé-je d'une voix sonore, mais je n'en compte que six sur la table.

Graham me contemple comme si j'étais la dernière des idiotes.

— En effet, mademoiselle, nous ne l'avons pas encore trouvé.

Je marmonne mon mécontentement et reprends mon investigation. Après avoir détaillé les sutures et le tannage impeccable de la peau, je focalise ma réflexion sur une tâche à la blancheur suspecte maculant la chaise.

— Son pantalon ! Il est… il est baissé ! m'exclamé-je, horrifiée.

Dorian me rejoint pour constater par lui-même.

— Est-ce que c'est… ? balbutié-je

— Du sperme, répond-il d'un ton assurément dépourvu de charité chrétienne. Son fantasme est finalement passé à l'acte : il l'a violé *ante mortem*. Probablement en l'étranglant en même temps que l'acte.

— Pourquoi cela ? m'insurgé-je. Comme si cette… bestialité ne se suffisait pas à elle-même !

Tout en développant son propos, ses iris d'un bleu limpide fouillent mes traits en quête de la moindre trace de bouleversement.

— Un corps en train de suffoquer se contracte davantage, ce qui permet de décupler le plaisir des deux partenaires. Surtout pour celui dit « actif ». À ceci près qu'ici, c'est le sien qu'il a voulu satisfaire.

— Toujours et encore cette question du pouvoir, raillé-je en rougissant violemment.

— Exactement.

Il hausse un sourcil taquin.

— *Ne me regarde pas ainsi, Emilia. Sache que je n'ai jamais pris quelqu'un contre sa volonté.*

— *Ce qui se passe dans votre chambre ou au bordel ne me regarde guère, milord.*

— *Dans ce cas, pourquoi le tribunal dans tes yeux m'a-t-il déjà condamné ?*

Puis il enchaîne à voix haute :

— Que penses-tu des visages écorchés et du mets délicat dans son assiette ?

— Les lionnes chassent et le lion se repaît, chuchoté-je. Ils leur ont offert leur visage et leur cœur en signe d'offrande.

— Oui, mais pourquoi le sien ne s'y trouve-t-il point ?

J'observe l'emplacement vide de la poitrine de Flemming avant de me poser sur celle de Dorian tout aussi similaire à mes yeux.

— Parce qu'il en est dépourvu, révélé-je en scrutant sa réaction. Il se sert des autres afin de combler celui qui lui manque. Il a dû… il a dû faire quelque chose d'horrible au tueur pour mériter cela.

— Mes hommes vont explorer son passif, nous confie Graham. Peut-être réussirons-nous ainsi à trouver son mobile. Mes agents ont aussi identifié le reste des convives à l'aide de la liste des invités, de leurs caractéristiques capillaires et de leurs vêtements. Mes sincères condoléances pour ton ami, monsieur Günther. Son corps est celui situé à la droite de Fleming.

— À la droite du père, observe-t-il en tapotant l'épaule du directeur. Comme tout cela est fâcheusement poétique ! Nul doute qu'il aurait fortement apprécié ce détail délicieux.

Tout comme Dorian de l'autre côté de la table, je parcours nerveusement les dépouilles jusqu'à ce que mon attention se fige sur une chevalière douloureusement familière. Oh non, Bennie… Mon cœur encore capable de souffrir pour autrui, je pleure intérieurement le pauvre garçon timide. Finalement, sa famille se sera envolée avec lui.

Un soupçon de jalousie s'affaire sournoisement à me tourmenter. Aurais-je dû faire de même ? Probablement. Cela eût été le cas si un certain serpent ne s'était point enroulé autour de moi pour m'empêcher de les rejoindre.

En parlant du diable, je me tourne vers celui occupé à examiner scrupuleusement la photo placée sur la cheminée. Après l'avoir rejoint, je m'aperçois qu'il s'agit de celle se trouvant à l'origine dans le bureau du directeur.

— Dis-moi, Thomas, pourrais-tu me prêter la liste des invités ?

— Tiens, la voilà.

Le papier à sa disposition, il l'inspecte rapidement sous l'œil impatient du sergent.

— Cesse de nous tourmenter de cette manière, qu'as-tu donc trouvé ?

Le visage radieux du comte éclaire sa lanterne en plaçant côte à côte liste et photo pour les comparer.

— Albert m'avait convié à venir célébrer leurs retrouvailles pour le dixième anniversaire de leur expédition en Afrique. Et d'après ce que je puis voir sur ce cliché, nos cadavres y sont tous. Tous, excepté un. Une personne qui a mis tout son cœur à l'ouvrage pour nous offrir son dernier chef-d'œuvre.

Son index flagelle l'image du malotru qui m'a manqué jadis de respect.

— Benton Murray, soufflé-je nullement étonnée.

— De chair et d'os, et entier avec cela, taquine-t-il. Je crois que tu tiens enfin ton tueur, Thomas. Toutefois, si j'étais toi, je me dépêcherais d'aller l'arrêter. À présent que la bête est libérée de sa frustration, plus rien au monde ne pourra la faire revenir dans sa cage de chasteté. Encore moins si elle flaire une autre victime à souiller.

Le magnifique visage de Dorian s'attarde longuement sur moi. Cependant, derrière cette séduction forcée, j'y décèle un épuisement occasionné par une fragile retenue meurtrière. Une retenue qui ne cesse de se fissurer jour après jour, comme j'ai pu le constater lors de ses absences d'esprit de plus en plus nombreuses au dîner.

Sa beauté et sa raison requièrent un élixir de jouvence, mélange de sang vicié et de membres découpés. Un frisson de répulsion arpente mon épine dorsale lorsque j'entrevois la seule manière pour lui de se le procurer.

Résolue, je m'immerge dans le vide nocif de ses pupilles et interroge celle qui attend patiemment son heure.

— *Et toi, ô créature de Dorian, qui souhaites-tu donc profaner ?*

CHAPITRE 43

Ceci est un secret

ÉMILIA

PETIT SALON, MANOIR SOULRIDGE
HOLLAND PARK, LONDRES

22 JUIN 1886

— Toujours rien, milord ?

— La patience est une vertu, *min sommerfugl.*

— Ne pas assassiner également, pourtant…

Il soupire et pose l'exemplaire du *London Daily Post* sur la petite table nous séparant.

— Laisse la police faire son travail et concentre-toi sur le tien. Ils savent… plus ou moins ce qu'ils font.

— Je voudrais bien pouvoir me concentrer, mais vous ne me faites guère part de vos projets, râlé-je.

Il demeure longuement silencieux, haussant un sourcil moralisateur qui me fait grogner.

— La patience est une vertu, je sais, Dorian.

— Tu vois comme tu apprends vite, ronronne-t-il ravi.

Puis en fin gourmet, il s'empare délicatement de sa tasse de thé pour en humer son arôme et me lance d'un air perplexe :

— Je ne connais point cette plante.

— Raisin du Diable.

— Quel choix intéressant, exulte-t-il.

Ses gestes saccadés par les battements avides de mon cœur, il prend une gorgée, la déguste sur sa langue avant d'enfin l'avaler.

Une grimace de dégoût déforme immédiatement ses traits d'Adonis.

— Emilia ! gronde-t-il, mécontent. Même si j'apprécie tes vaines tentatives assassines, pourrais-tu, je te prie, t'abstenir de gâcher la saveur de mon thé ? Mélanger cette plante insipide avec la cardamome relève du crime le plus vil !

Outré, il me tend sa tasse.

— Goûte, c'est infect !

Je recule précipitamment dans mon siège.

— Vous n'y pensez pas, milord ! m'écrié-je, paniquée.

Ses yeux de reptile se plissent d'étonnement avant de s'illuminer de compréhension.

— Ah, en effet ! Toutes mes excuses, j'avais oublié ce qu'elle contenait. À ce propos, que me vaudra aujourd'hui ce breuvage infâme ?

Rassurée, je clame d'une voix doucereuse son programme mortel :

— Irritation des muqueuses, troubles respiratoires, et peut-être… vomissements ?

— Encore ?

Ses épaules s'affaissent d'une lassitude partagée. Je ne puis m'empêcher de me sentir déçue face à ma propre oisiveté.

Il est vrai que j'aurais pu faire preuve aujourd'hui d'un minimum d'originalité.

Ces heures de sommeil kidnappées par l'*empailleur* commencent à se faire ressentir sur mes méthodes.

— J'ai prévenu Arthur comme vous me l'avez demandé, précisé-je pour le rassurer.

— Fort bien ! Mais dis-moi, *min sommerfugl*, n'es-tu pas découragée de me voir toujours debout ?

L'inhabituelle sincérité dans son regard m'invite à me confier sans détour.

— Parfois, il m'arrive de vouloir mettre le feu à la serre avant de partir en courant.

— Dans ce cas, je te remercie de ne point laisser tes pulsions pyromanes brûler mon manoir, s'esclaffe-t-il.

Il se penche vers moi et chuchote d'un air complice :

— Si tu es si démoralisée - ce que je comprends parfaitement d'ailleurs - quelle est donc cette sombre pensée qui te fait poursuivre ta noble quête ?

Hésitante, je mords mes lèvres et me baisse finalement à mon tour pour lui susurrer bravement à l'oreille :

— Celle qui me chuchote que je ne suis jamais à l'abri d'un coup de chance.

Il se redresse et renverse sa tête en arrière pour éclater de rire.

Je m'apprête à partager son hilarité quand Millie apparaît sur le seuil.

D'un geste irrité, je l'autorise à parler.

— Mademoiselle, milord, le baron Cunningham s'est annoncé. Dois-je le faire entrer ?

Ses prunelles brillant toujours de larmes désopilantes, Dorian se tourne vers moi :

— Il semble que ton coup de chance vienne d'arriver, ma chère cousine.

Cette fois, c'est à mon tour de grimacer de dégoût. Un bref dodelinement de la tête du serpent instruit la bonne de son ordre.

À peine entendons-nous cette dernière légitimer sa présence qu'une silhouette engoncée dans un pardessus entre en trombe dans le salon.

Le baron effectue une courbette rapide avant de réduire, d'un pas empressé, la distance entre nous.

— Emilia, je… oh, pardonnez-moi, lord Jacobson, je ne savais pas que vous seriez…

— Chez moi ? demande bien trop calmement Dorian.

— Oui… je veux dire, non ! Je pensais trouver mademoiselle Emilia seule.

Mon tuteur désapprouve cette idée saugrenue d'un rictus ravageur.

— Pensez-vous vraiment que je laisserais ma cousine en tête-à-tête avec vous ? Où diable avez-vous donc appris les convenances, Taylor ?

Je bois une gorgée et souffle la réponse dans mon thé.

— Au même endroit que vous, cousin.

À ces mots, ses traits de mâle viril se détendent légèrement avant de se concentrer à nouveau sur l'intrus.

— Puis-je m'entretenir seul à seul avec votre cousine ? implore le timide baron.

— Non, vous ne le pouvez pas, tranche Dorian d'une voix autoritaire. Un tel honneur se mérite et vous ne m'avez guère encore prouvé que vous en êtes digne.

Surprise, j'attire son attention afin de m'enquérir de ces nouvelles règles édictées à mon insu.

— *« Un tel honneur » ?*

— *En aurais-je trop fait ?*

— *Si peu, milord. Bien qu'en ce moment même je me trouve en incapacité de comprendre où votre cerveau pervers désire le mener.*

La lueur dans ses yeux coruscants m'indique le chemin de sa perversité.

— *Vois-tu, ma chère Emilia, tu es comme un diamant…*

— *Je brille de mille feux, vous voulez dire ?*

— *Cela n'est plus à prouver, mais je voulais parler de ta rareté.*

— *Ah ! Le suis-je vraiment ?*

— *Pour lui ? Pas encore. Cela dit, en le privant délibérément de ta compagnie, je mets ta rareté en lumière et attise son envie. Ainsi, tu deviendras son précieux diamant convoité avec ardeur démesurée.*

J'inspire et ose ma question silencieuse.

— *Et vous ? Suis-je votre diamant ?*

Il penche sa tête de côté et examine l'éclat de mes joues rougissantes tandis que je plonge à nouveau dans mon breuvage, essayant de masquer mon trouble.

Finalement, ses iris ébouillantent ma peau d'une réplique concupiscente.

— *Tu es bien plus que cela, min sommerfugl. Toi, tu es mon rubis de sang*[38].

— Je serai bref, nous interrompt le baron.

— *Jeg tænker mig at du ofte vil høre den sætningen*[39], ricane Dorian à mon attention.

Je tousse de rire, prête à m'étouffer avec mon arme liquide.

Dorian lève sa main pour me taper dans le dos, mais je la chasse prestement choisissant à la place de faire preuve d'affection envers notre visiteur égaré.

— Allez-y, lord Cunningham. Je vous en prie, n'accordez aucune importance aux propos de mon cousin. Il est actuellement au régime forcé et cela commence à irriter ses nerfs déjà fragiles. Parlez sans crainte.

L'intéressé me communique silencieusement son amusement.

— *Fragiles ?*

— *Comme une rate prête à exploser.*

— *Je préfère.*

— C'est-à-dire que… c'est… cela concerne notre affaire.

— Soyez plus précis, voulez-vous ? Je ne suis pas persuadé que ma cousine sache où vous voulez en venir.

— Oh, mais elle le voit parfaitement, Dorian, ironisé-je. Poursuivez, milord.

— C'est fait ! se pâme-t-il. Tout s'est passé comme nous l'entendions. Et… eh bien, je tenais à vous en remercier en vous invitant au bal de lord et lady Harrison qui aura lieu dans dix jours. Oh, avec votre consentement, cela va de soi, lord Jacobson.

38 Référence au rubis dit « sang de pigeon » considéré comme la pierre précieuse la plus rare au monde.

39 « Une phrase que tu entendras souvent durant vos ébats, j'imagine. »

— Bien évidemment, rumine ce dernier dans sa tasse.

Misère, un autre bal ! Que Dieu me vienne en aide, vu que le diable assis à mes côtés ne semble point vouloir le faire.

Je dois être la seule jeune fille à marier qui ne souhaite plus jamais y participer. Toutes ces conversations forcées me fatiguent au plus haut point !

— Cela sera avec grand plaisir, lord Cunningham, réponds-je en mentant sans vergogne. Concernant notre affaire, vous avez toute ma gratitude. Sachez que je saurai faire montre de reconnaissance à votre égard.

Il s'empourpre et s'incline respectueusement avant de pivoter de manière rigide vers la sortie.

Mais tandis qu'il s'apprête à nous laisser en paix, il se tourne une dernière fois vers moi, son regard humide de chiot affable défigurant son visage pourtant agréable.

— Je continuerai à vous écrire, couine-t-il.

— Et je continuerai à vous lire.

Ses craintes apaisées, il m'inflige une dernière fois ses hommages puis quitte le manoir.

La porte à peine refermée, la satire de Dorian prend le relais :

— Vraiment, tu continueras à le lire ? Si sa plume est à l'image de celui qui la tient, je n'ose imaginer sa prose.

— Détrompez-vous, milord, le nargué-je. Sa plume est bien plus agréable que la vôtre.

Il tend ses doigts et caresse méticuleusement le creux sensible de mon cou.

Je me retiens de ne pas lui infliger ma morsure. Néanmoins, celle que ce démon s'applique langoureusement à me prescrire me prive irrémédiablement de cette idée.

— Peut-être, concède-t-il sournoisement. Mais moi seul connais les mots pour atteindre ton cœur.

J'échappe à sa prévenance licencieuse. Sa main déçue retombe sur son genou.

— Pour le blesser, oui. Je préfère de loin ses mots doux.

Nous nous jaugeons longuement du regard avant qu'il ne déclare froidement :

— Les blessures laissent des cicatrices, les mots doux des regrets. En parlant de cela, *min sommerfugl,* en as-tu à son égard ?

— Des regrets ? Non, point.

— *Perfekt*[40] ! Donc je te laisse profiter de ta distraction. Maintenant que tu as satisfait une partie de son besoin, que comptes-tu faire ?

— M'occuper de son désir.

— En lui donnant quoi ? m'encourage-t-il avec curiosité.

Je pose un index sur ma bouche.

— Ceci, milord, est un secret. Rappelez-vous, la patience est une vertu. En attendant de le découvrir, profitez de votre thé et buvons à ma première victoire.

Approuvant ce choix, il entrechoque sa tasse avec la mienne, un sourire malsain dessiné sur ses lèvres insatiables.

— Puisse-t-elle être suivie de beaucoup d'autres, prophétise-t-il.

— Oh, mais j'y compte bien.

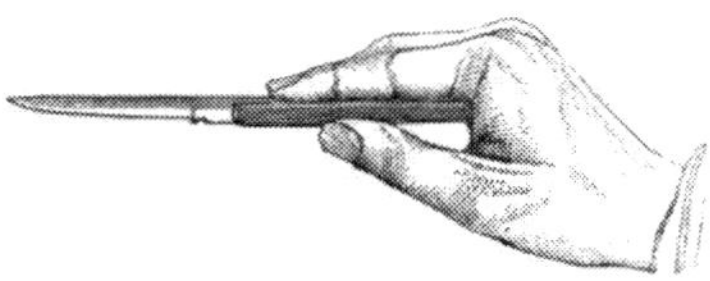

Quelques minutes après avoir terminé de déguster nos scones à la confiture de fraise, le majordome pénètre dans le salon, un plateau d'argent disposé entre ses mains gantées.

— Oui, Arthur, qu'y a-t-il ? demande Dorian en essuyant avec grâce les commissures de ses lèvres.

— Un message pour vous de la part de monsieur Graham, milord. Il s'excuse de n'avoir pu rester plus longtemps pour vous saluer, mais une affaire urgente requerrait son attention.

— Faites-moi voir cela, je vous prie.

40 Parfait.

Le domestique se baisse, laissant à Dorian tout le loisir de s'emparer du papier plié.

— Cela sera tout, je vous en remercie, le congédie-t-il.

— Milord.

Il effectue une courbette distinguée avant de se retirer.

Nerveuse, je grignote mes ongles dans l'attente du verdict de la police.

Aucun doute qu'il nous a laissé ce mot pour nous informer des suites de l'enquête.

Enfin lorsque je dis « *nous* », je parle évidemment de Dorian. Graham ne semble toujours pas avoir digéré ma présence empestant la féminité.

Malgré toutes mes réticences à son égard, j'espère sincèrement qu'il n'est pas aussi incapable que sa verve opiniâtre le laisse à suggérer.

« Sincèrement », Emilia ? Pensons-nous vraiment ainsi ? Permets-moi d'en douter…

Après toutes les atrocités commises par l'*empailleur*, une part de la citoyenne exemplaire en moi souhaiterait que le sergent et ses hommes aient réussi à arrêter cet homme.

Quant à l'autre… disons que je ne serais résolument pas contre un peu de sang versé sur le sol du purgatoire de Dorian.

Avec parcimonie, et dans toutes les règles de cet art dont il nous a éblouis pendant ces semaines de traque acharnée.

Quand je repense à ces hommes massacrés, leurs corps profanés jusque dans la mort, je ressens un besoin viscéral d'invoquer la loi du Talion.

Seulement, si je me faisais juge en le condamnant au supplice du bistouri, je ne vaudrais sûrement pas mieux que le bourreau assis à mes côtés.

Donner la mort est facile, vivre avec l'idée de l'avoir donnée l'est beaucoup moins.

En serais-je simplement capable ?

Nous en serons capables, Emilia. Nous.

— Cesse de détruire tes ongles, *min sommerfugl.* Tu risques d'en avoir très prochainement besoin. Tiens, je te laisse le lire si tu arrêtes immédiatement de te torturer. Moi seul ai ce privilège, ne l'oublie pas.

Il me tend le papier couleur crème, riant, lorsque je le lui arrache pratiquement des mains. L'écriture étonnement élégante de l'inspecteur me percute à l'estomac dès les premières lignes.

Mon cher ami,

En gage d'amitié, je me dois de t'informer que nous n'avons pas encore retrouvé le suspect Benton Murray. Lors de la perquisition à son domicile, nous avons pu mettre la main sur le couteau encore taché du sang de ses victimes, la corde utilisée sur monsieur Weakman ainsi que le cœur à moitié dévoré de monsieur Fleming. Face à ces preuves évidentes, nous avons bien évidemment lancé un mandat de recherche, mais à ce jour aucun témoin ne s'est encore manifesté.

Tant que ce tueur ne se trouvera pas derrière les barreaux, je te demande… non, je te supplie de faire preuve d'une extrême prudence.

Prends soin de toi, mon ami, et puisse Dieu nous aider à faire ce qui est juste.

Avec toute mon affection,

Thomas.

Bien que je sois horrifiée d'apprendre que monsieur Murray poursuit sa traque dans les rues de Londres, une pointe de satisfaction sordide étire mes lèvres.

Je me tourne vers Dorian afin de lui rendre mon verdict.

— Ils ne l'ont pas trouvé, résumé-je.

Il hausse les épaules.

— Manifestement, il n'allait pas rester chez lui à siroter un verre de brandy en attendant la police.

— Non, cela vous ressemblerait davantage.

— À ceci près que c'est toi que j'attendrais avec grande impatience, rectifie-t-il d'un ton suggestif. Par ailleurs, je déteste le brandy.

— Certes, vous préférez le whisky.

— En effet.

Il poursuit en abaissant son visage redoutablement changeant vers le mien.

— Cependant, ne t'avise pas de traficoter ma bouteille de vingt ans d'âge si tu ne souhaites pas que je réduise ta mémoire en bouillie comme celle de l'embaumeur. Vingt ans d'âge, Emilia, cela mérite au moins le respect.

— L'*empailleur* sûrement déjà loin à l'heure qu'il est, elle risque d'être la seule à votre portée démoniaque, ironisé-je, peu impressionnée par son numéro de charme criminel.

— En es-tu si sûre ?

Je fronce les sourcils, étonnée qu'il puisse savoir où se trouve notre tueur alors que tout Londres se lance à sa recherche.

Certes, ses aptitudes et ses déductions sont exceptionnelles, mais tout de même !

— Vous savez comment l'attraper ?

Il imite mon geste frondeur en posant un index sur sa bouche.

— Ceci, *min sommerfugl,* est un secret. Mais tu seras certainement ravie d'apprendre que ton vœu le plus cher est sur le point d'être réalisé.

Sous le choc, je me lève brusquement et me dresse devant lui.

— Vous… vous voulez dire que…

Aussi calme qu'un cœur mort, il se verse une tasse de thé et capture la coupelle dans ses mains.

Avant de tremper ses lèvres dans le poison restant, il me répond avec une ostensible sérénité :

— Je veux dire que le moment est venu pour nous d'avancer ma date de décès. En attendant de célébrer cet événement exceptionnel, profite de ton thé et buvons à ta deuxième victoire.

Quatrième partie

« Regardez-moi de haut et vous verrez un idiot,
Regardez-moi d'en bas et vous verrez un Dieu,
Regardez-moi en face et vous verrez votre reflet. »

Charles Manson

CHAPITRE 44

Confession

L'EMPAILLEUR

BUREAU DU DIRECTEUR ALBERT GÜNTHER, MUSEE D'HISTOIRE NATURELLE.
CROMWELL ROAD, LONDRES

25 JUIN 1886

Il est seul.

Sa stature gracile et coupable dressée dans le bureau du directeur, attendant qu'on daigne lui apporter sa dernière victime. Coupable, je le suis tout autant : j'ai participé sciemment à ce massacre. Seulement, contrairement à lui, j'ai décidé ce soir de m'absoudre de ce péché. Là où tout a commencé, tout se doit de terminer dans cette apothéose élaborée spécialement à son attention.

Il ne le sait pas encore, mais personne ne viendra nous déranger. Je m'en suis assuré définitivement cette fois. Depuis ma réplique triomphale de la Cène, je croyais en avoir fini avec mon œuvre. Je pensais pouvoir ranger mes pinceaux mortuaires et déposer un linceul salutaire sur mes blessures. Cela aurait été possible. Cela aurait été même préférable s'il ne me restait pas encore et toujours lui.

À la différence des autres, je n'ai guère eu besoin de le suivre depuis la demeure du barbier ; il est venu exactement où et quand je l'avais décidé. Depuis que mes ténèbres se sont illuminées par la grâce de Lucifer, je vois clair pour la toute première fois de mon existence.

Je ne puis m'arrêter, je n'en ai plus le droit. Jésus a-t-il cessé de produire des miracles par orgueil ? Le Diable a-t-il cessé de recueillir les âmes pécheresses par vanité ? Rien de tout cela n'est vrai, pas plus que moi. Je ne suis qu'une mascarade, un pléonasme, un conte inventé par la presse pour faire frémir les larves rampantes de la noblesse londonienne. Je dois exister par mes propres moyens, je dois poursuivre cette destinée qui m'a été offerte et écrire mon propre évangile. J'ai été choisi pour recevoir ce don suprême, ce pouvoir profane et tout comme mes prédécesseurs avant moi, je ne le gâcherai pas.

Perdue dans ses pensées, ma proie observe une nature morte de Chardin. Dans un divin hommage peut-être m'en inspirerai-je pour sublimer ses entrailles. Je prévois de transformer ce corps, de le magnifier, de lui rendre sa perfection originelle. Tel qu'Il nous a créés, tel que Satan nous ressuscite. Grâce à moi, il ne se contentera pas d'admirer sa victime ; il sera sa victime. C'est mon cadeau, le dernier offert par mon sacrifice. Que ne serais-je un saint si je n'étais pas capable de faire preuve de charité ?

Prudemment, j'avance derrière lui un couteau à la main. Le passé m'horripile et me lasse, mais si je veux m'en débarrasser, une corde ou mes doigts ne suffiront pas. Alors je continue de me rapprocher silencieusement avec pitié et piété.

À moins d'un mètre de lui, je lève mon bras et me prépare à frapper le sacrifié. Toutefois, un doute lancinant assaille mon estomac. J'inspire profondément afin de le détruire, le purger de mon système. Non, tout ira bien, mes défauts ont tous été pardonnés, crucifiés sur la croix de mes erreurs. Le prochain cycle sera d'une perfection à se damner. Je m'en fais le serment.

Trois pas.

Deux.

Un.

La lame s'apprête à rejoindre sa destinée, sa vocation trempée dans l'acier et le sang dès sa création.

Lorsqu'il se retourne tout à coup pour se révéler à moi.

Non, pour me dévorer.

Sur son visage défiguré par un ignoble sourire, le feu éternel vient lécher de ses flammes bleutées la pureté perfide de ses traits séraphiques. Ses deux poignards translucides, inhumains, brillent d'une lueur bestiale qui n'attend que de me sauter à la gorge pour se repaître de mes hurlements de terreur.

Proclamé serviteur de ce miracle, je tombe à ses genoux, frémissant de bonheur.

— Qui êtes-vous ? soufflé-je.

Il penche sa tête et dévoile ses crocs affamés.

— Je ne suis que ton reflet, mon garçon.

— Non, le détrompé-je avec amour. Vous êtes le Diable. Vous êtes mon seigneur, mon roi, mon prince.

Je joins mes mains en prière et le supplie.

— Emmenez-moi avec vous, laissez-moi régner à vos côtés pour l'éternité.

Il ricane férocement. Je peux presque sentir le sol ardent des Enfers trembler sous nos pieds.

— Quelle touchante proposition, siffle-t-il. Il y a quelques années, je l'aurais acceptée sans hésiter. Seulement vois-tu, j'ai déjà trouvé ma reine.

Le bruit du parquet me fait brusquement tourner la tête. Derrière moi, vêtue de rouge, se trouve la demoiselle qui l'accompagnait la dernière fois. Elle tient une seringue dans ses mains tremblantes. Je sens sa peur s'infiltrer en moi, comme un doux parfum sucré, à mesure qu'elle prend conscience de son incapacité. Seuls les élus peuvent tuer. Cette fille n'est rien d'autre qu'une infidèle, indigne de seconder notre seigneur et maître. Sa mort sera sa seule récompense.

Indifférente à mon jugement, ses yeux bleus s'arrondissent de stupeur quand elle croise mon regard.

— Vous ! s'écrie-t-elle. Mon Dieu, c'était vous !

Sa sensibilité tétanise mes muscles. Si je ne veux pas finir béni par son écœurante miséricorde, je dois bouger, maintenant ! Comblé par ma rage, je reporte mon attention sur celui qui a osé me trahir. Tout comme le reste de ce monde dépravé que je mettrai à feu et sang.

— Vous m'avez menti, perfide serpent !

Il réduit la distance entre nous sans cesser de m'infliger son sarcasme. Ses iris devenus entièrement noirs sondent mon âme pour tenter de la faucher.

— En effet, il me semble que c'est l'un de mes nombreux surnoms. Min sommerfugl, décide-toi, je te prie. Le temps est précieux, ne l'oublie point.

Dans mon dos, un filet de voix lui répond.

— Je… je…

— Nu[41] *! rugit-il.*

Profitant de cet instant fatal d'hésitation, je me rue sur ses jambes et m'empare de la seringue. Dans mon élan, je parviens à l'emporter avec moi au sol. Elle tombe dans un cri, je plaque mon corps contre le sien. Elle se débat, griffe, crache, mais je suis plus fort. Bien plus fort. Et surtout, moi j'ai appris.

J'écarte violemment ses doigts, lui arrache son arme et la dirige vers sa carotide pour l'achever. Ce n'est pas comme ainsi que je voulais procéder, mais cela fera l'affaire. Elle aussi, je lui rendrai sa beauté primaire, bien qu'elle ne soit guère digne de ma bonté. Elle gesticule, hurle, essaie de se dégager de ma prise, mais je plaque ma main sur sa bouche pour découvrir son cou.

Alors que j'y parviens enfin au prix d'une lutte acharnée, une douleur sourde irradie soudainement à l'arrière de mon crâne.

Sonné, je tente de parler, mais ma voix n'est déjà plus qu'un grognement animal dans ma gorge. Les traits de la jeune fille se troublent devant moi, ne laissant plus qu'une tâche écarlate de regret couler sur mes yeux et sur mes lèvres. Le voile de la nuit tombe sur moi, lacérant un à un mes espoirs de renaissance.

J'ai échoué, pardonnez-moi, Seigneur, j'ai échoué.

Incapable de tenir plus longtemps, je m'effondre sur elle en gémissant ma Passion. Celle qui effacera cet erratum que je suis devenu malgré moi.

On ne retiendra jamais mon nom, mais le sien sera inscrit sur ma tombe.

Emilia. Il avait dit qu'elle s'appelait Emilia.

Des ailes se posent sur mes cheveux, aussi légères que celles d'un papillon. Je me demande si le baiser de Judas s'est fait aussi tendre que cette caresse. Tout compte fait, je veux bien la laisser m'emmener avec elle. Peut-être est-ce mieux pour tout le monde.

Apaisé par le paradis de son étreinte, je rassemble mes dernières forces restantes pour me confesser.

— Je suis désolé, sanglotée-je. Tellement désolé.

41 Maintenant !

Tandis que je cède à l'appel des ténèbres, ma sauveuse me berce dans ses bras et me murmure affectueusement à l'oreille :

— Moi aussi, Bennie. Moi aussi.

Chapitre 45

De larmes et de sang

Dorian

Atelier de taxidermie, musée d'histoire naturelle. Cromwell Road, Londres

25 juin 1886

Il est là.

Allongé sur cette table où il a passé des heures à empailler poussin et aigle. En cette divine soirée, les rôles ont été inversés par ma providence. Et le rapace est devenu la proie du reptile.

Les mains tremblantes d'impatience, j'injecte dans ses veines infectées le venin qui viendra paralyser ses membres. Toujours la même méthode, toujours ce besoin maladif de les voir souffrir jusqu'à la dernière goutte de sang. À ce mot sacré, la bête se rue contre les barreaux de sa cage, ses yeux fous réclamant inlassablement son dû.

Maintenant, maintenant, maintenant.

Je masse mes tempes en grimaçant de douleur. Ses pulsations de plus en plus intenses m'indiquent une proche délivrance. Je la sens, je la vois. Ne me reste plus qu'à la prendre.

— *Vas-y, min dreng. Il est tout à toi.*

Pendant toutes ces semaines où il ne pensait qu'à peaufiner ses débuts d'assassin, c'est sa fin que je parachevais sans relâche. Son supplice sera à la hauteur de ce qu'il m'a infligé en se faisant attendre. Comme un couple se retrouvant après de longs mois d'abstinence, notre corps à lame sera lent, long et bestial. Cela d'autant plus que je compte lui faire partager, moi aussi, ma fibre artistique ne cessant de vouloir s'exprimer davantage.

Le géant termine de positionner ma toile encore vierge avant de se tourner vers moi dans l'attente de ses prochaines instructions. Les bras disposés en croix, notre tueur attend religieusement son bourreau. Un des nombreux avantages du poison de cobra royal : sa puissance ne nécessite point de sangles. Je peux donc disposer à loisir de mon modèle en place.

— Le gardien de nuit ? m'informé-je par acquit de conscience.

— Il l'a tué, milord.

— Oh, tiens ! Cela est nouveau.

Je me penche vers Bennie, une satisfaction naissante dans ma voix.

— Tu as évolué plus vite que je ne le prévoyais, mon garçon. Pour ce que cela vaut, sache que je suis fier de toi. Winston, cela ira, tu peux disposer, ordonné-je en me redressant. Reviens dans une heure… non, plutôt deux. Cette œuvre va me prendre un peu plus de temps que prévu.

Mon chauffeur s'incline, une lueur de respect dans son regard éteint.

— Bonne chance pour votre travail, milord.

— Merci, Winston.

Emilia attend son départ pour sortir brièvement de son mutisme :

— Un travail ? ricane-t-elle.

— Exactement.

— Cela n'en est guère un.

— Comment nommes-tu donc une activité où l'on passe des heures à se salir les mains dans le but de faire suer sang et larmes ?

Elle mord ses délicieuses lèvres avant de marmonner à contrecœur :

— Un travail.

— Exactement !

Le silence retombe entre nous, je sors un à un mes instruments sous son œil colérique, néanmoins attentif. Depuis que l'*empailleur* a eu le privilège de se retrouver dans ses bras, elle ne cesse de chuchoter des mots larmoyants à son oreille, et cela bien qu'il ait tenté de la tuer.

Moi, j'ai uniquement tordu le cou de son lapin et en récompense, je n'ai droit qu'à son ignorance. Que voulez-vous, la vie est un cycle perpétuel d'injustices. Après tout, j'aurais peut-être dû le laisser terminer son geste. L'image du cou exposé d'Emilia me revient en mémoire. Hum, tout compte fait non. Cela aurait été gâcher des heures d'enseignement pour rien, et je déteste perdre mon temps. Mais même après six années, ce papillon ne cessera jamais de m'étonner. Y compris dans le plus mauvais sens du terme.

Plus tôt dans la soirée, je lui ai donné cette seringue tout en sachant qu'elle ne parviendrait jamais à l'utiliser, dans le but de satisfaire ma curiosité malsaine à son égard. Un constat affligeant, pourtant curieusement rassurant, qui s'impose à mon esprit calculateur : elle est encore loin d'être prête. Il lui faudra sûrement des mois, des années… Peu importe ! Je dispose de la patience d'un ange déchu.

— Vous auriez dû me dire qu'il s'agissait de Bennie, s'insurge-t-elle soudain, en m'arrachant à mes pensées.

— Je voulais te faire la surprise, me défendé-je innocemment. Tu semblais si bien t'entendre avec lui. Remarque, cela n'est guère étonnant au constat de tes capacités à t'enticher des assassins.

Elle croise ses bras outrés sur sa poitrine, niant cette réalité évidente.

— J'espère que vous ne vous incluez point dans le lot.

— Bien sûr que non. Je suis exclusif, tu le sais parfaitement.

Mon insecte préféré papillonne des cils, excédée par cette impertinence dont je me régale à la dispenser.

— Si vous m'aviez mise dans la confidence, je n'aurais pas perdu mes moyens, argue-t-elle.

— Bien au contraire, *min sommerfugl.* Si je t'avais mise dans la confidence, je ne t'aurais jamais donné cette seringue.

Elle tressaille, choquée de cette confidence volontairement blessante.

— Vous n'avez pas confiance en moi ?

Amusé par son regard affligé, je laisse mon inventaire de côté pour effleurer son cou. Ce cou qu'il a osé salir de ses doigts païens.

— Je te confierai ma mort, pas la sienne. Tu te laisses encore trop submerger par tes émotions. Mais cela viendra. Cela vient toujours.

— En aviez-vous également ? me demande-t-elle après un temps d'hésitation. Lorsque vous étiez plus jeune, je veux dire.

Je hausse les épaules.

— Si j'ai eu le malheur d'en avoir un jour, ils étaient trop insipides pour que je puisse m'en rappeler.

Elle ouvre la bouche puis se décide finalement à emprunter un chemin plus sûr.

— Comment saviez-vous que c'était lui ?

— Si tu te souviens bien, il y avait du sang séché sous les cuticules de monsieur Weakman. Ce qui signifiait…

— Qu'il l'avait griffé, achève-t-elle. Je n'ai rien vu pourtant.

— Non, mais tu les as touchées sans le savoir.

Ses yeux se plissent de réflexion avant de s'arrondir de stupeur.

— Il a tressailli quand j'ai posé ma main sur son avant-bras, constate-t-elle, interloquée. Mais vous n'étiez pas là.

Je suis ton ombre, Emilia, je serai toujours là.

— Au moment où je vous ai rejoints, expliqué-je avec indulgence, il y avait du sang sur sa manche. Tu étais simplement trop occupée à apprécier ma beauté pour t'en apercevoir.

Elle assassine d'un geste tranchant mon badinage.

— Cela n'aurait pas suffi à prouver qu'il était l'*empailleur*.

— Certes. Cependant, il n'y a qu'un tueur pour en reconnaître un autre. Sa timidité maladive, son regard détourné, ses tremblements… la liste est longue lorsqu'il s'agit de reconnaître ses semblables.

— Alors vous l'avez piégé ?

J'acquiesce, ravi d'offrir à sa vengeance un morceau choisi de mes talents en guise d'amuse-bouche.

— En faisant une commande à ce cher Albert, révélé-je avec morgue. D'ailleurs, à ce propos, mon garçon, je te remercie de m'en avoir débarrassé. Ce vieil homme commençait à me taper sur les nerfs. Bref, refermons cette parenthèse enchantée, où en étais-je ? Ah oui ! Je lui ai donc amené un cobra royal à faire empailler peu avant l'affaire du lion. Ainsi, j'étais assuré d'avoir un jour toute son attention.

J'ouvre grand les bras en tournoyant avec grâce sur moi-même.

— Cela ne relève-t-il pas du génie ?

— Un génie diabolique, rétorque-t-elle avec hargne. Si vous étiez si sûr de vous, pourquoi ne pas l'avoir fait avant le massacre de tous ces gens ?

Je hausse une épaule fâchée.

— N'insulte pas ton intelligence en me posant une question dont tu connais déjà la réponse. Passe à la suivante, je te prie.

Elle grogne son mécontentement et se reprend :

— Il était mort. J'ai vu son cadavre et sa chevalière.

— Il n'existe que deux solutions possibles. Soit notre ami ici présent est le fils caché de Jésus Christ - et quelque chose me dit qu'il en serait plus que ravi - soit il a juste sacrifié quelqu'un, au hasard, doté de la même couleur de cheveux. Ne lui restait qu'à écorcher ce visage et lui passer la bague au doigt. Personnellement, je ne suis pas très orienté religion, contrairement à notre invité.

— Eh bien sûr, vous avez déduit cela à l'absence de griffures sur le cadavre.

Je hoche la tête afin de confirmer son hypothèse.

— Je ne vous ai même pas vu le regarder, s'étonne-t-elle.

— Je te l'ai dit, *min sommerfugl*, tes yeux ne sont pas encore prêts à voir.

D'une humeur festive, je frappe dans mes mains aussi excité qu'un enfant s'apprêtant à déballer son cadeau de Noël.

— *Godt*, pouvons-nous commencer, Emilia ? supplié-je de manière volontairement exagérée. J'ai attendu si longtemps, je ne saurais me retenir plus. Ai-je enfin ton consentement ?

— Vous avez mon mépris, milord.

— Je m'en contenterai… Pour le moment du moins.

N'y tenant plus, je m'empare du bistouri et rejoins d'un pas sautillé ce présent inespéré, humant au passage le parfum âcre de sa peur répandu entre ses jambes.

— Bennie, avant que je ne t'achève, as-tu un dernier souhait?

Ses yeux vides se remplissent aussitôt de larmes consternantes, sa mâchoire tressaute d'un léger spasme, mais il ne répond pas. Ils ne répondent jamais.

Attendrie par cette performance aussi navrante que comique, Emilia prend sa main pour la serrer tendrement dans la sienne. À l'intérieur de moi, un raz-de-marée de cruauté emporte ma raison sur son passage.

Ma jovialité assombrie, j'approche l'instrument le plus près possible de ces pupilles qui battent à présent la mesure d'un rythme cacophonique. S'il y a bien une chose que j'ai apprise en étudiant la musique, c'est qu'un bon chef d'orchestre se doit de savoir remettre de l'ordre à ce chaos.

Et en cela, l'*empailleur* a bien de la chance : je suis le meilleur qui puisse exister à Londres.

— Je tiens à m'assurer que tu ne rates rien du spectacle, Bennie. En amateur d'art, je suis persuadé que tu comprendras très vite mon point de vue.

Sans autre forme de préambule, j'incise sa paupière. À défaut de pouvoir crier, il convulse légèrement en poussant des miaulements plaintifs. Un peu de venin dans les veines et même le plus féroce des tigres se met à devenir chaton.

Je me concentre pour ne pas dévier de ma trajectoire, mais ses mouvements aussi imperceptibles qu'ils soient ne simplifient vraiment pas ma tâche.

— Cesse de jouer au possédé, veux-tu ? le rappelé-je à l'ordre. Si tu continues à remuer, c'est ton œil que je vais crever. Ça serait tant dommage de manquer la suite.

— Mon Dieu, Dorian ! hoquète Emilia, son visage ravagé par la pitié.

— Dieu n'est pas ici, déclaré-je froidement. Il n'y a que moi. Il n'y a toujours eu que moi.

Une fois le patient calmé, je continue de tailler pour finir mon tracé et décolle la membrane de son œil. L'odeur métallique de la paupière sanguinolente agit comme un baume sur ma frustration.

Étourdi par l'atteinte de ce septième ciel, je m'astreins à redescendre pour terminer ce que j'ai commencé. Il y a encore tellement de plaisir à assouvir sur terre…

Sur cet état de fait, je me ressaisis et dispose la peau inerte sur le côté avant de reproduire l'opération. Une fois la première étape achevée, je tourne la tête et m'assure qu'elle ne se soit pas évanouie. Son teint est plus livide que le futur macchabée, mais elle tient encore debout.

— *N'est-ce pas une brave petite, min dreng ?*

— Est-ce… est-ce qu'il va souffrir davantage ? bégaye-t-elle en fixant avec dégoût les globes oculaires désormais dépourvus de protection.

— Énormément, gloussé-je.

Elle se met à me hurler dessus.

— Vous pourriez au moins avoir la décence de me mentir !

Fâcheux, vraiment fâcheux. Elle a de la chance que je tienne encore à me perdre dans ses beaux yeux, sinon elle aussi serait allongée sur cette table. Cette seule pensée diffuse une agréable chaleur dans mes reins embrasés.

— Je te l'ai dit, réponds-je d'une voix rauque, je ne te mentirai jamais. Voilà ce qu'il va se passer…

Afin d'étayer mon propos, j'attrape délicatement la paupière à l'aide d'une pince et commence à en effeuiller les cils sous le regard horrifié de ma pupille tout en fredonnant ma macabre comptine :

Tu vas m'assister, un peu.
Il va y avoir du sang, beaucoup.
Il va gémir, pleurer, passionnément.
Et je vais aimer cela, à la folie.

— Vous êtes fou à lier, geint-elle.

— Pas plus que lui… Bon, si, je dois être honnête un peu plus tout de même. C'est ce qui rend la vie plus excitante, tu ne trouves pas ?

Sa mine renfrognée marque un silence empreint d'aversion envers ma personne. Ah, enfin elle me remarque ! Comblé, je fête son émotion féminine en tranchant les joues de Bennie de la commissure de ses lèvres à ses pommettes.

Détendue, sa mâchoire n'a plus le choix que de s'affaisser en me laissant un libre accès à la suite de ce savoureux gala d'avarice jacobsonienne.

— Davier[42], chantonné-je.

Elle me le tend de mauvaise grâce, je le prends de bon gré.

— Je m'excuse d'avance, Bennie, dis-je en le faisant claquer près de son oreille. Je ne suis pas dentiste, vois-tu. Néanmoins, je suis toujours désireux d'apprendre. Donc si tu as des remarques concernant des améliorations, je serais ravi d'écouter tes gémissements.

Sa rancœur crépite dans ses larmes flamboyantes de courage. Il n'a pas encore abandonné, parfait ! Je n'en attendais pas moins de

42 Instrument de dentiste utilisé pour arracher les dents.

l'*empailleur*. Lui souriant de toutes mes dents, j'arrache brusquement la sienne dans un torrent de sang.

Un cri sourd soulève son ventre tandis qu'il se tord de douleur. Eh bien voilà, un peu d'harmonie de sa part ! Il était temps, je commençais à me décevoir.

— Et d'une. Oh, je te fais une faveur, celle-ci était cariée. Tu vois, tu n'es pas venu pour rien. Allez, on reste un gentil garçon et on recommence.

Je poursuis sans interruption jusqu'à ce qu'il ne reste que les deux canines du maxillaire supérieur. Sa bouche n'est plus qu'un bain écarlate où il va me falloir malheureusement replonger.

Je tamponne l'excès de salive avec un chiffon avant de tirer sa langue avec ma fidèle pince cœur.

— Bistouri profond.

Toujours muette, Emilia s'exécute. Un bref aperçu de son visage m'informe qu'elle commence tout de même à s'intéresser à l'opération. Plus tôt que je ne l'avais prévu, plus tard que je ne l'espérais.

J'introduis le long manche dans la gorge de Bennie pour inciser avec précision les muscles situés au fond de sa langue. Ainsi libérée de ses chairs, cette dernière retombe mollement hors de sa cavité buccale.

— Bistouri.

Mon fidèle ami retrouvé, je tranche la pointe de l'organe charnu afin de lui donner un aspect bifide. Le résultat me plaît, contrairement à la bête demeurée résolument insatisfaite.

— Maintenant, passons à ces vilains bras qui ont fait de vilaines choses, jubilé-je. Fais chauffer le tisonnier *min sommerfugl*, nous allons en avoir bientôt besoin.

— Vous allez… l'amputer ?

— C'est le programme opératoire, en effet. Souhaites-tu t'en aller ? Parce que je ne le modifierai pas pour tes beaux yeux.

Lui laisser le choix, toujours. Cela ne fera que décupler l'horreur de ce qu'elle accepte.

— Non, je… je vais rester.

Parce que tu en as envie. Parce que la seule chose te séparant de cet homme et de moi est une futile résistance qui cédera en quelques coups de bistouri.

— Va faire chauffer le tisonnier.

Tandis qu'elle rejoint la cheminée au fond de la pièce, je tire sur la laisse de la bête pour lui donner du mou. La lame échoit alors entre ses griffes gloutonnes.

Dans un rugissement d'ivresse, elle découpe un à un les muscles de l'épaule, des frissons d'euphorie parcourent son échine tétanisée de bonheur.

Deltoïde de la coiffe des rotateurs, vaisseaux, nerfs, le bras n'étant relié qu'à ce fragile réseau ne lui reste plus qu'à tirer sur le membre inerte pour le détacher de l'épaule.

— À présent, cautérisons tout cela. Nous ne voudrions pas que vous nous abandonniez trop vite, mon garçon.

Son faible gémissement donne son avis professionnel sur la question. Comme un martyr, la soumission dans son regard témoigne qu'il est en train de transcender sa souffrance pour la sublimer.

Irrité par ce comportement déplacé, j'enfonce l'instrument dans la chair à vif pour lui rappeler que je suis le seul à disposer de ce pouvoir. La larme dévalant sa joue me rassure rapidement sur ce point. Sa langue se contorsionne de douleur lorsque la goutte atteint sa bouche. Eh oui mon garçon, sel et blessures ne font jamais bon ménage. Puisse cela te passer l'envie de pleurnicher devant elle.

Mon papillon vole jusqu'à moi pour me tendre le tisonnier chauffé à blanc. Elle déglutit péniblement, avalant sa nausée face à la mer rouge laissée sur la table.

Après avoir pris une pause pour m'assurer qu'elle ne vomisse pas, je me penche et cautérise la plaie. La bonne odeur de chair grillée qui s'en dégage fait saliver d'envie la bête. Et l'homme.

Satisfait, je réitère avec l'autre bras puis avec les deux jambes. Bientôt, il ne reste plus qu'un tronc d'homme à la place de Beenie Hooligan.

— Aide-moi à le retourner sur le ventre pour le grand final.

— Vous voulez dire…

— Oui.

Quelque chose cède dans ses yeux céruléens. Est-ce le fait de le voir à demi-mort ? Ou est-ce qu'elle vient de faire un pas de plus dans ma direction ?

Inspirant profondément, elle ferme un instant ses paupières intactes avant de se décider finalement à m'aider.

Délesté de quelques kilos de chair, notre Bennie n'a jamais été aussi léger. Bien sûr, j'aurais pu le manœuvrer seul, mais je veux tester ses limites qui ne cessent de s'étendre hors de ma portée pour mon plus grand orgueil.

— Il devait avoir une raison de faire cela, murmure-t-elle une fois sa tête placée de biais.

— La haine n'a guère besoin de raison, expliqué-je. Elle se contente d'exister. Ce garçon était condamné bien avant de te rencontrer. Laisse-le partir, Emilia, c'est tout ce que tu peux faire pour lui désormais. Peux-tu aller me chercher le socle, s'il te plaît ?

Une fois seul, je me penche une dernière fois vers Bennie. Non par remords, uniquement par reconnaissance. J'aurais pu être à sa place, j'aurais dû sûrement l'être. Mais je ne le suis pas. Non, je ne le suis pas.

— Je suis désolé, chuchoté-je à son oreille. Je sais ce que tu as enduré, la souffrance que tu as vécue. Ta vie doit pourtant s'achever ici. Puisses-tu enfin trouver la paix, mon garçon.

Je tapote son dos d'un geste paternel puis me redresse à l'approche de mon apprentie.

— Que va-t-il se passer maintenant ? demande-t-elle sans cesser de le fixer.

— Je vais pratiquer deux incisions symétriques à la base de son cou. Quand je vais insérer les mors de la pince entre ses côtes, cela va créer des brèches dans sa plèvre et provoquer un pneumothorax.

— Il va mourir étouffé, conclut-elle, d'une voix lugubre.

— Oui. Dommage que tu ne puisses plus lui tenir la main, m'esclaffé-je.

Elle me lance un regard aussi noir que mes ténèbres et s'avance afin de lui caresser les cheveux. Pitié, faites cesser immédiatement cette mascarade ou c'est moi qui risque de vomir d'écœurement à ses pieds.

— Personne ne devrait mourir seul, se justifie-t-elle en avisant ma répulsion.

— Dois-je en conclure que tu tiendras ma main pendant que je trépasserai ? minaudé-je.

— Oh, je ferai même mieux que cela, milord. Je vous l'arracherai.

J'éclate d'un rire de démence.

— Trouve ton propre style, *min sommerfugl.* Ce n'est pas bien de copier sur les autres.

Sans attendre sa réponse, je lève ma lame et la pose sur la peau blafarde de Bennie. J'échange un regard aride de compassion avec celui humide d'Emilia.

Sa langue passe sur ses lèvres tremblantes avant de me donner son accord :

— Mettons fin au tourment de ce garçon, milord.

CHAPITRE 46

Est-ce que tu les entends ?

ÉMILIA

— Mettons fin au tourment de ce garçon, milord.

Oui, mettons-y un terme.

Au moment où la lame de Dorian trace sa signature reptilienne, je continue inlassablement de caresser ses cheveux trempés de sueur. Ma main vibre sous sa douleur, pourtant il s'est depuis longtemps arrêté de gémir. Comme si lui aussi désirait cette fin imminente.

La pince s'introduit lentement dans les incisions, atteignant bientôt ses côtes pour insuffler la mort dans ce corps déjà agonisant. L'entreprise de ce démon est abjecte, ignoble, choquante… mais tous ces adjectifs ne sauraient être à la hauteur des atrocités commises par l'*empailleur*.

Je ne dois pas oublier ce qu'il a fait subir à ses victimes, la terreur dans laquelle il les a plongées avant de profaner leur cadavre. Ce sont ces souvenirs épouvantables, ces cauchemars éveillés qui m'ont permis de tenir debout quand Dorian détachait un à un les membres du meurtrier.

Cependant, entre invoquer la loi du Talion et l'appliquer, il existe un monde, un enfer que je ne suis guère encore prête à traverser sans un regard en arrière pour le supplicié. Car j'ai de la peine. Une incommensurable et détestable peine envers ce garçon à peine plus âgé que moi, pris dans l'engrenage infernal de la haine et de la violence.

Tous les jours devant ma glace, je m'acharne à clamer sans cesse que je ne suis pas comme lui. Mais lorsque je regarde dans cette psyché déformée par le mal, c'est mon reflet que j'entrevois.

Est-ce que Bennie avait conscience de ce qu'il était en train de devenir ? Le saviez-vous, Dorian ? Le saurais-je ? Ou peut-être suis-je destinée à me laisser choir dans l'horreur en terminant mon existence sur cette table, démembrée par l'un de mes semblables.

Certes, j'envisage de tuer uniquement Dorian. Mais le goût de la mort peut s'attarder si facilement sur le palais. Quant à l'odeur du sang, elle me semble parfois tellement plus addictive que l'opium.

Sevrée par son propre arôme, la respiration de Bennie se fait laborieuse, une lueur de panique voile son regard asphyxié par une infatigable itération. Ce même mot qu'il n'a accordé à aucun de ces hommes massacrés : « pitié ». Il s'accroche désespérément à moi comme si je pouvais lui apporter mon aide. C'est le cas, et tant pis si apaiser les derniers instants de ce mourant me garantit les foudres de mon tuteur. Dieu n'est pas ici, m'a répondu ce dernier. Non, il n'est assurément pas ici ce soir, et je commence à me demander s'il l'a un jour été.

Bouleversée, je m'agenouille pour me mettre à sa hauteur. Je veux qu'il me voie, je veux qu'il sache qu'il n'est point abandonné. Ce n'est pas parce que sa courte existence est marquée par le sceau de la solitude que sa mort se doit d'en porter également l'empreinte.

Alors je pose ma joue contre la sienne, inondant mon visage du sel de ses larmes. Je le berce, le cajole comme un enfant en lui murmurant ce que personne n'a jamais daigné lui dire. J'apaise ses craintes afin de pouvoir enterrer ses péchés… Et les miens.

Une dernière prière clamée dans l'espoir de sauver nos âmes si semblables.

— Tu les entends, Bennie ? C'est ta famille qui t'attend de l'autre côté. Envole-toi sans crainte, pars les retrouver et plus jamais vous ne serez séparés. Je t'en fais la promesse.

Ses yeux vitreux s'illuminent un bref instant pour me remercier avant de plonger définitivement dans le néant.

Un dernier râle, une ultime pensée et tout redevient silence.

L'*empailleur* n'est plus.

Pourtant, au moment où je m'éloigne de lui, je pourrais jurer qu'à cet instant il me sourit.

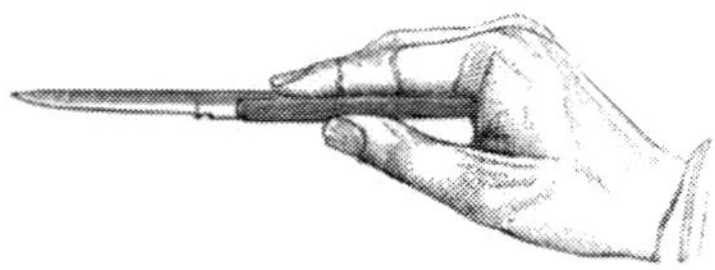

Après m'avoir fait tenir le sac recueillant les viscères jetés négligemment dedans, Dorian décroche la chair restante sur la colonne vertébrale à l'aide de la rugine.

Pendant qu'il termine son œuvre avec vocation, une étrange magie diabolique s'opère sur ses traits.

Ses cernes noircis par ses insomnies disparaissent, le sang reflue dans les veines de ses saphirs redevenus limpides. Sa peau retrouve son satiné. Même les rides torves de sa bouche se dissipent dans sa sérénité.

Fascinée par ce spectacle envoûtant, j'assiste à la métamorphose de Dorian dont la vitalité retrouvée m'éblouit par sa grâce juvénile.

Durant ces semaines de privation, sa beauté me donnait l'impression de se flétrir imperceptiblement. La fatigue, la frustration, la folie… Toutes ces choses décèdent lorsqu'il donne la mort. La Faucheuse agit sur lui comme un élixir, une source de jouvence inépuisable qui divulgue une magnificence des plus dangereuses.

Le serpent s'est débarrassé de sa mue, mais il n'en a pas fini pour autant sa prédation. Non, bien au contraire. À présent que son concurrent est rayé de sa liste, son règne meurtrier peut se poursuivre sans crainte en le proclamant saigneur tout puissant.

L'*empailleur* est mort, vive Dorian.

Sifflotant un air d'opéra, il s'empare d'une scie, déterminé à tailler le sacrum en pointe. Le résultat, après plusieurs horribles crissements d'os, forme une queue reptilienne qui viendra parachever sa toile de maître.

Satisfait, il s'écarte et penche la tête pour admirer son travail à mes côtés.

— Qu'en penses-tu ? me demande-t-il d'une voix rocailleuse. Cela te plaît-il ?

— C'est… d'une ironique poésie.

— Je savais que tu apprécierais, s'esclaffe-t-il.

— Apprécier n'est pas le terme exact, milord. Mais je suis bien obligée de concéder un certain lyrisme à votre composition.

— Il est vrai que je suis fier de ce petit bijou de noirceur. Sans me vanter outre mesure, je crois qu'il s'agit de mon préféré. Toutefois, je n'ai aucun mérite, Bennie était un modèle incroyable, ses os étaient d'une telle maniabilité ! s'extasie-t-il avec ses pupilles dilatées comme s'il en savourait les moindres détails.

Tout à coup, le bleu de ses yeux reparaît dans une tempête de bonne humeur.

— Et si nous allions l'exposer ? éclate-t-il de joie. Un tel chef-d'œuvre mérite son public, n'es-tu point de cet avis ?

Je plonge mon regard débarrassé de chagrin dans celui de l'*empailleur* afin de m'enquérir de ses dernières volontés.

— Je crois… je crois qu'il ne souhaiterait pas se retrouver seul, avoué-je dans un souffle ému. Même après la mort.

Dorian incline la tête avec une gratitude dépourvue d'esprit. *Les morts méritent plus de respect que les vivants.*

— Dans ce cas, dit-il en se tournant vers moi, allons lui trouver ensemble cet endroit.

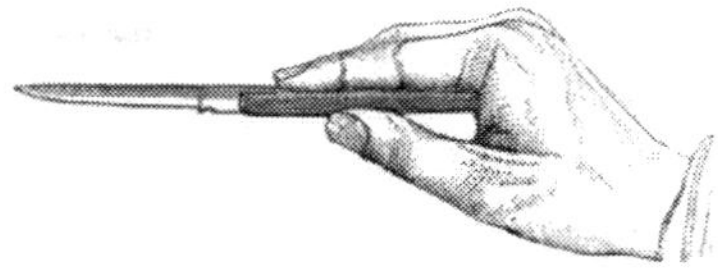

Winston installe sur le socle de bois posé au sol la barre incrustée dans le rachis du cadavre avant de bafouiller son admiration.

— C'est du travail de professionnel, milord.

— Merci, mon brave. Va nous attendre dans le fiacre. Nous arrivons dans un instant.

— Bien, milord.

Tandis que le domestique descend les marches pour rejoindre l'entrée, je reste paralysée devant cette nouvelle pièce que vient d'accueillir le musée d'histoire naturelle.

Vidée de sa partie antérieure, la colonne vertébrale nettoyée de tous ses organes repose sur le piédestal vide de Charles Darwin en haut des marches du grand hall. Les dix paires de côtes laissées par son sculpteur ont été découpées pour ne laisser que la partie dorsale. La cape de chair ainsi formée reproduit le capuchon, la coiffe caractéristique du cobra royal. Sa gueule ouverte sur sa langue bifide et ses canines glacent le spectateur d'intimidation.

C'est une réalisation aussi magistrale qu'épouvantable. Et j'en suis tout autant la responsable.

Je sursaute quand derrière moi, mon tuteur se racle la gorge afin d'attirer mon attention. Mes lèvres pincées pour ne pas rire de son manège d'une étrange lourdeur, je me tourne et me fige immédiatement.

Si dans mon dos le serpent humain siffle sa réussite, le portrait de Dorian est d'une autre essence.

Autrefois blanche, sa chemise imbibée de sang est retroussée sur ses avant-bras, ce qui lui décerne un prestige apocalyptique. D'une noblesse dantesque, il s'incline respectueusement devant moi, une main derrière son dos. Ses lèvres vermeilles s'étirent, m'éblouissant de leur charme vipérin tandis que son regard ne cesse de me déshabiller. Couche de coton après couche de chair.

— Il me semble que tu me dois une danse, *min sommerfugl,* revendique-t-il en m'invitant avec une touchante galanterie.

Je voudrais avoir la force de protester, de rétorquer comme à mon habitude. Au lieu de cela, je reste désespérément privée de parole.

Mon cœur affolé me signale qu'il est de toute façon bien trop tard : je suis déjà ensorcelée par ce mirage sans aucune échappatoire. Le voudrais-je seulement ?

Bien sûr que non, Emilia. Il t'attire autant qu'il te rebute et nous y mettrons un terme dès demain. Pour l'heure…

Pour l'heure, je refuse de me réveiller. Même si le retour à la réalité s'annonce être une épreuve insurmontable. J'y arriverai, je le sais. Un jour, j'affronterai la bête, mais ce soir… Ce soir, je danse avec l'homme.

À peine lui ai-je signifié mon accord que me voilà attirée hâtivement contre lui, plus près qu'une simple valse ne l'y autorise. Nos corps plaqués l'un contre l'autre, il entonne la mélodie du Lac des cygnes me serrant toujours un peu plus fort dans ses bras au rythme de nos tournoiements alanguis.

Son odeur, son étreinte, sa prévenance. Tout cela me rend malade d'ivresse. Un vertige sensuel capture mes sens à la merci de la moindre attention accordée par cette main posée sur mes reins.

Je suis glacée là où il se précipite, je ne suis que fièvre là où il s'attarde.

Son souffle chaud contre mes lèvres me bouleverse autant qu'il me tétanise.

Près de nous, Bennie me crie son avertissement silencieux, mais je n'en ai cure, trop hypnotisée que je suis par l'océan de désir déchaîné dans son regard.

Mais alors que j'attends fébrilement qu'il daigne m'embrasser, il détourne la tête pour venir poser sa joue froide contre la mienne.

S'enivrant de mon odeur, il dépose un baiser dans mon cou avant de me chuchoter au creux de l'oreille :

— Est-ce que tu les entends, *min sommerfugl* ?

— Qui donc, milord ?

— Lui. Eux. Les démons. Les anges.

Sa démence me laisse brusquement sur le seuil de l'incompréhension. Bien sûr, au cours de ces six années passées à l'observer, je me doutais qu'une telle noirceur ne pouvait se priver d'aliénation. Néanmoins, j'espérais… je désirais… Non. Je croyais qu'il était différent, mais l'homme en train de m'enlacer se trouve être aussi déséquilibré que tous ces malades mentaux qu'il a pris soin d'éliminer.

J'ai beau partager quelques pas de danse, je ne peux courir avec lui dans cette folie qui est sienne.

Ce constat devrait me soulager, par conséquent pourquoi est-il en train de m'anéantir ?

Déglutissant un sanglot de désillusion, je lui murmure faiblement ma réponse. Celle qui mettra un terme à ce songe d'une nuit de printemps meurtrier où tout me semblait possible.

— Je n'entends rien, milord.

Peu à peu, il remonte à ma hauteur. Ses yeux étonnés s'attardent sur ma larme solitaire qu'il recueille de son pouce.

— Ce n'est rien, ne t'inquiète pas, prononce-t-il d'une voix grave. Tu finiras par les entendre, toi aussi. Tu finiras par tous nous entendre un jour.

Il me relâche doucement et s'éloigne d'une enjambée pour me gratifier d'un obligeant baisemain.

Un sombre regret macule ses iris troublés par ma réponse.

— Je te remercie pour cette danse, dit-il en souriant malgré tout.

— Milord…

Sans me laisser poursuivre, il ferme les yeux un bref instant et désigne de ses bras ouverts le serpent figé dans une plainte éternelle afin de déclarer avec solennité :

— Ainsi s'achève ta première leçon, *min sommerfugl.*

Chapitre 47

Soulridge

Émilia

Petit salon, Manoir Soulridge
Holland Park, Londres

26 juin 1886

Depuis que Dorian est parti tôt ce matin pour rejoindre l'inspecteur sur les lieux de notre crime, je ne cesse de tourner en rond, oppressée par une désagréable sensation d'impuissance. Bien que je fasse aveuglément confiance à mon tuteur pour effacer les preuves, sa folie d'hier soir me fait tout de même douter de ses compétences sociales. Et cela malgré l'absence de trace apparente dans ses yeux azurés.

Je l'ai laissé partir seul, ma décision animée exclusivement par ma lâcheté. Je me sentais incapable de faire face une nouvelle fois à Bennie en détaillant à voix haute ces blessures que j'ai laissé infliger sur son corps. Sans rien dire.

Curieusement, Dorian n'a pas protesté ni usé de moqueries. Il s'est contenté de m'ordonner simplement d'aller me recoucher. Il a raison, bien sûr qu'il a raison. Les horreurs commises sont toujours plus difficiles à supporter à la lumière qu'à la pénombre. J'ai préféré l'écouter et me terrer encore un peu dans les ténèbres de ma chambre à coucher. Mais à mon réveil dans l'après-midi, il n'était toujours pas rentré.

Je sursaute subitement en entendant sa voix sépulcrale résonner dans le hall d'entrée.

Arrachée à mes lugubres pensées, je me précipite dans l'entrée du salon pour aussitôt percuter de plein fouet son sourire amusé.

— Eh bien ! ricane-t-il. Cela faisait longtemps que tu ne m'avais pas accueilli de la sorte.

— Je ne l'ai jamais fait, vous voulez dire.

— Tu as raison, c'était uniquement dans mes rêves les plus fous. Allons nous asseoir, je suis exténué. As-tu pu dormir un peu ? se renseigne-t-il tout en disséquant mes cernes.

— Oui, mens-je.

— *Perfekt.*

J'étudie à mon tour minutieusement son faciès à la recherche du moindre signe d'inquiétude. Mais comme à son habitude, son masque de fer ne laisse rien pressentir.

Découragée, je prends place en face de lui tandis qu'il se sert un verre de whisky d'une lenteur à me torturer.

— Ne me faites point languir plus longtemps, milord.

Il referme la bouteille et s'esclaffe.

— Tu sais que c'est ma spécialité, *min sommerfugl.* Te faire attendre jusqu'à ce que tu me supplies d'arrêter.

— Je ne vous suppliais pas, rétorqué-je sèchement.

— En effet, tu m'ordonnais. C'est encore plus excitant.

Mes joues s'empourprent sous sa lubricité.

— Dorian ! sifflé-je entre mes dents.

— *Godt, godt.* Décidément, la jeunesse de maintenant est d'une grande impolitesse. Ah ! Pour commencer…

Il boit une gorgée de son infâme breuvage et je n'ai qu'une envie : envoyer valser son verre contre le mur pour le faire parler au plus vite.

— Thomas m'a demandé de tes nouvelles, poursuit-il enfin. Il s'inquiétait énormément pour toi.

— Vous aviez dit que vous ne me mentiriez jamais.

— Je suis démasqué, éclate-t-il de rire. Il a juste demandé de tes nouvelles, ce qui est déjà fort inhabituel venant de sa part, soit dit en passant.

— Et Bennie ? m'enquiers-je d'une voix éraillée.

— Toujours serpent.

— Et le garde ?

— Toujours mort.

— Et Benton ?

— Récemment décédé.

Mes yeux arrondis de stupeur l'encouragent à poursuivre son récit.

— La police s'est rendue chez l'*empailleur* pour trouver des preuves. Les agents sont tombés sur le cadavre de monsieur Murray. Il était assis sur une chaise, son cœur arraché reposait dans une assiette placée devant lui.

— Son visage n'avait pas été écorché ? m'étonné-je.

— Non.

— Pourquoi ?

Il hausse les épaules.

— Peut-être parce qu'il avait de l'affection pour lui.

— C'est insensé ! Dans ce cas, pourquoi l'avoir massacré ?

Ses iris se voilent d'un mystère sacré.

— La mort est parfois le seul moyen de garder ceux qui nous sont chers à nos côtés.

Il fait tournoyer le liquide ambré dans son verre avant d'en aspirer à nouveau une rasade.

— Oh, j'ai failli oublier ! s'exclame-t-il après avoir dégluti à la hâte. Ils ont retrouvé une lettre disposée sous le cœur.

— Une lettre de l'*empailleur* ?

Il opine du chef.

— Elle expliquait quand et comment il avait été violé pour la première fois par Miller Fleming à l'âge de huit ans lors de leur séjour en Afrique. Puis les fois et les années suivantes. Il a écrit que les autres étaient au courant, mais que personne n'avait jugé nécessaire de lui venir en aide. Au lieu de cela, certains d'entre eux avaient pris le parti de lui donner plus d'animaux à empailler, l'obligeant ainsi à rester tard le soir. Pour des activités nocturnes avec monsieur Fleming, bien entendu. Le calvaire de ce garçon aura finalement pris fin. Même si cette mascarade n'aura été qu'une longue lettre de suicide.

Les sanglots brouillent mes cordes vocales lorsque je me mets à gémir cette injustice :

— C'est… mon Dieu, c'est horrible, Dorian ! Comment peut-on faire ceci à un enfant ? Comment peut-on…

Il penche la tête de côté, son regard ancré au mien comme s'il l'explorait pour la première fois. Finalement, ses saphirs ternes se perdent dans la contemplation de son verre.

— Tu es encore jeune, Emilia, répond-il d'une voix presque navrée. Jeune et innocente. Au cours de ton apprentissage, tu découvriras combien le monstre de ce manoir est loin d'être le pire qui soit. Il en existe tellement d'autres…

— Pourquoi s'être attaqué aux autres victimes ? Ce n'étaient pas des monstres, ils ne lui avaient rien fait.

— Les animaux, déclare-t-il sobrement.

Ce n'est pas pareil, nous ne sommes pas du même sang. Et un jour, ils partiront eux aussi… Quand il m'a dit cela, Bennie ne parlait pas de l'équipe de taxidermistes, ils parlaient des animaux. Ils…

— Ils sont devenus sa famille.

— Continue.

— Les humains l'ont sali, ils ont bafoué sa confiance. Alors il s'est pris d'affection pour les animaux qu'ils devaient empailler. Mais cela devenait de plus en plus dur. Il pensait leur faire du mal, il croyait les trahir à son tour. Sans compter… sans compter qu'il se faisait abuser par monsieur Fleming après chaque commande. Il a voulu y mettre un terme et protéger ainsi sa famille. Vous avez raison, il devait aimer Benton… à sa manière. Son visage est peut-être la seule chose humaine qu'il souhaitait continuer de voir. Mais pourquoi persévérer à tuer si toute l'équipe d'Afrique n'était plus de ce monde ?

— « *Chaque homme est, en naissant, assorti d'un monstre. Les uns lui font la guerre et les autres lui font l'amour* »[43]. Bennie s'est lancé à esprit perdu dans une expédition punitive. Cependant, il pouvait mener autant de batailles qu'il le souhaitait, cette guerre ne pouvait qu'être perdue. Nous avons beau le museler et le mettre en cage, c'est un monstre qui ne peut être abattu. Il est et restera en nous. Quelle qu'en soit l'issue, si nous choisissons de le combattre, nous devons être prêts à accepter la défaite.

Il termine d'une traite son verre et le claque sur la table, me faisant tressaillir au passage.

— Oh, avant que je ne monte me rafraîchir, je voulais te donner cela.

Se levant, il sort de sa poche une lettre de couleur crème et me la tend.

Intriguée, je m'empresse de l'ouvrir et survole ses lignes de nature officielle. Ma lecture terminée, je lis et relis les phrases en essayant de ne pas verser des larmes de joie ou de me confondre en remerciements bien trop gênants pour nous deux.

— Mais c'est... c'est... une lettre d'inscription pour l'école de médecine pour femmes ! Comment avez-vous... Pourquoi ?

— N'était-ce donc point ce que tu désirais ?

— Si, bien sûr, et je vous en remercie ! Mais je pensais m'inscrire après vous avoir tué.

Son rire se laisse séduire par mon aplomb avant de redevenir sérieux.

— Pourquoi attendre ma mort pour commencer à vivre ? Ta rentrée sera en septembre. En attendant, je continuerai à te donner des cours d'anatomie. Toutefois, peut-être est-ce toi qui finiras par m'apprendre.

— Cette idée ne serait pas pour me déplaire, gloussé-je.

— Je n'en doute pas un seul instant.

43 Citation du romancier Léon Bloy.

— Oh, et ma deuxième leçon ? Viendra-t-elle un jour ?

— Uniquement lorsque je te jugerai prête, Emilia.

Il pose un doigt élancé sur ses lèvres carmin. Ce simple geste fait d'emblée danser entre nous les pas de notre valse.

Je baisse la tête, incapable de le regarder plus longtemps sans rougir. Mon trouble mutique lui signifie à tort la fin de notre conversation.

— *Godt*, prononce-t-il froidement. Si tu n'as plus rien à me dire, je te revois tout à l'heure pour le dîner.

Il se retourne pour rejoindre le hall, tandis qu'une incompréhensible sensation d'abandon décide de réclamer une dernière fois son attention.

— Dorian !

Avec fluidité, il se retourne d'une manière presque surnaturelle. Comme s'il savait déjà que je ne pouvais le laisser partir sur ce malentendu.

— Qu'en est-il de votre monstre ? demandé-je, la gorge assoiffée de sa verve. Êtes-vous également en guerre contre lui ?

Un sourire rempli de promesses charnelles étire peu à peu ses lèvres pleines, prêtes à me faire céder à sa tentation.

— Oh non, Emilia, susurre-t-il. Moi, je lui fais désespérément l'amour.

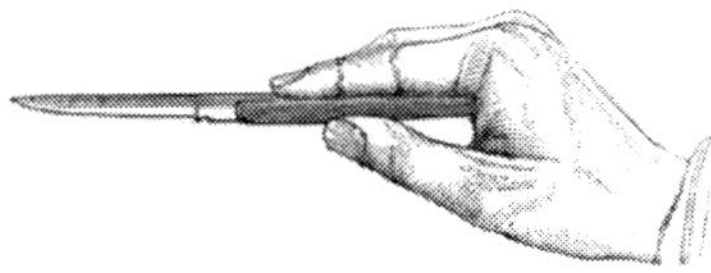

Une fois le dîner consommé, je rejoins ma chambre après avoir souhaité une nuit pleine de cauchemars à mon ennemi. Un ennemi, c'est ce qu'il est. C'est ce qu'il doit rester. Rien de plus, rien de moins. Et qui d'autre pourrait me renseigner sur cet ennemi, si ce n'est ceux qui le servent avec passion ?

Assise à ma coiffeuse, je scrute donc dans le miroir les traits de Sarah en quête du moindre indice, mais à mon grand désarroi, je n'y vois toujours rien. À part cette obéissance aveugle qui semble animer tous ces pantins en uniforme.

Dorian m'a conseillé de l'observer. J'ai beau le faire chaque jour, je ne décèle aucune ouverture dans ses yeux marron fermés aux opportuns. Si elle est au courant de ma croisade vengeresse, elle n'en laisse assurément rien paraître.

Aussi lasse qu'agacée, j'attends qu'elle termine de tresser mes cheveux avant de lui tirer les vers conspirateurs de son nez retroussé.

— Tu sais que Dorian n'est pas mon cousin, n'est-ce pas ? demandé-je à son reflet blêmissant.

— Oui, mademoiselle, répond-elle sans me regarder.

— Tu sais également ce que je compte lui faire ?

— Oui, mademoiselle.

— Pourquoi ne m'as-tu rien dit ?

Elle mord ses lèvres à se les faire saigner, mais je ne compte guère la laisser s'en tirer à si bon compte. Oh non, pas cette fois !

— Je ne devrais pas…

Elle s'écarte pour prendre la fuite, je bondis en avant pour la retenir ; une main ferme enserrant son frêle poignet à le lui tordre. Elle grimace sous la douleur, je lui hurle dessus en la secouant.

— Parle, Sarah ! Je suis las de ton silence mensonger ! Parle !

Sur cet ordre craché sur son masque fourbe, je la relâche brusquement.

Elle vacille en arrière et masse silencieusement son poignet meurtri, mais la détermination et la fougue dans mon regard finissent enfin par la faire bredouiller.

— Connaissez-vous la signification du manoir, mademoiselle ?

Je fronce les sourcils.

— Soulridge ?

Elle hoche vivement la tête.

— *Soul* et *ridge*, énoncé-je en danois. La crête des âmes, je n'ai jamais compris ce que cela voulait dire.

Tremblante, elle jette un œil furtif à la porte, hésite puis redresse son menton déterminé à me dévoiler une des nombreuses vérités gardées jalousement par le maître des lieux.

— Parce que le deuxième mot n'a pas été écrit dans la bonne langue, souffle-t-elle tout bas.

Mon cerveau s'acharne immédiatement à traduire toutes les possibilités. Ridge. S'il y a une autre langue, c'est forcément du danois. Néanmoins, je la connais, il me l'a apprise. À moins qu'il ne m'ait vendu que des mensonges. Non ! Il ne me ment pas, jamais. En revanche…

J'omets, je trompe, je triche, je dissimule, mais je ne te mens jamais, Emilia.

Un tel mot n'a pas d'équivalent en danois sauf si…

— Sauf si l'on enlève le « d ». *Rige.* Domaine. *Soulrige…*

Je lève la tête vers Sarah et prononce à voix haute le véritable nom de cet Enfer de pierre.

— Le domaine des âmes.

Elle acquiesce, une lueur énigmatique se mêle à cette adoration qu'elle vaut à son maître diabolique. Sa voix morne me prédit encore une sombre révélation.

— Nous devons tous quelque chose à lord Dorian Jacobson, mademoiselle Emilia. Et de toutes les âmes qui hantent ce domaine, la vôtre est certainement celle qui y mérite le plus sa place.

Épilogue

Let's have a shave, milord.

Dorian

Salon du barbier
186 Fleet Street, Londres

7 juillet 1886

Une fois arrivé à hauteur du bâtiment, je salue son épouse avant de monter les marches menant au salon du barbier. Sur le seuil, la délicieuse odeur du bay rum m'accueille aussi vivement que son créateur venu ouvrir la porte.

D'une mise plus apprêtée que la dernière fois, il semble avoir recouvré une certaine jeunesse. Que cela soit dans sa posture vive ou sur son visage moins blafard. Un certain apaisement lisse son sourire emprunté de gaieté commerciale.

— Ah, lord Jacobson ! Quel plaisir de vous recevoir. Entrez, entrez, je vous en prie. Que puis-je faire pour vous aujourd'hui ? Une élégante coupe de cheveux ? Un massage relaxant ?

Je caresse ma barbe enfin naissante après plusieurs semaines d'attente.

— Un rasage, je vous prie.

— Naturellement. Prenez place dans le fauteuil, s'il vous plaît.

Désireux de m'acquitter de cette corvée au plus vite pour rejoindre mon papillon, je m'installe sur le cuir râpeux sans décrocher mon attention de ce curieux personnage, complice involontaire de l'*empailleur*.

— Avez-vous entendu la conclusion de l'enquête ? questionné-je innocemment.

— Concernant l'*empailleur* et sa mort ? Oh oui, c'est affreux ! s'exclame-t-il de manière théâtrale. Quand je pense qu'il se servait de ma clientèle pour assouvir ses plus bas instincts… j'en ai la chair de poule ! Pas vous ?

Mes doigts pianotent sur l'accoudoir la mélodie des os craquants du serpent.

— Oh, vous n'avez point idée, murmuré-je.

Haussant un sourcil étonnement spirituel, il rejoint le bac, y verse l'eau chaude et se penche à mon encontre afin de s'enquérir de mes préférences.

— Eau de Cologne, musc ou bay rum ?

Je tourne la tête, rencontrant dans son regard une lueur étrangement familière.

— Fêtons sa mort comme il se doit, dis-je d'un air taquin. Bay rum, je vous prie.

— Bien, milord.

Sans plus attendre, il macule avec minutie mes joues et mon menton d'un savon à la senteur d'agrumes. Puis la ceinture de cuir accrochée à ma gauche se tend afin de le laisser aiguiser ses lames dans un religieux dévouement.

— Mais au fait, monsieur Lovett, vous ne m'avez pas dit votre prénom ? J'aime connaître l'identité de celui qui s'apprête à me raser de près.

Il ricane, amusé par ma question.

— Dans ce cas, milord, il me faudra tout reprendre de zéro. Car voyez-vous, je ne m'appelle point Lovett.

— Ah tiens ? Pourtant sur la devanture…

— Miss Lovett est la propriétaire de ces lieux, pas de ma personne. Ne lui en déplaise.

— Avoir une jolie femme comme elle vous déplairait donc à ce point ?

— Le problème, c'est qu'avec les jolies femmes, même lorsqu'elles vous quittent et disparaissent, elles peuvent en quelque sorte…

— Rester là avec vous ?

— Elles sont encore là, en effet. Mieux vaut alors ne pas s'en approcher, nous risquerions de nous y brûler les ailes. À ce propos, je vois que nous partageons les mêmes goûts concernant les jolies femmes.

— Oh, il ne s'agit que d'une en particulier pour ma part, éludé-je.

— Et vous, vous êtes-vous déjà brûlé, milord ?

Je lui souris.

— À en être calciné.

Mon intonation faussement dramatique provoque son hilarité.

— Puisse Dieu avoir pitié de votre âme, s'esclaffe-t-il.

Nous échangeons un rire complice avant que ma question ne fasse de nouveau assombrir son visage.

— Cela dit, vous n'avez toujours pas daigné me répondre. Comment vous appelez-vous donc, mon brave ?

Son sourire s'étire sur des canines ravagées par une faim que je ne connais que trop bien pour la subir chaque jour damné.

— Todd. Sweeney Todd.

À ces mots, mon corps bascule soudainement en arrière, ma gorge désormais offerte à ce rasoir posé délicatement sur ma peau.

— À présent que vous connaissez mon nom, souffle-t-il d'un timbre suave à mon oreille, permettez-moi de vous raser, milord.

À SUIVRE...

Notes de l'auteure

Afin de rendre l'univers de *Vila Emilia* le plus réaliste possible, il m'a semblé tout naturel d'y inclure de véritables lieux, faits et personnages historiques. Néanmoins, je me suis tout de même permis quelques libertés artistiques pour pouvoir enrichir au mieux mon intrigue.

Ainsi, l'arrière-grand-père de Dorian, Ludwig Lewin Jacobson a bel et bien existé. Il a en effet été le chirurgien danois à l'origine de la découverte de l'organe de Jacobson. En revanche, sa descendance n'a jamais abrité de tueurs en série… ou du moins pas que je sache.

Horace Lloyd a vraiment été avocat. En revanche, s'il devait bien avoir l'amour du droit, j'ai imaginé celui pour les alcools.

Lors de son bal de débutante, Emilia croise d'illustres noms de la société anglaise victorienne. Ayant tous existé, j'ai essayé de leur rendre hommage avec le plus de respect possible.

À l'image de Sir William Cavendish et de sa famille. Septième duc de Devonshire dont je me suis appliquée à retranscrire son portrait que vous pouvez aisément trouver sur Wikipédia de même que sur mon site internet.

Lady Angela Burdett-Coutts a effectivement créé l'*Urania cottage* avec son ami Charles Dickens. Bien que certains désaccords, notamment ceux concernant la vie privée de l'auteur, leur aient finalement fait perdre cette amitié. Dans ces dialogues, j'ai toutefois préféré m'en tenir à leurs relations du début, espérant que, malgré tous ces conflits, lady Burdett-Coutts aurait conservé quelque attachement pour son défunt ami. Après avoir aidé nombre de femmes à sortir de la misère, le foyer sera finalement fermé en 1862.

Albert Günther a bien été le directeur du département de zoologie du musée en 1886. J'ai compilé des registres afin de retrouver son nom. En revanche, vous vous en doutez bien, il n'est jamais mort de cette façon, mais s'est éteint paisiblement en 1914 à l'âge de 83 ans.

La rivalité entre Richard Owen et Gideo Mantell est, elle aussi, véridique. La portion de colonne vertébrale de Owen peut ainsi être aperçue au collège royal de chirurgie. J'ai trouvé cette anecdote macabre plus qu'appropriée pour donner des idées à Emilia.

Ensuite, il me faut parler d'Oscar Wilde. Avant de commencer cette histoire, j'avais déjà choisi au préalable le prénom de Dorian. Je voulais absolument faire apparaître ce clin d'œil au *Portrait de Dorian Gray*. Cependant, je ne savais pas encore comment m'y prendre. C'est lorsque mon mari m'a suggéré que mon Dorian devrait être la source d'inspiration d'Oscar Wilde que la relation entre lui et le comte est née. Certaines de ses répliques sont tirées des citations de l'auteur ou de celles de Dorian Gray. Le reste m'a été soufflé par mon admiration d'adolescente envers mon auteur préféré. J'espère sincèrement avoir pu lui rendre hommage comme il se doit. Parfois, je me plais à imaginer ce qu'il aurait pensé de ses apparitions. Lui auraient-elles plu ?

Malheureusement, la prédiction de Dorian sera exacte puisque le romancier sera bien emprisonné pour son homosexualité pendant deux années dans la prison de Reading. *Le portrait de Dorian Gray* sera également censuré, remanié afin de ne point choquer la chaste société londonienne de l'époque. La déclaration d'amour de monsieur Wilde à Dorian est ainsi tirée de la version non censurée que je vous invite fortement à découvrir.

En parlant d'œuvres, il me faut préciser que le poème des *Jardins de Middle Temple* de Letitia Elizabeth Landon a été traduit par mes soins. J'ai essayé de faire au mieux pour retranscrire la beauté de ses rimes. Je vous invite également à aller jeter un œil sur son travail. Ses poèmes sont vraiment magnifiques !

Concernant les plantes d'Emilia, toutes leurs propriétés vénéneuses et tous leurs noms associés sont vrais. Cela m'a valu des heures de recherches, tout en dégustant des litres de thé.

L'intégralité des lieux est aussi véridique. J'espère ainsi avoir réussi à retranscrire tout leur charme d'antan. Si vous allez à Londres un jour, sachez que seul le *prince Henry's Room* ne se visite plus de nos jours.

Enfin, ma dernière précision concerne les meurtres. Tout ce que vous avez pu lire, toutes les précisions anatomiques et chirurgicales sont véridiques et reposent entièrement sur le cerveau de mon diabolique époux.

Grâce à son métier d'infirmier au bloc opératoire, nous avons passé des soirées entières à potasser nos livres de médecine, à recréer entre nous les attaques pour vous offrir les scènes les plus réalistes possibles. Car plus l'horreur est réelle, plus elle vous embarque avec elle. N'est-ce pas ?

Nous avons tout de même pris un soin particulier pour effectuer nos recherches afin que les instruments utilisés soient vraiment d'époque. Par ailleurs, l'heure du décès des victimes était bien estimée en fonction de la température du corps, ce qui pouvait souvent conduire à des erreurs.

Bref, autant vous dire qu'après tout cela, je me suis parfois demandé si je n'avais pas finalement épousé Dorian…

Quant au psychisme de ce dernier, je me suis basée sur mon expérience d'infirmière en psychiatrie. Je voulais lui donner les facettes d'un sociopathe tel que j'ai pu le rencontrer chez certains de mes patients tueurs en série. Là encore, j'espère avoir fait honneur à ma profession en vous engloutissant dans les méandres de son esprit un brin torturé.

Toutes les autres inexactitudes historiques que j'aurais oublié de mentionner ne sont ici que pour améliorer ce réalisme que je me suis efforcée à retranscrire.

Si cela vous intéresse, vous pouvez venir faire un tour sur mon site internet afin de découvrir les photos des lieux, des instruments et des personnages pour vous immerger complètement dans l'univers de *Vila Emilia*

Remerciements

Cette histoire un peu particulière, je l'ai imaginée et peaufinée lorsque je travaillais en psychiatrie en tant qu'infirmière.

Fascinée depuis l'enfance par le Hannibal Lecter de Thomas Harris, je voulais alors créer un personnage envoûtant, séducteur et dangereux. Un antagoniste que l'on voudrait tuer pour nous avoir fait l'aimer. Ainsi, j'espère de tout cœur que mon Dorian est devenu le vôtre, le temps de ces quelques pages.

À présent, laissez-moi vous présenter les autres cerveaux qui ont participé à cette folle histoire et sans qui rien de tout cela n'aurait pu arriver :

À Colyne, ma bêta-lectrice, correctrice, mais avant tout amie. Merci de m'avoir poussé à poursuivre cette histoire et de m'avoir remonté le moral quand les ombres de Dorian venaient endeuiller mon esprit.

À Alex, merci pour ce magnifique logo qui a donné vie à mon univers décalé et pour ta gentillesse sans pareil. Le monde se porterait tellement mieux s'il y avait plus de personnes comme toi.

À Lily Padioleau et Sienna Pratt, merci pour vos conseils et pour m'avoir encouragé à me lancer dans cette aventure qu'est l'autoédition. Merci Lily pour m'avoir aidé à la mise en page quand je me voyais déjà finir mes soirées au purgatoire.

À Nicolas, merci d'avoir donné vie à mes personnages avec tes magnifiques illustrations. Grâce à toi, je peux maintenant contempler le beau et troublant visage de Dorian depuis mon bureau.

À Maxime Chattam qui m'a un jour, au cours d'une dédicace, encouragé à poursuivre l'écriture. Je m'en souviens encore, c'était la veille de mon bac blanc de français. Je n'ai peut-être pas eu la meilleure note, mais ces encouragements valaient bien tous les 20 du monde.

À mes parents, merci de m'avoir permis de rêver.

À ma marraine, Christine, tu ne liras probablement jamais ces lignes, mais sache que c'est grâce à toi si j'aime autant l'horreur au cinéma et en littérature. Tu m'as offert Norman Bates et Stephen King et pour moi, c'est le plus beau cadeau qu'une marraine puisse faire à sa filleule.

À mon mari, Vu Han, merci d'avoir passé des heures à peaufiner avec moi l'esprit dérangé de Dorian, d'avoir imaginé ces meurtres complètement fous et d'avoir écouté chaque chapitre écrit tous les soirs pendant des mois avec enthousiasme. Au fond, c'est peut-être toi le vrai Dorian de notre histoire.

Enfin, à vous, mes lecteurs, merci de m'avoir suivi dans cette nouvelle aventure qu'est pour moi l'autoédition. Les sanglantes aventures d'Emilia ne font que commencer et il me tarde de vous les dévoiler…

Croyez-moi, ce premier tome n'est que l'entrée d'un plat encore plus savoureux.

Mais une question demeure encore avant la poursuite de ce macabre festin :

Êtes-vous prêt ?

Retrouvez moi sur :

Instagram :

@elodie.faiderbe.auteure

Site internet :

www.elodie-faiderbe.webnode.fr

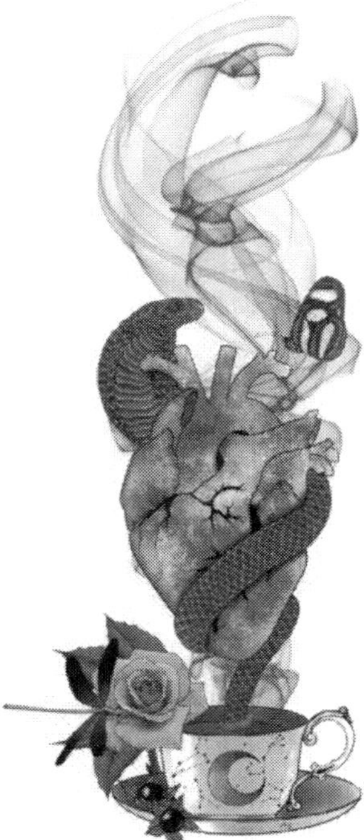

ELODIE FAIDERBE

Du même auteure aux éditions Cyplog :

La Fourmi :

1. La fourmi qui rêvait de devenir libellule.
2. La libellule qui rêvait de toucher les étoiles.

Vous en voulez encore ?

Alors, découvrez
le premier chapitre de
Vila Emilia
Tome 2 : initiation

Sortie le 28 Février 2022

CHAPITRE 1

Plaisir solitaire

ÉMILIA

SALLE A MANGER, MANOIR SOULRIDGE
HOLLAND PARK, LONDRES

20 MARS 1887

Mais bon sang, où peut-il bien être ?

Les lèvres pincées d'agacement, je fixe les aiguilles de cette insupportable horloge.

Seize heure quarante-cinq, il devrait déjà être là depuis longtemps !

Furieuse, je pianote ma colère sur ma tasse de thé à présent refroidie ; contrairement à la rage bouillonnant dans mes veines. Si mes souvenirs sont exacts, c'est pourtant lui qui m'a appris à ne jamais faire attendre la mort.

Neuf mois écoulés depuis l'affaire de l'empailleur et dès lors, Dorian n'a eu de cesse de peaufiner mes connaissances en anatomie.

Mes leçons apprises le jour à l'école de médecine pour femme où il m'a inscrit sont ainsi mises en pratique la nuit à ses côtés. Le plus souvent, dans son antre souterraine nommée affectueusement « le purgatoire ».

Nous traversons ses sept cercles uniquement lorsqu'il juge le terrain de jeu extérieur inadapté à la chasse. Ce qui, ces derniers temps, arrive assez souvent.

Depuis le départ en retraite du chef de l'inspecteur Graham, son remplaçant ne nous laisse plus mettre un seul pied sur un lieu de crime.

Cela ayant pour fâcheuse conséquence la réduction drastique du panel de proies intéressantes.

Au grand dam de mon tuteur.

Contraint et forcé de se reporter sur de petits criminels pour parfaire mon apprentissage, et atténuer un tant soit peu sa soif de sang, Dorian peut parfois se montrer d'une humeur encore plus… imprévisible. Comme à cet instant.

Mais bon sang, où peut…

Soudain, la porte du salon s'ouvre sur l'homme en question. Ou plutôt la bête, si j'en juge sa chemise jabot imbibée de sang et ses crocs luisants de satiété.

D'un pas prédateur, il s'approche à ma hauteur, une flamme de triomphe dansant sur ses iris reptiliennes d'un bleu perçant.

Véhiculée par un humain ordinaire, cette vision serait tout bonnement terrifiante. Chez lui, elle en devient magistralement envoûtante.

D'un charisme affolant, mon tuteur est aussi éblouissant de beauté que de danger. Et cette leçon, je l'apprends chaque jour un peu plus à mes dépends.

Mon courroux nullement apaisé par son retour, je lève les yeux vers lui bien décidée à lui faire regretter son retard effronté.

— Où donc étiez-vous Dorian ? vociféré-je les bras croisés. Cela fait plus d'une heure que je vous attends !

Imperturbable, il remet de l'ordre dans la dentelle de ses manches écarlates.

— J'étais occupé, répond-il sobrement.

— Je vois cela. Où sont donc passées vos bonnes manières, milord ?

Enfin, je réussi à capter son attention ! Délaissant la broderie ensanglantée, il penche sa tête de côté et m'observe avec intensité, un amusement inconvenant posé sur ses lèvres pleines.

— Mes bonnes manières ?

— Absolument ! m'emporté-je. Vous me faites attendre sans me fournir la moindre explication pour revenir par la suite taché de sang alors qu'il n'a même pas encore sonné dix-sept heures… c'est indécent ! En outre, vous risquez d'attraper froid vêtu ainsi ! Je ne tiens pas à ce que vous succombiez d'une banale pneumonie.

Il lève un sourcil empreint de luxure.

— Serais-tu jalouse de ne point avoir participé à notre duo improvisé ? susurre-t-il.

Hors de question de me laisser avoir par son badinage inconvenant ! Même si mes joues ne peuvent malheureusement guère en dire autrement.

— Il est vrai que vous auriez pu m'y convier, le réprimandé-je sèchement.

Un rire plein de charme anéanti mon sermon.

— Un homme ne peut-il donc pas avoir ses petits plaisirs solitaires ?

— Pas lorsqu'il revient dans le sang d'une autre.

— Une ? Comment sais-tu qu'il s'agissait d'une femme ? demande-t-il intéressé en posant sa main sur le dossier de ma chaise.

La peau découverte de ma nuque frissonne à son contact. Beauté et danger. Il n'existe aucun cocktail plus mortel que celuici. Pas même le poison versé toutes les semaines dans son thé.

— Vous empestez le parfum capiteux, déclaré-je d'une voix rauque.

— C'est donc vrai ce que les hommes mariés racontent, ronronne-t-il énigmatique.

— Quoi donc ?

Son regard sarcastique se pose sur ma bouche mordillée par mon désir obscène envers ce démon déguisé en homme.

— Que la jalousie décuple les sens.

— Je ne suis pas jalouse ! m'exclamé-je bien trop précipitamment pour être sincère.

Enchanté par mon désarroi, mon bourreau poursuit sa torture de son ton doucereux.

— Aurais-je dû m'excuser par un : « Navré *min kære*[44], mon appétit insatiable pour la chair d'autrui m'a contraint et forcé à toucher une autre femme aujourd'hui. J'espère de tout cœur que tu ne m'en voudras point. Toutefois, puis-je tout de même t'offrir le sien en guise de repentance. » ?

— Nous ne sommes point mariés, déglutis-je péniblement.

Il se penche vers moi et me chuchote d'un ton cinglant à l'oreille :

— Alors cesse d'agir comme si nous l'étions, *min sommerfugl.*

Puis il se redresse, volant au passage un morceau de mon scone pour le porter à ses lèvres.

— Et donc, m'enquiers-je afin de détourner mon attention de sa bouche tentatrice. De qui s'agissait-il cette fois-ci ?

Nouvel haussement de sourcil ébène.

— Simple curiosité professionnelle, me défend-je.

Sa fossette moqueuse m'accuse de plus belle.

— Bien entendu.

Il termine son larcin en léchant lascivement son index avant de me répondre d'un timbre vibrant de plaisir contenu.

Je le connais, je sais que ce meurtre lui en a procuré bien plus que ma part de gâteau. Bien plus que moi.

— Amelia Dyer, déclare-t-il. Nourrice et tueuse de nourrissons.

Je plisse le front d'étonnement.

— N'est-ce point à contre-emploi ?

— Apparemment, pour elle ces deux activités se cumulaient à merveille. Jusqu'à ce que j'y mette un terme, évidement.

— Comment vous y êtes-vous pris ?

— Plus tard veux-tu. J'ai une faim de loup à contenter.

[44] Ma chérie en danois.

Sur ces mots, il tend ses griffes vers mon assiette. Je lui en barre l'accès afin de lui faire comprendre qu'il n'en aura pas une miette tant que je ne goûterai pas sa réponse.

La bête repue gronde son irritation. L'humain soupire, vaincu par sa faim.

— Je l'ai étranglé, puis décapité.

Je dégage ma main du scone. Comme un enfant, il s'empare aussitôt d'un plus gros morceau et le déguste en prenant soin de gémir sa jouissance culinaire.

Gênée, je tourne la tête désireuse de me soustraire au plus vite de son comportement licencieux.

— Étrange… sifflé-je.

— Quoi donc ? demande-t-il la bouche prise.

— Cela ne colle point avec vos méthodes.

Je plonge à nouveau dans l'océan de ses yeux céruléens pendant qu'il termine d'ingérer son repas.

— Seriez-vous fatigué milord ?

Il s'esclaffe.

— Nullement, *min sommerfugl*. Sache qu'il m'arrive rarement de tuer les femmes. Toutefois lorsque je m'y applique, j'use et j'abuse toujours de galanterie.

— Donc, si un jour vous deviez me tuer…

Il hoche la tête, enthousiaste.

— Sois assuré que je le ferais de la manière la plus courtoise qui soit.

— Cela est rassurant, raillé-je.

— N'est-ce pas ?

Quelque chose dans cette affaire continue tout de même de me tracasser.

— Mais au fait, me renseigné-je. N'aviez-vous pas un rendez-vous avez vos investisseurs ?

— La réunion a été annulé. Pourquoi crois-tu que j'aie dû avancer mes activités annexes ?

— Oh ! Donc pour résumer la situation, vous mouriez d'ennui seul dans votre bureau et vous vous êtes dit : « tiens, et si j'arrachais la tête d'une femme pour faire passer le temps ? ».

— Celle d'une tueuse d'enfants, précise-t-il. Et oui, c'est exactement cela. Bien que je continue de m'ennuyer, raison pour laquelle je te gratifie de mon exquise présence. Par tous les diables Emilia, plus le temps passe et plus tu t'installes délicieusement dans ma tête.

— Est-ce un problème ?

Un éclat de fièvre attise notre convoitise mutuelle avant de disparaitre aussitôt dans notre châtiment respectif.

— Arrange-toi pour que ça ne le devienne pas, souffle-t-il menaçant. Il serait fâcheux de perdre celle qui me comprend le mieux.

Un dernier sourire entendu, puis Dorian me tourne le dos.

— Où allez-vous milord ? l'apostrophé-je.

Il ricane par-dessus son épaule.

— Me changer, vu que mon odeur te gêne au plus haut point. Je tiens à ce que ton parfum soit le seul posé sur ma peau, *min kære*.

Le rouge aux joues, je corrige son insolence.

— Cessez de m'appeler ainsi et revenez immédiatement ! Vous n'avez toujours pas bu votre thé.

— Ah, c'est vrai tu as raison ! approuve-t-il en se dirigeant vers sa place. Autant ne point gâcher une nouvelle chemise si tu m'as condamné à cracher du sang. Quelle est la saveur du jour ?

— Crève chien.

Sous ces longs cils corbeaux brille une étonnante dérision.

— C'est le nom de la plante, précisé-je.

— Moi qui pensais être un porc à tes yeux, me voilà monté en grade.

— N'est-ce pas valorisant ?

— Indubitablement.

Sur ce mot, il porte la tasse à ses lèvres sans cesser de me dévisager.

Tout à coup, ses yeux s'arrondissent de stupeur alors que sa peau diaphane dérive vers le cramoisi. Il tente de parler mais ne parvient qu'à assembler une suite de gargouillements infâmes.

Paniqué, il porte une main à son cou en tentant pitoyablement de respirer.

— Milord ? Milord ?

Incapable de me répondre, ses yeux agonisants me disent déjà adieu.

Propulsée brusquement en plein cauchemar, je n'ose y croise.

Est-ce que… est-ce que j'ai réussi ?

Bon sang cela ne peut pas être si simple, il ne peut pas… Il ne peut pas me quitter comme ça ! Je le lui interdis !

Sans réfléchir, j'agrippe la fiole contenant le remède coincé dans mon décolleté et me précipite à sa rencontre.

— Milord ! hurlé-je à présent paniquée. Dorian ! Attendez, je vais vous aid…

Soudain, son asphyxie succombe et se transforme en éclat de rire tonitruant.

Des larmes d'hilarité inonde son visage d'imposteur redevenu pâle. Il a osé ! L'espèce de…

— Désolée de te décevoir *min kære*, pouffe-t-il en caressant ma joue. Ce n'est pas aujourd'hui que tu toucheras mon héritage ni prendra amants.

Je dégage violemment son bras, ulcérée par son comportement infantile.

L'envie de lui mettre une gifle ne m'a jamais autant effleuré l'esprit. Pas même lorsqu'il a tordu le cou de mon lapin, Kanin. Et cette révélation m'insupporte tout autant que son chagrin mensonger.

— Vous n'êtes qu'un scélérat ! m'écrié-je. Comment avez-vous…

— Je voulais seulement me faire pardonner mon retard, se défend-il.

— En simulant votre mort ?

— En te donnant un espoir. Toutefois je ne suis guère persuadé du succès de ma manœuvre. Est-ce du soulagement perçu dans ton regard ou du regret ? Hum, la frontière est si mince entre les deux.

Je ravale le fleuron d'injures peu féminins se bousculant aux portes de mes lèvres.

— Je ne saurais dire, milord, cinglé-je. Il y a sept années de cela, j'y ai planté tout le long des piques affûtés. Cependant, libre à vous de vous rendre sur place afin de confirmer votre hypothèse.

Ses yeux redevenus pétillants de luxure déshabillent ma poitrine de son corset.

Je m'empourpre, incapable de respirer autrement qu'à travers lui. Finalement satisfait de son étude, il émet un rictus ravageur.

— La fiole dans ton décolleté me suffit, *min sommerfugl.* À ce propos, je suis curieux de savoir ce que tu peux bien cacher d'autre là-dedans.

— Là aussi milord, réitéré-je à grand-peine. J'y ai planté des pics.

Il réduit d'un pas la distance de sécurité entre nous, bien décidé à me faire perdre la tête tout comme sa victime du jour. Est-ce donc là sa notion de la galanterie?

— Dans ce cas, suggère le serpent. Suis-je toujours libre de m'y rendre ?

Mon expression choquée provoque un ultime sourire avant que celui-ci ne se perde à nouveau dans sa tasse.

— Hum, délicieux ce goût de réglisse, gémit-il d'une voix onctueuse. Mélangé au Darjeeling, cela est un vrai régal !

Face à mon silence rougissant, il termine son thé et pose la porcelaine sur la table.

— *Godt*, puis-je aller me changer cette fois *min kære* ?

— Cessez de… Oui, allez-y, concédé-je, pressée de me débarrasser de mon mal-être aux cheveux noir ébène.

Il s'incline respectueusement et prend congé de moi.

— J'attends toujours ma mort, Emilia, clame-t-il sans se retourner.

— Et moi ma deuxième leçon, milord !

Arrivé à hauteur de la porte, il s'arrête un instant et pivote brièvement vers moi.

— N'aies crainte, j'exaucerai bientôt ton souhait, *min sommerfugl.*

Ses lèvres entachées de promesse s'étirent d'excitation avant de disparaitre dans le couloir. Seule dans la pièce, je chuchote tout bas la mienne. Celle prononcée il y a des années de cela.

— Et moi le vôtre, Dorian.

A SUIVRE…

Printed in Poland
by Amazon Fulfillment
Poland Sp. z o.o., Wrocław

89252283R00273